KB234870

1943년,
베를린,
러브스토리

1943년, 베를린, 러브스토리

누구도 그들의 사랑을 막을 수 없었다

에리카 피셔 지음 | 신혜원 옮김

열대림

옮긴이 신혜원

이화여자대학교 독어독문학과를 졸업하고, 독일 아우구스부르크 대학에서 독어학을 수학했다. 옮긴 책으로는 『식탁 위의 쾌락』, 『세기의 자살자들』, 『금지된 장소, 연출된 유혹』 등 20여 편이 있으며 현재 전문번역가로 활동 중이다.

1943년, 베를린, 러브스토리

초판 1쇄 인쇄 2007년 8월 20일
초판 1쇄 발행 2007년 8월 25일

지은이 에리카 피셔
옮긴이 신혜원
펴낸이 정차임
편   집 황병욱
디자인 강이경
펴낸곳 도서출판 열대림
출판등록 2003년 6월 4일 제313-2003-202호
주소 서울시 마포구 동교동 156-2 마젤란 503호
전화 332-1212
팩스 332-2111
이메일 yoldaerim@korea.com

ISBN 978-89-90989-27-7   03850

릴리와 펠리체 이야기

— 그 모든 굴곡과 더불어

이 책이 처음 출간된 후로 벌써 여러 해가 흘렀다. 이 책은 그동안 많은 반향을 불러일으켰다. 신문들은 기사와 대담을 통해 이 책의 중요한 의미를 대중에게 알렸고, 16개국 언어로 번역·출간되었다. 국내외의 TV다큐멘터리와 라디오에서도 다루어졌으며, 수많은 낭독회와 토론회에서 펠리체의 시들이 읽혀졌다.

또한 배우들은 릴리와 펠리체가 주고받은 편지들을 가지고 무대에서 낭독회를 열었고, 네덜란드의 한 극단은 마스트리히트에서 이들의 이야기를 담은 연극을 성공리에 공연하기도 했다. 한 젊은 여류화가는 재규어, 즉 '펠리체 슈라겐하임'을 유화로 그렸고, 어떤 연극배우는 펠리체가 망명할 때 가져가고 싶어했던 책들로 낭독회를 열기도 했다. 1998년에는 이들의 이야기를 다룬 영화가 제작되었다.

한편 나는 사진작가인 크리스텔 베커 라우, 그래픽 디자이너인 볼프강 비토르와 함께 '유태인 펠리체 슈라겐하임의 짧은 생애'라는 제목으로 1995년 초부터 독일의 여러 도시에서 전시회를 개최했다.

릴리는 많은 사진과 편지, 시, 그리고 서류들을 보관하고 있었다. 그것을 통해 펠리체의 짧은 생애를 거의 빈틈없이 들여다볼 수 있었다. 특히 너무도 절박했던 한 사람의 운명을 통해 국가사회주의 시대의 젊은이들에 대해 다시 한 번 생각할 수 있는 기회가 되었다.

이제 거의 90세가 된 릴리 부스트(이 책이 출간된 2002년 당시 나이. 릴리는 1913년 11월 1일에 베를린에서 태어나 2006년 3월 31일 같은 곳에서 세상을 떠났다. ─옮긴이)에게 이 책의 출간은 곧 그녀의 고독이 마침내 끝났음을 의미한다. 한 TV토크쇼에서 '커밍아웃'을 한 이후로 그녀는 독일 각지에서 엄청난 양의 편지를 받았다. 어떤 이는 자신과 릴리를 동일시하는 내용의 편지를 썼고, 어떤 이는 여성에 대한 비밀스러운 사랑을 고백하고 싶어하는 경우도 있었다. 이제 릴리에게는 사생활 보호를 위해 비밀 전화번호를 만들어야 할 정도로 많은 친구들이 생겼다. 지금까지 침묵하고 있던 펠리체에 대한 사랑을 공개함으로써 그녀의 삶은 매우 풍요로워졌으며 많은

저널리스트들과 교류하게 되면서 유명인사가 되었다.

　나 역시 이 책을 통해 새로운 친구들을 얻을 수 있었다. 책을 쓰기 위해 인터뷰했던 몇몇 사람들과 지속적으로 연락을 하는 사이가 되었고, 많은 사람들이 내게 편지를 보내거나 내 강연을 들으러 왔다. 특히 이 책의 영국 출간을 통해 펠리체의 조카 데이비드 칸 ― 펠리체의 언니인 이레네의 아들 ― 을 알게 되어 매우 반가웠다. 데이비드는 자라면서 집안 배경에 대해 별로 들은 것이 없었다. 돌아가신 그의 부모는 베를린 출신의 유태인이었고, 그 시대 사람들이 그랬듯 과거에 대해 침묵했다. 그들은 강제 망명 후 다시는 독일 땅을 밟지 않았다. 펠리체의 두 조카인 데이비드와 올리버는 독일어를 전혀 할 줄 몰랐고, 이 책이 출간될 때까지 독일에 와 본 적도 없었다.

　이 책은 그들에게 새로운 사실을 알게 해주었다. 베를린을 찾은 데이비드 칸은 그의 가족들이 고통 받으며 살았던 장소들을 방문했다. 특히 베를린 바이센제의 유태인 묘지에서 할아버지인 알베르트 슈라겐하임 박사의 무덤을 찾은 일은 그에게 특별한 순간이었다. 대부분의 유태인 2세들처럼 데이비드 칸도 가족의 운명에 대해 깊은 인상을 받았을 것이다. 그리고 그는 이번 베를린 여행을 통해 그때 살해되거나 극적으로 탈출한 수많은 베를린 유태인들과

자신과의 끊어진 역사의 고리를 다시 찾게 되었다.

몇백 미터 떨어진 보스니아에서 소위 '인종 청소'가 자행되고 있는 동안, 이 책의 집필은 내게도 우리 집안의 역사를 제대로 이해하는 데 도움이 되었다. 그러나 한편으로 이 책의 출간을 통해 나는 다른 사람들의 고통스러운 기억 속으로 얽혀들게 되었고, 외형적으로만 치유되었던 생존자들의 상처를 다시 파헤치게 되었다.

어떤 사람들은 나의 이런 태도를 좋지 않게 받아들였다. 유태인 생존자들과 펠리체의 친구들은 당시 나치의 동조자였던 릴리 부스트와 화해할 수 없었고 하려고도 하지 않았다. 그들은 릴리에게 어떠한 변명의 기회조차 주지 않았다. 나는 그 중간에 끼여 사람들이 그녀를 냉정하게 몰아세울 때마다 릴리를 방어해야만 했다.

그러나 나 역시 고통스런 역사의 희생자이기도 했다. 물론 지난 과거 일부분에 대한 릴리의 오랜 침묵을 심적으로는 충분히 이해할 수 있었지만 진정으로 용서할 수는 없었다. 역시 같은 유태인으로서 펠리체의 입장에서 역사를 바라보면 릴리에게 그 어떠한 추궁도 하지 않는 요즘 젊은 여성들만큼 그렇게 관대할 수 없다는 뜻이다.

그녀가 내세울 수 있는 변명은 수없이 많다. '당시에는 모든 것이 그렇게 인식되었고, 그렇게 이야기되었다', '사람들도 왜곡되어 있었다', '아이 넷을 키우는 여자에게는 상황을 알아볼 시간도 기회도 없었다', '단지 남편의 의견에 따랐을 뿐이다' 그리고 '당시에 사람들은 그 일에 대해 전혀 알지 못했다' 등.

"동정과 감정이입 능력은 우연히 확산되는 것이 아니다."라고 비르키트 롬멜슈파허는 자신의 수필집인 『지배문화』에서 말하고 있다. "이해라는 것은 대부분 '우리'에게 속해 있는 사람들, 그리고 결정권을 행사할 지위를 가진 사람들에게 표명되는 것이다. 감정은 권력의 협력자가 되게 마련이다." 나는 릴리와 펠리체의 이야기에서 많은 젊은 여성들이 릴리 부스트에 대해 보이는 이해심이 사실은 자신들의 할머니들이 행했던 침묵과 공범성에 대한 이해심 때문이라는 인상을 받았다. 그러면서 그들은 희생자 펠리체와 1세대와 2세대 생존자들의 치유되지 않은 상처에 대해서는 쉽게 공감하지 못했다.

이 책의 성공은 일상 속에서 마모되지 않는, 그래서 과거의 비극 속에서 자신의 모습을 투영해 볼 수 있게 해주는 특별한 사랑 이야기가 담겨 있기 때문에 가능했을 것이다. 자신들의 삶에 의미를 부여하고 영웅을 원하는 레즈비언들의 욕구가 너무도 컸던 나머지 1933년에서 1945년까지 일어난 사건들에 대한 비판적인 거리감은 사라져버렸다. 한 여자가 동성애자가 아닌 유태인이라는 이유로 나치에 의해 살해되었고 여자가 여자를 사랑했다는 이유만으로 나치의 추적을 받지 않았다면 레즈비언들이 원하는 영웅의 이미지와는 어울리지 않았을 것이다.

그러나 그것이 사실이었다. 오늘날 우리 사회에서는 삶의 연속성을 부여하는 일이 여전히 어려우며 아직 끊어진 채로 남아 있다. 그런 사회가 되기 위해서는 몇 세대가 더 지나야만 할 것이다.

이 서문이 릴리와 펠리체의 달콤하면서도 안타까운 사랑 이야기를 그 모든 굴곡과 더불어, 아름다움과 낭만을 잃지 않고 읽을 수 있도록 도와줄 것이라고 믿는다.

2002년 7월 베를린

에리카 피셔

차례

중요 인물들

엘리자베스 부스트 릴리, 에이미로도 불림

베른트, 에버하르트, 라인하르트, 알브레히트 부스트 릴리의 네 아들

잉에 볼프 서점 판매원이면서 1년 동안 릴리의 집에서 의무가사 기간을 보냄

귄터 부스트 릴리의 남편

귄터 카플러와 마가레테 카플러 릴리의 부모

에르빈 부호비저 알브레히트의 아버지

케테 헤르만 릴리의 가장 친한 친구

롤라 슈투르모바 릴리 집의 세입자

루시 프리드라엔더, 카트야 라스터슈타인 박사, 로제 올렌도르프 박사(페텔이라고

  불림) 릴리의 유태인 친구

빌리 바임링 릴리의 두번째 남편

리즐 라이흘러 귄터 부스트의 약혼자

펠리체 슈라겐하임 재규어, 푸츠로도 불림

알베르트 슈라겐하임과 에르나 슈라겐하임 펠리체의 부모

이레네 슈라겐하임 펠리체의 언니

케테 슈라겐하임(결혼전 성은 함머슐라그) 펠리체의 새엄마

홀다 카레브스키 펠리체의 할머니

발터 카레브스키 박사 미국에 있는 펠리체의 삼촌

펠리체의 친구들 엘레나이 폴락, 노라, 일제 플루그, 크리스티네 프리드리히스,
　　루이제 젤바흐, 올가 젤바흐(루이지의 딸이면서 펠리체의 학교 친구)

게오르크 치비어 그레고르라고 불리는 작가

되르테 치비어 그레고르 치비어의 부인

게르트 W. 에르리히 펠리체의 지인이며 유태인 지하단체의 회원

어제 내무부 장관 룸머는 독일 연방 대통령이 수여하는 연방공로십자훈장을
리히터헬데 출신의 엘리자베스 부스트에게 전달했다. 엘리자베스 부스트는
1942년부터 1945년까지 유태인 여성 네 명을 슈마르겐도르프에 있는 자신의
집에 숨겨주고 보살핀 공적을 인정받았다. 이 여성들 중 한 명은 1944년 게
슈타포에 의해 체포되어 아우슈비츠 강제수용소에서 사망했다. 다른 세 명
의 여성은 나치시대를 극복하고 생존했다. 그녀가 받은 훈장은 '찬양받지 못
한 영웅들'을 위한 21번째 공로십자훈장이다. 최근에는 이와 같이 나치시대
에 쫓기고 있던 유태인을 도와 준 사람들에게 훈장이 수여되고 있다.

1981년 9월 22일
「타게스슈피겔」

1 혼란의 시대

잉에 볼프는 프리드리히샬러 거리 23번지에 있는 아파트 4층을 향해서 한 번에 두 계단씩 뛰어올라갔다. 올라갈 때마다 붉은색 긴 양탄자가 깔려 있는 나무계단에서 삐거덕거리는 소리가 났다. 층계참에 있는 다채로운 색깔의 유리 창문으로는 초록색으로 변한 뒷마당과 그다지 부자가 아닌 소박한 사람들을 위한 단순한 형태의 정원이 내다보였다. 한 층씩 올라갈 때마다 슈마르겐도르프의 지붕들과 가을색을 띠고 있는 보리수들이 점점 더 넓게 시야에 들어왔다.

벌써 10월 1일이었다. 잉에 볼프는 서둘러 적당한 일자리를 찾아야 했다. 만약 그녀가 규정대로 의무봉사를 빨리 시작하지 않으면 제국 근로봉사에 투입될지도 모르기 때문이다. 프리드리히샬러 거리의 이 아파트는 그녀가 이날 오전에 두번째로 방문한 가정이었다.

'부스트'라는 이름이 쓰인 아파트에 도착하자 테 없는 안경을 쓴 날씬하고 빨간 머리의 한 여자가 문을 열었다.

"안녕하세요."

잉에 볼프는 길게 숨을 내쉬었다. 그러나 곧 '안녕한 하루'를 바랐던 마음은 사라지고 말았다. 앞치마 모양의 원피스를 입은 주부 네 명이 "히틀러 만세!"를 외치며 "어머, 당신이 와주어서 정말 잘 됐어요!"라고 인사를 했기 때문이다. 주부 나치 당원이 늘어나는 데는 이유가 있었다. 그것은 아마도 스물한 살이 된 잉에와 같은 여성들이 넷 이상의 아이를 키우는 집에서 1년 동안 의무봉사를 해야 하는 규정 때문일 것이다. 만약 그녀가 열여섯 살 정도였다면 아이가 한 명인 집에서도 봉사할 수 있었을 것이다.

어쨌든 잉에처럼 머릿속에 요리와 청소 외에 다른 것들로 꽉 차 있는 여성이 다른 사람의 시중을 들어야 한다는 것은 바람직하지 않은 일이다. 나치들은 정말 불필요한 일을 하고 있다.

"아, 그런데 아시는지 모르겠지만 저에게는 선택권이 아주 많거든요. 먼저 좀 둘러봐야겠어요."

잉에는 조금은 거리를 두면서 무뚝뚝하게 말했다.

엘리자베스는 잉에의 덥수룩한 짧은 머리 양옆으로 솟은 귀와 야윈 외모, 두리번거리는 검은 눈을 바라보았다. 얼마 전부터 엘리자베스는 특별한 이유도 없이 모든 것이 불만스러웠다. 사실 그녀는 불평을 할 처지가 아니었다. 그녀의 아들들은 훌륭하게 성장했고, 언젠가 나폴라(NAPOLA, 국가 정치 교육기관으로 국립 엘리트학교

—옮긴이)에 진학할 것이다. 8월 21일에 그녀는 '어머니 청동훈장'을 수여받았고, 그녀의 넷째 아들은 첫돌을 맞았다.

권터 부스트는 베를린 근처의 베르나우에서 군복무를 하고 있지만 다행히도 전선에서 멀리 떨어져 있었다. 군에 입대하기 전에 그는 도이치뱅크의 은행원이었다. 검은 머리에 키가 크고 날씬했으며, 언제나 몸매 관리에 신경 쓰는 멋진 남자였다. 1932년 도이치뱅크의 한 교육센터에서 그를 처음 알게 된 엘리자베스가 즉시 전 약혼자에게 이별을 통보했을 정도였다.

잉에는 직업소개소에서 받은 여러 장의 주소들을 안도의 한숨과 함께 외투 주머니에 집어넣고 이제 더 이상 적당한 집을 찾아 헤매는 일은 그만두기로 결정했다. 깔끔하게 치워져 있는 부엌 식탁에 앉아 잉에와 엘리자베스는 일하기 전에 알아야 할 형식적인 사항들에 대해 이야기를 나누었다. 일하는 시간은 오전 8시부터 오후 5시까지로 정해졌다.

"집안을 보여줄게요."

석회로 칠해진 지붕과 네 개의 넓은 방이 있는 아파트에는 비교적 큰 발코니가 있었고 정원 뒤채의 지붕이 보이는 작은 부엌이 있었다. 그런데 거실로 들어서자마자 잉에는 자신이 크게 착각했다는 것을 깨달았다. 반질반질하게 닦여 있는 지도자 히틀러의 청동 부조! 어떻게 하지? 지금 바로 계약을 취소하고 이 집에서 벗어나야 한다. 그러나 서류들은 빈칸이 다 채워진 채 식탁 위에 놓여 있었고, 지금 계약을 번복한다면 분명 의심을 살 것이다. 이런 상황에서는 누군가의 밀고 한 번으로도 충분했다. 실망감으로 그녀는 맥이 탁 풀렸다. 하지만 그녀가 갈색 제복의 나치들에게 저항하는 가정을 찾으려면 얼마나 더 많이 베를린 곳곳을 돌아다녀야 할지 누가 안단 말인가? 히틀러 독재가 10년째 계속되고 있는 지금 그런 가정이 있기나 할까? 결국 그녀는 이 계약을 받아들이기로 했다.

"그런데 지금 한 가지 말씀드려야 할 것이 있는데요."

잉에는 결정을 번복할 수 있는 마지막 가능성을 시도해 보았다.

"제가 가사 일은 전혀 경험이 없어요."

최근에 이 제도와 관련된 보도에 따르면 25세 이하의 미혼여성들을 대상으로 1938년부터 시작된 이 의무봉사제도가 가정과 사회에서 직업에 대한 기쁨을 줄 것이라고 설명했다. 물론 잉에는 제국의 여성 지도자들에게 그런 점을 증명해 보일 생각은 추호도 없었다. 그러나 엘리자베스는 가사 도우미 구하기가 점점 더 어려워지고 있다는 것을 알고 있었다. "괜찮아요, 나도 처음에는 얼마나 경험이 없었는지 알아요? 함께 해나가면 잘할 수 있을 거예요." 그녀는 미소를 지으며 잉에를 문 쪽으로 안내했다.

"월요일에 봐요."

릴리의 증언 —— 미안하지만 우리가 히틀러의 사진을 가지고 있었던 적은 없었어요. 분명 잉에가 착각했을 겁니다. 그녀는 나를 나치의 일원으로 생각했으니까요. 다시 말하지만 우리는 전형적인 독일인 가정이었습니다. 당연한 일이죠. 물론 인정합니다. 우리 가정이 다른 수백만 독일인들과 같았다는 것을 말입니다.

나는 결코 히틀러를 선택한 적은 없지만 나치와 결혼했습니다. 남편은 당원은 아니었지만 훌륭한 독일인이었고 나치였습니다. 잉에는 나 또한 그런 사람이라고 알고 있었습니다. 남편은 원래 소르비아인이지만 진정한 프로이센 사람이었어요. 내 생각에 우리 집에 『나의 투쟁』(히틀러의 저서 - 옮긴이)이 있었던 것 같아요. 그래요 있었어요. 그리고 『민족의 관찰자』(나치당의 기관지 - 옮긴이)도 있었습니다.

나는 정치적인 이야기는 별로 하지 않았어요. 내 남편이 나치였고 조금은 유태인 배척주의자였다는 것은 어쩔 수 없이 인정하지만, 그것은 어디까지나 가정을 지키기 위해서였고, 사회 전반적으로 팽배해 있던 유태인 배척주의 때문이었습니다. 내가 나치와 결혼한 것에 대해 부모님은 항상 내 마음을 아프게 하셨고, 자주 질책하셨습니다. 남동생도 독일에 있는 동안 내 결혼을 결코 인정하지 않았죠. 하지만 남동생은 그후 더 이상 내 일에 신경 쓰지 않았습니다. 신경을 썼다고 해도 내가 설득당하는 일은 없었을 겁니다. 그때는 무엇이든 내가 원하는 대로 하던 시절이었으니까요.

나는 무조건 그와 결혼하고 싶었어요. 나는 정말 바보였고 어리석었죠. 그러나 무엇보다도 나는 집에서 벗어나고 싶었습니다. 다른 것은 전혀 생각하지 않았어요. 그는 잘생긴데다 사람들에게 인기가 많았고, 유능한 사람이었습니다. 나는 귄터와 결혼을 한 것이지, 결코 나치와 결혼한 것이 아니었어요!

결국 우리는 부모님이 참석하지 않으신 가운데 결혼식을 올렸습니다. 시부모님조차도 결혼식에 오지 않으셨죠. 그분들에게 나는 너무 어리고 지나치게 활달한 여자였습니다. 나의 모든 생활방식이 그분들과 맞지 않았습니다. 내가 결혼할 때 아버지는 리젠게비르게 부근에 계셨어요. 우리는 서면 허가서를 써달라고 아버지께 부탁드렸습니다. 내가 아직 스물한 살이 안 되었기 때문이죠. 그러나 아버지는 너무도 완고하셨어요.

내가 아버지를 다시 뵌 것은 베른트가 태어난 다음이었습니다. 손자를 보시자 적대감이 풀어지셨죠. 결혼 후에 나는 어린 주부가 되었고 아이를 낳았습니다. 그러는 동안 가족을 돌보고 살림을 하도록 길들여져 갔고, 몇 년을 그렇게 살았습니다. 아이를 낳고, 기저귀를 갈고, 살림을 하고, 남편을 보살피면서 살았죠. 이 똑같은 일상 때문에 나는 언제나 남편에게 화가 나 있었습니다. 나중에는 정말 심각해졌죠. 최소한 일요일만이라도 남편이 나를 해방시켜 주기를 바랐지만, 전혀 그러지 않았어요. 언제나 모든 것이 정확하게 테이블 위에 준비되어 있어야 했습니다.

남편이 한번쯤은 아이들을 데리고 산책을 가줄 수도 있었을 텐데, 그는 아이들을 어떻게 다루어야 하는지 전혀 몰랐어요. 아들들을 대단히 자랑스러워했지만 단 한 번도 나를 위해서 아이들을 돌봐준 적은 없었습니다. 그런 배려는 생각조차 할 수 없는 일이었죠. 당시 주변에는 오직 자식 키우는 일에만 신경 쓰는 가정이 많았습니다. 자식을 둔 어머니들이 서로 정보를 교환했는데, 그것이 우리에게는 다른 무엇보다도 중요했어요. 나폴라 학교요? 아니에요, 웃음밖에 안 나오네요. 그러기 위해서는 남편이 당원이어야 했을 겁니다. 그렇지 않나요? 대단히 충직한 당원의 자식들만이 그런 학교에 들어갈 수 있으니까요.

내 남편은 진정한 나치가 아니었어요. 다른 많은 사람들, 수천 명의 다른 사람들과 마찬가지였죠. 독일은 과거의 모습을 다시 찾으려고 했습니다. 얼마나 많은 사람들이 동조했고 심지어 당원이 되었는지 모릅니다. 그들은 히틀러가 뭔가를 해낼 수 있을 것이라고 믿었기 때문이죠. 그러나 그 결과 벌어진 일은…… 처음에 사람들은 그런 일이 생길 것이라고는 전혀 생각하지 못했습니다.

나폴라, 얼마 만에 들어보는 말인지 몰라요. 아마도 50년은 넘었을 거예요! 남편은 얌전한 은행원이었고, 전쟁이 아니었다면 그저 자신의 길을 갔을 겁니다. 어쩌면 아이들도 도이치뱅크에 들어가거나 대학에서 공부했을 거예요. 그래요, 흔히 말하듯 길은 정해져 있었으니까요. 남편은 훌륭한 독일인이었습니다.

1942년 10월 5일, 독일의 제국원수인 헤르만 괴링은 추수감사절 연설에서 '대대적인 인종전쟁'에 대해 언급했다. "이곳에 게르만인 혹은 아리아인이 서 있느냐, 아니면 유태인이 세계를 지배하느냐, 결국은 그것에 관한 문제이며 우리는 이를 위해 밖에서 투쟁하고 있다." 이 연설은 한 글자도 빠짐없이 그대로 신문에 실렸다. 같은 날 친위대 대장인 하인리히 힘러는 독일 내 강제수용소에 있는 모든 유태인을 아우슈비츠로 이송하라는 명령을 내렸다.

잉에 볼프가 부스트 부인의 집에서 막 적응하기 시작하던 때였다. 그녀는 서재에 산더미처럼 쌓여가는 당 기관지 『민족의 관찰자』의 책등이 정확하게 유리 진열장 모서리에 오도록 정리하는 법을 배워야 했다. 그리고 사랑스러운 부스트 부인의 아이들은 며칠이 지나기도 전에 벌써 그녀의 다음을 빼앗았다. 스물아홉 살의 부스트 부인은 규칙적으로 2년에 한 명씩 아이를 낳았다. 베른트는 일곱 살, 에버하르트는 다섯 살, 라인하르트는 세 살, 그리고 알브레히트는 한 살이었다.

매일 아침 잉에가 첫번째로 할 일은, 베른트와 에버하르트가 흠뻑 젖은 기저귀를 찬 알브레히트를 어린이대피소에서 데려오면 알브레히트를 냄새나는 기저귀로부터 벗어나게 해주는 일이었다. 그 외에는 주로 중간 형제를 돌봐주었다. 에버하르트는 매일 잔잔한 미소로 매력적인 충치를 내보이며 잉에를 향해 달려왔다. 성숙하고 진지한 눈으로 세상을 관찰하는 라인하르트는 끊임없이 그녀에게 영화를 보러 가자고 졸라댔다. 영화관에서 행복한 표정으로 쥐죽은 듯이 자리에 앉아 영화를 봤다. 키가 크고 나이가 제일 많은 베른트는 잉에에게 별 관심이 없었고 오후 내내 거리에서 전쟁놀이를 하며 보냈다.

부스트 부인은 능숙하게 아이들을 다룰 줄 알았기 때문에 나치 여성으로서는 흔치 않게 여가를 즐길 수 있는 충분한 시간이 있었다. 그녀는 잉에를 무조건적으로 신뢰했다. 심지어 그녀가 남편이 아닌 다른 남자들과 자게 될 때도 잉에에게 도움을 청했다. 그럼으로써 두 사람 사이에는 어떤 공범의식 같은 것이 생겨났다. 비록 잉에가 주인 여자의 정치적인 혹은 성적인 편애를 이해할 수도, 이해하고 싶지도 않았는데 말이다.

오후마다 귄터 부스트의 직장 동료들이 그녀의 집을 방문했다. 그들은 좋은 매너와 점잖은 말씨, 단정한 외모를 가진 신사들이었다. "그녀는 소박한 은행원들에게 대단히 사랑받는 존재랍니다." 잉에는 히틀러의 청동 부조를 닦아야만 하는 치욕에 대한 복수로 비꼬듯 말했다. 남자들이 방문하겠다고 알려오면 부스트 부인은 네크라인의 끝자락이 연한 녹색인 잠옷을 준비했고, 잉에는 침대 시트를 새로 갈아야 했다. 그 다음에는 혼자서 아이들을 데리고 동물원에 가는 일이 남아 있었다.

부스트 부인은 특히 파텐하이머라는 사람을 기다릴 때면 얼굴이 빨개질 정도로 흥분했다. 은행원이면서 '늙은 투사'(1933년 이전, 히틀러 정권 이전에 나치당에 들어간 사람들을 이르는 명칭 – 옮긴이)인 그는 폐 사진에서 검은 부분이 발견되어 국방군에서 퇴역했다. 그가 오는 날이면 부스트 부인은 마치 어린 여자애처럼 집안을 뛰어다녔고, 끊임없이 머리를 쓸어올리며 계속해서 무엇인가를 찾는 듯 보였으며, 물건들을 제자리에 정리해 놓곤 했다. 그녀는 자신이 늙은 투사와 가장 잘 맞는다고 말했다.

릴리의 증언＿＿그들은 내 남편 또래로 우리 부부가 함께 알고 지내던 사람들이었습니다. 대부분 휴가 중이거나 아니면 베를린의 다른 지점에서 일하는 사람들이었어요. 내게는 나의 성적 기능을 유지시켜 줄 남자들이 필요했습니다. 나는 한 번도 남자가 없어서 고민해 본 적이 없었어요. 그러나 사실 그들과의 잠자리는 정도의 차이만 있었을 뿐 만족스럽지 못했습니다. 그것은 슬픈 일이었죠.

생각해 보면 그 누구보다도 귄터가 최고였어요. 하지만 결코 내 탓이 아니었다고 설명할 수밖에 없습니다. 요즘 사람들이 흔히 말하는 오르가즘, 그런 것에 대해서 난 전혀 몰랐어요. 그러나 그들이 나를 원했고 나는 'NO'라고 말하지 않았을 뿐이에요. 물론 남자들이 젊은 여자의 뒤를 따라다닐 때는 아첨을 떨죠. 그리고 남자들이 징집되는 시기에는 도덕관념이 느슨해지게 마련이었습니다. 당장 내일 무슨 일이 일어날지 아무도 몰랐으니까요. 그래서 우리는 인생을 되는 대로 그렇게 즐겼습니다. 그것은 남자들도 마찬가지였어요. 내 남편에게도 리즐이라는 여자가 있었습니다.

물론 나는 귄터를 좋아했습니다. 그렇지 않았다면 그와 결혼하지도 않았겠죠. 그러나 나는 너무 어렸고 어리석었어요. 내가 비로소 정신을 차린 것은 스물여섯 살이 될 때였습니다. 그때 나에게는 이미 세 명의 아이가 있었어요. 나는 더 이상 살림만 하는 엄마이고 싶지 않았습니다. 그때 처음으로 남편과 나 사이에 의견 충돌이 생겼어요. 그때야 비로소 나는 어른이 되기 시작했고, 내 자신을 방어하기 시작했습니다.

그는 때때로 혼자 맥주 마시러 가기를 좋아했어요. 물론 나는 그를 따라 술집에 가고 싶은 적이 한 번도 없었지만, 혼자서 아이들을 돌보는 것도 싫었습니다. 정말로 그랬어요. 나는 극장에도 가고 싶었고, 그와 함께 어떤 즐거운 일도 해보고 싶었어요. 그때 분명히 깨달았습니다. 지금 나는 어디로 가고 있는 걸까? 그때부터 남편과 멀어지기 시작했어요. 정확히 표현하자면 전쟁이 시작된 거죠.

결국 나는 헤르만 부부의 집에서 며칠을 보내기로 했어요. 남편인 에발트는 귄터와 마찬가지로 도이치뱅크의 직원이었고, 제일 큰 아이들이 동갑이라 서로 친구가 되었죠. 그리고 아내인 케테는 나와 가장 친한 친구였습니다. 그런데 나는 뭔가 수상한 일이 벌어지고 있다는 것을 눈치챘습니다. 1940년에 귄터가 징집되어 군대에 갔을 때 내게 쓴 편지에서 케테로부터 소식이 없다고 불평을 하는 것이었습니다.

나는 분노에 차 씩씩거리며 친구에게 달려갔습니다. "적어도 귄터가 내게 보내는 편지에서만큼은 나에 대한 이야기만 해야 하는 거 아니니?” 나는 그녀에게 으르렁거리며 따졌어요. 그러자 케테가 울기 시작했습니다. “그럼 너희 부부는 정말 그렇게 서로 사랑하니?” “그래.” 그녀가 길게 한숨을 내쉬었어요. 나는 그녀를 안아주고 위로해 주었습니다. “그럼 너희 둘은 그렇게 서로 사랑하렴. 그렇지만 나도 그냥 내버려둬.”

사실 나는 이 일과 관련해서 남편을 전혀 나쁘게 생각하지 않았습니다. 원하는 대로 하되 가정만큼은 깨지 말라는 것이 내 생각이었습니다. 나는 그저 알고 싶지 않았어요. 한번은 5년 동안만 같은 집에서 별거를 해보자고 제안한 적도 있었습니다. 내가 살림을 비롯한 모든 일을 돌보되 더 이상은 아무것도 요구하지 말라고 했어요. 남편은 이마를 찡그렸죠. 나는 탈출구를 찾고 있었습니다. 그리고 마침내 울타리를 뛰어넘었습니다.

예전 같았으면 남편을 배신한다는 것은 상상조차 못했을 일입니다. 그러나 그가 일을 조금 과장한 면도 있었어요. 나는 그 점에 대해서 나중에 그를 비난하기도 했죠. 언젠가 우리가 다투게 되었을 때 – 넷째인 알브레히트가 막 9개월이 되었을 때 – 나는 분노를 터뜨리면서 그에게 고백하고 말았습니다. 미안하지만 그 아이는 당신 아이가 아니라고 말이에요. 그 일은 남편을 대단히 화나게 만들었습니다. 무엇보다도 남편은 에르빈을 알고 있었기 때문이었죠. 그렇지 않겠어요? 그러나 나는 남편에게 모든 일이 그의 탓이라고 말했습니다. 그는 왜 끊임없이 다른 여자들과 방황했던 거죠? 나는 그런 남편의 방황 때문에 혼자라고 느꼈고, 그저 한 번의 유혹에 넘어갔던 것뿐이었습니다.

에르빈과 내가 그런 사이가 된 것은 그리 오래되지 않았습니다. 세번째 만났을 때 일이 그렇게 되고 말았어요. 그때는 혼란스러운 시기였고, 그 사람만 그런 것이 아니었습니다. 내 남편은 에르빈이 얼마나 내 뒤를 따라다녔는지 알고 있었어요. 결혼식 날 제단 앞에서도 그는 자기와 결혼해 달라고 내게 간청했습니다. 우리는 늘 연락을 하고 지내는 사이였어요. 귄터와 나는 베를린에서 여러 곳으로 이사를 다녔지만 그는 언제나 우리를 따라왔습니다. 그가 빌머스도르프 시청 공무원이 되자 우리에게 슈마르겐도르프에 있는 아파트를 구해주었죠.

아닙니다. 저는 그렇게 많은 아이들을 원하지는 않았어요. 베른트와 에버하르트는 내가 원해서 낳은 아이들이죠. 그러나 라인하르트는 실수였습니다. 그때 나는 남편과 3일 동안 말도 하지 않았어요. 그때 나는 겨우 휴식을 취하던 때였습니다. 그런데 에버하르트가 생후 3주 만에 위경련을 일으켰어요. 아이는 내 손에서 거의 죽어가고 있었어요. 반년을 넘게 나는 두 시간마다 아이에게 음식을 주어야만 했습니다. 아이는 뼈만 남아 있을 정도로 말랐죠. 그런데 또다시 아이가 생겼으니, 그것은 내게 너무 벅찬 일이었어요. 그러나 결국 엄마로서의 본성이 이겼습니다. 낙태에 대해서는 결코 생각해 보지도 않았습니다. 알브레히트를 가졌을 때도 마찬가지였어요. 나는 아이들을 운명으로 받아들였습니다. 그리고 기꺼이 낳아 키웠죠. 단지 아이들이 어떻게 생겼는가 하는 것은 또 다른 문제입니다.

에르빈 부흐비저의 증언 __ 내가 릴리를 알게 된 것은 1933년 초반이었습니다. 우리는 도이치뱅크가 실업자 구제를 위해 제공한 속기와 타자 강습을 함께 들었어요. 나의 아버지는 도이치뱅크의 예금 창구에서, 릴리의 아버지는 외환 창구에서 일하셨습니다. 그러나

서로 아는 사이는 아니었습니다. 나는 그때 스물한 살이었고 이전에 자동수리기술을 배웠지만 실업자였어요. 엔지니어가 되었다면 좋았겠지만 경제적인 사정 때문에 그렇게 되지 못했죠. 그 강습들은 은행이 새로운 권력자에게 잘 보이기 위한 일종의 제스처로, 말하자면 '필연적인 희생'이었습니다. 그렇게 비용이 많이 드는 일도 아니었으니까요.

릴리는 한마디로 내가 꿈꿔온 여자였습니다. 빨간 머리카락, 그것이 첫번째 인상이었어요. 내게는 늘 이루어질 수 없는 꿈이었습니다. 그녀의 생기발랄함, 자신감 넘치는 태도, 그리고 세련된 에티켓이 내게 깊은 인상을 주었습니다. 내게는 없는 것들이었으니까요. 나는 야생 식물과 같은 사람이었어요. 수줍음을 많이 탔고 망설이는 타입이었습니다. 그러나 우리는 금방 친해졌어요. 그런데 릴리는 이미 다른 사람에게 얽매어 있는 몸이었죠.

나는 그녀의 마음을 돌리려고 시도한 적이 한 번도 없었습니다. 시도했다고 해도 아주 무의미했을 겁니다. 두 사람은 모든 면에서 아주 잘 어울렸거든요. 릴리와 귄터 부스트의 부모님들은 우리 부모님에 비해 높은 지위에 있었습니다. 나는 사실 프롤레타리아 계층에 불과했어요. 물론 나의 아버지도 은행원이셨지만 사회적으로 볼 때 우리는 극히 좁은 활동범위 내에서 살았습니다. 나는 아무것도 아니었고, 아무것도 가진 것이 없었어요.

나중에 나는 귄터 부스트와 인사를 하게 되었지요. 그는 대단히 좋은 인상을 주는 사람이었습니다. 그는 정확하고, 예의바르며, 교양이 있었어요. 릴리 역시 교육을 받은 여자였습니다. 그녀는 고등학교 졸업시험을 보았지만, 나는 그러지 못했어요. 그리고 릴리는 나를 전혀 진지하게 생각하지 않았습니다.

작은 도시에서 베를린으로 이주한 아버지는 그저 말단 고용인이었어요. 그러니까 어떤 면에서든 릴리는 내게 추구할 만한 가치가 있는 목표일 뿐이었고, 결혼에 대해서는 생각할 수 없는 대상이었습니다. 나는 실업자였고 귄터 부스트는 고정적인 직업이 있었어요. 도이치뱅크는 누구를 해고하는 법이 없었으니까요. 당시처럼 전쟁 중에도 아무도 해고하지 않았습니다.

그래서 나는 1938년 8월에 한 여성과 결혼했습니다. 그러나 늘 릴리에 대한 그리움이 있었어요. 그녀가 발산하는 에로틱한 매력은 제외하고라도 그녀는 내게 마치 보석처럼 소중하면서도 깨지기 쉬운 존재였습니다. 그녀는 내가 예전부터 원하던 모든 것을 갖추고 있었어요. 빨간 머리카락을 가졌고, 지적이었으며, 교양도 있었죠. 그녀는 근시였기 때문에 안경을 썼어요. 나는 늘 그녀에게 안경을 벗으라고 말했죠. 그러면 그녀가 내 약점들을 덜 보게 될 테니까요. 우리가 마침내 잠자리를 갖게 되었을 때 나는 아무런 죄의식도 느끼지 않았습니다. 프랑스 출정 후인 1941년 1월 우리는 베를린 남쪽에 있는 쉐네바이데라는 마을에 있었어요. 당시에 나는 자유롭게 활동할 수 있었습니다. 바로 거기서 일이 벌어졌던 것입니다.

거실에 있는 히틀러 사진에 대해서는 기억이 나지 않습니다. 그러나 그때에는 그런 사진을 걸어놓는 것이 일반적인 일이었고, 아마 있었다 해도 전혀 내 눈에 띄지 않았을 겁니다. 그렇지 않았나요? 어쩌면 내가 "저기도 친애하는 아돌프가 벌써 와계시는군." 등의 말을 했을지도 모릅니다. 히틀러 사진은 당시에 위장용일 수도 있었습니다. 그렇게 해서 소위 국가사회주의 국민복지회(NSV)나 겨울구호사업을 위해 돈을 걷어가는 나치당으로부터 최소한의 감시를 벗어날 수 있었을 겁니다. 그들은 히틀러의 사진을 가지고 있는지 혹은 깃발이라도 내다걸었는지 보고 다녔으니까요. 국민의 절반이 첩자와 밀고자들이었습니다. 그런데 그것이 그렇게 중요한가요? 나는 릴리에게서 한 번도 히틀러에 대한 강한 열정을 느껴본 적이 없었습니다.

모든 측면에서 볼 때 유태인들은 자신들의 자본을 이용해 도처에서 소위 영향력을 행사하고 있었어요. 그래요, 나는 그들이 경제생활에서 대단히 훌륭한 역할을 하고 있다고 생각했습니다. 그때 우리는 유태인에 대한 여러 가지 소문을 들었어요. 은행원들도 대부분 유태인이었고, 할리우드 영화계에서 막강한 힘을 가진 사람들 역시 유태인이었어요. 분명 그들은 뛰어난 사람들이었습니다. 그러나 당시에 우리는 그렇게 보지 않았어요. 그렇다고 해서 내가 유태인에게 나쁜 짓을 한 적은 없습니다.

부스트 부인은 잉에가 아주 똑똑하다는 사실을 금방 알아차렸다. 1년도 채 지나지 않아 결혼 때문에 일을 그만두었던 지난번 도우미와는 전혀 다르다는 것을 말이다. 한편 잉에는 투명한 피부에 주근깨가 있고, 날카롭게 각이 진 광대뼈를 가진 빨간 머리의 이 주인 여자가 아름다운 것은 사실이지만 매우 우둔하다고 생각했다. 잉에가 정치에 대한 이야기를 피해야 하는 당황스러운 상황은 별로 생기지 않았다.

부스트 부인은 대부분 다른 생각을 하고 있었다. 가끔씩 그녀가 당 기관지 『민족의 관찰자』에서 방금 읽은 것을 아무 생각 없이 떠들어대는 경우가 있을 뿐이었다. 그리고 멋진 유니폼을 입은 나치 소년단원들이 행진하면서 집 앞을 지나갈 때면 창문을 열고 에버하르트를 높이 들어올려 아래쪽을 보여주면서 이렇게 말했다. "잘 보렴, 에버하르트. 히틀러 소년단이란다. 너도 열 살이 되면 함께 행진할 수 있을 거야."

귄터 부스트는 일주일에 한 번씩 가족을 만나기 위해 베르나우의 경비중대로부터 휴가를 받아 집에 왔다. 마른 체구에 콧수염을 조금 기른 서른여섯 살의 귄터는 꽤 괜찮은 외모였다. 그가 파이프 담배를 피울 때면 중후한 매력이 발산되곤 했다.

부스트 부인의 부모인 카플러 부부가 방문했을 때만 집안 분위기가 정치적으로 변했다. 아버지인 카플러 씨는 현관문이 채 닫히기도 전에 벌써 서랍장 위에 걸려 있는 아돌프 히틀러 사진을 향하곤 했다. 카플러 부인은 가지런히 두 손을 맞잡고 만족한 듯 미소를 지었다. 두 사람의 이런 조화로운 모습은 아주 보기 드문 장면이었다. 평소에는 귄터 카플러와 마가레테 카플러 사이에 늘 싸움이 일어났기 때문이다. 친구들이 말하기를, 이들은 정기적으로 매년 1월에 보헤미안 수정으로 만든 꽃병을 새로 구입했다고 한다. 크리스마스 휴가 동안 부부싸움을 하고 그때마다 꽃병이 깨졌기 때문이었다.

카플러 부인은 때때로 주변에 있는 전구와 마이센산 도자기들을 내던지고도 자신의 경박함에 대해서는 전적으로 침묵한 채 레이스가 달린 옷 탓으로 돌리곤 했다. 구두쇠인 남편을 매우 화나게 하는 무책임한 행동이었다. 한편 딸인 부스트 부인의 입장에서 가장 화가 났던 것은, 아버지가 집에서는 좀스러운 독재자이며 허풍선이고 집안 곳곳에 '즉시 처리할 것' 등이 쓰여 있는 작은 쪽지들을 벽에 붙여놓으면서 다른 사람들과 같이 있을 때는 그들을 즐겁게 하기 위해 원맨쇼를 벌이는 인기 많은 사람이었다는 점이다. 그래서 카플러 부부의 딸 방문은 대부분 부부싸움으로 끝을 맺었고, 부스트 부인은 그 때문에 눈물을 흘리곤 했다. 또한 아버지는 외설적인 시를 암송하여 딸을 민망하게 만들기도 했다. "아버지는 정말 경박한 사람이에요." 부스트 부인은 이렇게 말하면서 입을 꽉 다물고 얼굴이 빨개진 채 바닥을 바라브았다.

하지만 잉에는 콧수염을 기른 날씬한 카플러 씨가 마음에 들었다. 그의 정치적인 견해만으로도 그럴 만했다. 카플러 씨는 잉에의 아버지처럼 독일 공산당에 가입했던 사람이다. 그러나 1933년 겁이 많은 아내를 위해 회원 수첩을 불태워 버렸다. 그와 히틀러의 사진과는 특별한 관계가 있었다. 그에게도 역시 히틀러 사진이 한 장 있었다. 그런데 그는 이 사진을 현관문 앞에 있는 좁고 긴 양탄자 밑에 넣어두었다. 그의 집에 들어서는 사람은 누구든 제일 먼저 히틀러의 사진을 밟도록 만들어놓고는 악마적인 즐거움을 누리곤 했다. 특히 그 주인공이 똑똑한 사위인 귄터가 될 경우에 더욱 즐거워했다.

부스트 부인의 남편인 귄터는 나치당에 가입하려고 했지만 1933년 5월 1일 일시적인 가입금지 조치로 인해 입당하지 못했다. 그후 자존심이 상한 그는 다시는 가입신청을 하지 않았다. 그렇다고 해서 사위에 대한 카플러 씨의 편견을 변화시키지는 못했다.

*베른트 부스트의 증언*___ 내 생각에 우리 집에 히틀러 사진이 있었던 것 같지는 않아요. 그러나 그럴 가능성도 있습니다. 나는 점점 아버지를 전적으로 신뢰하게 되었어요. 우리 집에는 판지나 점토로 만들어진 병정들이 있었습니다. 그 중에는 전쟁 영웅 같은 모습의 지도자 병정도 있었어요. 나는 장난감 병정들을 아주 많이 갖고 있었죠. 상자 하나 가득 했으니까요. 총을 쏘는 병정, 대포 뒤에 서 있는 병정, 행진하는 병정, 그리고 작은 말들까지 주석 병정들과 비슷한 것들이었어요. 단지 조금 더 크고 그림이 그려져 있을 뿐이었어요.

우리가 어렸을 때는 친구들끼리 서로 교환을 하기도 했죠. "넌 수비병이 몇 명이니?" 하고 물으면서요. 한 친구는 검정색 나치 친위대 병정들을 가지고 있었어요. 물론 이 병정들은 특히 더 가치가 있었죠. 그렇게 해서 지도자 병정을 얻게 되었어요. 그런데 할아버지께서 집에 오시는 날이면 그 병정은 어디에선가 거꾸로 매달려 있는 채로 발견되곤 했습니다. 그 병정은 다리가 넓게 벌려져 있었고, 다리 사이에는 고리나 열쇠에 매달 수 있을 만한 구멍이 뚫려 있었어요. 일종의 교수형을 시킨 셈이었습니다. 아주 분명했어요.

아버지도 여러 가지 물건들을 가지고 계셨습니다. 예를 들면 나치당과 관련된 책들이 아주 많았어요. 임원들을 위한 책을 판매했기 때문에 아버지는 정기적으로 사서 보시곤 했죠. 그리고는 어머니가 이 책자들을 내다버리지 않았던 거죠. 그러다가 소련군이 독일에 들어왔을 때 – 그 책자들이 무엇인지는 쉽게 알 수 있었죠. 그 위에 독수리가 그려져 있었고, 여러 가지 면에서 눈에 띄었으니까요 – 저희는 그 책자들을 침대 밑으로 밀어넣었어요. 그리고 소련군이 집에 들어왔을 때 지하실에 앉아 있던 우리는 그 책자들이 발각될까봐 얼마나 마음 졸였는지 모릅니다.

베를린 게슈타포의 횡령사건에 따른 결과로 과거 빈에서 '유태인 이주 본부' 책임자였으며 아돌프 아이히만의 개인 비서였고 나치 친위대의 중간급 지위를 가진 알로이스 브룬너가 1942년 11월 중순에 베를린으로 부임해 왔다. '빈의 도살자'로 알려진 이 오스트리아인은 10월 중순 이후로 빈을 실제적으로 '유태인이 전혀 없는 곳'으로 만들어놓았다. O자형으로 휜 다리에 키가 작은 브룬너는 프로이센 사람들에게 더러운 유태인들을 다루는 방법을 보여주는 것이 자신의 임무라고 여겼다.

브룬너는 이미 빈에서 사용했던 가구 운송용 트럭을 도입했고, 큰 소란 없이 유태인들을 집이나 직장에서 바로 끌고 갈 수 있었다. 게슈타포와 유태인 첩자들은 체계적으로 도시 전체를 샅샅이 뒤지고 다녔다. 그들은 마치 개사냥꾼들처럼 거리 사이사이를 누비며 노란색 별을 달고 있는 사람들을 트럭 안으로 밀어넣었다.

브룬너가 온 이후로 베를린에는 온갖 소문들로 넘쳐났다. 게르트 에르리히(『나치 독일에서의 나의 인생』이라는 출간되지 않은 원고를 1945년 겨울 제네바에서 썼다 - 옮긴이)는 부유한 베를린의 한 검사 - 1940년 심장마비로 세상을 떠난 - 의 아들로 태어났다. 후에 잉에 볼프, 엘리자베스 부스트 등과 만나게 될 그는 전쟁 말기에 스위스에 망명해 있으면서 그와 그의 가족이 '브룬너 사건'을 어떻게 체험했는지를 글로 남겼다.

그는 온갖 악독한 의도를 가지고 베를린으로 왔다. "유태인들 스스로 자신들을 멸절시키게 하자." 이런 의도에서 자치 조직들은 직접 이송할 희생자들을 모으는 일을 이때부터 시작해야만 했다. 단지 유태인 '단속자'가 동족들의 저항에 부딪치는 아주 드문 상황에서만 경찰관이 개입했다. 이런 야비한 방법이 11월 19일에 열린 임시회의에서 각 구역의 대표들에게 지시되었다.

당시 우리 대표들의 명예를 위해서 짚고 넘어가야 할 점은 회의 참석자 가운데 꽤 많은 사람들이 이런 사형집행인 노릇을 거부했다는 사실이다. 그러나 이들은 처음부터 부르크 거리 - 부르크 거리 26번지는 제국 보안본부가 있는 곳이다 - 의 명령에 대한 저항을 잘못된 방법으로 시작했다. 그들의 저항은 수동적이었다. 감히 반란을 모의할 생각은 하지 못했다. 그 결과 회의석상에서 많은 사람들이 즉시 체포되었고 강제 이송되기 위해 각기 분류되었다. 그럼으로써 우리 자치조직의 지휘부는 완전히 나치의 고분고분한 도구가 되었던 것이다.

1942년 11월 19일에 체포된 대표자들 중에는 나의 새아버지도 있었다. 그는 이날 회의에 간 이후로 집에 돌아오지 않았고, 나는 새아버지를 다시는 보지 못했다. 이날은 내가 야간근무를 하고 돌아온 날이었다. 점심식사 후 다시 잠을 자기 위해 침대에 누웠다. 그런데 4시쯤 어머니가 하얗게 질린 채 방으로 들어왔다.

"벤노가 체포되었단다. 우리 가족 모두가 오늘 저녁에 수용소로 가야 한다는구나."

나는 깜짝 놀라 침대에서 벌떡 일어나 옷을 입었다. 끔찍한 순간이었다. 나는 베를린에 남기 위해 가족과 헤어져야 했다. 나는 불쌍한 어머니와 어린 여동생이 마지막 물건들을 배낭 안에 넣는 것을 도와주었다. 이 끔찍한 오후를 나는 결코 잊지 못할 것이다.

저녁 8시쯤 모든 짐이 꾸려졌다. 나는 어머니와 여동생과 함께 그로센 함부르크 거리에 있는 수용소까지 동행했다. 경찰들이 경비를 서고 있는 수용소 문 앞에서 가장 소중한 사람들과 영원히 이별해야만 했다. 어린 여동생 마리온에게 해주는 마지막 키스, 나의 미래를 위한 선량한 어머니의 마지막 축복. 그리고 그 두 사람 뒤에서 수용소 문이 닫혀버렸다. 하나의 세계가 사라졌다. 그 문이 닫힘과 동시에 모든 어려움 속에서도 비교적 평온했던 나의 젊은 시절은 끝이 났다. 그때부터는 내 힘으로 살아가야 했다.

— 게르트 에르리히의 글

1942년 11월 24일 워싱턴에서 뉴욕의 랍비인 슈테펜 비제가 기자회견을 가졌다. 그는 기자들에게 국무성에서 확인된 정보에 따르면 나치의 '유태인 전멸작전'에서 200만 명의 유태인이 살해되었으며, 유럽에 있는 모든 유태인을 섬멸시키는 것이 목표라고 말했다. 이런 정보는 같은 날 예루살렘에서도 확인되었다. 그리고 동유럽의 가스실에 대한 소식, 유태인들을 크라카우 근처 아우슈비츠의 거대한 화장터로 데려간 대대적인 유태인 강제 이송에 대한 자세한 소식들이 전세계로 퍼졌다. 아우슈비츠에서의 유태인 대량학살은 이미 1942년 중반부터 시작되었지만 외부 세계에 알려진 것은 이번이 처음이었다. 독일에서도 유태인 가스 살인과 총살에 대한 BBC 방송보도가 수신되었다.

11월 말, 루스벨트 대통령이 제기한 '대통령의 세번째 전쟁대권 법안'이 미국 국회에서 부결되었다. 이 법안은 미합중국으로 들어가고 나오는 사람, 재산, 정보의 자유로운 이동을 방해하는 법률의

폐지를 요구하는 것이었다. 한 공화당 의원이 다수의 의견을 요약해서 말하기를, "내가 이 법안을 이해한 바에 따르면, 이민자들을 위한 문을 활짝 열어젖히는 것을 의미합니다."

보수적인 신문사들, 특히 『시카고 트리뷴』은 정치가들이 이 나라를 유럽과 다른 나라로부터 오는 망명자들로 넘쳐나게 만들려고 하는 것은 정말 '충격적인 일'이라고 보도했다.

2 조금 다른 여자

11월 27일 오후 3시에 엘리자베스 부스트와 잉에 볼프는 초(Zoo)역 옆에 있는 영화사 우파(Ufa) 건물 근처의 베를린 카페에서 잉에의 한 여자 친구와 약속이 있었다. 얼마 전부터 잉에는 자신의 여자 친구들에 대해 자주 이야기했다. 잉에가 어딘지 다른 것 같다는 엘리자베스의 의심은 어느 날 침대 정리를 하면서 잉에가 엘리자베스의 팔을 쓰다듬으며 어떤 느낌이 드는지 물었을 때 더욱 확실해졌다.

잉에는 여자들끼리도 그런 느낌이 매우 아름다울 수 있다고 속삭이면서 빛나는 검은 눈으로 브끄러움 없이 엘리자베스의 얼굴을 바라보았다. "아, 물론 그렇지, 여자들끼리도 그렇게 생각할 수 있지." 엘리자베스는 당황하며 시선을 아래로 피했다. 더 이상 생각할 필요도 없이 그녀는 잉에가 평범하지 않다는 것을 확신했다. 잉에가 높이 평가하는 엘리자베스의 성격 중 하나는 신중함이었다. 그녀는 한마디로 질문을 전혀 하지 않았다. 그 덕분에 잉에는 그녀에게 모든 뉴스거리들을 부담 없이 이야기할 수 있었다.

베를린 카페에서 엘리자베스가 소개받은 잉에의 친구는 손질이 잘된 갈색 머리에 부드러운 영국산 적갈색 의상을 입은 펠리체 슈라더라는 젊은 여성이었다. 엘리자베스는 의아해 했다. 그녀는 잉에가 자주 이야기했던 엘레나이라는 여자가 올 것이라고 생각했기 때문이다. 반짝거리는 실크 스타킹을 신은 긴 다리가 유독 눈에 띄는 펠리체는 잉에보다 약간 키가 컸다. 그녀는 일부러 엘리자베스의 마음에 들려고 하는 것 같았다. 그녀의 말투는 매력적이었다. 그녀는 끊임없이 환한 미소를 지으면서 엘리자베스를 바라보았고 그때마다 아름다운 하얀 치아가 드러났다.

잉에는 친구가 살고 있는 가구 딸린 방에 대해 무언가 열심히 말하고 있었다. 엘리자베스는 자신의 스타일대로 묵묵히 듣기만 했다. 그리고 단정하게 매니큐어가 칠해진 펠리체의 가느다란 손을 바라보면서 그녀의 향수 냄새를 맡고 있었다. 그리고 잉에와 펠리체가 서로에게 보내는 장난스런 시선도 놓치지 않았다. 엘리자베스는 알 수 없는 세계에 빨려들어 가는 것 같았다. 마치 그녀의 모든 감각이 깊은 잠에서 깨어난 듯 예민하게 곤두서는 것을 느꼈다. 그녀는 짙은 갈색의 얇은 인조견에 밝은 갈색 장미들이 수놓인 옷을 입은 자신이 펠리체 옆에서 민망하리만큼 무미건조하게 느껴졌다.

몇 시간이 흐른 뒤에 엘리자베스는 그녀들과 함께 우파 건물 앞

전차 정거장에 도착했다. 한기가 느껴졌다. 펠리체가 서류 가방을 열더니 ― 그녀가 그런 가방을 들고 있었다는 것을 엘리자베스는 전혀 알지 못했다 ― 조금은 어색한 미소와 함께 사과 한 개를 그녀에게 선물했다. 엘리자베스는 떨리는 손으로 받아 쥐었다. "안녕히 가세요." 펠리체가 말했고, 엘리자베스는 그녀가 자신에게 뭔가 말하고 싶어한다고 느꼈다.

며칠이 지난 뒤 엘리자베스는 잉에가 일이 끝나는 시간이 다가오면 왠지 초조해하면서 자꾸 거실 창문 쪽으로 달려가는 것을 발견했다. 엘리자베스가 창문에서 내려다보니 펠리체가 감히 위로 올라오지 못하고 잉에를 기다리고 있었다.

"위로 올라와요. 추위 속에 그렇게 서 있으면 안돼요!" 엘리자베스가 단호하게 외쳤다.

"잉에, 펠리체를 당장 데리고 올라와. 그녀가 길거리에서 널 기다린다는 것은 말도 안 돼."

그렇게 해서 펠리체는 오후 5시가 되면 엘리자베스 집으로 들어오게 되었고, 가끔 잉에와 함께 간단한 저녁식사를 하기도 했다.

비록 베를린의 가정주부들이 생활용품 부족에 불평을 하고 가게 앞에 늘어서 있는 줄이 점점 더 길어지고 있었지만, 릴리는 네 아이 몫의 배급량 덕분에 언제나 식료품을 풍족하게 얻을 수 있었다. 더구나 크리스마스 때에는 특별 배급까지 있었다. 어른들을 위해서 50그램의 열매커피와 0.7리터의 독한 알코올음료, 그리고 고기, 버터, 밀가루, 설탕, 견과류, 치즈, 과자류 등을 받았다.

릴리는 사람들로 집안이 북적이는 모습을 즐겁게 지켜보았다. 그녀는 많은 손님들이 드나드는 분위기에 이미 익숙해져 있었다. 그녀의 부모도 모임과 파티를 즐겼다. 그럴 때면 어머니는 음식을 나르고 설거지를 해줄 파출부를 부르곤 했다. 아버지는 코블렌츠의 백포도주를 지하실에서 꺼내왔고, 거실과 서재 사이의 문을 열고 피아노로 즉흥곡을 연주해 손님들을 즐겁게 했다.

초대된 젊은 남자들을 즐겁게 해주기 위해 릴리는 아버지와 함께 마루 한편에서 즉흥적으로 춤을 추기도 했다. 그 외에도 카플러 부부의 집에서는 자주 음악이 연주되었다. 여름이면 창문을 열어 놓은 채 아버지가 슈베르트의 곡을 피아노로 연주하고, 오빠인 봅이 바이올린을 켜고, 어머니와 릴리가 듀엣으로 노래를 부르면 밖에 있던 사람들이 갈채를 보내곤 했다.

일주일에 몇 번씩 릴리의 집에 모이는 다양한 부류의 젊은 여성들은 겉으로는 아무런 걱정이 없는 듯 보였다. 가장 아름다운 사람은 엘레나이 폴락이었다. 짙은 푸른색 눈과 탐스럽고 긴 곱슬머리를 가진 그녀는 매우 이국적으로 보였다. 릴리가 쾌활하게 그녀 앞에서 수다를 떨 때면 엘레나이는 릴리가 겪은 인생의 변화에 대해 깜짝 놀라면서 조용히 경청했다. 한편 엘레나이는 누군가를 설득할 때면 갑자기 목소리가 커지고 거칠어졌으며 뺨이 빨갛게 달아오르고 눈은 공격적으로 번뜩였다.

그들 중에서 누가 누구와 관계를 맺고 있는지에 대해서는 릴리도 추측만 할 뿐이었다. 잉에와 펠리체는 분명했고, 잉에와 엘레나이 역시 확실했다. 특색 없는 금발의 노라는 엘레나이에게 푹 빠져 있는 것처럼 보였다. 그리고 엘레나이는 남자들과도 관계를 갖는 것 같았다. 이야기 중에 간간이 크리스티네라는 여성도 등장했다.

잉에가 낮에 펠리체의 전화를 제때 받지 못하고 릴리가 수화기를 들 때가 있었다. 그럴 때면 릴리는 펠리체의 기분 좋은 말을 듣고 즐거워했다. 그러나 릴리 옆에 있던 잉에가 자제력을 잃고 불쾌감을 표시했다. 잉에는 펠리체가 부스트 부인을 흔들지 말아야 한다고 생각했다. 그런데 최근에 펠리체는 커다란 장미 꽃다발을 들고 갑자기 부스트 부인을 찾아온 적도 있었다.

1942년 12월 31일 자유로운 분위기 속에 축제가 벌어졌다. 펠리체가 휴대용 축음기를 가져왔고, 릴리에게는 손잡이식 구동장치가 달린 구식 장비가 있었다. 펠리체는 자신의 축음기판을 하나씩 릴리의 집으로 옮겨왔다. 그래서 릴리가 모아놓은 유행가들과 금지된 프랑스의 샹송들까지 모든 곡이 갖춰지게 되었다. 그녀들은 「사랑이 죄가 될 수 있나요?」, 그리고 「세상의 지붕 위, 그곳은 황새의 둥지」 등의 노래를 마음껏 불렀다. 그리고 릴리는 즐거운 마음으로 계란과 파를 넣은 빵을 대접했다.

나치 독일군이었던 귄터 부스트도 행복했다. 그가 집에 돌아올 때마다 매력적인 숙녀들이 와 있어서 기분이 좋았고, 오래전부터 보지 못했던 릴리의 밝은 모습을 보는 것도 기뻤다. 케테 헤르만과의 불미스러운 사건으로 둘 사이에는 자주 다툼이 있었다. 그리고 귄터가 리즐과 문제를 일으킨 이후에는 서로 완벽하게 소원해졌다. 이런 친구들을 릴리가 좀더 일찍 알았더라면 아마도 에르빈과의 어리석은 일도 일어나지 않았을 것이다.

1943년 1월 30일은 나치가 정권을 장악한 지 10주년이 되는 날이다. 베를린 시민들은 두 시간 넘게 헤르만 괴링의 발표를 기다리고 있었다. 처음으로 영국의 정찰기들이 대낮에 베를린 상공을 선회했기 때문이다. 괴링은 그 어떤 동요도 없이 승리를 확신했지만 4일 뒤에 스탈린그라드에 포위되어 있던 마지막 독일군이 항복을 했다. 라디오에서 장송곡과 함께 패전 소식이 전해졌다.

2월 18일 제국의 선전상 괴벨스는 독일 국민에게 좀더 많은 노력을 촉구했다. 그는 베를린 스포츠회관에서 열린 '열광적 의지의 집회'에서 '독일과 문명의 구원'을 위해 '전면적인 전쟁'을 선포했다. 소련으로 출정한 희생자들을 추모하기 위해 3분간 묵념 사이렌이 울렸다. 길을 가던 사람들은 서로 바라보지도 않고 그 자리에 그대로 서 있었다. 대부분의 사람들은 독일이 전쟁에 최종적으로 패배했다는 것을 분명히 알고 있었지만, 아무도 그것을 입 밖에 내지 않았다.

나치의 선전활동은 더욱 강력하게 '내부의 적'에게로 향했다. 괴벨스는 히틀러에게 그의 54주년 생일인 4월 20일에 '유태인이 한 명도 없는' 베를린을 넘겨주겠다고 약속했다. 게슈타포들은 집집마다 들이닥쳐서 자물쇠로 채워진 문을 도끼로 부수고, 쇠로 된 봉인을 잘라내고 집 안으로 들어갔다. 많은 유태인들이 몸을 피하기 위해 어디론가 사라졌다. 이 '도피자'들의 운명에 대한 무서운 소문들이 퍼지기도 했다.

2월 20일에는 제국 보안본부가 아우슈비츠로 유태인을 '기술적으로 이송'하기 위한 방침을 내렸다. 이때 각 개인이 소지할 수 있는 물품 목록은 다음과 같았다.

약 5일치의 행군 식량, 트렁크나 바낭 1개, 튼튼한 작업용 장화 1켤레, 양말 2켤레, 셔츠 2장, 속옷 2벌, 작업복 1벌, 담요 2장, 침대커버 2벌, 냄비 1개, 컵 1개, 수저 1개, 스웨터 1개.

2월 말에 릴리의 친구 모임은 두 명이 더 늘어났다. 검은 머리에 넓고 평평한 얼굴, 슬퍼 보이는 검은 눈을 가진 일제 플루그는 보행에 약간 장애가 있었다. 그녀는 펠리체에게 사진 찍는 법을 가르쳐주었다. 펠리체는 라이카(독일 라이츠사에서 만든 고급 소형 카메라 ─옮긴이)를 가지고 있었고 저널리스트가 되고 싶어했다. 전쟁터에 나가 있는 남편을 걱정하는 일제 플루그는 펠리체의 부탁으로 릴리와 아이들의 사진을 찍어주곤 했다. 흔히 그레고르로 불리는 또 다른 한 명은 마흔두 살의 남자 작가로 게오르크 치비어이다. 그는 결혼했지만 처음에 아내 되르테를 릴리와 그녀의 모임에 소개하는 일이 쉽지 않았다.

펠리체는 점점 더 적극적으로 릴리에게 구애하기 시작했다. 그녀는 날마다 전화를 걸었고 집을 방문할 때마다 꽃을 가지고 왔다. 릴리에 대한 애정표현도 과감해졌다. 사실 이성적으로 생각하면 결코 기뻐해서는 안 되는 일이었지만 그런 적극적 표현이 릴리의 마음을 즐겁게 했다. 혹시 그녀가 말도 안 되게 그런 일들을 즐거워했던 것이 무의식적으로 펠리체를 자극했고 그 결과 2월에 그런 일이 벌어지게 되었던 것일까?

권터 부스트가 집에 온 날, 펠리체와 잉에는 저녁 식사에 초대받았다. 릴리가 부엌에서 설거지를 하고 있는 동안 잉에는 거실에서 권터와 이야기를 나누고 있었고, 펠리체는 릴리를 돕기 위해 부엌에 있었다. 무엇인가 잊어버리고 온 릴리가 거실로 갔을 때 그녀는 그 자리에 얼어붙은 듯 멈춰서고 말았다. 잉에가 권터와 키스를 하고 있었던 것이다! "아, 미안해요." 그녀는 말을 더듬거렸다. 평소 공공연하게 남성 적대적이었던 잉에의 갑작스런 변화에 놀랐지만 애써 태연한 척하며 다시 주방으로 돌아왔다. 그런데 릴리가 펼쳐놓은 마른 행주 위에 커피 잔을 엎어놓을 때 갑자기 펠리체가 릴리를 끌어당기며 키스하려고 했다. 릴리는 얼굴이 빨개지면서 그녀를 밀쳐냈다. 릴리 자신도 놀랄 만큼 거칠게, 그렇다. 릴리는 심지어 주먹으로 펠리체를 때리기까지 했다.

"화났어요?" 당황한 펠리체가 약간 쉰 목소리로 물었다.

"아니, 무엇 때문에? 우리는 여전히 친구로 남을 수 있어."

무거운 침묵 속에서 두 사람은 설거지를 끝냈다.

그후 며칠 동안 그들은 아무 일도 없었던 것처럼 행동했다. 가끔 펠리체가 짙은 갈색 눈으로 의문스럽게 그리고 약간은 재미있는 표정으로 릴리를 바라보았고, 릴리는 그 시선을 피하곤 했다.

독일제국의 국회의사당 화재사건 10주년이 되는 2월 27일 이른 아침, 나중에 '공장사건'이라고 알려졌던 '유태인에 대한 최후의 조치'가 베를린에서 실행되었다. 알로이스 브룬너의 조치였다. 프랑스와 그리스에서 새로운 임무를 맡기 전에 자신의 베를린 계획을 마무리하기 위해서였다. 그가 빈에서 했던 방법 그대로 자행하는 베를린 게슈타포는 지도자에 대한 괴벨스의 생일 약속을 지키고 싶어했다. 또한 나치 지배하에 있던 국민도 스탈린그라드 이후로 그 어떤 일에도 더 이상 물러서는 일이 없게 되었다.

시간은 빠르게 지나갔다. 동이 트기도 전에 벌써 무장한 나치 친위대 군인들을 태운 트럭들이 거리를 누비고 다녔다. 나치 친위대 기갑보병사단 부대인 '친위 연대 아돌프 히틀러'는 경기관총을 들고 패배에 대한 책임을 유태인들에게로 돌리기 위해 떼를 지어 달려들었다.

베를린에 남아 강제 노동을 하던 유태인 노동자들이 공장에서 바로 체포되었다. 나치 친위대와 게슈타포 대원들은 공장 작업대에서 일하고 있는 사람들을 덮쳤고 대기 중인 화물트럭에 몰아넣었다. 저항하는 사람들을 총부리로 위협하면서 몰아세웠고, 임산부와 노인들은 마치 가축처럼 화물차에 내던져졌다. 약 7,000명의 유태인들이 비좁고 열악한 수용소에 감금되었다.

그야말로 끔찍한 장면들이 벌어졌다. 저항하는 사람은 피로 범벅이 되었고 옷이 찢겨졌다. 엄마들은 집에 남겨진 아기들을 향해 울부짖었고, 잡혀온 아이들은 엄마 아빠를 불러댔으며, 부부들은 아무 준비도 못한 채 헤어졌다. 사람들은 장소를 옮겨달라고 탄원하기도 했고, 무엇인가 마실 수 있게 해주거나 깔고 앉을 수 있는 짚이라도 달라고 간절히 요청했다. 얇은 작업복만 입은 채 그들은 추위 속에 떨었다. 화장실도 없었다. 이송 도중 사람들은 창문 밖으로 뛰어내렸고, 달리는 자동차에 몸을 던졌으며, 독약을 먹기도 했다.

레베초프 거리 이적장에 있는 넓은 광장 한가운데에 게슈타포 한 명이 뒤집어놓은 상자 위에 서 있었다. 그리고 끌려온 유태인들은 그 게슈타포 앞에서 자신의 이름과 가족 상황, 인종법에 따라 나뉜 유태인 부류를 말해야 했다. 가죽 재킷을 입은 이 남자는 엄지손가락으로 오른쪽 혹은 왼쪽을 가리켰다. 왼쪽은 로젠 거리로 가는 것을 뜻했고, 오른쪽은 기차역과 수용소로 가는 것을 의미했다. '특권을 가진 기혼자', '중요성이 있는 유태인', '1등급의 혼혈인'들은 트럭으로 베를린 중심부에 있는 로젠 거리 2~3번지로 옮겨졌다. 이미 2,000명이 넘는 유태인이 이곳에 있었다.

그후 며칠 동안 수용소 정문 앞에서는 '아리아인과 인척관계가 있는' 수백 명의 여성들이 모여서 남편들의 석방을 요구했다. "우리 남편들과 아이들을 석방하라!", "당신들이 소속되어 있는 전선으로 돌아가라!" 처음에는 약간 주저했지만 점점 더 자신 있게 목소리를 높였다. 그리고 기관총이 설치되자 그들은 심지어 "살인자! 여자들에게 총을 겨누다니!"라며 소리쳤다.

이런 일이 대중에게 알려지는 것을 막기 위해 로젠 거리 주변의 교통은 통제되었고, 근처에 있는 뵈르제역도 폐쇄되었다. 그러나 여러 명의 여성들이 고집을 꺾지 않았고, 군인들의 도보 행군에도 전혀 놀라거나 물러서지 않았다. 경비병과 친위대가 총기를 발사하겠다고 위협하자 많은 사람들이 도망을 갔지만 곧 다시 제자리로 모였다.

3월 1일 낮에는 '공군의 날' 축하행사가 진행되었고, 밤에는 영국의 '테러 공격(특히 항공기의 공격으로 시민의 교란을 노렸던 공격 — 옮긴이)'으로 700명의 사망자와 6만 5,000명의 이재민이 발생했다. 서부와 남부에 있는 모든 집들이 불에 탔다. 주변은 온통 매캐한 황색 연기로 가득했다. 겁에 질린 사람들이 옷 보따리와 트렁크, 가재도구들을 짊어진 채 이리저리 거리를 헤매고 다녔다. 베를린 중심부에 집중 폭격이 가해졌는데도 이송된 유태인들이 있던 로젠 거리의 4층짜리 건물이 연기가 자욱한 폐허 한가운데에서 전혀 피해를 입지 않은 것은 신기한 일이었다.

에버하르트, 라인하르트, 그리고 알브레히트는 그날 밤 평소와 같이 어린이대피소에 있었다. 거리와 집들 그리고 나무들은 잿빛 먼지로 뒤덮였다. 릴리의 집 근처에 있는 대형 신축 복합건물도 날아가 버렸다. 아이들은 흥분해서 한 친구의 어머니가 지난밤에 담배를 피우기 위해 방공호를 나간 사이 폭격을 맞았다고 이야기했다. 이런 공격이 유태인 강제 납치에 대한 응답이라는 소문도 돌았다.

3월 3일에 발간된 당 기관지 『민족의 관찰자』는 '유태인적인 공중 테러'에 저항하도록 선동했다. 그후 며칠 뒤에 베를린에서 발행된 기관지는 '우리의 대답'을 실었다. 그것은 곧 "적들의 야만주의에 맞서 승리를 얻기 위해 불굴의 의지를 갖자"는 내용이었다. 신문에서는 매일 언제부터 언제까지 베를린 시민들이 불을 끄고 주변을 어둡게 해야 하는지 공고를 냈다. 3월 3일에는 18시 42분부터 다음날 새벽 6시 10분까지였다.

괴벨스는 3월 2일 일기에다 "우리는 유태인을 최후의 한 명까지 베를린에서 완전히 몰아내고 있다."고 만족스럽게 썼다. 그러나 그는 3월 6일에 '유태인에 대한 최후 조치'의 맥락에서 7,031명의 사람들이 아우슈비츠와 테레지엔슈타트로 이송된 후에 아리아인 아내의 남편들과 그들의 아이들을 석방하라는 명령을 내렸다. 그는 자신의 일기에 이렇게 썼다. "유감스럽게도 유태인 수용소 앞에서 대단히 불쾌한 장면들이 벌어졌다. 그곳에서는 국민들이 심지어 유태인을 위해 당을 공격하는 일이 일어났다."

이때가 아마도 '유태인 강제 이송'에 대해 시민들이 비판적인 반응을 보인 시점이었을 것이다. "우리는 몇 주의 시간 여유를 두는 편이 좋을 것이다. 그런 다음에는 보다 더 철저하게 일을 수행할 수 있을 것이다." 유태인 수용소에서 일어난 돌발사건은 '실수'와 '부당한 간섭'으로 대수롭지 않게 치부되었고 배치 책임자만이 좌천되었다.

베를린 사람 대부분이 전혀 알지 못한 채 이런 모든 일들이 벌어지고 있었다. 그러는 동안 펠리체는 알트바터게비르게에 있는 친구를 만나러 여행을 떠났다.

펠리체는 릴리에게 행선지의 주소를 말해주지는 않았지만 편지를 쓰기로 했다. 그 외에도 두 사람은 매일 저녁 아홉시 라디오 프로그램이 바뀔 때 잠깐 동안 서로를 생각하기로 약속했다.

펠리체는 약속을 지켰다. 첫번째 소식은 날짜가 쓰여 있지 않은 엽서였다.

친애하고 존경하는 부스트 부인,

내가 너무 게을러서 편지를 쓰지 곳한 것은 사실이지만, 그렇다고 해서 매일 했던 전화통화를 이런 엽서로 대신하는 것을 싫어한다는 뜻은 절대 아니랍니다.

이곳이 아름답다는 것은 더 이상 강조할 필요가 없겠죠. 하지만 내가 베를린을 떠나는 일이 생각했던 것만큼 즐겁지 않았다면 믿으시겠어요? 당신이 오히려 잘 알고 있을 거예요! 여자들이 알고 있는 모든 것들은 정말 놀라워요, 그렇지 않나요?

새로운 일은 없나요? 공습경보? 잉에와의 문제? 사랑스러운 일상들? 그 모든 것이 궁금합니다. 내일 상황이 된다면 내게 답장할 수 있도록 주소를 써서 보내겠어요. 주소를 받으면 당신도 답장을 보낼 건가요?

나는 당신이 그래주기를 바라고, 또 다른 여러 가지를 해주길 바라면서 진심어린 우정의 인사를 보냅니다.

펠리체 드림

이 엽서에 이어서 검은 잉크로 쓴 펠리체의 편지가 릴리 앞에 도착했다.

언제나 에바이며 때때로 도롤로사인 친애하는 당신에게,
('도롤로사' 는 '슬픈, 고통스러운' 의 뜻을 가진 애칭으로 릴리가 가끔 그녀의 애인들 중 한 명과 문제가 생겼을 때 그렇게 불리곤 했다. 그럴 때 함께 찾아온 숙녀들은 이 선량한 부인이 눈물을 흘리고 있는 모습을 발견하곤 했다.)

나는 방금 내 편지를 전해줄 '헤르메스'를 찾았습니다. 그가 내일 베를린에 가기 때문입니다. 그는 얼마나 행복한 사람인가요! (나는 아마도 이 편지가 평소보다 조금은 사람들이 적은 일요일 오전에 도착할 것이라는 사실에 큰 의미를 두고 있습니다.)

이런 말을 하고 나니 내가 오늘 아침 근사한 당신 꿈을 꾸었다는 이야기를 할 수 있을 만큼 행복해졌습니다. 나는 전혀 몰랐어요. 그러나 우리 그 이야기는 잠시 접어두기로 하죠. 그리고 나는 언젠가, 아니 그 이야기도 역시 뒤로 미루기로 하겠습니다. 한 가지, 밤 아홉시에 프로그램이 바뀔 때 서로를 생각하기로 한 것은 어떻게 되었죠? 잊어버리지 마세요!

안타깝게도 내 초록색 잉크가 다 떨어졌어요. 그리고 내 만년필의 잉크 색깔을 바꿀 수 없기 때문에 빌린 펜으로 쓰고 있답니다. 만약 모든 상황이 거짓이 아니고 내가 완전히 속은 것이 아니라면 아마도 나는 빈으로 짧은 여행을 할 수 있을 거예요. 거기서 잉크 혹은 밧줄을 살 것입니다. 두 가지 모두 같은 목적을 위해서죠! 밧줄로 사람이 죽을 수 있을까요? 물론 찢어진 마음 때문에 죽는 것보다는 훨씬 더 쉽게 죽을 수 있겠죠. 지금 미소를 짓고 있나요? 제발 그렇게 해주세요. 당신의 웃는 모습을 상상하는 것이 무척 즐겁답니다.

어쩌면 당신은 나의 필기체를 못 알아볼 수도 있습니다. 당신이 내 필기체를 제대로 읽지 못한다면 나는 고장난 공중전화 부스에서처럼 용감해질 수 있을 텐데요! 이 편지에는 진심어린 안부 인사 외에 다른 것은 아무것도 쓰여 있지 않습니다.

세상의 끝에서, 1943년 3월 12일 혹은 13일, 요일은 확인할 수 없음

당신의 펠리체로부터

펠리체는 세번째로 알트파터 산 아래에 있는 칼스부룬 온천의 그림엽서를 보내왔다.

친애하는 에바,

내가 월요일 아침에 모든 것을 위한 준비가 - 내지는 전화를 걸 준비가 - 되었다는 것을 듣고 당신이 더 이상 도롤로사가 되지 않기를 바랍니다. 당신은 언제 시간이 있나요? 나는 이제 심하게 세어가는 나의 머리카락을 쓰다듬어줄 누군가가 필요해요!

당신이 보고 있는 것처럼 나는 - 언제나 그렇듯이 나는 또 갑자기 테마를 바꾸고 있어요 - 이 엽서를 '비밀스럽게' 봉투에 넣어서 보내기로 결정했어요. 편지는 되도록 인편으로 보내는 것이 좋아요. 나는 이미 한 사람을 구했답니다.

어쨌든 나는 당신이 다음 일주일 안에 나를 위해 저녁을 비워두기를 바랍니다. 그리고 나는 윤리적으로, 사회적으로 완전히 변화된 인간으로 돌아갈 것입니다.

43년 3월 17일, 다시 칼스부룬에서

펠리체가

엽서는 여기서 끝나 있었다. 펠리체는 엽서 끝에 겨우 남은 자리에다 "월요일은 어때요? 전화할게요!"라고 썼다. 그리고 옆서 앞면의 하얀 테두리에 아주 작은 글씨로 이렇게 썼다. "나는 더 이상 편지지가 없어요. 그 때문에도 때가 된 것 같아요. 물론 그것 때문만은 절대 아니지만요!"

3월 18일 금요일에 잉에와 카플러 씨는 릴리가 오랫동안 앓고 있던 턱 안쪽의 고름이 더 심해져 고통스러워 울고 있는 것을 보고 성 노베르트 병원으로 데리고 갔다. 그리고 다음날 바로 그녀는 수술을 받았다.

월요일에 펠리체는 약속대로 베를린으로 돌아왔고, 릴리에게 전화를 걸었다. 릴리가 없는 동안에 아이들을 돌봐주고 있던 잉에가 전화를 받았다. 펠리체는 지체 없이 병원으로 향했다.

"어머, 펠리체, 내가 너무 아파서 이렇게 되었어." 펠리체가 빨간 장미 한 다발을 들고 단숨에 병실에 들어서자 릴리가 작게 말했다. 펠리체는 아무 말도 하지 않고 그녀를 안았다. 이번에는 릴리도 그녀를 밀쳐내지 않았다. 펠리체의 인내가 효과가 있었던 것이다.

그때부터 펠리체는 매일 빨간 장미를 들고 병문안을 왔다.

"아, 장미의 기사." 이 병원의 매몰찬 치과 과장이면서 나치의 절대적인 꼭두각시인 슈카르트 박사는 날씬한 펠리체가 복도를 따라 걸어가는 것을 볼 때마다 그렇게 빈정거리며 말했다.

화요일에 릴리가 처음으로 펠리체에게 다가갔다. 그녀는 펠리체에게 쪽지 하나를 건넸다. 릴리의 수첩달력에서 찢은 쪽지에는 다음날 그녀가 갖고 싶은 것들이 적혀 있었다.

크림, 너의 손수건, 우표, 나만을 위한 너의 사랑, 실과 바늘.

목요일에 펠리체는 자신의 시 한 편을 노트에 적어 릴리에게 선물했다.

당신!

나는 당신에게 아주 많은 선물을 하고 싶어요

그리고 언제나

단 한 가지만을 생각하고 싶어요

당신!

나는 별들을 찾고 싶어요

당신과 나를 위해!

내가 그 이유를 말해야 할까요?

당신을 사랑합니다

릴리는 펠리체의 시가 적힌 종이를 반으로 잘라 반대쪽에 답장을 썼다.

펠리체, 내가 너의 이름을 떠올릴 때면 네가 내 앞에 보인다. 네가 나를 바라보고 있어. 펠리체, 너는 그렇게 나를 바라보면 안 돼. 그럼 나는 소리를 지르고 싶어. 그러나 걱정하지 마, 난 기껏해야 아주 작게, 그리고 내가 그럴 수 있는 곳에서만 소리를 지를 테니까.

펠리체, 언제 우리가 단둘이 있게 될까? 언제 오직 둘만이 있을 수 있을까? 나는 지금 마치 고장난 공중전화 부스에 있는 너처럼 글로 쓸 때만 용감해져. 하지만 동시에 너에 대한 혼란과 두려움도 생긴다. 나도 내 자신을 잘 모르겠어. 펠리체, 제발 나와 함께 있어줘.

릴리는 병원에 있는 동안 열정적인 동상을 꾸면서 보냈고, 그녀에게 몰려드는 감정의 소용돌이를 글로 표현하려고 애썼다.

그대!

펠리체, 도와줘! 내가 무슨 생각을 하는지 말해줘. 너는 틀림없이 알고 있어!

너는 알고 있어! 제발 내게 말해줘! 난 밤낮으로 여름, 태양, 꽃, 파란 하늘, 향기 나는 밤에 대해 꿈을 꾸고 있어. 나는 한마디로 어떤 – 말로 표현할 수 없는 – 행복에 대한 꿈을 꾸고 있어. 그러나 나는 단지 꿈만 꾸지는 않을 거야. 나는 살 거야. 펠리체, 나는 살 거야. 너와 함께 살 거야. 너도 나와 함께 살 거라고 말해줘. 제발 나에게 그렇게 말해줘. 내 심장이 너 때문에 쿵쿵 뛰고 있어. 넌 그것을 알고 있니?

지금은 내가 몸이 아프지만 곧 우리는 서로를 안을 수 있을 거야. 그리고 세상에는 오직 너와 나만이 존재하게 될 거야.

43년 3월 27일, 성 노베르트 병원

3월 20일은 릴리 부부의 아홉번째 결혼기념일이었다. 오후에 귄터가 꽃다발을 들고 나타났다.

"아이들 걱정은 하지 않아도 되나?" 평소 그의 뻣뻣한 태도로 말했다.

"괜찮아요, 잉에가 집에 있어요. 그리고 이틀에 한 번씩 어머니가 오세요. 나도 곧 회복될 거예요. 4월 2일에 퇴원할 예정이에요."

시간은 더디게 갔다. 릴리는 자신과 귄터 사이에 생긴 거리감을 느끼고 깜짝 놀랐다. 물론 부부관계는 이미 오래 전에 중단되었지만, 아이들 때문에 부부라는 연대감은 갖고 있었다.

'전능하신 신이여, 그가 빨리 돌아가게 해주세요.' 이것이 릴리가 남편을 보면서 떠오른 생각이었다. 그녀는 펠리체와의 행복한 꿈에 빠져들도록 그가 자신을 그대로 놓아주기를 원했다.

펠리체는 사려 깊게도 저녁 따가 되어서야 나타났다.

"펠리체, 드디어 왔네. 너무 보고 싶었어."

"에이미, 내 사랑. 결혼기념일은 잘 견뎌냈나요? 부군께서는 안녕하시던가요? 당신이 나를 실망시키지 않았기를 바라고 있어요."

"아, 펠리체, 나는 소리를 지를 뻔했어!"

펠리체가 몸을 숙이자 머리카락이 릴리의 뺨에 닿았다. 릴리는 무릎에서 온힘이 빠져나가는 것 같았다. 릴리는 숨을 거칠게 몰아쉬었다.

"펠리체." 그녀가 거의 들을 수 없는 목소리로 말했다.

이때 펠리체의 얼굴이 너무도 가까이 있어서 릴리의 눈이 이리저리 헤매기 시작했다. 그녀는 지난번 설거지를 할 때처럼 똑같이 불타는 붉은 덩어리가 목에서 기어 올라오는 것을 느꼈다. '여기서는 내게 아무 일도 일어날 수 없어'라는 말이 그녀의 머릿속에서 울렸다. 머리와 몸의 광란이 마치 아래로 쏟아지는 돌덩어리들처럼 커다란 소음을 일으켰다. 그 밑에 깔려죽지 않기 위해서 릴리는 눈을 감았고 펠리체의 부드러운 입술에 자신을 맡겼다. 갑자기 주위가 조용해졌다. 너무도 조용해서 마치 두근거리며 뛰던 심장마저 멈춘 것 같았다. 릴리가 다시 제정신을 차리고 펠리체의 눈을 바라보자 눈물이 왈칵 쏟아졌다. 그녀는 한 번도 이런 부드러움을 느껴본 적이 없었다.

'결국 일이 벌어졌어.' 그녀의 머릿속에서 이런 말이 울려퍼졌다. 이 소리 없는 사건으로 인해 그녀는 이 경계 이탈을 다시는 돌이킬 수 없다고 예감했다. 그녀는 후에 자신이 이 시점에서 이미 세상의 다른 편에 서 있었다는 것을 알았다.

옆 침대에 있는 젊은 여자는 잠이 들어 있었다. 펠리체가 했던 행동을 옆 침대 여자는 이미 알고 있는지도 모른다! 가끔 낮은 숨소리가 그녀들 편으로 넘어오곤 했었다.

다음날 펠리체는 릴리에게 두번째 시를 선물했다.

당신의 입술에 대하여

나는 진심으로 맹세했습니다
그리고 침묵하면서 대단히 많이 자제했습니다
그런데 당신의 입술 때문에 내 자신을 잃어버렸습니다
내가 당신을 아프게 했나요?
나는 이제 계획을 세워서 시간을 보내야 합니다
그럴 때 나의 심장은 마치 실로폰처럼 두근거립니다
단지 하나의 환상 그 이상인
여러 가지 아름다운 일들에 대한 계획을 세워야 합니다

어떻게 그럴 수가 있는지, 나는 다시는 방랑자로
길을 떠나고 싶은 마음이 없습니다
내가 간절하게 알고 싶은 것은
당신 가슴 옆에 누워 당신의 입술에 대해

어떤 꿈들을 꾸게 될까 하는 것입니다

펠리체

릴리는 며칠 동안 담홍색 군사우편 엽서에 세 통의 연애편지를
썼다. 이 엽서들은 펠리체가 집에서 가져다준 것들이었다.

내 안에 폭풍이, 아니, 폭둥이 아니라, 그 이상의 것이 일어나고
있다. 나는 지금 잠을 잘 거야. 그러면 아마도 아침이 더 빨리 찾아
오겠지. 나는 잠을 잘 수 있을 거야. 그러면 나는 꿈을 꾸겠지……
네가 내 옆에 있고 그리고…….

펠리체, 지금 내 심장이 얼마나 쿵쿵 뛰고 있는지 네가 알게 된
다면 어떨까! 내가 원했던 바로 그런 것! 나는 네가 나의 모든 생각
을 모르기를 바란다. 나도 감히 그런 생각들을 마지막까지 하지 못
하고 있다. 아, 이 불편한 붕대와 비참한 병상! 펠리체, 나는 너와
단둘이 있고 싶어. 잠깐, 지듬은 그 이상을 생각할 수가 없어. 그리
고 혹시 너도 그것을 원하니? 부탁이야, 넌 지금까지 어떤 질문에도
대답하지 않았어. 내일은 내가 용납하지 않을 거야, 내일은. 나는
그렇게 하고 싶어…… 아니야! 그러니까 내 말은 난 그러고 싶다는
뜻이야.

펠리체, 제발 나에게 내 나이를 지적해 주고 내가 이성적으로 행
동해야 된다고 꾸짖어줘. 우리의 결혼식은 언제가 될까? 내 결혼기
념일은 품위 있게 축하를 했었지! 나는 때때로 네 생각을 할 때 내
몸이 완전히 마비가 되는 것 같아. 펠리체, 나의 이런 돌발적인 감
정표현을 용서해. 나는 너무 오래 혼자였고 너무 혼란스러웠어. 나

역시 너를 사랑해, 펠리체.

43년 3월 30일
릴리

펠리체, 너를 사랑해! 이 말을 하는 이 느낌! 아, 펠리체, 내가 운명에 대해 소망했던 가장 아름다운 것은 지속적인 행복이야. 그래, 나는 오래, 아주 오랫동안 너와 함께 있고 싶어. 듣고 있니? 그리고 삶은 너무도 아름답고 너무도 놀라워. 펠리체, 넌 내 사람이니? 오직 나만의 사람이니? 최소한 얼마 동안만은 제발 그렇게 해줘, 제발! 나를 사랑하니? 내가 혹시 이제 겨우 열일곱 살이 된 거니? 그런 거니?

나와 함께 있어줘, 펠리체, 부탁이야. 제발 망설이지 마. 나는 네가 마음놓고 편하게 이야기할 수 있게 해주고 싶었어. 나는 마치 아이처럼 불장난을 했는데, 그러다가 화상을 입게 될까? 약간? 아니면 많이? 나를 잡아줘, 펠리체! 내가 미친다면 너에게도 어느 정도의 책임이 있어.

43년 3월 31일
릴리

4월 1일 저녁에 릴리는 병원에서 펠리체와 통화를 할 때 최대한 조신하고 정중하게 대화를 하려고 노력했다. 그녀는 잉에, 그레고르 그리고 귄터가 뒤에서 엿듣고 있다고 생각했다. 그러나 펠리체는 상황을 잘 알면서도 너무 솔직하게 감정 표현을 해 릴리를 당황하게 만들었다. 대화가 끝날 때쯤에야 비로소 그곳에 아무도 없다는 것을 확인했다.

누군가 널 어떻게든 말려야 할 것 같아. 나는 어떻게 해야 할지 정확히 모르지만, 넌 너무 뻔뻔해! 그런데 나는 그런 점이 얼마나 마음에 드는지 몰라!

오늘 저녁에 가장 사랑하는 사람이 내 옆에 없었다는 사실은 유감이야. 그랬다면 더 좋았을 텐데!

맙소사, 펠리체, 나는 지금 끔찍한 생각이 떠올랐어. 그러나 절대 그런 일이 일어나서는 안 돼. 그래서는 안 돼. 그가 오늘 저녁에 오지 않는다면, 아마 내일 올지도 몰라. 펠리체, 그러면 내가 무슨 짓을 할지 나도 모르겠어. 펠리체. 나는 그에게서 아무것도, 전혀 아무것도 바라는 것이 없어. 제발, 제발, 나의 솔직한 심정에 화내지 마. 그러나 그가 집에서 무엇을 할지는 뻔한 일이야.

펠리체, 이 쪽지는 너의 손에 들어가지 않을지도 몰라. 내가 너무 솔직했어. 내 자신을 너무 많이 드러내 보였어. 널 사랑해, 펠리체. 나의 아름다운 검은 소녀. 그동안 네가 얼마나 아름다워졌는지 몰라! 넌 자신의 눈이 얼마나 빛나는지 전혀 모르고 있어. 네가 나를 바라볼 때 난 견디기가 힘들어, 펠리체. 그럴 때면 나는 불에 타는 듯한 느낌이 들어. 네가 나한테 무슨 짓을 했는지 모르지만 난 널 용서할 수 없어. 넌 나를 완전히 마법에 걸리게 한 거야. 나는 공기를 호흡하는 것이 아니라 사랑을 호흡하고 있어.

릴리가

4월 2일에 펠리체는 릴리를 집으로 데려갔다. 잉에도 릴리가 아직 몸조리를 해야 하기 때문에 며칠 펠리체의 보살핌이 필요할 것이라고 생각했다. 펠리체는 그동안 잉에와 함께 릴리의 집에서 보냈기 때문에 집안 곳곳을 잘 알고 있었다.

펠리체가 "당신의 가슴 옆에 누우면 어떤 꿈을 꾸게 될까요?"
라는 시를 적어 보낸 후로 릴리는 병원에서부터 약간의 두려움과
긴장감으로 '첫날 밤'을 기다리고 있었다. 이날 밤 그녀는 파란색
칼라가 있는 긴 잠옷을 입고 침대에 누워 가슴 조이며 펠리체를 기
다렸다. 그리고 '난 정말 어떻게 해야 할지 아무것도 모르겠어'라
는 생각만 하고 있었다. 그녀의 몸이 뜨겁게 달아올랐다.

우아한 노란색 실크 잠옷을 입은 펠리체가 알 수 없는 미소를
지으며 욕실에서 나왔고, 릴리 옆에 누웠다. 잠시 그들은 침묵한
채 나란히 누워 숨을 고르고 있었다.

"내가 조금 더 당신 쪽으로 가도 될까요?" 마침내 펠리체가 조
금은 과감한 목소리로 물었다.

펠리체가 첫눈에 반해 눈을 떼지 못했던 릴리의 빨간 머리카락
을 쓰다듬는 동안 릴리는 첫 경험에 대한 두려움으로 천장만을 응
시했다. 릴리는 숨을 멈췄다. 그녀는 순간적으로 이 상황을 저지해
보려고 잠옷 속을 파고드는 펠리체의 손을 잡았다. 그러나 이미 그
녀는 눈을 감았고 뜨거운 열기에 몸을 맡겼다. 그녀는 환영의 탄식
속에서 펠리체의 풍만한 가슴이 주는 부드러운 압력을 느꼈다. 그
것은 어떤 종류의 신선함과 순수함으로도 표현할 수 없는 감정이
었다. 외형적으로는 자신과 아주 많이 비슷한 이 여자가 낯설게만
느껴졌다. 그러나 그녀의 손이 펠리체 엉덩이뼈에 닿았을 때, 그리
고 부드러운 펠리체의 뺨이 자신의 얼굴에 닿았을 때 결코 펠리체
외에 다른 사람은 한 번도 사랑해 본 적이 없었던 것처럼 그녀가
친숙하게 다가왔다. 얼마나 달콤하고 향기로우며, 아름답고 경쾌

한가!

펠리체는 좋은 선생님이었고, 릴리는 고분고분한 학생이었다. 그녀가 남자들과 잠자리를 가질 때 먼저 극복해야만 했던 역겨움도 없었고, 권위적이고 위협적인 남성의 상징에 대한 두려움도 없었다. 그녀의 망설임은 사라져버렸다. 그리고 새로운 소망들이 생겨났다. 벌써 그 다음날 밤에는 그녀가 펠리체에게 똑같이 해주고 싶었다. 이제는 더 이상 기다릴 필요가 없고, 만족되는 것이 아니라 만족시키고, 받아들이기만 하는 것이 아니라 줄 수 있게 된 것이다!

릴리는 자신의 인생에서 이렇게 뻔뻔했던 적은 없었다. 그리고 그것이 얼마나 그녀의 기분을 좋게 하는가! 그녀는 모든 것, 진정으로 모든 것을 해보고 싶었고, 배우고 싶고, 보상받고 싶었다.

펠리체는 자신도 모르게 신음소리를 냈고 릴리의 머리를 밀어내려고 했다. 어쩐지 배움에 열정적인 이 사람이 무서웠다. 어제까지만 해도 그녀는 마치 나무토막처럼 뻣뻣하게 이불 밑에 누워 있지 않았던가! 그리고 작은 힘겨루기까지 일어나지 않았던가!

"아니야!" 갑자기 릴리가 단호하게 말하자 놀란 펠리체가 고개를 들고 그녀를 응시했다. "나는 혼자서만 행복해지고 싶지 않아!"

펠리체가 릴리를 과소평가했던 것일까? 릴리는 이런 새로운 결합이 앞으로 그녀의 인생에서 무엇을 의미하는지에 대해서는 한 번도 생각하지 않았다. 마치 그녀가 여태껏 그렇게 살아왔던 것 같았다. 펠리체와 만나기 전에 누렸던 삶은 뿌연 안개처럼 느껴질 뿐이었다.

 __ 나는 예전에 남자들에게서는 아무것도 느끼지 못했습니다. 남자들은 즐거워했지만, 나는 이용당하는 느낌만 들었어요. 그런데 펠리체와의 관계에서는 전혀 달랐습니다. 그녀는 나와 마주보고 있는 사람, 말 그대로 나의 반영이었어요. 나는 내 자신을 느꼈고 동시에 펠리체를 느꼈어요. 우리는 거울에 반사된 모습 같았죠. 그녀는 오직 나만을 원했고 나는…… 그녀가 내게 키스를 했을 때 난 완전히 그녀에게 빠졌어요. 나는 그런 우리가 미학적으로도 아름답다고 생각했습니다. 제 일생에 처음으로 말이죠. 나는 한 번도 남자가 아름답다고 생각한 적은 없었어요.

나는 어쩐지 다른 여자들과는 달랐던 것 같아요. 그렇지만 난 몰랐습니다. 남자들과 있을 땐 언제나 아래에 있었죠. 남자들은 늘 그렇게 행동했어요. 여자는 언제나 기다리는 존재라고 여겼어요. 나는 그렇게 배우고 자랐습니다. 그런데 펠리체와 있을 때는 능동적인 사랑을 할 수 있었어요. 그런 다음에는 서로에 대해 절대적인 소속감을 느꼈습니다. 그것은 정말 완벽했어요. 사랑과 섹스, 거기엔 한마디로 어떤 틈도 없었어요. 그래서 나는 그녀를 첫 주 내내 나의 '첫번째 사람'이라고 불렀답니다. 내게는 그녀가 진정으로 태어나서 첫번째 사람이었기 때문이죠.

그때는 아무것도, 다른 것은 아무것도 존재하지 않았어요. 마치 새로 태어난 것 같았습니다. 펠리체가 나를 해방시켜 준 셈이죠. 나는 이제 내가 누구인지, 내가 어디에 속해 있는지, 누구에게 속해 있는지 알게 되었어요. 그리고 다른 모든 것은 나와 전혀 상관없는 일이 되었어요. 그리고 펠리체는 내가 이렇게 말하는 의미를 잘 이해했어요.

물론 우리도 역할 분담이 있었죠. 그녀는 언제나 "내가 충분히 남자 역할을 할 수 있어요!"라고 말했어요. 나도 그녀와 있을 때 내 역할을 즐겁게 했는데, 그녀가 그렇게 해주기를 원했기 때문이었어요. 그래서 나는 때때로 발톱을 드러내는 그녀의 작은 고양이가 되었습니다. 나이는 내가 더 많았는데도 오히려 그녀보다 어리다고 느꼈어요. 그녀는 나를 완전하게 지배하고 있었습니다. 그녀는 그랬어요. 정말 즐거웠어요!

그녀는 언제나 바지를 입었죠. 단 한 번 뜨거운 여름에 원피스를 입은 적이 있었을 뿐, 그 외에는 전혀 치마를 입지 않았어요. 결론적으로 그녀는 나까지 정복했던 것입니다!

그 다음 며칠 동안 펠리체와 릴리는 거의 잠을 자지 않았다. "나 사랑해?" 릴리는 잉에가 없을 때면 언제나 펠리체의 귀에 이렇게 속삭였다. 릴리는 끊임없이 확인하고 싶어했다. "당신을 사랑해요." 그러나 펠리체 역시 마음속으로 고민하고 있었다. "당신은 행복해요?" 네 명의 아이들이 있는 여자, 누가 생각이나 했겠는가! 잉에가 펠리체에게 경고하지 않았던 것은 아니었다. 그러나 두 사람 모두 펠리체가 릴리 같은 여자를 세상의 다른 강기슭으로 이끄는 것이 성공하리라고는 전혀 예상하지 못했다. 펠리체는 기대하지 않았던 릴리와의 사랑에 스스로 놀라면서 더 이상 손 쓸 수 없는 이 상황 속에 빠져 흔들리고 있었다.

릴리가 병원에서 퇴원한 지 8일이 지난 뒤에 두 사람은 외출을 하기 시작했다. 펠리체는 자신의 새로운 사랑과 함께 시내를 돌아다니며 산책하고 싶었다.

릴리는 펠리체에게 실망을 주지 않기 위해 항상 새로운 모습을 보여야 했다. 펠리체는 가득 차 있는 자신의 옷장에서 화려한 무늬가 있는 비단 천과 섬세한 면으로 된 옷들을 한 벌씩 릴리에게 선물했다. 그리고 자신은 바지를 입었다. 단 한 번, 유난히 더운 어느 여름날 펠리체가 자신의 옷들 중에서 원피스 하나를 골라 입은 적이 있었을 뿐이다. "와우, 소녀 같네!" 릴리가 놀렸다.

펠리체가 릴리에게 선물한 옷들 중에는 짧은 재킷이 딸린 테피터 드레스가 있었다. 릴리가 침실에서 드레스로 갈아입고 거실로 춤추듯 걸어 나왔을 때 펠리체는 탄성을 질렀다. 짙은 눈 주위의 희미한 속눈썹과 작은 리본으로 묶은 풍성한 빨간 머리, 펠리체보다 나이가 더 많았지만 강렬한 보호본능을 일으키는 장식인형처럼 보였다.

펠리체가 달려와서 마치 사랑스런 딸을 꼭 안듯 그녀를 안자 릴리는 저항하듯 말했다. "조심해, 옷이 망가지잖아."

릴리는 펠리체에게 자신의 오래된 친구인 케테 헤르만을 소개시켜 주면서 야릇한 재미를 느꼈다. 케테와 귄터는 몇 년 전에 그녀를 속인 적이 있었다. 그녀는 베를린 동부에 있는 그린아우 근처에 살고 있었다. 그곳은 나치의 아성으로 유명한 주거지 중 하나였다. 증기기관차를 타고 갔던 짧은 만남은 완전히 실패였다. 펠리체가 바이에른 지방의 전통 의상을 입고 있는 이 살찐 금발의 여자에게 전혀 매력을 느끼지 못했기 때문이다. 그러나 펠리체는 은퇴한 재봉사인 케테의 아버지에게 가서 다이아몬드 무늬가 거의 보이지 않을 정도로 섬세하게 그려져 있는 코발트색의 옷을 릴리를 위해 주문했다. 그녀는 가봉을 위해 여러 번 릴리를 그곳으로 데리고 갔다. 그러나 더 이상 케테를 만나고 싶어하지는 않았다.

아돌프 히틀러의 생일에 – 도시 전체가 깃발로 나부꼈고 – 릴리와 펠리체는 봄의 햇빛에 매료된 채 포츠담 근처의 카푸트로 여행을 갔다. 릴리가 귄터를 처음 만난 곳이었다. 릴리는 무언가에 이끌리듯 학교 졸업 후 그녀가 여러 남자들을 만나기 시작했던 장소를 찾아 갔다. 그리고 두 사람은 하루 종일 잉에의 시선에서 벗어날 수 있었다.

펠리체가 뒤에서 몰래 릴리에게 다가갔다. "자비로운 부인께서 관용을 베푸셔서 제가 키스를 할 수 있도록 허락해 주시겠습니까?" 펠리체는 팔로 릴리의 허리를 안았다.

"손으로 조각상을 만지는 것은 금지되어 있는 걸요!"

릴리는 펠리체의 손을 뿌리치다가 미끄러져 펠리체 발 앞에 넘어지고 말았다. 그때 그녀는 결혼반지를 잃어버렸다. 릴리는 반지를 주머니에 넣어두었다. 그녀는 펠리체와 함께 있을 때에는 절대로 결혼반지를 끼지 않았다. 두 사람은 숲 속을 기어다니면서 반지를 찾아보았지만 끝내 찾지 못했다. 자국만 남아 있는 오른손 손가락이 이상하게도 허전해 보였다.

"당신의 장미 기사가 새 반지를 선물하겠어요." 펠리체는 약속했고 그녀의 손에 키스했다.

집으로 돌아온 그들은 아이들을 돌봐준 잉에에게 오는 길에 본 장면을 이야기했다. 화려한 정원 한가운데에 잿더미가 놓여 있는 집이었다. 정원이 아니었다면 그 자리에 집이 있었다는 사실조차 알 수 없을 정도였다. 공습경보가 없고 하늘이 푸를 때면 지금이 전쟁 중이라는 사실을 완전히 잊어버릴 수도 있을 것 같았다.

"그 모든 것이 다 유태인 잘못이야." 릴리가 불평하듯 말했다. 그러자 잉에가 발끈해서 그녀에게 달려들었다.

"잉에, 그녀를 놔둬. 그녀는 자신이 무슨 말을 하고 있는지 모르고 있어!" 펠리체의 찢어질 듯한 목소리가 둘 사이에 끼어들었다. 잉에는 아무 말 없이 지갑을 집어들고 소리가 쾅 나도록 문을 닫고 나가버렸다.

4월 30일 유태인들의 독일 시민권이 박탈되었다. 5월 2일 약 5,000명의 유태인들이 아직 도시 안에 살고 있었고, 그 중에서 매달 약 150명이 거리에서 혹은 집에 숨어 있다가 아우슈비츠와 테레지엔슈타트로 강제이송 되었다. 같은 날 펠리체는 작은 짐을 가지고 릴리의 집으로 이사를 했다.

5월 3일 릴리는 처음으로 남편에게 이혼 이야기를 꺼냈다. "이제는 의미가 없어요. 우리는 더 이상 서로를 이해하지 못해요."

귄터는 마치 벼락이라도 맞은 듯했다. 아내에게 무슨 일이 일어난 것인가? 릴리가 그동안 이상하게도 자주 밖으로 돌아다녔다는 사실은 알고 있었지만, 아이 넷을 데리고 이혼이라니! 리즐에 대한 질투 때문일 리는 없었다. 그가 가끔 외도를 할 때 릴리는 특별한 자유주의적 사고로 잘 참아주었다. 자신 또한 알브레히트가 자신의 아들이 아니라는 것이 밝혀졌을 때에도 나름대로 모범적인 행동을 하지 않았던가? 그것은 이미 이해의 한계에 다다른 엄청난 대범함이 요구되는 일이었다. 어쩌면 그것이 그의 잘못이었을지도 모른다. 어쩌면 그녀를 강하게 질책했어야 했다. 그리고 그녀는 도대체 어떻게 생계를 유지하겠다는 말인가?

그들의 대화는 어떤 결론도 내리지 못하고 끝나버렸다. 귄터는 이혼에 대해서는 아무것도 알려고 하지 않았다. 더구나 릴리가 모든 잘못을 자기 탓으로 인정하기 전에는 이혼에 대해 어떠한 것도 의논하려 하지 않았다. 그러나 이런 요구는 릴리도 인정할 수 없었다. 그녀가 보기에는 귄터의 외도 사건들이 이혼 사유로 충분했다. 만약 귄터가 외형적으로나마 결혼생활을 유지하고 싶어한다면 릴리는 '식탁과 침대에서의 별거'를 생각해 볼 수는 있었다. 또 함께 식사하는 것은 허용하더라도 잠자리만큼은 절대 허락할 수 없었다. 펠리체가 그녀의 삶에 들어온 이후로 귄터가 집에 올 때마다 릴리는 남편이 잠자리를 요구할까봐 두려워하고 있었다. 결코 다시는 일어나서는 안 되는 일이었다!

펠리체는 이사 온 지 얼마 안 돼서 다시 집을 떠나야만 했다. 그녀는 자신의 '사업상 여행'의 목적을 말해주지 않았다. 이틀 뒤에 그녀는 어디선가 릴리에게 전화를 걸었다. 릴리는 그녀의 전화를 얼마나 기다렸는지 모른다. 그러나 막상 펠리체의 목소리를 들으니 아무 말도 나오지 않았다. 릴리는 하고 싶었던 말을 글로 적었다.

너와의 이별은 혼란스럽게도 너무 어렵다! 아, 펠리체. 넌 나의 첫번째 사람이야, 널 사랑해. 나는 지금 191번 전차의 희미한 불빛 속에 앉아 있다. 내 안에서는 말로 표현할 수 없는 감정들이 솟구

치고 있어. 그때 우리는 우파 건물 옆에 서 있었지! 아마도 정거장에서 우리의 운명은 이미 결정되었을 거야! 넌 나에게 사과를 선물하지 말았어야 했어. 절대!

나중에 나는 침대에 누워 눈물을 흘릴 거야. 나는 너의 사진을 침대 옆에 놓고 매일 바라볼 거야. 네가 나를 지켜줄 거야, 그렇지? 그리고 네가 잠자리에 들 때면 항상 너에게 키스하고 싶어한다는 것을 기억해. 그럼 너도 더 이상 슬프지 않을 거야. 그리고 내일! 내일 우리는 더 이상 혼자가 아니겠지!

릴리

펠리체가 집으로 돌아왔을 때 그녀는 평소처럼 명랑했고 매력적이었다. 이와 반대로 릴리는 우울했다. 펠리체가 어디에서 누구와 있었는지 말하지 않은 채 며칠 동안 여행 갔던 일이 그녀의 마음을 굉장히 불안하게 했다. 만약 여행 중에 펠리체에게 무슨 일이 일어났다면 어떻게 되었을까? 만약 그녀가 베를린에서 폭격을 맞았는데, 펠리체에게 알릴 방법이 없었다면 어떻게 되었을까?

이날은 할 일이 많았다. 특히 라인하르트가 많이 찡얼거려서 그들은 아홉시가 되어서야 겨우 잠자리에 들 수 있었다. 그러나 릴리는 불안해 했고 잠도 오지 않았다. 그녀는 펠리체가 선물한 오돌토돌한 흰색 돌기가 있는 파란색 잠옷을 입고 침대 발치에 서서 펠리체를 쳐다보았다.

"펠리체, 어쩐지 네가 이상해." 그녀가 결국 폭발했다.

"왜 그래요?"

"넌 혼자 길을 떠나면서 어디로 가는지도 말하지 않았어. 넌 내게 전화를 걸었지만 난 네가 어디에 있는지 몰랐어. 너에게 무슨 일이 있는 거지?”

“아무 일도 없어요, 정말이에요. 침대로 와서 내가 당신을 기쁘게 해줄 수 있게 해줘요. 그러다가 감기 걸리겠어요.”

“아니, 펠리체. 우리가 함께 지내기를 원한다면 — 너도 그것을 원하잖아, 그렇지 않니? — 우리는 서로에게 정직해야만 해.”

“내 사랑, 나는 펼쳐져 있는 책과 같아요. 나는 당신을 사랑해요, 더 이상은 말할 것이 없어요.”

“나는 심각하게 말하는 거야. 우리 사이에 완전한 솔직함이 존재하든지, 아니면 각자의 길을 가는 수밖에 없어.”

“나를 괴롭게 하지 말아요, 릴리. 부탁이에요. 당신에게 말할 수가 없어요. 당신은 내가 아니더라도 충분히 걱정거리가 많으니까요.”

“펠리체, 제발 부탁할게. 우리가 삶을 함께 보내려면 우리 사이에는 완전한 진실만이 존재해야 해. 나는 너를 사랑해. 그러나 결코 이렇게 지낼 수는 없어.”

릴리는 펠리체의 두려움을 이해할 수 없었다. 사랑하는 사람에게 그런 식으로 행동한다는 것이 무엇보다도 불쾌했다. 더욱 참을 수 없는 것은 두 사람 사이를 무언가가 가로막고 있다는 느낌이었다. 결국 펠리체가 완전히 지쳐서 풀린 눈으로 릴리를 바라보게 되기까지는 한참이 걸렸고 시간은 자정을 넘어서고 있었다.

“나를 계속해서 사랑하겠다고 약속해 줘요.”

“펠리체, 넌 나의 전부야. 이 세상에 너 이외의 다른 사람은 더 이상 없어. 너를 통해서 나는 비로소 내 자신을 찾았어. 넌 나의 첫번째 사람이란 말이야. 너도 잘 알잖아!"

"그럼, 좋아요." 펠리체는 숨을 깊게 들이마셨다. "릴리, 나는 유태인이에요."

한 순간 릴리는 마비된 듯 몸이 경직되었다. 그녀가 한 번도 물어보지 않았던 마음속의 모든 의문점이 한꺼번에 풀렸다. 그녀는 경직된 몸이 풀어지자 펠리체를 오랫동안 끌어안았다.

"이제 괜찮아!" 그녀가 끊임없이 속삭였다.

"그리고 내 성은 슈라겐하임이에요." 펠리체는 릴리의 품에 안겨 흐느끼며 말했다.

릴리의 증언 ___ 우리는 밤새 울었습니다. 그녀가 내게 그런 사실을 말하기를 두려워했다는 점이 슬펐어요. 그러나 그녀는 완전히 나에게 빠져 있었고, 나를 잃고 싶지 않았을 겁니다. 나는 잠깐 충격을 받았지만 곧바로 그녀를, 그리고 그녀와 관련된 모든 일을 함께 품에 안았습니다. 물론 나는 그것이 무엇을 의미하는지 알고 있었어요. 그때 내 머릿속에서는 펠리체가 그동안 어떻게 살아왔을지 빠른 속도로 필름이 돌아갔어요…… 나 역시 위험에 빠질 수 있다는 생각은 한 순간도 하지 않았습니다. 이제는 오히려 그녀를 구해주고 싶었어요. 끔찍한 곤경에 처한 사람, 그것이 바로 그녀의 현실이었습니다! 만약 그녀가 공산주의자였다고 해도 상황은 똑같았을 겁니다.

나는 때때로 안간힘을 다해서 내 자신을 분명하게 일깨워야 했습니다 – 펠리체는 유태인이다! 그것은 말도 안 되는, 정말 말도 안 되는 일이었어요! – 나는 그녀가 유태인일 수도 있다는 생각은 전혀 하지 못했습니다. 그녀는 유태인처럼 생기지도 않았어요. 단지 생리를 할 때만 유태인처럼 보였어요. 잉에도 유태인이 아니었고, 엘레나이만 그럴지도 모른다는 추측을 했었죠. 그래요, 그레고르는 겉모습도 유태인처럼 보였어요. 그것은 누구라도 알아볼 수 있었습니다. 그러나 공습경보가 울렸을 때 그와 함께 자주 지하실로 대피했었어요. 그럴 때도 주변 사람들이 니게 아무 말도 해주지 않았다는 것이 놀랍기만 했습니다.

우리 집에는 늘 손님이 많았습니다. 사람들은 우리 집에 오면 함께 식사를 했어요. 그래서 잉에도 우리 집에서 밥을 먹었고, 펠리체도 마찬가지였습니다. 펠리체가 식료품 배급표를 가지고 있지 않다는 것을 나는 깨닫지 못했어요. 그 대신에 그녀에게는 여행권이, 그것도 비싸게 구입한 여행권이 있었습니다. 나는 그녀가 여행권을 잉에와 다른 사람들로부터 얻었을 것이라고 생각해요.

아주 오래 전 우리 반에 나와 친했던 유태인 친구들이 있었습니다. 그러나 그 친구들과는 곧 멀어지게 되었어요. 한참 뒤에 그 중 한 명이 외국으로 망명했다는 소식을 들었습니다. 그후로 제 주변에는 더 이상 유태인이 없었습니다. 나는 한마디로 유태인들과 대면할 일이 없었어요. 그레고르가 유태인이라는 사실도 그날 밤에야 비로소 알게 되었으니까요. 그 전에는 전혀 그런 성각을 하지 못했어요.

나는 단지 이 사람들과 함께 있으면 편안하고 기분이 좋았을 뿐입니다. 처음부터 나는 이 사람들과의 모임이 마음에 들었어요. 그것은 어떤 다른 세상, 아주 아름다운 세상이었어요. 그때 나는 오로지 내 감정에 따라서만 행동을 했습니다.

부모님과도 이 문제에 대해 많은 이야기를 했어요. 나는 아직도 아버지가 1938년 11월 9일에 진열장의 깨진 유리 조각을 집으로 가지고 오신 것을 기억하고 있습니다. 우리는 깜짝 놀랐죠. 아버지는 오랫동안 그것을 상자에 넣어 보관하셨어요. 베르트하임 백화점의 진열장 유리 조각을 말이에요. 아니에요, 나는 결코 유태인 차별주의자가 아니었습니다. 집에서도 전혀 그렇게 교육을 받지 않았어요. 단지 나치 사상이 어떤 영향을 미치는지, 그런 문제에 대해 관심이 없었을 뿐입니다. 돌이켜 생각해 보면 나는 수년 동안 구름 속에 갇혀 살았던 것 같아요. 그리고 남편이 원하는 일을 하면서 살았습니다.

나는 부모님을 통해서 들은 것이 전부였어요. 어머니는 두려워하셨는데, 아버지가 자주 입을 함부로 여셨기 때문이었죠. 그런 정도까지는 나도 분명히 알고 있었어요. 그리고 우리가 이 '수정의 밤(1938년 11월 9일 나치 대원들이 독일 전역의 수만 개에 이르는 유태인 가게를 약탈하고 250여 개 유태교 사원에 방화를 했던 날 – 옮긴이)' 을 얼마나 끔찍하게 여겼는지 잘 기억하고 있습니다. 그것만큼은 정확하게 알고 있어요. 부모님은 귄터와 그런 이야기를 전혀 하지 않았어요. 우리는 생일 같은 가족모임에서도 정치 얘기는 하지 않았어요.

나중에 나는 지난번 잉에와 있었던 일에 대해 펠리체와 이야기를 했습니다. "당신이 바보였어요." 그녀가 내게 말했어요. "그렇게 말하는 것은 정말 잘못된 일이에요. 당신은 신문을 읽고 거기에 난 그대로 말했어요." 당연히 그날의 사건이 나를 매우 당황하게 했습니다. 다행히도 펠리체가 멋지게 처리를 했죠. 그날 나는 잉에가 분노를 폭발한 후에도 전혀 내가 잘못했다는 생각을 하지 못했습니다. 나는 자연스럽게 남동생을 떠올릴 수도 있었을 텐데 말입니다.

그래요, 나는 남동생의 친아버지가 유태인이었다는 것을 알고 있었어요. 내가 부모님에게 펠리체가 누구인지 이야기했을 때 어머니는 그 사실을 인정하셨어요. 남동생 봅이 유태교 사원의 성가대 지휘자의 아들이라는 사실을 말입니다. 아버지는 그런 사실을 전혀 모르셨습니다. 어머니가 입을 굳게 다물고 계셨으니까요. 어머니는 남동생에게도 암시만을 주었을 뿐 제대로 말씀해 주지 않으셨어요. 나치들도 그가 유태인이라는 것을 몰랐어요. 그러나 봅은 정말로 유태인의 외모를 지녔습니다. 그래서 남동생은 자주 나치들에게 심하게 구타를 당하기도 했어요. 남동생은 공산주의자였어요. 베를린에서는 언제나 두 파 간의 싸움이 있었죠. 그럴 때면 그들은 이렇게 말했어요. "망할 놈의 유태인처럼 생긴 녀석!"

남동생과 아버지는 서로 잘 지내지 못했어요. 두 사람 사이에는 언제나 몸싸움이 일어났죠. 언젠가 남동생이 내게 울면서 말하던 모습을 잊을 수가 없어요. 자기 아버지일 리가 없다고 했죠. 그러나 우리는 그 사실을 이미 알고 있었습니다. 때때로 우리는 예쁘게 차려입고 한 낯선 남자를 만나러 간 적이 있었습니다. 그럴 때면 우리는 아주 얌전해야만 했어요. 그가 바로 남동생의 친아버지였고, 자기 아들이 보고 싶었던 것입니다.

1943년 5월 11일 펠리체는 다시 비행기를 타고 여행을 떠났다. 릴리는 며칠 전에 케테 로르쉬와 함께 울란트 거리에 있는 아모르 극장에서 「펠리네」라는 심야영화를 보았고, 초록색 영화표 위에 펠리체의 초록색 잉크로 이렇게 적었다.

22시 18분. 네가 없는 첫번째 날! 정말로 그들이 네게 어떻게든 무슨 짓을 한다면! ― 그러면 ― 나는 더 이상 오래 살지 못할 거야.

3 완전한 유태인

펠리체 라헬 슈라겐하임은 1922년 3월 9일 베를린의 유태인 병원에서 태어났다. 그해 많은 사람들이 그동안 모아두었던 돈을 날렸다. 흔히 사람들은 인플레이션 시기에 유태인들이 부자가 되었다고 하지만 그것은 사실이 아니었다. 단지 유태인 차별주의가 파산한 사람들에게 편안한 통풍구가 되었을 뿐이다.

펠리체가 태어난 지 몇 개월이 지나지 않아서 유태인이면서 독일제국 외무장관 발터 라테나우가 극우파 중에서 공화당에 적대적인 애국주의파에 의해 살해되었다. 언제나 자신이 유태인이라는 사실을 자랑스럽게 드러냈던 라테나우는 가장 교양을 갖춘 인물에 속했고, 베를린-티어가르텐의 플렌스부르거 거리에서 치과를 운영하던 펠리체의 부모에게도 좋은 본보기가 되었다.

펠리체의 아버지인 알베르트 슈라겐하임 박사는 1887년 베를린에서 태어났고 1차대전 때 군의관으로 불가리아에 있었다. 1917년 1월, 휴가 기간에 역시 같은 치과 의사인 에르나 카레브스키와 결혼했다.

"자네들이 어떻게 금발의 아이를 낳았지?" 슈라겐하임 부부의 친구들은 펠리체의 머리카락 색깔에 놀라곤 했다. 그러나 그녀가 1928년 4월 클라이스트 학교에 입학할 때에는 눈에 띄지 않으려고 중간 톤의 갈색이 될 때까지 진한 색으로 염색했다. 그후 바로 펠리체 가족은 베를린-슈마르겐도르프에 있는 조용하고 보리수에 둘러싸인 아우구스테-빅토리아 거리로 이사를 갔다.

펠리체는 그곳에서 화려한 정원을 가진 넓은 집과 자동차와 모터보트를 누리면서 평화로운 어린 시절을 보냈다. 그녀는 부모와 언니 이레네로부터 리체, 피체, 혹은 푸츠 등으로 불렸고 응석받이로 가족의 사랑을 받으며 자랐다. 그녀의 부모는 아름다운 커플이었다. 어머니는 얌전하게 퍼머넌트를 한 짧은 단발머리였다. 아버지는 왜소한 체구에 어깨가 좁았다. 일찍 세어버린 귀 옆의 머리, 둥근 금속 테 안경, 나비넥타이를 단정하게 맨 우아한 모습을 하고 있었다.

펠리체 가족의 친구들은 자유주의적이고 사회주의적 경향의 유태인들이었고, 그레나디어 거리에 살면서 유태인 투로 말하는 '갈리시아인'에 대해서는 눈살을 찌푸렸다. 그녀의 집에는 변호사, 의사 그리고 예술가들이 드나들었다. 그 중에는 작가 리온 포이히트방어와 그의 여동생 헤니가 있었는데 이들은 펠리체의 삼촌과 고모였다. 또한 유태교의 랍비들도 주요 손님이었는데 펠리체의 부

모가 종교적으로 독실하지는 않았지만 전통을 중시했기 때문이었
다. 유태교의 안식일에는 화려하게 차려진 식탁 위에 안식일 촛불
이 세워져 있었고, 유월절(passover, 과월절이라고도 불리는 유태인들
의 축제일―옮긴이) 전날 밤에는 아이들이 식초 반죽의 흔적을 찾기
위해 집 안을 뛰어다녀야 했다. 그리고 엄마 아빠가 구석에 숨겨놓
은 달콤한 과자들을 열심히 찾아다녀야 했다. 이런 분위기에 한 가
지부족한 것이 있다면 크리스마스트리가 없다는 것뿐이었다. 어머
니는 유태인식의 축제가 그들에게는 의미 없는 관습이라고 여겼기
때문에 크리스마스트리에 대해 특별히 반대하지 않았지만 아버지
는 이 점에 있어서만은 엄격했다.

부모님이 치과의사였던 것이 유태인 사이에서 '나도 아는 치과
의사가 있다'는 식의 자랑거리가 되었다. 그래서 나중에 영국 이
민자들 사이에 슈라겐하임이라는 이름을 들으면 치과의사를 기억
하는 사람이 많이 있었다. 1933년 베를린에서 영업이 허가된 의사
의 절반이 유태인이었다.

1930년 펠리체가 막 여덟 살이 되었을 때 부모님이 휴가 중에
자동차 사고를 당했다. 트레일러가 달린 오픈카 피아트가 숲길로
빠져서 전복되고 말았다. 이 사고로 펠리체와 언니 이레네는 아름
다운 어머니를 잃었다. 이때 충격을 받은 아버지가 베를린으로 돌
아오는 길에 얼굴이 눈처럼 하얗게 되던 모습을 펠리체는 기억하
고 있었다. 그러나 2년 뒤에 아버지는 검고 갸름한 눈과 균형 잡힌
달걀형 얼굴의 젊은 여자와 결혼했다. 케테 함머슐라그는 아버지
의 간호원이었다. 두 딸은 젊은 새엄마―부유한 집 출신으로 25세

였던 − 를 전혀 반기지 않았다. 아버지가 엄마를 배신한 것을 결코 용서할 수 없었다. 그러나 아버지는 전혀 다른 고민들로 머릿속이 복잡했다.

1930년 그는 독일 치과의사협회의 사회복지와 보험부서의 책임자였다. 동시에 그는 사회주의 의사협회의 치과의사분과의 회원이었으며, 이것이 1931년 프로이센 치과의사협회의 선거에서 몇 가지 동요를 일으켰다. 그러나 알베르트 슈라겐하임의 간부 역할은 오래가지 못했다. '나치의 권력 장악' 후에 모든 유태인 간부들은 자리에서 물러나게 되었다. 1933년 7월 2일에 발표된 '의료보험과 관련된 치과의사와 치과기술자의 활동에 대한 지침'에 의해서 공산주의자와 유태인 의사에게는 의료보험 병원에서 일하는 것이 허용되지 않았다. 단지 알베르트 슈라겐하임 박사와 같은 참전 군인들만이 대상에서 제외되었다.

1933년 4월 1일부터 1934년 7월 말 사이에 600명의 유태인 치과의사들이 병원 문을 닫았다. 이때 의사라는 계층 대표자들에 대한 반유태인적 선전활동이 나치의 선전활동을 능가할 정도였다. 예전에 베를린에서 거주했던 사람은 누구나 몸이 아프면 유태인 의사에게 갔다. 그런데 유태인 의사들의 의료 활동 제한이 점점 많아지자 그동안 차례가 오지 않았던 아리아인 동료들에게 일자리가 돌아갔다. 5월 12일에 『그로스−베를리너 에르츠트블라트』지는 모든 유태인 의사들에게 독일 민족에 대한 의학적 치료행위를 금지시킬 것을 요구했는데, 그 이유는 유태인은 기만과 사기의 마법사이기 때문이라고 했다.

1934년에는 보험회사의 주주를 아리아인으로 바꾸는 작업이 시작되었다. 그리고 '개인적으로 책임감이 없고', '아리아인이 아니고', '정치적으로 적합하지 않은' 의사들이 제출한 청구서를 보험사에서 지불해 주지 않자 문을 닫을 수밖에 없었다. 그리고 '지불능력이 없는' 의사 혹은 치과의사들의 명단이 공개되었다. 한편 제국 유태인 대표단 내부에서는 문을 닫은 치과의사들을 위한 구호조직이 건립되었고, 치과기술자들을 위해서는 다른 직업 교육과정을 개설하고 이민 상담을 제공했다. 많은 이민자들이 영국을 특히 선호했는데, 영국에서는 외국 치과의사들이 다른 부가적인 시험 없이 의료 활동을 할 수 있었기 때문이다. 그러나 노동허가를 원하는 수요가 공급을 훨씬 넘어서고 있었다.

펠리체의 아버지는 팔레스타인의 카르멜 산 위에 사두었던 집 한 채를 팔았다. 그는 딸들을 위해 준비해 놓은 것이 있었다. 하바라 조약 체결 덕분에 그는 1934년에 팔레스타인의 유가증권을 살 수 있었고, 이것을 펠리체와 이레네를 위해 텔아비브에 있는 두 개의 은행에 나누어 예치해 두었다.

1935년 3월 18일 ― 펠리체와 이레네가 열세 살, 열다섯 살이었을 때 ― 알베르트 슈라겐하임은 마흔여덟 살에 세상을 떠났다. 1933년부터 공중전에 대한 대비로 공습경보, 등화관제, 그리고 가스 마스크 등을 이용한 방공훈련을 하던 중에 넘어져 사망하고 말았다. 9월에 제정된 뉘른베르크 인종법은 아직 그에게 해당되지 않았다. 그는 바이센제 묘지에 묻혔다. 사후인 1937년 그는 지도자의 생일을 맞이하여 '지도자와 제국의회의 이름으로' 베를린 경찰

청장으로부터 '참전자 명예십자훈장' 을 받았다.

젊은 미망인 케테 슈라겐하임은 두 양딸과 함께 샬로텐부르크에 있는 지벨 거리의 아파트로 이사했다. 이레네와 펠리체는 새엄마를 별로 좋아하지 않았지만 케테는 자신의 의무를 다 하려고 노력했다.

펠리체는 1932년까지 유태교 사원 바로 옆에 있는 클라이스트 — 슐레의 학생이었다. 열한 살 때 그녀는 그루네발트의 호화로운 주거지역에 있으면서 전통방식 그대로 지어진 비스마르크 — 리체움(여자고등학교)으로 전학 갔다.

1933년 4월 '독일의 학교와 전문대학의 인원 과잉에 대한 법령' 이 발표되었다. 그 결과 '비아리아인' 학생 숫자는 독일제국의 인구에서 비아리아인이 차지하는 비율을 넘을 수 없게 되었다. 신입생의 경우는 기껏해야 1.5퍼센트, '기존' 학생들의 경우에는 5퍼센트 이상이 될 수 없었다. 그러나 두 가지 규정 모두 아버지가 1차 세계대전에 참전했던 학생에게는 해당되지 않았다.

1933년 9월 4일 펠리체는 베를린 — 할렌제의 루나파크에 있는 수영장에서 75분간 수영을 해서 장거리 수영 선수증을 받았다. 그러나 얼마 되지 않아 그녀는 공공 수영장 출입이 금지되었다. 1935년 여름 야외 수영장인 반제에는 다음과 같은 팻말이 걸려 있었다. "유태인의 수영과 출입이 금지됨!" 그러나 이 팻말은 다가오는 해에 열릴 올림픽 게임을 고려한 외무부의 요청으로 철거되었다. 그리고 펠리체는 유태인 스포츠 단체인 바코흐바의 회원이 되었다.

사실 펠리체는 이 학교와 잘 맞았다. 그녀의 담임인 발터 게르하르트는 학생들에게 사랑스러운 애칭으로 '부비'라고 불렸고, 역사와 라틴어를 가르쳤다. 그는 웃옷 깃에 금색의 나치당 배지를 달고 있기는 했지만 마음씨가 좋은 사람이었다. 이미 오래 전에 국가사회주의에 등을 돌린 사람이었다. 그렇지만 자신의 의무를 충실히 이행하기 위해 학급 학생들의 인종을 교무 수첩에 분류하여 적었다. 아리아인, 반아리아인, 비아리아인.

비스마르크 — 리체움에서는 1937년도의 광범위한 퇴학조치에도 불구하고 343명의 학생들 중에 아직 58명의 유태인 학생이 있었다. 그것은 국가가 허용한 최대비율을 훨씬 넘는 숫자였다. 아마도 1차대전에 참전한 부모들이 많았기 때문일 것이다. 그러나 1939년 이 학교도 결국 공식적으로 '유태인이 한 명도 없는' 학교가 되었다. 소위 '부모의 이주' 때문이라는 이유로 상인, 대학 교수, 외과 의사, 은행원, 제조업자 그리고 극장 감독들의 자녀에 대한 퇴학처리가 단계적으로 이루어졌다.

1936년 3월 26일에 펠리체의 언니 이레네는 '외국 학교로 전학하기 위해' 졸업증명서를 받았다. 그녀와 함께 다섯 명의 학생이 같은 이유로 학급을 떠났다. 그후 1년이 지난 뒤에는 최소한 여덟 명의 학생이 학교를 떠났다.

'내가 되고 싶은 것 — 나의 여성 이상형'은 1936∼37년 학기에 펠리체의 학급에 주어진 작문 주제였다. 1933년 베를린의 여러 학교 학생들이 다룬 주제들, 곧 '피는 아주 특별한 액체다', '방공훈련은 필요하다', '고대 게르만 종교의 영웅적인 특성' 등과 같은 작문 주제들과 비교할 때 펠리체의 학교는 그런 경향을 자제하는 특성이 뚜렷했다. 또 다른 학급의 수학시간에 주어진 시험문제도 흥미로웠다.

지중해에서 야파(이스라엘 서부에 있는 항구도시 ― 옮긴이)를 향해 가고 있는 배가 한 척 있다. 야파는 경도 32°5′, 위도 34°45′에 위치해 있고, 배의 현재 위치는 경도 34°45′, 위도 27°17′이다. 이 배는 어떤 항로로 가야 하는가?

이 문제의 해석은 그렇게 간단하지가 않았다. 그 속에 숨어 있는 뜻은 유태인 학생들의 미래상을 은밀하게 연관시킨 신랄한 냉소였을까? 아니면 '유태인은 나가라, 팔레스타인으로 가라'는 공식적인 '유태인 정책'을 미리 앞서는 복종이었을까?

1937년 부활절에 반아리아인 학생인 올가 젤바흐가 펠리체의 학급에 들어왔다. 얼굴이 둥글고 끊임없이 손톱을 물어뜯던 올가는 펠리체의 가장 친한 친구가 되었다. 여름에 그들은 수업이 끝나자마자 수영장에 갔고, 겨울에는 번갈아가며 집으로 가 소파에서 수다를 떨며 섹스에 대해 이야기했다. 두 살이 많았던 올가는 이런 면에서 전혀 경험이 없었기 때문에 펠리체가 단연 주도권을 잡을 수 있었다. 그녀는 언제나 동성애적인 사랑을 이야기하곤 했다. 올가가 충격을 받자 펠리체는 자신의 비밀을 털어놓았다. 그녀는 어릴 때 난소에 문제가 생겨 수술을 받았는데 그때 이후로 레즈비언 성향을 지니게 되었다고 고백했다.

펠리체와 올가는 리온 삼촌과 같은 작가가 되고 싶었다. 두 사람은 가짜 연애편지를 쓰면서 문체를 다듬어갔다. "우리 한번 이런 감정을 발전시켜 보지 않을래?" 펠리체가 먼저 올가를 자극했고, 두 사람은 감정이 넘치는 편지를 쓸 허구의 인물을 생각해 냈다. 올가가 "바스야"라고 부르는 한 소련인을 알고 있었는데, 그가 이런 상상 속의 주인공이 되었다.

1938년 부활절에 비스마르크 – 리체움은 비스마르크 부인인 요한나 폰 푸트카머의 이름을 딴 여자고등학교로 바뀌게 되었다. 한편 7월 22일에는 유태인들의 신분증명서에 유태인을 뜻하는 'J'가 기입되었다. 가을이 되자 펠리체의 학급에 '완전한 유태인'은 오직 한 명만 남게 되었다. 펠리체였다.

1938년 3월 독일과 오스트리아의 합병으로 유태인이 처한 상황은 더욱 악화되었다. 그리고 국제연맹은 점점 증가하는 난민문제를 결코 해결할 수 없을 것이라고 확신했다. 그래서 미국의 루스벨트 대통령은 새로운 국제 난민구호기관을 세우기 위해 회의를 소집했다. 32개국의 대표자들이 1938년 7월 프랑스 에비앙 레뱅에 모였다. 이 국제회의는 독일과 오스트리아의 난민에 대한 수용인원을 최대한으로 확대하자는 미국의 제안으로 시작되었다. 2만 7,370명을 구할 수 있는 기회였다. 그러나 다른 나라의 대표자들은 자국의 수용능력이 부족한 점에 들어 차례로 양해를 구할 뿐이었다. 영국 대표는 자국에 팔레스타인의 위임통치령을 만드는 것에 대한 논의 자체를 허용하지 않았으며, 기존 인구가 많고 실업문제가 심각하기 때문에 유태인을 받아들일 수 있는 입장이 아니라고 주장했다.

'수정의 밤'에 독일 곳곳에서 유태교 사원들이 불타고 수백만 명의 유태인이 강제수용소로 끌려가자 충격을 받은 세계는 유태인에 대해 일시적으로 호감을 보였다. 네덜란드, 벨기에, 프랑스 그리고 스위스는 수천 명의 유태인이 여권과 돈 없이도 입국할 수 있도록 허용했다. 그리고 공식적으로 국경을 닫은 후에도 불법 난민들을 추방하지 않았다.

'수정의 밤' 이후 독일에 남아 있던 유태인들은 독일을 떠나려고 시도했다. 그러던 가운데 하바나 조약이 체결되었고, 약 3만 명의 유태인이 팔레스타인으로 망명할 수 있게 되었다. 단 이전에는 25퍼센트의 세금을 낸 후에 나머지 재산을 외국으로 가지고 갈 수 있었던 반면에 1938년 7월 이후로는 모든 재산의 유출이 금지되었다.

1938년 14만 명이 독일을 떠났다. 남겨진 사람들은 노인과 미망인들이었다. 이때 독일에 있던 유태인 인구의 절반이 50세가 넘은 노인들이었다. 여성들이 더 강하게 이민을 원했지만 실제로 외국에 나갈 수 있는 기회는 남성들에게 훨씬 더 많았다.

1938년 11월 15일 펠리체의 학창시절도 결국 마침표를 찍게 되었다. 유태인에게 모든 공립학교의 출입이 금지되었다. "파리에서의 비열한 살인사건 후에 그 어떤 독일인 선생님도 더 이상 유태인 학생을 가르치는 일이 허용되지 않는다."고 독일제국의 교육부장관은 지시를 내렸다. "독일 학생들이 유태인들과 같은 교실에 앉아 있는 것은 견딜 수 없는 일이다. 학교 내에서의 인종분리는 지난 몇 년 동안 이미 일반적으로 이행되어 왔지만 아직까지 학교에 남아 있는 유태인 학생들이 있다. 그들에게 더 이상 독일 청소년들과 함께 학교에 다니는 일이 허용되지 않는다."고 발표했다.

그 남아 있던 학생 중의 한 명이었던 펠리체는 '제국 교육부장관의 지시에 따라' 담임인 게르하르트와 교장인 프리드리히 아비 박사가 서명한 졸업증서를 받았다. 담임은 펠리체의 마지막 평가를 기록했다. "펠리체는 침착하고 친절하며 재능 있고 근면한 학생입니다."

그녀가 열여섯 살 때의 일이었다. 이때 그녀는 학교 도서관에서 독영 사전을 몰래 가져왔다. "1938년 11월 2일에 슬쩍함"이라고 사전 표지 안쪽에 초록색 잉크로 반항적으로 적혀 있었다.

추도사

졸업증서, 학창시절이 조용히 끝나간다
마지막 막, 철의 장막이 내려진다
언젠가 내가 되었을지도 모르는 것,
그것은 이제 멀리 사라졌다
단지 1년만 더 있었더라면, 나는 무엇인가 될 수 있었을 텐데
그랬다면 졸업시험을 치렀을 테니까
나는 이제 성적표에서 단지 이런 글만을 읽을 수 있다
나는 침착하고, 근면하고, 재능이 있었다고……

그렇다, 아름다운 날들은 지나갔다

쉐플러의 종소리(내가 훨씬 더 좋아했던)가 나를 깨울 때까지
쉐플러의 종소리를 들으면서 잠을 자던 날들
쉬는 시간을 위해 달려가던 날들
땡땡이를 치고, 수다를 떨고, 비밀스럽게 편지를 쓰고
학생증을 포함해서 ― 모든 것이 과거의 일이다
나는 폐기되고 저지된 채 남아 있어야 한다
또한 학위가 없는 졸업생으로

1939년 9월 11일
펠리체

1938년 11월 16일 같은 반 학생들은 펠리체가 더 이상 학교에 나오지 않을 것이라는 짧은 설명을 들었다. 아무도 질문을 하지 않았다. 모두가 사정을 잘 알고 있었다. 이 일은 올가에게도 충격이었다.

올가는 어느 날 우연히 거리에서 펠리체와 마주쳤다. 펠리체는 깊은 상실감에 빠져 있는 듯했다. 올가는 그녀를 집으로 초대했다. 올가의 어머니 루이제 젤바흐는 펠리체에게 모성애를 느꼈다. '아리아인과의 결혼으로 특권을 누리면서' 살고 있는 유태인인 그녀는 엄격하게 집안을 다스렸다. 그리고 펠리체는 말하자면 그 집의 넷째 딸이 된 셈이었다.

젤바흐 부인은 재치가 있지만 고집스럽고 과장된 행동을 하는 경향이 있었다. 그녀는 큰소리 치기보다는 정신적으로 아이들을 고문했다. 또한 예측불허의 사람이기도 했다. 상대방을 향해 미소 짓고 있다가도 다른 사람들은 기억도 하지 못하는 잘못을 끄집어내기도 했다. 그러나 프리데나우 거리에 있던 올가의 집은 온정과

손님들로 넘쳐나곤 했다.

펠리체와 올가는 가끔 얼굴이 예쁜 리즐 프토크와 함께 세계의 미래에 대해 진지한 토론을 하기도 했고, 막스, 스피노자, 브레히트와 투홀스키의 책을 읽었다. 그리고 의자에 거꾸로 앉아서 엄마의 피아노 반주에 맞춰 「예루살렘 여행」을 부르기도 했다. 펠리체는 다시 가족을 찾은 느낌이었다.

슈라겐하임 가족들도 본격적으로 이민 준비를 시작했다. 1938년 10월 22일에 이레네는 샬로텐부르크 법원의 결정에 따라 성인이 되었고, 그녀와 아직 미성년인 펠리체 사이에 '유산분할계약'이 체결되었다. 1938년 10월 31일을 기준으로 이레네와 펠리체에게 남겨진 유산의 총 가치는 108,823.08RM(1924~1948년까지 통용되던 독일제국 화폐단위 — 옮긴이)으로 한 사람당 54,411.54RM가 할당되었다.

하바라 유한 책임회사에 보관되어 있는 162개의 채권은 펠리체를 위해 112:50으로 분할되었는데, 이것은 펠리체가 팔레스타인으로 입국하는 것을 가능하게 만들기 위한 조치였다. 펠리체가 독일을 떠날 수 있게 되면 이케네에게 원래의 몫을 돌려줄 예정이었다.

이 시기에 이레네는 스톡홀름에 있는 친척집에서 2년간의 체류를 끝내고 베를린으로 돌아왔다. 추측컨대 그녀는 베를린에서 '수정의 밤'까지 상업 전문학교를 다닌 것으로 보인다. 이레네는 이미 1936년에 비스마르크 — 리체움을 떠났고, 그녀의 졸업증명서에는 "외국으로 유학을 가기 위해서"라고 기록되어 있었다. 1939년에 그녀는 런던으로 이민을 갔고, 1940년 2월에 수련을 위해 성 팬크레스 병원에 간호사로 취직했다. 펠리체가 적십자사를 통해 전해받은, 영국에서 온 이레네의 첫번째 편지는 1942년 4월 4일 날짜로 되어 있었다.

1939년 1월 6일에 펠리체의 법정 후견인인 에드가 변호사는 새어머니인 케테 슈라겐하임에게 알리기를, "외환국과 은행을 통해 펠리체와 이레네 사이의 분할계약의 내용을 확인했고, 유가증권의 내역을 적어 보냈으며, 이 재산으로 펠리체는 케테와 함께 망명을 할 수 있다"고 했다.

1월 16일에 컨티넨탈 일리노이 내셔널뱅크와 시카고 트러스트 컴퍼니는 미국 영사에게 펠리체의 삼촌인 의사 발터 카레브스키 박사가 그의 부인과 함께 2,091.04 미국 달러 상당의 예금 잔고를 유지하고 있다는 사실을 확인해 주었다. 미국에서는 발터 카레스텐이란 이름으로 살고 있는 카레브스키 박사는 1936년 7월 미국으로 망명했다. 1월 20일 그는 공증된 서류에 펠리체의 보증인으로 서명했다. 펠리체의 직업은 '가정부'로 '독일의 상황' 때문에 미국 이민을 신청한다고 쓰여 있었다. 두번째 보증인으로는 제니 L. 브란이 서명을 했는데, 그녀는 평생을 미국에서 산 펠리체의 사촌이었다. 1월 18일에 텔아비브에 있는 하바라 유한책임회사의 신탁 지불국은 영국의 여권 사무관에게 앵글로-팔레스타인뱅크에 남아 있는 슈라겐하임 자매의 채권들은 현재 12,000RM의 가치로자매를 위해 자신들이 위탁받아 관리하고 있음을 확인시켜 주었다.

1939년 1월부터 유태인들은 모든 신분증명서에 성과 함께 사라 혹은 이스라엘 등의 유태인다운 이름을 추가로 써넣어야 했다. 펠리체는 '펠리체 라헬 사라 슈라겐하임'이라고 써야 했다. 또한 유태인에게는 공공시설인 극장, 영화관, 음악회 그리고 공연장 출입이 금지되었다. 유태인 문화 단체들이 운영하는 극장과 유태인들의 영화가 상연되는 곳만이 비참한 일상에서 잠시 벗어날 수 있는 유일한 장소가 되었다. 1월 9일에 알베르트 슈페어가 설계한 '총통 관저'가 완성되었고, 1월 24일에는 '유태인 이주 중앙 본부'가 설치되었다.

1939년 2월 4일에 펠리체의 외할머니인 훌다 카레브스키는 미국 영사관에 자신의 아들 발터의 신원보증서와 미국 시민권자이며 무역업자인 샘 맬링의 추가신원보증서를 함께 제출했다. 샘 멜링의 부인인 하젤은 훌다 카레브스키의 친구였다. 그는 공증된 서류에서 자신이 시카고 비치에 있는 방 다섯 개짜리 아파트에서 살고 있으며, 매월 1,500달러 이상의 수입이 있고 5만 달러 이상의 개인 재산을 소유하고 있다고 밝혔다. 그는 자신이 언제나 준법적인 시민이었으며 어떤 범죄나 그 외의 어떤 잘못된 행동으로 체포된 된 적이 없음을 확인했다. 그는 또한 국가 질서의 와해를 목적으로 하는 어떤 단체나 조직에도 소속되어 있지 않다고 했다. 그리고 자신이 알고 있는 바로는 이와 동일한 내용이 신청인에게도 해당된다고 했다.

일흔 살인 훌다 카레브스키는 다시 미국 영사관에 연락을 해서 자신이 1938년 12월 2일에 대기번호를 받기 위한 신청서를 제출했으며, 그녀의 아들은 '제 1서류(시민권 신청서. 미국에 귀화할 의사가 있음을 밝히는 서류. 1952년 이후 폐지되었다 – 옮긴이)'의 소유자로 가사일로 자신을 급하게 필요로 하기 때문에 조금 더 빨리 일을 처리해 달라고 부탁했다.

1939년 2월 21일부터 유태인들은 결혼반지를 제외하고 금, 은, 백금, 진주와 보석으로 만들어진 모든 귀금속을 국가에 기부해야 했다. 4월 말에는 임대문제에 관한 규정이 발표되었다. '한 아파트에 사는 사람들'이 언제부터 유태인 세입자를 부담스럽게 느꼈는지를 확인하는 작업이 이루어졌다. 결국 유태인들은 집을 비워야 했고, 정해진 '유태인 주택'에 들어가야 했다. 슈라겐하임 가족도 새엄마 케테의 부모인 함머슐라그 부부의 집으로 이사 가게 되었다. 방이 10개인 이 집에는 점점 더 많은 유태인들이 모였다.

이사

아파트의 마지막 모습은 낯설고 텅 빈 채로
이제는 마치 헛간처럼 보인다
종이와 천 조각들이 주위에 널려 있고
우리에게 오랫동안 '보금자리' 였던 그곳

그릇을 깨면 운이 좋다는 말이 있는데
다행스럽게 중국제 꽃병도 마침내 그 말을 믿는 듯하다.
거인 같은 이사꾼들이
피아노와 책장을 들고 빠르게 질주한다.

벽에는 그림 대신 오래된 얼룩들이 보이고
상자들은 임시용 의자가 되그
천장에는 죽어 있는 검은 전선들이 있고
회중전등은 어디에도 없다.
집 안의 짐들이 거리로 옮겨지자
짐을 싸던 사람들은 선술집으로 가고
그런 다음에 폭우가 내리는 것은
언제나 그렇듯 하느님의 뜻이다
마침내 시간이 되어
이삿짐 차는 흔들거리면서 출발을 하고
사람들은 후에 이런 시간에 대해
"그때 우리는 아직 저기에 살고 있었다"고 말한다

1939년 6월 12일

펠리체

1939년 3월 말 펠리체는 베를린－달렘에 있는 사립 유태인학교인 칼리스키에서 케임브리지 영어실력시험을 치른 후 결과를 기다리고 있었다.

1939년 3월 15일 '독일 유태인 구호협회'는 펠리체가 1937년 2월에 비스마르크-리체움 학교의 시험위원회 앞에서 가정경제학 시험을 통과했으며, 따라서 영국에서 가사일을 하기에 지극히 적합하다는 사실을 확인했다. 당시 펠리체가 학급 요리시간에 썼던 작은 줄공책에는 여러 가지 음식에 관한 요리법이 정리되어 있었다.

미래 관찰

나는 자주 성공한 내 모습을 꿈꾸고
자동차, 태양, 아름다움, 그리고 돈에 대해 꿈꾼다
나는 멀고 아주 푸른 대양을 생각하고
저널리즘과 넓은 세상에 대해 생각한다

우리는 지도를 이용해서 멀리 있는 나라로 여행할 수 있다
나는 그런 여행을 즐길 것이고
내 인생이 변할 것이라는 것과
어디엔가 나의 작은 별도 있다는 것을 알고 있다

내가 멀리 밖으로 나가게 될 것이고
그렇다면 난 계속해서 꿈을 꿀 것이고
그렇다면 난 성공을 이룰 수 있겠지만
단지 요리와 방 청소와 같은 일에서뿐이다

우리에게 희망이 있다는 것은 좋은 일이다
그러나 자기기만, 그런 것을 통해서 사람들은
이런 인생에서 우리가 출연하는 연극은
비극적인 코미디라는 것을 잊어버린다

1938년 5월

펠리체

1939년 3월 16일에 이즈라엘 에른스트 자코비 박사는 영문 문서
로 펠리체가 정신적으로나 육체적으로 전혀 문제가 없으며 어떤

전염병에도 걸리지 않았다는 사실을 확인시켜 주었다. 4월 1일에 그녀는 알렉산더 광장에 있는 경찰서에 가서 지문을 찍어야 했다. 4월 18일 유태인협회의 회장은 펠리체 라헬 사라 슈라겐하임에게 그녀의 이민세가 최종적으로 2,080RM으로 결정되었음을 알렸고, 이 금액의 지불을 위해 유태인협회의 특별 구좌로 액수에 상응하는 유가증권을 이체시켜 줄 것을 요구하였다.

복잡한 심정

'금지'라는 단어가 우리에게 중요한 역할을 하게 되었다
그리고 오늘날 우리에게 진정으로 남아 있는 것은
파산한 은행들과 미래에 대한 두려움뿐이다
물놀이도, 춤도, 영화구경도 없고,
장식품도 평등도 없으며,
우리가 가질 수 있는 것은 오직 걱정뿐이다

그러므로 여기서 벗어나는 것은 기쁜 일이다
난 항상 여행할 준비를 하고 있었다
그럼에도 불구하고 우리는 울면서 여기를 떠난다
우리는 이곳에서의 삶의 리듬을 이해하기 때문이고
이제부터 영원히 그리고 낯선 사람으로서 떠나야 하기 때문이며
우리에게는 집으로 돌아오는 길이, 그런 다리가 없기 때문이다

1939년 6월 23일

펠리체

1939년 5월 9일에 미국 총영사관은 이레네와 펠리체가 43015-b
와 43015-c 의 번호로 독일인 대기자로 등록되었음을 알려주었다.
그러나 요즘 같은 상황에서는 언제 기회를 갖게 될지 아직 예고할
수 없으며, 단지 이 일과 관련하여 정기적으로 연락을 받게 될 것
이라고 했다.

5월 11일에 펠리체는 베를린 고등재무관에게 가서 두 벌의 은으
로 된 식사 도구 세트와 작은 냅킨용 고리, 팔찌, 소금 용기, 손톱
다듬는 기구의 소지에 대한 외환 권리상의 허가를 신청했다. 그리
고 이 신청서에는 그녀가 이민을 갈 때 손가방에 넣어가려고 하는
물건 목록이 첨가되어 있었다.

아버지가 세상을 떠난 후 두 자매는 이민 갈 경우를 대비해 4년
동안 지낼 수 있는 물품들이 들어 있는 트렁크 가방 하나씩을 받았
다. 펠리체는 종이에 자신이 새로운 삶을 시작하기 위해 꼭 필요하
다고 생각되는 물건과 옷의 목록을 차례로 적었다. 그리고 이삿짐
상자 3개 중 하나인 '군인용 철제 상자'의 내용물 목록을 영국제
타자기로 적었다. 이 상자들은 한 달에 4.20RM의 보관료를 내면
서 에드문트 프란츠코비아크 회사의 함부르크 지점에서 긴 여행을
기다리고 있었다.

1939년 5월 30일 펠리체는 영국의 여권국 사무소에서 팔레스타
인으로의 이민과 관련해서 상담을 하러 오라는 요청을 받았다. 여
기서 어떤 대화가 오고 갔는지는 알려지지 않았다. 학교에 다닐 수
없는 '학생'인 펠리체 라헬 사라 슈라겐하임은 6월 3일에 1년간의

유효기간이 있는 여권을 발급받았다. 여기에는 크게 빨간색 'J'가 찍혀 있었다. 6월 9일에 텔아비브에 있는 J. L. 포이흐트방어뱅크는 영국 총영사관에 펠리체의 채권 예치 사실을 확인해 주었다. 또한 6월 13일에 펠리체와 새엄마는 1년으로 제한된 오스트레일리아의 '입국 허가'를 얻었다.

시대는 변하고……

예전에는 사람들이 여행에 대해 꿈을 꾸었고
야자수로 둘러싸인 아주 파란 바다에 대해 꿈을 꾸었다
오늘날에는 관점이 완전히 달라졌다
우리는 더 이상 여행을 하는 것이 아니라,
기껏해야 이민자가 될 뿐이다

예전에는 그렇게 여러 번 여행을 했던 사람이
이제는 조용히 여기 남아 있을 수 있기를 희망한다
목록표도, 언어학습도 없이
그래도 그가 여행을 한다면, 단지 여행 안내서를 따라가기만을
희망한다

언젠가 비아리츠로 향했던 트렁크 가방들이
지금은 전혀 다른 여행을 한다
이제 막 발견된 나라들로
그래서 고상하지는 않지만 광범위한-

가장된 예의 바름에 대해서도

전혀 모르는 나라들로 여행을 한다

은혜로운 나라를 찾기 위해서

우리는 먼저 사전에 예약을 해야 하고

그런 다음 출발을 하지만, 결국 그것은 게임의 끝

화려한 증기기관차를 타고 가는 망명의 길일 뿐이다

1939년 6월16일

펠리체

1939년 8월 7일 펠리체는 오스트레일리아 비자를 받았다. 8월 9일 에드가 변호사는 베를린-샬로텐부르크의 제국은행 지점으로부터 펠리체가 소유하고 있는 팔레스타인 증권 중에서 200 호주 파운드를 마련하기 위해 그에 상응하는 만큼의 증권을 매각해도 좋다는 동의를 받았다. 이 돈은 그녀의 법적 후견인 에드가 변호사가 호주관청에 여행자금을 증명하기 위해서 필요한 금액이었다. 8월 14일 펠리체가 5월에 신청했던 여행물품의 허가는 2년 연장되었다. 펠리체의 유산 중에는 새엄마 앞으로 되어 있는 중부 유럽 여행사의 해외여행권 복사본이 들어 있었다. 이것은 1,268.45RM에 해당하는 것으로 오스트레일리아 증기기관차인 스타선을 타고 영국에서부터 오스트레일리아 멜버른까지 갈 수 있는 티켓이었으며 날짜는 1939년 12월 20일로 되어 있었다.

8월 말에 일련의 사건들이 일어났다. 8월 23일 히틀러-스탈린 조약, 8월 25일 영국과 폴란드의 동맹계약 체결, 8월 26일 첫번째

총동원의 날. 이 날 제국의회가 소집되었고 아이들은 일찍 하교했다. 8월 27일 일요일에는 생필품 배급표 제도가 도입되었다. 슈라겐하임 가족과 함머슐라그 가족은 아파트 수위에게 이 표를 전해 받았는데, 거기에는 빨간색 'J'가 표시되어 있었다. 빨간색 'J'가 표시된 배급표는 모든 특별배급에서 제외되었고, 배급되지 않는 생필품을 구입할 수 없었다. 9월 1일에 독일 군대가 폴란드 국경을 넘었다. 프랑스와 영국은 전시체제로 돌입했다.

전쟁이 발발한 후 외국 선박들은 독일 화폐를 받지 않았다. 그 때문에 미국 이민은 더욱 어려워졌다. 극소수의 이민자들만이 통행료를 지불할 수 있는 친척이 있다는 사실이 밝혀지자 미국 영사관은 비자를 주기 전에 선박요금의 지불확인서를 요구했다.

전쟁은 점점 실생활에 영향을 끼치기 시작했다. 배급제가 숙박업소까지 확대되었고, 상점들은 하나둘 문을 닫기 시작했으며 암거래가 만연했다. 1940년 2월부터 유태인에게는 더 이상 의복배급표가 배부되지 않았다. 2월 28일에 시카고의 외과의사인 발터 카레스텐은 조카인 펠리체에 대한 신원보증서에 서명했다. "우리는 F. 슈라겐하임 양이 저희 집에 함께 살면서 집과 병원에서 우리를 도울 수 있기를 간절히 바랍니다."

그러나 독일에 할당된 이민 비율은 거의 다 채워졌다. 미국은 그보다는 통과국인 프랑스, 벨기에, 네덜란드, 영국 등에서 이민을 신청하는 독일 국적의 이민자들을 수용하였다. 그것은 일종의 동맹국들에 대한 미국의 배려가 담긴 대응책이었다.

1940년 5월 10일 독일 군대가 벨기에 국경선을 넘었다. 히틀러는 예고했다. "오늘 시작되는 전투가 다음 천 년 동안의 독일 운명을 결정할 것이다."

언제인지 정확히 모르지만 1940년 후반에 펠리체의 새엄마 케테 슈라겐하임은 혼자 팔레스타인으로 간 것이 분명했다. 펠리체는 마지막 순간에 새엄마와 동행하지 않기로 결정을 내렸다. 펠리체가 발터 삼촌이 있는 미국으로 가기를 원했기 때문에 케테 슈라겐하임은 조금은 가벼운 마음으로 독일을 떠났을 것이다. 그러나 펠리체가 남도록 설득한 것은 올가의 어머니인 젤바흐 부인이었을지도 모른다.

젤바흐 부인의 작은 여름별장 '포르스트'에서 펠리체는 젤바흐 가족들과 함께 즐거운 날들을 보냈다. '포르스트'는 도피처로 아주 적당한 곳이기도 했지만 펠리체에게는 가족의 따뜻함을 다시 느끼게 해주는 장소이기도 했다.

젤바흐 부인은 열여덟 살인 펠리체에게 대단히 중요한 사람이었다. 때로는 엄마였고, 때로는 감춰두었던 감정의 대상이었다. 펠리체는 항상 그런 존재를 잃을까봐 두려워했다. 젤바흐 부인에 대한 펠리체의 구애는 보답받지 못한 채로 남았다. 펠리체가 꽃을 선물하거나 기분이 좋을 때면 젤바흐 부인은 자신의 딸들처럼 펠리체를 부드럽게 안아주었고, 그럴 때마다 펠리체는 자신의 꿈이 이루어졌다고 믿었다. "너 도대체 무슨 생각을 하고 있는 거니?" 그러나 그 다음에는 이런 극단적인 후회와 절망이 이어졌다.

"꼭 그래야만 하니? 그런 생각은 아예 지워버려. 넌 제정신이 아니야." 펠리체는 자주 올가와 언니 이레네로부터 충고를 들었다.

그러나 그녀는 그런 자신을 어떻게 할 수 없었고, 그런 상황은 반복되었다.

당신의 편지

아마도 그 편지를 읽지 않는 것이 좋았을지도 모르지만,
마치 악몽처럼
내가 예감하지 못했고 또한 알고 싶지 않았던 것을
서면으로 확인하기 위해서,
그리고 언젠가 내가 그것을 발견하게 될 것은
이미 정해져 있는 일이었습니다
높은 곳에 있는 사람은 특히 나중에 더 깊이 떨어지는 법입니다
당신이 내 말을 믿어주기 바라건대,
나는 이 편지 때문에 깊이 추락했고,
사람이 이보다 더 불쌍할 수는 없을 것입니다
내가 또 하고 있는 것은
목표도 없는 시작,
나는 절대로 편지 속의 글들로부터 벗어날 수 없고
그 반복되던 구절에서도 벗어날 수 없습니다
혼자, 혼자, 혼자……

아주 분명하게 당신은 그렇게 말했고
나의 작은 행복을 산산조각 냈습니다
그러나 당신이 그것을 느껴야만 합니다

배반을 통해서!
나는 희생하고 사랑할 준비가 되어 있었습니다
그러나 이제 나는 문가에 선 채 머물러 있어야 하는
유랑자로 남게 되었습니다

1940년 8월 3일

펠리체

그런데 3일 후에는 펠리체에게 모든 것이 전혀 달라보였다.

떨어지는 별

한 작은 별이 빛을 내며 밤을 뚫고 떨어진다
사람들이 아이들에게 말하는 것처럼,
유성이 운명을 바뀌게 한다는 말이 사실임이 틀림없다
작은 별은 여러 가지 행운을 가져다주었다

인생은 주기도 하고 받기도 하며,
인생은 침묵한다
흔히 사람들은 밤중에 창가에 서서
궁금해지고 의심도 생기지만 길은 보이지 않는다
오늘 작은 별이 나에게 그것을 보여주었다

밝은 별 하나가 빛을 내며 밤을 뚫고 떨어진다
그때 나는 긴 시간 뒤에
미로에서 빠져나온 듯한 느낌이 들었다

작은 별이 당신을 다시 데리고 왔다!

1940년 8월 6일
펠리체

발터 삼촌의 압력 때문이라도 펠리체는 미국 이민을 위해 계속 노력했다. 그러나 1940년 6월 22일 독일 — 프랑스의 휴전으로 상황은 더욱 어려워졌다. 미국 선박들은 오로지 영국과 포르투갈의 항구에만 들어올 수 있었다. 1941년 말까지 대부분의 이민자들은 리스본 항구를 이용했다. 리스본을 지나는 여객선 표는 9개월 후까지 모두 예약되었다. '유태인 문제'를 이민으로 해결하려는 나치의 지속적인 노력 속에서 리스본과 스페인의 항구로 향하는 피난민의 행렬은 끝없이 이어졌다. 이때 가장 큰 장애물은 이민자로 가장한 '스파이 집단'에 대한 기국의 두려움이었다. 결국 아무런 법적 토대도 없이 비자 발급과 관련된 조사가 강화되었고, 1940년 6월에는 모든 진행 과정이 연장되도록 방침이 바뀌었다.

우리는 미국으로 들어오는 이민자 숫자를 일시적으로 줄이거나 정지시킬 수 있다. 이것은 우리가 신청자에게 이민 절차를 지체시키거나, 추가 정보를 요구하거나, 비자 발급을 지연시키는 등 모든 다양한 행정적 방법을 취하도록 영사관에게 지시함으로써 가능할 것이다. 그러나 이것은 단지 일시적인 상황일 뿐이다.

6월 29일 미국은 자국의 영사관에게 전보 형식으로 미국에서 장기간 체류를 원하는 모든 신청자들을 최대한 상세히 조사할 것과 조금이라도 의심의 여지가 있을 때는 비자 발급을 중지하도록 지시했다. "실질적으로 이민을 중단시키는 전보가 발송되었다."고 미국 정부의 책임자는 자신의 일기장에 기록했다.

1941년 1월 15일 발터 삼촌은 베를린에 있는 미국 영사관에 1940년도 세금증명서의 복사본을 제출하면서 자신의 조카들이 언제 비자를 받을 수 있는지 조속한 답변을 요구했다. 발터 삼촌은 아이가 없었기 때문에 조카들을 간절히 원했다. 그는 1월 17일에 펠리체에게 해외 전보를 쳤다. "1,000달러 보증금 전신환 영사관에서 바로 보냄. 미국으로의 운송은 어떠한가. 누가 티켓값을 지불하는가? ─ 발터"

2월 11일 아메리칸 익스프레스는 베를린에 있는 미국 총영사관에 6월 10일 빌라보에서 뉴욕까지 가는 '마르케스 데 코미야스' 호의 예약증명서를 제출하였다. 2월 19일에 펠리체는 베를린─빌머스도르프의 시장과 샬로텐부르크─베스트의 세무서장에게 이민 신청자 세금과 관련된 납세 확인증 발급을 신청하였다. 2월 22일 그들은 펠리체에게 납세 확인증이 '현행 규정의 취소가 있기까지 유효함'을 확인했다. 2월 20일 후견인 에드가 변호사는 피후견인인 펠리체에게 이민 목적으로 발급된 여권이 직접 전달되는 것에 동의했다. 2월 26일 펠리체의 여권은 1년 더 연장되었다. 2월 28일 그녀는(그녀의 번호는 여전히 43015─c였다) 10시에서 12시 사이에 미국 대사관 영사과로 와서 비자를 받아가라는 연락을 받았다.

펠리체는 번호가 23989이고 유효기간이 1941년 7월 17일까지

인 비자를 발급받았다. 그녀의 열 손가락 지문이 비자 옆에 첨부
되어 있었다. 펠리체의 '인종'은 '유태인'으로 표기되어 있었고 5
피트 3인치 키에 몸무게는 113파운드라고 적혀 있었다. 승선 장소
는 스페인의 빌바오 항구였다. 2월 26일 아메리칸 익스프레스는
뉴욕 지점에 펠리체로부터 여객선 요금 300달러가 입금되었음을
확인했다.

7월부터 첫번째 유태인들이 '구 독일 제국(히틀러에 의한 오스트리
아 합병 이후의 독일을 말함 – 옮긴이)'으로부터 로츠, 코브모, 민스
크, 리가, 그리고 루블린 구역으로 강제 이송되었다. 7월 1일 펠리
체는 베를린에 있는 스페인 영사관으로부터 그 다음해 2월 26일까
지 유효한 비자를 받았다. 7월 12일 펠리체는 미국 영사관에 다음
과 같은 내용을 알렸다.

내 미국 비자는 사용하지도 못한 채 이달 18일 유효기간이 만료
됩니다. 나는 아메리칸 익스프레스 회사를 통해서 '마르케스 데 코
미야스' 호를 예약하였습니다. 그러나 이 배가 출항을 하지 못했기
때문에 나는 예약을 변경하였고, 그때 기후로 네 번이나 더 예약하
였습니다. 그러나 몇 번은 일시적인 포르투갈 차단, 몇 번은 배의
결항 등으로 출항하지 못했습니다.
최종적으로 '나베마르' 호를 예약했으나, 역시 마찬가지로 연기
되었습니다. 그리고 이 배의 출항일은 오늘까지도 미정이어서 더
이상 그 예약은 의미가 없게 되었습니다.

비자 연장 신청 방법을 알려주신다면 대단히 감사하겠습니다.

펠리체 슈라겐하임

바로 답신이 도착했다. "귀하의 질문과 관련해서 비자 문제에 대한 업무는 계속해서 중지되어 있음을 알려드립니다."

독일과 미국의 관계는 끝났다. 7월 10일 독일 내 미국 영사관들이 문을 닫았다. 3일 후에 독일은 모든 미국 영사관들에게 나치의 지배를 받는 유럽 지역에서 떠나라고 요구했다. 수천 명의 피난민들이 가졌던 희망은 산산이 조각났다. 1940년 7월과 1941년 7월 사이에 미국으로 이민 갔던 1만 3,000명의 독일인 중에서 4,000명만이 독일에서 온 사람들이었다. 전년도와 비교해 해외 이주 비율은 81퍼센트 감소했다.

8월 21일 펠리체에게는 아직 희미한 희망이 하나 남아 있었다. 독일 유태인연합의 '이민국'은 그녀에게 8월 26일 베를린에서 바르셀로나까지 유태인 이주자의 특별 수송편을 이용할 수 있을 것이라고 알려왔다. 그러나 며칠 뒤에 다시 그녀의 신청이 거부되었다는 연락이 왔다. "당신의 출국 신청이 거절되었음을 알려드리게 되어 유감스럽게 생각합니다. 그 이유는 18세부터 46세까지의 남성과 여성의 출국이 금지되어 있기 때문입니다. 원하시면 이 문제와 관련해서 방문하셔도 좋습니다."

1941년 3월 2만 1,000명의 베를린 유태인들은 14세부터 강제노역의 의무를 지게 되었다. 6월 21일 소련의 공격 후에 유태인에게는 비누와 탈지우유를 받을 수 있는 구매표가 더 이상 배급되지 않았다. 그래서 베를린 사람들은 이것을 '아리아 탈지우유'라고 부르기도 했다.

7월에 나치 정부는 유태인 문제의 총체적인 해결을 위해 객관적이고 물리적이며 조직적인 전저조건을 마련하기로 결정했다. 법률을 공포하는 제국관보는 9월 17일부터 6세 이상의 모든 유태인들은 '유태인 별'을 달아야 한다고 발표했다.

나의 새아버지는 어느 일요일 아침에 알려진 이 홍보에 대해 처음에는 믿을 수 없다는 듯이 코웃음을 쳤다. 그런데 벤노가 발표된 내용을 큰 목소리로 읽자 나의 어머니는 바로 '자살'에 대해 말씀하셨고 다시 진정하기가 쉽지 않았다. 실제로 한 급우는 이날 독약을 마셨고, 이런 절망 속에 빠진 사람은 단지 그만이 아니었다. 이 상징물은 'Jude(유태인)'라는 글자가 쓰여 있는 노란 다윗의 별로 만들어져 있었고, 우리는 이 '훈장'을 왼쪽 가슴에 눈에 잘 띄도록 옷에 단단히 꿰매야 했다.

게슈타포들은 거리에서 연필을 가지고 별이 단단하게 실로 꿰매어져 있는지 검사했다. 그리고 오출금지법을 어기는 사람을 잡기 위해 유태인들의 아파트 앞에서 기다리기도 했다. 5분이라도 늦게 집에 오는 사람은 끌려갈 각오를 해야만 했다.

별을 부착하는 제도가 시작된 직후에 잉에는 젤바흐 부인의 집에 머물고 있었다. 잉에는 젤바흐 부인의 딸인 레나테와 절친한 사이였다. 레나테와 잉에는 베를린 시내에 있는 콜리뇽 서점에서 함께 일했다. 벨이 울리고 펠리체가 집안으로 들어왔다. 잠깐 이야기를 나눈 후에 펠리체가 여름 외투의 깃을 높이 세우고는 잉에에게 보일 듯 말 듯한 미소를 지으며 노란색 별을 가리켰다.

"멋지지, 그렇지 않니?"

"너 오늘 밤에 뭐할 거니?" 잉에가 엘레나이에게 밝은 목소리로 물었다.

엘레나이가 요란한 웃음을 터뜨렸다. "그러는 너는? 너의 코끝이 아주 이상하게 변했는걸. 인정해! 너 벌써 다른 남자가 생긴 거지?"

잉에는 부끄러운 듯이 높이 들어올린 어깨 사이로 고개를 숙이며 검은 눈을 크게 떴다. "인정할게."

이 시기에 펠리체는 잉에의 집에 자주 머물렀다. 펠리체는 거주 지역을 벗어날 때면 외투 깃을 뒤집어서 별이 보이지 않게 하거나 종이로 별을 가리곤 했다. 물론 이 두 가지 모두 금지된 사항이었다. 그녀가 아무리 이 노란 훈장을 자랑스럽게 달기로 마음먹었다고 해도 사람들에게 구경거리가 되고 싶지는 않았다.

10월 초에 펠리체는 유태인 노동청으로부터 철사 제조공으로 병마개 공장에서 일을 하라는 지시를 받았다. 그녀는 병의 사기 마개를 철사로 단단히 동여매는 일을 시작했다. 육체노동에 익숙하지 않은 사람에게는 쉽지 않은 고된 노동이었다. 그러나 잉에는 그녀가 불평하는 것을 한 번도 듣지 못했다. 생사가 불안한 상황에서 이 정도의 불편함은 단지 부차적일 뿐이었다. 펠리체의 노동일지 기록은 1941년 10월 9일에서 시작해 정확히 1년 뒤에 끝났다. 그녀는 매주 연필로 작업한 시간을 적었고 46.50페니히라는 시간당 보수를 곱해보곤 했다. 소득세, 의료보험, 실업수당, 개인보험 등을 빼고 나면 16.13RM 정도만이 남았다. 10월 10일 회사는 다음과 같은 내용을 글로 증명해 주었다.

  생필품 구입 목적을 위해 우리는 본사에서 제조공으로 일하고 있는 펠리체 사라 슈라겐하임 양이 7시부터 16시까지 일을 하고 있으며, 그로 인해 비아리안을 위한 구매시간을 이용할 수 없음을 확인하는 바입니다. 회사가 조사한 바에 따르면 그녀의 가정에는 이런 생필품 구입을 대신할 수 있는 사람이 없음이 밝혀졌습니다. 위 사람을 위한 구매시간은 17~18시로 정해져 있습니다.

  이 확인서는 다른 관련자의 사용이나 본인의 퇴사 시에는 즉시 취소됩니다.

1941년 여름 펠리체는 불안했던 함머슐라그의 집을 떠나 정형외과 의사인 쿠르트 히르시펠트 박사의 집으로 이사했다. 이곳은 그녀가 다니는 회사와 매우 가까운 거리에 있었다. 시간이 있을 때면 언제나 잉에가 공장 앞에서 펠리체를 기다렸다가 클라우디우스 거리까지 함께 가곤 했다. 그해 말에 펠리체는 할머니 훌다 카레브스키와 삼촌인 율리우스 필립에게 안부를 전했다. 그리고 필요한 경우에는 언제라도 젤바흐 부인 집을 이용할 수 있었다.

펠리체는 이레네의 생일인 1월 24일에 독일 적십자사의 해외 파
견자를 통해서 영국의 소아병원에서 간호사로 일하고 있는 언니에
게 간단한 편지를 보냈다.

사랑하는 언니,
언제나 그리고 오늘은 더 특별히 언니를 생각하면서 마돈나가
우리에게 미소를 보내주기를.
수천 번의 키스를 보낼게.

언니의 사랑스러운 푸츠로부터

이레네의 답장은 1942년 4월 4일이라는 날짜가 쓰여 있었다.

나의 사랑스런 푸츠,
나의 새로운 직장은 아주 좋단다. 그러나 너에게 소식이 없다면
모두 소용이 없겠지. 너와 할머니 생각을 많이 한단다.
수천 번의 키스를 보낸다.

1942. 4. 4
너의 사랑스러운 언니로부터
이레네

3월에 영국의 왕립 공군이 독일 도시를 저공폭격하기 시작했다.

검은 날개들과 함께
차가운 입김을 뿜어 내는 어두운 그림자가 다가올 때면

마치 죽음의 한 조각처럼,

공간 속에서 발목이 잡힌 채
말은 무의미하게 거기에 서 있다
그러다가 그림자가 지나가면
사람들은 단지 몸서리를 치고, "하마터면……"

마치 전설처럼 고맙게도
아직 삶이 환하다는 것을 느낀다
그리고 심장만이 빠르고 강하게 방망이질 치고,
손이 조금 떨린다

1942년 3월 19일
펠리체

베를린 주민들은 '완벽한 시설을 갖춘 유태인 주택'들이 신속하게 완성될 것이라는 이야기에 안심하고 있었다. 강제 이송된 사람들의 집들은 폐쇄되고, 그 재산은 경매에 붙여졌다. 4월 15일부터 유태인들은 집 앞에 유태인 별 표시를 해놓아야만 했다.

1942년 말 엘레나이 폴락은 잉어의 친구인 펠리체를 알게 되었다. 그들은 서로에게 호기심을 느꼈지만 동시에 두려움도 있었다.

우리가 처음 만났을 때 슬프고 낯선 대화를 나누었다. 그녀는 아름다운 눈과 크고 매혹적인 입을 가지고 있었다. 그녀는 펠리체 혹은 그와 비슷한 이름이었다. 나는 그녀의 이름을 물어보지 않았다.

이때만 해도 이름이나 주소를 물어보는 일이 무의미했기 때문이다. 그러나 그녀는 자신의 이름을 물어봐주기를 기다리는 듯했다.

대화는 사소한 이야기로 시작되었다. 신문을 가져온 그녀가 내 앞에서 말도 안 되는 괴벨스의 선전용 시를 읽은 것과 이 저녁에 생각해 낸 것이 겨우 그런 것이라는 사실이 나를 화나게 했다. 만약 그녀가 갑자기 신문을 접고 내게 스텔라를 아느냐고 묻지만 않았다면 나는 자리에서 바로 일어섰을 것이다.

나는 굉장히 놀랐다. 스텔라는 많은 유태인들이 두려워하는 빨간 머리의 소녀였기 때문이다. 그녀는 지하세계로 숨어든 유태인을 밀고하고 그 대가로 자유를 얻었다. 그래서 스텔라는 지하세계로 숨어든 유태인들에게만 알려져 있는 인물이었다. 순간적으로 나는 그녀가 나를 시험하려는 것인지, 아니면 나와 같은 처지에 있는 유태인인지 판단할 수가 없었다. 그러나 그녀가 내게 아주 부드럽고 섬세하게 손을 건네자 모든 불신이 사라졌다.

내가 말했다. "난 스텔라가 누구인지는 알고 있어. 그렇지만 네가 누구인지 몰라." 그렇게 나는 마음대로 반말을 했다. "그리고 난 네가 원하는 것이 무엇인지도 모르겠어. 그러나 네가 같은 상황에 있을 경우를 위해 하는 말인데, 나는 두려워하지 않고 사람들에게 다가가는 법을 배웠어. 네가 원한다면 너도 믿음을 가질 수 있을 거야." 그녀도 믿음을 가지고 있었다. 대화를 나누다보니 우리의 차이점을 느끼지 못했다. 내가 체험한 모든 것을 그녀도 체험했다는 것을 알게 되었다.

— 엘레나이 폴락이 1950년대 말에 쓴 글

엘레나이는 뉘른베르크 법에 따르면 '완전한 유태인'이었다. 하지만 '반유태인'인 그녀의 엄마는 '아리아인'과 재혼을 했고, 엘레나이가 새 아버지의 성을 따르고 있었기 때문에 다행히 노란색 별로부터는 벗어날 수 있었다. 펠리체와 엘레나이의 만남은 내면적 우정의 시작이었고, 그 우정은 성적인 매력과 자매와 같은 믿음 사이의 모호한 경계선에 있었다.

그들은 잉에와 함께 지속적으로 무엇인가를 조직하고 있었다. 잉에를 아는 사람들은 펠리체나 그와 비슷한 상황에 처한 사람들에게 어떤 도움을 줄 수 있는지 물어왔다. 예를 들면 며칠간의 잠자리나 생필품, 약품, 증명서, 이민안내서 등을 제공했다. 잉에는 또한 도움을 필요로 하는 유태인들을 끊임없이 만났다. 엘레나이는 펠리체의 조직능력과 쇠처럼 강한 생존의지에 깊은 인상을 받았다. 펠리체는 할 수만 있다면 어디에서든 자신의 능력을 충분히 발휘했다. 그러나 동시에 목적 없이 방황하고 폐쇄적이며 외로운 사람이라는 인상을 주기도 했다.

봄에 다시 젤바흐 부인과 펠리체 사이에 갈등이 있었다. 화가 난 펠리체가 1942년 3월 20일 올가에게 쓴 편지에서 젤바흐 부인은 자신이 유태인 혈통이라는 점을 숨기기 위해 애쓰고 있다는 것을 알 수 있었다.

올가에게

월요일은 아버지가 돌아가신 지 7주기가 되는 날이었어. 회사에서 가까운 거리에 있었기 때문에 예전처럼 아버지 묘지에 갔지. 그

때 나는 우연히 너희 할머니 묘를 보았는데 황량한 인상을 받았어. 그 묘는 차라리 없애는 편이 나을 것 같았어. 그래서 레나테에게 지나가는 말로 그 이야기를 했단다. 나는 그 무덤이 너희의 혈통을 증명하는 공식적인 기록이라고 생각했기 때문이야.

다음날 너희 엄마는 전화로 내게 화를 내셨어. 하지만 내 양심은 깨끗해. 하느님도 아실 거야. 저녁에 너희 엄마는 방문 앞에 서서 내가 당신을 염탐한다며 화를 냈어. 나는 침대에 누워 이 험한 소리를 밤 12시까지 들어야 했어! 세상에는 내가 모르는 일도 있고, 거기에 대해서 묻지도 말아야 하며, 듣더라도 말하면 안 되는 일도 있다고 하셨어. 그리고 나보고 조심하라는 충고를 덧붙이셨지.

정말 나는 여태까지 무슨 말씀을 하시는지 몰랐어. 하루 반나절을 공장에 있으면서 나는 충분히 생각했지. 올가, 난 드디어 결정을 내렸어. 네가 이해할지 모르겠지만 누군가의 감시를 받는다는 두려움, 실수로 이야기를 하게 될지도 모른다는 극도의 불안감을 난 더이상 견딜 수가 없어. 그리고 실제로 너희 엄마가 말하는 것에 대해 아무것도 모르고 있어. 그런데 대화를 할 때면 내가 거짓말을 하고 있는 것 같았어. 속고 있는 듯한 이런 느낌을 알겠니? 마치 어두운 공간에 갇혀 어디로 떨어질지 모르는 공포감에 단 한 발자국도 못 움직이는 이런 두려움을?

나는 너희 엄마에게 모든 것을 설명하려고 했어. 그래서 어제 내 고민을 차분하게 이야기하려고 했단다. 품위와 예의를 갖추고 아주 솔직하게 말이야. 그렇지만 너희 엄마는 평소와는 다르게 아주 빠른 속도로 관청과 규정에 대해 이야기하셨단다. 그리고 갑자기 어떤 생각이 떠오르셨는지 내게 그 모든 것을 설명할 필요가 있냐고 물어보셨어. 나는 믿음에 대해 이야기했어. 그리고 속고 있는 듯한 내 느낌을 설명하려고 노력했어. 하지만 곧 후회했지. 너희 엄마는 단지 내가 속고 있다는 이야기만을 들으시고 바로 나를 내던지려고 하셨으니까.

내가 믿는 사람에게 두려움을 갖게 되는 것이 어떤 것인지를 설명하려고 애썼어. 너희 엄마는 전혀 그럴 필요가 없다며 조금은 우쭐대며 말씀하셨지. 어쨌든 우리는 앞으로 모든 것을 어떻게 해야 할 지 더 많이 생각해 보아야 한다는 결론을 내리고 헤어졌단다.

올가, 현재의 상황은 이렇단다. 그리고 분명한 사실은 내게 남은 것은 최악의 상황뿐이라는 점이야. 최악의 상황. 여기서의 내 삶은 끊임없이 쏟아지는 병마개들처럼 무의미하기 때문이야. 무의미. 우울한 단어다. 그 때문에 – 아마도 나는 이성적인 인간이 아닌 것 같다 – 나는 아무런 결론도 내리지 못한 채 저녁이면 똑같이 집으로 갈 것이고, 더 이상 아무 이야기도 하지 않을 것이다. 적어도 이 이야기가 다시 불거질 때까지는. 1940년 4월을 기억하니? 그때 나는 처음으로 이런 일이 결코 단 한 번으로 끝나지 않을 것이라는 예감이 들었단다. 그리고 그 예감은 틀리지 않았어.

1942. 3. 20
펠리체가

6월 2일 베를린에서 65세 이상의 유태인들을 수용하기 위해 설치된 테레지엔슈타트의 '노인 게토'로 첫번째 수송이 이루어졌다. 드레스덴과 프라하 사이에 있는 테레지엔슈타트는 오스트리아 황제 요제프 2세가 어머니 마리아 테레지아를 기리기 위해 세웠다. 높은 파도로 둘러싸여 있는 '거대한 요새'로 외부세계와 단절된

곳이었다.

노인들은 독일 유태인협회로부터 강제 이송 통보서를 받았고, 거기에는 이주 날짜가 표시되어 있었다. 여행 짐으로는 트렁크 하나와 어깨부터 엉덩이까지 오는 배낭 한 개만 가져갈 수 있었다. 여행 짐과 손으로 들고 가는 짐을 모두 합해서 50킬로그램이 넘으면 안 되었다.

7월 유태인들에게 기차역이나 터미널, 버스정류장의 대기실 이용이 금지되었다. 7월 11일 처음으로 베를린 유태인들이 아우슈비츠로 이송되었다. 7월 13일부터 유태인 맹인들은 더 이상 맹인용 팔찌를 착용할 수 없게 되었다. 1942년 범죄통계를 보면 공권력에 대한 반항을 이유로 한 명의 유태인이 유일하게 유죄선고를 받은 사례만 기록되어 있었다. 오로지 자살을 통해서만 많은 사람들이 강제 이송을 피했다. "자살이냐? 아니면 추방이냐?" 그것이 베를린 유태인들에게 주어진 운명이었다.

펠리체의 할머니와 큰할아버지인 율리우스 필립은 8월 6일에 테레지엔슈타트로 이송되었다. 이송되기 며칠 전 펠리체는 엘레나이와 함께 할머니와 작별인사를 나누기 위해 할머니 댁으로 갔다. 엘레나이는 믿을 수 없을 만큼 침착해 보이는 펠리체의 할머니에게 감히 말도 걸지 못했다. 우정이 돈독한 두 사람이었지만 펠리체는 이 작별에 대해 아무 말도 하지 않았고, 엘레나이 역시 묵묵히 지켜보았다. 이 만남이 마지막이라는 것을 모두가 알고 있었다. 그러나 펠리체는 사랑하는 할머니가 테레지엔슈타트에서 살아 돌아올 것이라는 희망을 버릴 수 없었다. '노인 게토'란 말이 양로원이라는 말처럼 들리기도 했다.

1942년 후반기에 테레지엔슈타트의 환자 수는 기록적인 증가폭을 보였다. 성홍열, 홍역, 황달, 장티푸스, 장염 등이 노인들을 괴롭혔다. 9월에는 '노인, 환자'가 3,000명을 넘었다. 9월 7일부터 화장터가 가동되기 시작했다. 9월에 3,941명이 사망했다. 훌다 카레브스키도 그들 중 한 명이었다. 그녀는 1942년 9월 14일에 사망했다.

10월 초에 펠리체도 일명 '리스트'라고 불리는 추방확인서를 받았고 히르시펠트 박사도 체포되었다. 펠리체와 잉에는 자전거를 타고 히르시펠트 박사의 집으로 가서 펠리체의 물건들을 꺼내기 위해 잠긴 문을 부수었다. 펠리체는 부엌 테이블에 눈물로 얼룩진 이별의 편지를 남겨놓았는데, 그 편지에서 자신의 자발적인 죽음을 예고했다. 그녀는 코트에서 별을 떼어냈고 지하세계로 사라졌다.

그때부터 펠리체는 숨어 지내는 유태인으로 잉에의 집과 엘레나이의 새아버지 집, 그리고 다른 사람들의 집을 전전하며 살았다. 그녀의 가족들이 가지고 있던 물건 중에서 아직 남아 있는 것은 할머니의 모피코트와 액세서리, 은식기 세트와 식탁보 등이었는데, 펠리체는 이것들을 친구들 집에 달겨두고 있었다. 그리고 이 물건들을 하나씩 팔면서 생계비를 얻었다.

10월 초 잉에는 엘리자베스 부스트 부인의 집에서 가사도우미 의무봉사를 시작했다. 잉에의 아버지는 공산주의자였고, 어머니는 사회민주주의를 지지했다. 잉에의 부모님은 서적상이었다. 이들에게 어딘지 평범하지 않은 여자애를 집에 묵게 하는 것은 대단히 위험한 일이었다. 특히나 공산주의자에게는 더욱 위험했다. 아버지 볼프 씨는 펠리체를 늘 집에만 있게 하려고 했다. 밖에는 유태인들 사이에서 유명한 유태인 밀고자 '빨간 스텔라'가 돌아다니고 있었기 때문이다.

스텔라 퀴블러-아이작존은 베를린에서 '유태인의 로렐라이' 혹은 '금발의 유령'으로 불렸다. 자신의 목숨과 부모를 구하기 위해 그녀는 두번째 남편인 롤프 아이작존과 함께 나치와 계약을 맺고 지하세계로 숨어든 유태인들을 찾아내서 게슈타포에게 넘겼다. 그러나 펠리체는 겁도 없이 대도시 거리를 돌아다니곤 했다.

펠리체가 숨어 지내는 동안 게르트 에르리히는 본격적인 활동을 준비하고 있었다.

1942년 8월부터 나치 경찰은 유태인 추방을 위한 새로운 방법을 도입했다. 지난 몇 주 동안 이주 명령을 받은 유태인들이 이주 날까지 기다리지 못하고 지하세계로 사라지는 일이 자주 발생했다. 그래서 나치들은 유태인들이 주로 거주하고 있는 구역을 포위하고 유태인 별이 표시되어 있는 모든 집에 예고도 없이 들이닥쳤다. 갑자기 침입을 당한 유태인들은 10분 내에 짐을 꾸려야 했다.

회사들은 아주 힘겹게 베를린 내의 수용소에서 전문 노동자들을 일시적으로 석방시키는 데 성공했다. 많은 사람들이 더 이상 집에서 잠을 잘 수 없게 되었다. 그리고 어떤 사람들은 언제라도 도망갈 수 있도록 옷을 입은 채로 잠자리에 들었다. 물론 자신의 배낭을 싸놓지 않은 사람은 거의 없었다. 야간근무를 하고 집으로 돌아와 자신의 가족들이 아직까지 무사한 것을 볼 때면 가슴을 쓸어내리며 안도의 숨을 쉬었다. 공장에서는 걱정스러운 마음으로 동료들의 숫자를 세어보고 모자라는 사람이 없으면 다행이라고 여겼다.

저항 운동을 위한 우리의 준비는 그 사이 많이 진척되었다. 그리고 제일 먼저 두 명의 동료들이 가시밭길을 가야만 했다. 초기의 어려움은 어느 정도 극복되었다. 우리는 더 이상 침묵을 지키는 희생자가 아니었으며, 심지어 저항군을 조직하기 위해 무기도 구입했다.

나는 언제든 집을 떠날 준비가 되어 있었다. 내 물건, 옷, 생필품, 책 등은 작은 상자에 담아 믿을 만한 지인에게 맡겨두었다. 그리고 나는 가족들이 위험에 빠지지 않도록 집에 머물렀다. 극도로 예민해진 나는 이런 끊임없는 긴장을 더 이상 견디지 못할 것 같았다. 그리고 마음 깊은 곳에서 결정이 내려지기를 기다리고 있었다. 차라리 그들이 내가 예상하는 것보다 더 빨리 오기를 바라고 있었다.

— 게르트 에르리히의 글

그러는 동안 펠리체는 잉에 부모님의 집에 있는 많은 책들을 읽었고, 때때로 잉에의 어머니와 수다를 떨기도 했다. 초록색 잉크로 시를 쓰고, 저녁에는 잉에에게 부스트 부인 집에서 있었던 일들을 듣곤 했다.

10월 어느 날 잉에가 흥분해서 집으로 돌아왔다.

"세상에, 난 지금 너무 흥분했어. 그녀가 오늘 나에게 뭐라고 말했는지 아니? '유태인들? 나는 그들의 냄새를 맡을 수 있어!'라고 말하는 거야. 정말 더 이상 참을 스가 없어!"

"어머 그래? 그녀가 그렇게 말했어? 자기가 유태인 냄새를 맡을

완전한 유태인 119

수 있다고? 내가 한번 보고 싶은데!"

펠리체는 잉에에게 부스트 부인 집에서 일어난 일들을 듣고 있었기 때문에 부스트 부인에 대해 호기심이 있었다. 또한 단조롭고 지루한 삶에서 벗어나고 싶은 마음도 있었다. 이번 기회에 부스트 부인을 시험하고 싶다고 생각한 펠리체는 계속해서 부스트 부인을 만나게 해달라고 잉에를 졸랐다.

잉에는 펠리체의 계획을 걱정했지만 잉에의 아버지는 펠리체가 계속 집에 머무를까봐 걱정이었다. 잉에는 펠리체와 부스트 부인의 만남에 대해 설명할 수 없는 두려움도 있었는데, 사실 그것은 말도 안 되는 것이었다. 당연히 부스트 부인은 유태인의 냄새를 맡지 못할 것이기 때문이다.

"나에게 그렇게 해줄래? 나는 정말 그렇게 하고 싶어……." 펠리체는 별로 내키지 않아하는 잉에에게 자신의 생각이 재미있지 않느냐며 애교를 부렸다.

4 결혼 서약

1943년 4월 2일 펠리체가 며칠 동안 자신이 릴리의 집에서 지내면 어떻겠냐고 물었을 때 잉에는 아주 좋은 생각이라고 말했다. 릴리는 병원에서 퇴원한 지 얼마 되지 않아 몸이 약해져 있는데다가 아이들만 있는 집에 혼자 남겨두는 것이 마음에 걸린다고 했다. 잉에 입장에서도 펠리체가 안전하지 않은 자기 집에서 숨어 지낸 지가 반년이 지난 지금이 거처를 옮기기에 적당한 시기라고 생각했다. 엘레나이의 집도 더 이상 안전하지 않았다. 반유태인인 그녀의 어머니가 뒤에서 히틀러를 헐뜯었다는 죄로 10개월의 감금형을 선고받아 모아비트에 가 있었기 때문이다.

베를린에 폭격이 자주 있자 상황은 더욱 심각해졌다. 지금까지 잉에는 공습경보가 울리면 대부분 펠리체와 함께 위층에 머물러 있었다. 그러나 이제 어쩔 수 없이 지하대피소로 가야 된다면 사람들이 의심하지 않도록 펠리체의 신분을 설명할 수 있어야 한다. 아파트 안에도 나치당 사람들이 많았기 때문이다. 만약 유태인 여자를 숨겨주었다는 사실이 발각되면 잉에의 아버지는 강제수용소로 보내질 것이 확실했다. 어느 정도까지는 이 우아한 독일군 부인의 집이 펠리체에게 더 안전할 수도 있었다. 물론 그녀를 만나지 않았다면 더 좋았을 테지만 말이다. 릴리와 펠리체 사이에 생기기 시작한 부드러운 인연의 끈을 잉에는 아직 예감하지 못하고 있었다.

"그럼 이제 어떻게 해야 하지?" 펠리체는 고민했다. "넌 생필품 배급표가 없잖아." 4년째 전쟁이 계속되는 지금 같은 시기에 생필품 배급표가 없으면 더 이상 인간이 아니었다. "그냥 프리데나우 거리에 있는 젤바흐 부인의 집 근처에 항상 너의 배급량을 구입했던 단골상점이 있다고 말해. 그리고 그 상점으로 가고 싶다고 말이야. 어차피 나도 부스트 가족을 위해서 그곳에 가야 하거든. 그러면 내가 부스트 가족의 식품에서 네 몫으로 조금 떼어낼 수 있을 거야. 부스트 가족은 아이들이 네 명이나 있어서 엄청나게 많은 양의 생필품을 배급받거든. 티도 나지 않을 거야. 그들은 자기들 배급량이 얼마나 되는지도 전혀 모르고 있어."

그리고 계획한 대로 일이 진행되었다. 잉에는 배급을 받은 다음에 3층과 4층 사이 층계참에서 펠리체를 위해 적당한 몫을 덜어내 따로 싸놓았다. 예를 들어 아이들을 위해 2분의 1파운드의 버터가 있다면 4분의 1을 덜어냈던 것이다.

"저 오늘 상점에 다녀왔어요." 펠리체가 릴리에게 말했다. 그렇게 되면 결과적으로 버터는 원래의 양이 되는 셈이었다. 펠리체 역시 이 계획에 만족했다.

펠리체는 릴리에게 바벨스베르크에 볼일이 있다고 둘러대고 어떤 날은 엘레나이 집으로, 어떤 날은 질바흐 부인의 집으로 끊임없이 이곳저곳을 돌아다녔다. 그리고 전선 상황에 대한 정보를 얻으러 다녔다. 엘레나이는 펠리체가 어느 날인가는 하루에 14군데를 돌아다닌 것도 기억하고 있었다. 그러나 펠리체는 나치 남편이 있는 릴리의 집이 제공하는 안정감을 즐기기도 했다. 더 이상 숨어 있을 필요가 없고, 정상적인 가정에서 산다는 것은 멋진 일이었다. 그것도 펠리체가 어린 시절을 브냈던 아우구스테-빅토리아 거리와 매우 근접한 슈마르겐도르프에서 지내는 것이 무척 행복했다. 그러나 이런 지리적 특징은 다른 한편으로는 새로운 위험의 가능성을 의미했다. 이 지역에서라면 그녀가 얼마나 쉽게 발각되고 밀고당할 수 있겠는가.

한편 펠리체가 일반적으로 아이가 있는 어머니들에게 특별한 매력을 느꼈다는 점은 부정할 수 없는 사실이었다. 비록 그들이 릴리처럼 깜짝 놀랄 만큼 주근깨로 뒤덮인 얼굴을 하고 있다고 해도 말이다. 릴리의 보호 속에서 펠리체는 잠시나마 자신이 숨어 지내고 있다는 사실을 잊을 수 있었다. 릴리의 사랑과 아이들의 재롱은 나치가 10년 동안 그녀에게 가한 비열함의 일부를 상쇄할 수 있을 정도였다. 알브레히트가 큰소리로 그녀를 “하이스, 하이스”라고 부를 때면 그녀는 감동의 눈물을 흘렸다. 그녀는 지난 여름 ‘포르스트’에서 지냈던 시간 이후로 이렇게 편안함과 안락함을 느껴본 적이 없었다.

그해 초에 펠리체는 역시 숨어 지내는 한 유태인 친구를 통해 약 2,000마르크를 지불하고 동반자증명서를 구했다. 이 증서는 제국중앙부에서 발부하는 것으로 증명서 소지자가 도시 아이들의 농촌체류를 위한 동반자임을 증명하는 서류였다. 사진 없이 설명만 있는 이 증명서는 '바바라 F. 슈라더'라는 이름을 사용한 펠리체가 국내에서 어린이 여행을 위한 동반자임을 확인해 주고 있었고, 유효기간은 1944년 4월 1일까지로 되어 있었다. 상세한 검문을 당할 경우를 대비해 펠리체가 직접 날짜를 써넣었고, 잉에가 고안한 '바바라 F. 슈라더'의 서명이 있는 어설픈 가짜 증명서를 가지고 다녔다.

우리 그룹에는 발터, 에른스트, 루츠, 헤르베르트, 게르트헨, 귄터, 할루, 조, 펠리체(유일한 여자로서), 그리고 내가 속해 있었다. 이런 가까운 사람들 외에도 불규칙적으로 우리와 연락을 하고 새로운 정보를 교환하는 다양한 친구들이 있었다.

활동을 시작하면서 생긴 문제점들은 대단히 잘 해결되었다. 그러나 앞으로 얼마나 큰 문제들이 있는지 곧 알게 되었다. 시간이 얼마 지나지 않아 우리는 벌써 거처에 대한 문제에 부딪치게 되었다. 착한 아리아인 친구 집에서 신세를 지는 일이 언제나 가능한 것은 아니었다. 비록 본인은 좋은 뜻을 가지고 있더라도 대부분 가족 중 한 명이 유태인을 집에 숨겨주는 계획에 반대했다. 이때 가구가 있는 방을 임대하자는 천재적인 아이디어를 낸 사람이 할루였다.

베를린에는 여러 개의 '임대중개사무소'가 있었다. 할루는 어느 날 임대중개사무소를 찾아가 수수료를 지불하면서 자신이 현재 가족과 문제가 생겨 며칠 동안 다른 곳에서 지내고 싶다며 임대받을 수 있는 곳의 주소를 알려달라고 했다. 그런 다음 그는 가구가 갖추어져 있는 방 하나를 빌리고 주인에게도 같은 이유를 설명했다. 혹 주인들이 경찰에 신고를 해야 하지 않느냐고 물으면 그는 자신이 이미 베를린에 신고가 되어 있고, 배급표를 구하는 어려움과 국방부에 전출신고를 해야 하는 번거로움 때문에 주소지를 바꾸고 싶지 않다고 설명했다.

한편 루츠는 지하생활을 시작한 후에 독일 적십자사의 한 지부에 프레드 베르너라는 이름으로 자원봉사자 자리를 얻게 되었다. 그는 타고난 능력으로 곧 상사의 신임을 얻었다. 얼마 지나지 않아 사람들은 그에게 사무실 하나를 내주었고 완전히 독립적으로 일할 수 있게 해주었다. 그는 업무상의 서신왕래를 처리하는 일을 했기 때문에 그의 책상 위에는 여러 가지 공적인 스탬프들이 많이 있었다.

그러던 어느 날 루츠는 독일 적십자사의 비교적 높은 지위의 백지 증명서를 구하는 데 성공했다. 그는 재빨리 백지 증명서와 스탬프, 몇 장의 공식 편지지를 훔쳐서 달아났다. 그런 후에 독일 적십자사에 다시는 나타나지 않았다. 그는 지명수배 되었다. 그는 스위스로 갈 수밖에 없는 첫번째 사람이 되었다.

처음에 우리는 필요한 것을 대부분 가지고 있었다. 우리 모두는 갑자기 리포터가 되었고, 작은 부서의 부장이 되었으며, 통역사 혹은 그와 비슷한 역할을 맡게 되었다. 모두가 자신이 선량한 독일 국민임을 증명하는 멋진 여권을 주머니에 지니고 있었다. 물론 이런 서류는 신중한 게슈타포 검문에서는 통하지 않았지만 거리의 검문관이나 특히, 방을 임대해 주는 집주인에게는 아주 요긴했다.

— 게르트 에르리히의 글

게르트 에르리히는 지하세계에 살면서도 돈 걱정이 없는 몇 안
되는 유태인들 중의 한 명이었다. 그가 친구들 집에 보관해둔 돌
아가신 아버지의 값비싼 카펫을 사줄 사람들은 언제나 있었다. 그
래서 그는 가난한 친구들을 경제적으로 도울 수 있는 위치에 있었
다. 돈과 인맥만 있으면 생필품 구매권을 얻는 것은 전혀 어렵지
않았다.

게르트는 외출할 때 게르하르트 크라머가 위조해 준 병역수첩을
주머니에 넣고 다녔다. 그리고 다른 한편으로 프랑스어를 어느 정
도 할 수 있었기 때문에 외국인 노동자 신분증도 가지고 있었다.
외국인 노동자들은 게슈타포의 감시는 받았지만 국방군으로부터는
자유로웠다. 단 그가 주머니를 혼동하지 않는 것만이 중요했다.

신분증 위조는 다음과 같이 진행되었다. 먼저 머리카락 색깔, 눈
동자 색깔, 키, 나이, 특이 사항 등의 외모가 신분증에 묘사된 인상
착의와 최대한 동일한 대상을 미래의 주인으로 정한다. 특별한 기
계를 이용해서 새로운 여권 사진을 만든다. 그런 다음에는 당국의
직인을 사진 위에 절반 정도 찍어야 하는데, 이것은 비록 뜻을 같
이하는 동지라고 해도 높은 대가를 요구하는 전문작업이었다. 게
르트와 그의 친구들은 마침내 반아리아인 그래픽디자이너를 구하
게 되었는데, 이 사람은 그 분야에서 뛰어난 대가였지만 아쉽게도
멀리 떨어진 곳에 살고 있었다.

어쨌든 신분증은 꼭 필요했다. 그래서 특히 애용한 방법은 여름
에 반제(Wannsee, 베를린 근교의 호수 - 옮긴이)를 찾아가는 것이었다.
여기서 수영하는 사람들이 아무 생각 없이 잔디나 모래 위에 벗어

놓은 옷에서 모든 종류의 증명서와 신분증을 슬쩍 해올 수가 있었다. 그렇게 구한 신분증의 인상착의에 최대한 자신의 몸을 맞추려고 심지어는 손가락을 잘라야 하는 일도 있었다. 그런 다음 신분증은 그래픽디자이너에게 넘어갔다가 다시 돌아오게 된다. 펠리체의 임무 중 한 가지가 바로 '조직'을 위해 이런 종류의 업무들을 진행하는 일이었다.

릴리는 계속해서 펠리체로부터 여러 장소를 동행해 달라는 부탁을 받았다. 그곳에서 펠리체는 릴리가 결코 마주치면 안 되는 사람들을 만났다. 때로는 포츠담 광장에 있는 '조국의 집'에 가기도 했고, 때로는 51번 전차를 타고 판코브까지 가서 슈미트 사진관이라는 곳에 가기도 했으며, 때로는 도시고속전철을 타고 바벨베르크에도 갔다. 한번은 펠리체가 타우벤 거리에 있는 한 무기상점에서 일하는 여자와 슬쩍 메모를 주고받고 은밀하게 속삭이는 모습을 보았다. 그러나 릴리는 아무것도 묻지 않았다.

"그런 일은 당신과는 상관없는 일이에요. 당신이 보면 안 되는 일들이에요." 언젠가 릴리가 반짝이는 물방울이 피부에 맺힌 채 욕조 옆에 서 있는 엘레나이의 누드 사진을 발견했을 때에도 펠리체는 해명을 거부했다.

"우리는 군인들을 위해 그런 것을 만들고 있을 뿐이에요."

릴리는 더 이상 묻지 않았고 이들이 사진사인 슈미트 씨와 함께 포르노 사진을 만든다는 것을 알게 되었다. 그러나 그가 신분증 위조에도 관여했을 가능성이 매우 높았다.

당시에 싸게 살 수 있는 유일한 편지지는 흐린 연어색의 군사용 엽서였다. 릴리는 펠리체와 짧게 헤어져 있는 동안에도 이 종이에 그녀를 향한 자신의 마음을 적었다. 낮에는 옆에 잉에가 있었고 네 아이를 키우는 집에서 벌어지는 많은 일들 때문에 펠리체와 자세한 이야기를 나눌 시간이 없었다.

몇 줄의 짧은 메모, 예를 들면 '사랑해'라고 쓰여 있는 종이쪽지 등이 돈지갑 안에서 발견되고, 양치질용 컵 안에 혹은 침대의 베개 밑에 숨겨져 있기도 했다. 그러면서 두 사람은 그리움의 시간들을 견딜 수 있었다. 그리고 릴리가 펠리체의 정체를 알게 된 후에도 펠리체는 여전히 여행을 떠나곤 했다.

다시 한 번 하룻밤 동안 혼자!

아, 나는 겨우 하룻밤을 지냈는데 그리움은 너무도 고통스럽다. 너무도 고통스러워. 사랑해! 겨우 잠이 들었지만 깨어나면서 착각이었다고 실망하기에는 너무도 아름다운 꿈을 꾸었다. 넌 내 곁에 없다. 나는 베개를 물어뜯는다. 그러나 내 목소리를 들려줄 수가 없다.

내가 생각하는 것은 오로지 너, 펠리체! 아, 나는 네가 어느 날 다른 여자를 사랑하게 될까봐 너무도 두렵다. 내가 그런 말을 한다고 해서 슬퍼하지 마. 그러나 넌 나를 완전히 바꾸어 놓았다. 나는 더 이상 예전의 내가 아니다.

네 사진이 내 앞에 놓여 있다! 내가 수년을 헛되이 보냈다는 것을 생각하면 - 펠리체, 나를 혼자 있게 하지 말아줘. 제발 나도 함께 데리고 가! - 내가 모든 일을 뒤로 미루고 있다는 것을 알고 있어. 그러나 네가 나를 사랑한다면 그런 것이 무슨 의미가 있겠니. 우리는 이제 뗄 수 없을 만큼 서로에게 매여 있어. 네가 지금까지 내 세계를 무너뜨렸다는 것을 알고 있겠지(신도 알겠지만, 난 결코 후회하지 않아), 그것도 모든 면에서. 이제 네가 날 지켜줘야 해. 그렇게 할 수 있니? 나를 사랑하니? 난, 난 너의 세계에서 살고 싶어. 비록 엄청난 고통을 치러야 한다고 해도 말이야. 너의 사랑만이 그런 것들을 견딜 수 있도록 도와줄 거야. 걱정스럽니? 두려운 거니? 내게 대답해 줄 수 있니? 난 널 기다리고 있어…….

— 군사용 우편엽서에 쓴 릴리의 독백

그러나 사랑의 고통과 미래에 대한 두려움의 순간들은 사랑하는 사람 곁에서 지내는 일상의 기쁨을 통해 충분히 보상되었다. 릴리는 마치 닫혀 있던 모든 창문이 활짝 열리고, 그녀의 삶 속으로 눈부실 만큼 많은 햇빛이 쏟아져 들어오는 것 같았다. 펠리체와 릴리는 잉에가 눈치채지 못하게 극도로 조심해야 했다. 그들은 잉에에게 상처를 주면 안 된다고 단단히 약속을 했다.

잉에와 펠리체, 특히 펠리체는 학창시절 그 유명한 요리 강의를 들었는데도 두 사람 모두 가정주부로서의 재능이 없다는 것을 스스로 인정했다. 그들이 함께 설거지를 하고 노래하는 모습을 보면서 릴리는 하던 일을 멈추고 이 순진한 소녀들이 자신의 삶에 선사한 행복에 깊은 숨을 내쉬었다. 잉에는 릴리가 자신들이 있는 부엌을 향해 사랑이 넘치는 미소를 보내는 것을 느꼈지만 가만히 있었다. 그녀가 릴리에게 시기심을 느끼는 단 한 가지는 힘들 때마다 자신들을 즐겁게 해주는 그녀의 분명하고 또렷한 목소리였다.

*엘레나이 폴락의 증언*___ 나는 릴리가 우리들과 지내면서 그렇게 명랑해지는 것이 정말 우습다고 생각했습니다. 우리는 사실 선교사와 같은 생각도 가지고 있었어요. 그런 여자도 달라질 수 있을 것이라고 생각했고, 혹시 우리가 그렇게 할 수 있을지도 모른다고 여겼습니다. 그 안에는 호감도 있었는데, 최소한 잉에 입장에서는 그랬습니다. 우리 역시 전에는 알지 못했던 세계로 들어가게 되었죠. 갑자기 우리 편이 되고 싶어하는 한 여성과 더불어 나치 서민층의 삶을 경험하게 된 것입니다. 그것은 하나의 모험이었어요. 우리는 그녀가 어떻게 행동할지 늘 긴장하고 있었습니다. 우리에게 그리고 그녀에게, 서로에게 말입니다.

1943년 5월 잉에는 게르트 에르리히를 소개받았다.

에른스트와 나는 어느 날 저녁에 놀렌도르프 광장에 있는 한 음식점에서 펠리체와 만나기로 했었다. 그녀는 한 젊은 여자와 함께 왔는데, 눈이 부실 만큼 아름다운 갈색 눈이 나를 사로잡고 말았다. 우리는 서로를 소개했다. 그녀의 이름은 잉에 볼프였고 펠리체를 통해 우리의 상황을 잘 알고 있었다. '사업적인 일'에 대해 펠리체와 간단히 이야기를 나눈 후에 나의 관심은 바로 아름다운 잉에에게로 향했다. 우리는 헤어질 때 이미 좋은 친구가 되어 있었고, 다음 만남을 약속했다. 내게 잉에는 숨어 지내던 시기의 유일한 사랑이었다.

다음 주 일요일 저녁에 잉에와 펠리체는 나와 내 친구 에른스트를 부스트 부인의 집으로 초대했다. 그곳에서 우리는 여러 번 편안한 모임을 가졌고, 마침내 우리 자본의 일부를 그곳에 숨기기까지 했다. 부스트 부인은 그 지역에서 나치로 알려져 있었다. 우리의 (좋은) 영향으로 그녀는 완전히 달라졌다. 그러나 당연히 외부적으로는 계속해서 충실한 지도자의 심복으로 남아 있어야 했다. 우리에게 계속 도움을 주기 위해서였다.

— 게르트 에르리히의 글

게르트 에르리히, 욜레라고 불리는 발터 욜손, 그리고 에른스트 슈베린은 이때부터 릴리의 집에 자주 오는 단골손님이 되었다. 게르트는 이 시기에 1층짜리 이모네 집에 살고 있었다. 그런데 이 집은 밖에서 쉽게 안이 들여다보였기 때문에 아침에 일찍 집에서 나와야 했고, 주말에는 아예 들어갈 수 없었다. 그래서 토요일 밤부터 일요일까지 어디서 시간을 보낼지 고민하곤 했다. 그는 잉에의 경고에도 불구하고 결국 릴리의 집 거실에 있는 소파를 차지하게 되었다.

게르트는 릴리의 집이 '아주 훌륭한 장소'라고 생각했다. 릴리를 '착한 나치'라고 말하면서 우리에게 더 이상 좋은 일은 일어날 수 없을 것이라고 말했다. 그리고 이런 곳이 오히려 더 안전하다고 주장했다. 게르트와 그의 친구들이 어떤 사람들인지 잘 모르는 한 무슨 일이 벌어진다고 해도 릴리는 결코 악의적인 행동을 하지 않을 것이라고 믿었다.

　　게르트와 잉에는 릴리가 이미 오래 전부터 그런 상황을 알면서도 겉으로 전혀 드러내지 않았다는 사실을 전혀 몰랐다. 그러나 그녀의 집에 숨겨진 그들의 자본에 대해서는 릴리도 끝까지 알지 못했다.

　　한편 릴리로서는 자신에게 일어난 감정의 변화가 너무 놀라울 뿐이었다. 더군다나 그녀는 아직 수술 후유증으로 고생하고 있었고, 출산 이후로 심장도 약해져 있었다. 그러나 모든 일에 열성적인 릴리는 한 가지 일을 더 계획하고 있었다. 그녀는 가능한 한 빨리 귄터와 이혼하고 싶었다.

　　그녀가 펠리체에게 자신의 계획을 이야기하자 펠리체는 깜짝 놀랐고 제일 먼저 잉에에게 달려갔다.

　　"맙소사, 정신이 이상한 여자야! 한번 상상해 봐, 판사 앞에서 내 이름이 거론될지도 모르잖아."

　　"당신 정말 머리가 이상해진 것은 아니죠?" 잉에는 릴리가 계획을 포기하도록 설득했다. "아이가 네 명이나 있는 사람은 결코 이혼하지 않는다고요!"

　　"아이들에게 결손이 없는 가정을 만들어줘야 할 책임이 있다고 생각하지 않니?" 그녀의 시부모는 프로이센식 억양으로 그녀를 몰아세우면서 속으로는 이 빨간 머리의 여자를 며느리로 삼는 것을 본능적으로 거부했던 자신들이 옳았다고 생각했다.

　　"맙소사, 얘야." 릴리의 어머니는 머리를 두 손으로 감싸고 괴로워하셨다. "너 제정신이니? 넌 아무런 보장도 받지 못하게 될 거야. 나이가 들면 도대체 누가 너를 돌봐주겠니?"

"처음에는 아이를 네 명이나 낳더니 그 다음에는 이혼을 한다고! 도대체 너는 사전에 깊이 생각할 수는 없었니?" 릴리의 아버지도 불같이 화를 냈다.

"걱정하실 필요 없어요. 제가 아버지에게 손을 벌리는 일은 없을 거예요." 릴리는 비꼬듯이 단언했다.

물론 귄터도 대단히 화를 냈고 이런 상황에 처한 다른 남편들처럼 행동했다. 만약 귄터가 진짜 이혼 이유를 알았다면 어떻게 했을까? 릴리는 승리의 쾌감을 억제할 수 없었다. 단지 귄터가 절대 사실을 알면 안 된다는 것이 유감스러웠다. 귄터는 릴리를 진부한 방식으로 위협해서 자기 곁에 잡아두려고 했다. 그는 집도 자기가 가질 것이고, 두 아이를 기를 것이며, 릴리가 결혼생활의 파탄에 대한 모든 책임을 져야 한다고 주장했다. 자신의 외도는 릴리의 이런 행동에 비하면 아무것도 아니라고 말했다.

릴리는 모든 측면에서 압박받고 있다고 느꼈다.

"나는 지금 힘든 시기를 겪고 있어. 그런 시간을 이겨낼 수 있도록 네가 나를 도와주어야 해." 릴리는 유지류 구입권 구석에 이런 짧은 글을 썼다.

릴리는 또한 다른 일로도 스트레스를 받았다. 시간이 지나면서 잉에는 펠리체가 좋은 은신처를 얻었지만, 오히려 그 때문에 사랑하는 펠리체를 빼앗길 수도 있다는 생각에 불안해지기 시작했다. 펠리체의 다른 애인들은 잉에에게 상관이 없었다. 그들을 상대하는 일은 나중에라도 얼마든지 시간이 있었다. 그러나 왜 하필이면 나치 여성이어야만 한단 말인가!

잉에는 릴리에 대해 깊은 불신을 갖게 되었다. 펠리체가 릴리에게 자신의 비밀을 말한 것은 엄청난 잘못이라고 잉에는 생각했다. 그러나 펠리체는 의견이 달랐다. 릴리 앞에서 더 이상 감출 필요가 없다는 사실에 마음이 가벼워졌다. 그러자 잉에는 펠리체가 나이든 나치 여자의 손에 잡혀서 빠져나오지 못한다고 비난했다. 릴리와 잉에 사이에는 점점 더 자주 충돌이 일어났다.

난 다시 한 번 끔찍한 상처를 입었다. 정말 잉에를 이해할 수가 없다. 그녀는 이것이 이길 가능성이 없는 싸움이라는 것을 잘 알고 있어! 만약 그것이 그녀의 진실한 사랑이라면, 그렇다면……. 만약 내가 그녀의 경우였다면 처음에는 그녀와 비슷하게 행동했겠지. 그러나 그 다음에는 아무리 마음이 아프더라도 너를 사랑하기 때문에 포기했을 거야. 나는 상대방이 행복해지기를 원하기 때문이야.

지금 그녀의 태도가 도대체 무슨 도움이 될까? 그렇게 해서 무엇이 변할 수 있을까? 그녀는 결코 우리에게 서로 사랑하지 말라고 요구할 수는 없어. 아니면 혹시 너는 그렇게 하는 것이 더 낫다고 생각하는 거니? 그러나 나는 너에게 분명하게 말할 것이 있어. 나는 단지 너의 일부만이라도 잃는 것에 대해서 생각해본 적이 없고, 나는 할 수 있는 한 힘껏 너를 꼭 붙잡을 거야. 난 그렇게 할 수 있어. 그리고 무엇보다도 나는 다른 것은 아무것도 원하지 않아!

— 릴리의 일기

서로 얽히고설킨 잉에, 노라, 그리고 엘레나이가 보여준 성적 자유분방함에 대해 — 여기서 펠리체가 어떤 역할을 하는지는 차라리 알려고 하지 않았다 — 릴리는 한편으로는 깊은 인상을 받았지만, 결코 자신은 어떤 틈도 그들에게 보이지 않았다. 다른 한편으로 그들은 편하지 않은 마음으로 그런 사랑행각을 벌이고 있었다. 그렇지 않고서야 왜 그렇게 끊임없이 말다툼을 해야만 했겠는가?

릴리는 다시 군사용 엽서에 글을 적었다. "내가 너희들의 불만이 무엇인지 말해 줄께." 그녀는 노련하게 펠리체에게 경고를 했다. "너희들은 너무 멀리까지 간 것 같다. 어떤 경우에도 무엇인가는 남아 있어야 하는데, 그것은 사람들 사이의 부드러운 친밀감이란다. 너희들은 모두 자기 자신만을 생각하고 있어. 바로 너희들에게 딱 어울리는 대로 말이야."

릴리와 펠리체가 충분히 잠을 잘 수 있는 날은 일요일이었다. 우선 일요일에는 8시만 되면 아침식사를 준비하는 잉에가 없었다. 일주일 내내 릴리는 일요일만 기다렸다. 아이들도 일요일 아침에는 엄마가 차려준 아침을 먹은 다음 각자 알아서 놀아야 한다는 것을 알고 있었다.

릴리는 펠리체와 자신을 위해서 토요일 저녁에 미리 아침식사를 준비해 놓았다. 구운 감자를 뜨겁게 데우고 가루 커피를 넣으면 금방 식사가 준비되었다. 커피를 마시고, 음식을 먹고, 책을 읽고, 서로 사랑을 나누는 사이에 일요일 오후는 빠르게 지나갔다. 친구들도 일요일 오후 4시 전에는 집에 찾아오면 안 된다는 것을 잘 알고 있었다.

6월 어느 일요일 현관 벨이 울렸다. 에버하르트가 엘레나이를 알아보고 문을 열어주었다. 그녀는 바로 릴리와 펠리체가 편안하게 누워 있는 침실로 들이닥쳤다. 방 한쪽에 있는 재봉틀 위에는 옷을 장식할 때 쓰는 긴 금색 끈이 커다란 발코니를 통해 쏟아져 들어오는 눈부신 햇빛을 받아 반짝거리고 있었다. 엘레나이는 감탄하면서 그 빛나는 금색 끈을 자신의 부스스한 머리와 여름옷 위로 휘감았다. 그리고 아직 침대에 누워 있는 커플에게 격렬한 인도 무희를 선보였다. 그때 갑자기 거실과 이어지는 커다란 중간 문이 열렸다. 릴리의 어머니가 못박힌 듯 그곳에 서 있었다. 릴리 역시 침대에서 경직되고 말았다. 두 사람은 이불 속에서 아무것도 입지 않고 있었다.

이제 더 이상 숨길 수가 없게 되었다. 릴리는 부모님에게 사실대로 말하기로 마음먹었다. 어쩌면 왜 그녀가 이혼을 하려고 하는지 더 잘 이해하실지도 몰랐다. 그녀는 예고 없이 부모님을 찾아가 모든 것을 털어놓았다. 그녀는 펠리체가 유태인이라는 사실뿐만 아니라 다른 것까지 모두 사실대로 이야기했다.

"우리는 서로 사랑하고 있어요. 그리고 함께 있고 싶어요."

가족들은 큰 충격을 받았다. 길게만 느껴졌던 이 충격이 어느 정도 지난 뒤에 아버지가 먼저 정신을 가다듬고 물었다.

"그러면 너는 나중에 무엇을 하겠다는 것이냐?"

"글쎄요, 어린 소녀들 유혹하는 일이요." 릴리는 뻔뻔스러운 말로 이 상황을 은근슬쩍 넘겼다.

 __ 부모님은 사실 전혀 놀라지 않으셨어요. 아마도 그 분들은 갑자기 내 소녀시절이 생각나셨을 겁니다. 그때 부모님은 나의 그런 경향을 억누르기 위해 모든 방법을 동원하셨죠. 부모님은 나를 무용교습소에 보내셨고 젊은 남자들을 집으로 초대하기도 했어요. 정말 끔찍했습니다! 항상 매파들이 나를 찾아왔습니다. 정말 싫었어요!

내가 열일곱 살이 되었을 때 아버지는 이런 글을 쓰셨어요. "젊은 남자를 향한 모든 열정은 여자 친구와 함께 시작된다. 그리고 릴리 역시 철봉을 하는 한 여선생에게 푹 빠져 있다."

그때 나는 여자 체조선생님을 무척 좋아했어요. 그 선생님은 아주 작고 다부진 몸과 검은 곱슬머리, 그리고 아주 반짝이는 검은색 눈동자를 가지고 있었죠. 한마디로 그녀는 너무도 아름다웠습니다. 나는 순전히 공명심으로 체조시간에 최고가 되기도 했습니다.

그런 다음 나는 선생님이 살고 있는 곳을 알아냈어요. 선생님은 슈판다우에서 방 하나를 빌려 지내고 있었습니다. 나는 숨어서 그녀를 기다렸어요. 그때 내가 얼마나 추위에 떨었는지를 기억하고 있어요. 나는 계속해서 계단을 오르락내리락 반복했습니다. 그러다가 용기를 내 선생님 방으로 찾아갔죠. 나는 슈판다우에 이모님이 살고 계시다고 거짓말을 했어요. 선생님은 매우 당황하셨죠. 그때부터 선생님의 삶은 완전히 흔들리기 시작했어요. 불쌍한 분! 그녀의 이름은 카롤라 후스였습니다. 그리고 그녀는 유태인이었어요.

다른 아이들은 오래 전부터 나를 놀렸습니다. "와우, 네가 좋아하는 선생님이 저기 계시네." 혹은 이렇게 말했어요. "릴리, 그 선생님이 지금 막 저리로 지나가셨어." 아이들은 대단히 심술궂었습니다. 그러다가 결국 비밀이 공개되었습니다. 누군가가 고자질을 했어요. 교사들은 상당히 흥분했습니다. 그 때문에 학교에서 부모님과 함께 회의가 열렸고, 그들은 나를 학교에서 쫓아내려고 했습니다. 그러나 그들은 나와 상담하고 나서 내게 아무런 죄가 없다는 것과 어떤 불순한 의도도 없었다는 것을 알게 되었죠.

그런 다음에도 내 행동에서 무엇이 문제인지 나는 전혀 몰랐습니다. 또한 부모님도 여기에 대해 다시는 이야기하지 않으셨어요. 그런 일에 대해서 사람들은 전혀 말을 하지 않았습니다. 모든 것이 불분명하고 애매했어요. 단지 그런 일을 하지 않는다, 그렇게 생각하지 않는다, 그런 일은 없다 등의 설명만이 있을 뿐이었습니다.

사람들은 어떻게든 잠재의식 속에서 이미 알고 있는 것 같았어요. "아, 뭐 그건 이런 거지……"라고 말입니다. 나는 이제야 비로소 여자들끼리 포옹하는 일이 내게는 왜 그렇게 쉬웠는지 알게 되었습니다. 나는 무의식적으로 그렇게 할 수 있었던 겁니다. 나는 언제나 그렇게 할 수 있었어요. 예를 들어서 졸업시험이 끝나고 직장생활을 시작하기 전인 1933년에 나는 사로브-피스코브에 있는 가사학교에 다닌 적이 있습니다. 그때 나는 약혼 한 상태였지만 여자친구가 있었어요. 우리는 항상 손을 잡고 다녔기 때문에 사람들이 뒤에서 쑥덕거리곤 했어요. 우리는 서로를 끔찍이도 좋아했지만, 도대체 우리에게 무슨 일이 일어난 것인지는 알지 못했습니다.

우리는 각자의 침대에 누워서 잤고, 어떤 이상한 행동도 하지 않았어요. 그러나 다른 여자애들은 우리를 보고 흥분했습니다. 그때 우리에게 일어난 일이 무엇인지를 알았다면 나는 결코 결혼하지 않았을 겁니다. 그녀 역시 그후에 결혼을 했어요. 펠리체가 찍은 그녀의 딸 사진들을 아직도 가지고 있어요. 나는 일부러 펠리체와 함께 그녀를 보러 갔었죠. 그런데 부엌에서 그녀는 자신의 남편에 대해 불평을 했습니다. 전쟁 때문에 우정은 깨지고 말았어요. 만약 우리가 함께 남아 있었다면 모든 것이 달라졌을지도 모르죠. 그녀의 이름은 로티 라데케(Radecke)였어요.

나는 언제나 그녀의 이름 뒤에 e가 하나 더 있는 것이 얼마나 다행인지 모른다고 말하곤 했어요. 왜냐하면 학창시절에 나는 게르다 라덱(Radeck)이라는 여학생과도 스캔들이 있었기 때문이에요. 그 모든 일을 꾸민 사람은 담임교사였습니다.

일은 우리가 게르다 라덱의 어머니가 동행했던 학급 소풍을 가면서 시작되었어요. 우리는 서로 손을 잡고 걸은 것 외에는 아무 짓도 하지 않았습니다. 그런데 사람들은 내가 비도덕적으로 그녀에게 접근했다고 말했습니다. 그것은 정말 말도 안 되는 망상이었어요. 그녀의 어머니가 선생님에게 말했고, 선생님은 우리 부모님을 불렀죠. 그런 일은 절대 일어나서는 안 되며 수치스러운 일이라는 등의 이야기를 했어요. 우리 부모님은 충격을 받으셨지만 내가 전혀 아무것도 모른다는 사실을 알게 되셨죠. 그리고는 그녀와 함께 앉는 일이 금지되었어요. 그래도 우리는 학급에서 앞뒤로 앉게 되어서 항상 쪽지를 주고받을 수 있었어요. 그러자 선생님은 정말로 우리의 우정을 갈라놓으셨어요. 결국 게르다는 완전히 뒤로 물러섰어요. 그런 다음 우리는 멀어졌습니다.

내게는 언제나 여자 친구들, 소위 소꿉친구들이 있었습니다. 가장 오래된 친구는 로티 티이데였어요. 그녀의 부모님은 언제나 집에서 파티를 열었고, 파티 후에 집으로 가기에는 시간이 너무 늦었기 때문에 우리는 밤을 함께 보내곤 했습니다. 한번은 세 명이서 함께 자게 되었어요. 가운데에 내가 누워 있었는데 갑자기 로티가 내게 다가왔습니다. 그때 난 그녀에게 놀란 듯이 말했죠. "너 나한테 뭘 원하는 거니?" 나중에 나는 이 일에 대해 정말 미안했습니다. 더군다나 그녀는 다리 하나가 짧았어요. 하지만 그녀는 아주 사랑스러운 사람이었습니다. 그것은 정말 끔찍한 실수였고, 절대로 그 일을 잊지 않을 것입니다. 나는 아무것도 이해하지 못했어요.

그 다음에 내가 마침내 남자들을 사귀기 시작하자 부모님은 비로소 마음을 놓으셨죠. "정말 다행이야, 릴리에게 남자 친구들이 생기다니!"

겁이 많은 릴리의 어머니는 펠리체가 유태인이라는 점을 매우 걱정스러워했다. 그러나 더 큰 걱정거리는 다른 문제였다. 그들은 딸이 얼마나 행복해 하는지, 얼마나 펠리체에게 마음이 가 있는지를 실감했다. 아이들만 없다면 릴리의 아버지도 나치 사위를 거부했을 것이다. 많은 문제가 있었는데도 펠리체는 생각보다 빨리 릴리의 가족 품으로 받아들여졌다.

펠리체는 릴리의 아버지를 처음 만났을 때부터 마음이 쏠렸다. 마른 체구에 키가 크고, 금속 테 안경을 쓴 릴리의 아버지를 본 순간, 펠리체는 얼굴이 창백해졌고 의자에 털썩 주저앉고 말았다. 그 모습이 돌아가신 아버지와 놀라울 정도로 비슷했기 때문이다.

릴리는 펠리체와 장기간의 동거를 계획했고 불확실한 미래에 대한 두려움과 용감하게 싸웠다. 전쟁, 네 명의 아이들, 요리나 기저귀 갈기, 청소 외에는 배운 것이 없었던 그녀, 집안에서 숨어 지내는 유태인, 그녀들이 감당해야 하는 일들은 결코 만만치 않았다.

펠리체, 제발 내 남편과 같은 잘못을 저지르지 말아줘. 내가 어떤 이유에서 흥분을 하거나 화를 낼 때 너도 같이 화를 내지 마. 아무 말도 하지 말고 그저 시간이 조금 지난 뒤에 따뜻하게 대해주면 좋겠어. 나는 분별이 없는 사람은 아니지만 그럴 때면 나를 그냥 날뛰게 내버려둬. 그런 상태가 오래 가지는 않으니까 말이야.

언제 우리가 한번이라도 제대로 단둘이 있을 수 있을까? (잉에!) 나는 앞으로 상황이 더 나빠질 것이라고 생각해(사랑하는 친구들 덕분에). 우리 좋은 날을 기대해 보자. 모든 일에는 양면성이 있는 법이니까! 우리가 얼마나 오랫동안 단둘이 있게 될지는 아무도 모르는 것이 아닐까?

내게 지금 멋진 생각이 떠올랐어! 결혼 서약 같은 것은 어떨까? 예를 들어서 내 쪽에서는 너의 다각적인 임무에 대한 진심어린 이해와 신의를 하겠다는 내용으로 말이야.

한순간 나는 한없이 — 아니, 나는 절망하지도 않고 용기가 없는 것도 아니지만 — 슬퍼지곤 해. 네가 할 수 없는 것은 그 어떤 것도 내게 약속하지 말아줘. 절대로! 나는 네가 나를 버리지 않을 것이라고 굳게 믿고 있어. 나와 같은 여자를 버릴 수도 없을 거야. 우리에게 최고의 일이라면 우리가 진정 세상 속으로 들어가는 거겠지. 완전히 새로운 미래를 건설하는 일. 나이 많은 나 때문에 부담스러워해야 하는 너의 젊음에 대해서는 정말 유감스럽게 생각해. 그러나 넌 그렇게 해줄 거야, 그렇지? 그것도 기꺼이 나를 위해서!

펠리체, 난 네가 나에게 소속되어 있다는 것을 느끼기 위해서라면 작은 것이라도 소유하고 싶어. 안타깝게도 우리는 반지를 낄 수 없고, 무엇을 공유할 수 있을지 나도 잘 모르겠지만 무엇인가 분명히 있어야만 해. 펠리체, 나의 사랑. 나는 지금 너의 눈을 생각했어. 펠리체, 사랑해. 우리가 더 오래 함께 있을수록 더 많이 널 사랑해.

참, 간직하고 싶은 물건의 목록을 만들겠어. 나를 믿어, 우리 일은 잘 될 거야.

나의 미래에 대해 생각하면 그다지 기분이 좋지 않아. 그러나 결코 두려움은 아니야. 나는 앞으로 무엇을 할지 충분히 생각해 보았어. 충분히! 난 너와 함께 살 거야. 그리고 행복할 거야. 여기서 날 끌어내줘, 난 여기에 맞지 않아. 나는 보이지 않는 행복을 느끼면서 오래 사는 것보다는 차라리 커다란 불행을 체험하고 거기서 무너지는 쪽을 택하겠어. 펠리체, 나는 한 번도 이렇게 세상의 다른 모든 것을 고려하지 않고 단 한 사람을 사랑한 적은 없었어. 제발 나를 혼자 내버려두지 말아줘!

릴리가

6월에 베를린에는 유태인을 위한 시설이 두 개 남아 있었다. 유태인 병원과 바이센제 묘지였다. 아직 6,000명의 유태인들이 베를린 시내에 아리아인과 혼합부부로, 그리고 지하세계에 흩어져 살고 있었다. 6월 10일, 1939년 7월에 세워졌던 강제 대리기구인 '독일 제국 유태인 연합'의 모든 재산이 몰수되었는데, 그 액수는 총 800만 RM에 달했다.

유태인 병원 원장인 발터 루스티히 박사는 병원 내의 행정건물에 설치되는 '신제국협회'의 설립과 운영을 맡았다. 그러나 이 협회는 회원들에게 해줄 수 있는 것이 거의 없었다. 게슈타포의 감시를 받으면서 아리아인과 결혼한 유태인으로 이곳에서 일했던 소수의 직원들이 이 도시의 마지막 유태인들이었다. 환자들은 치료를 받고, 지하세계로 숨은 사람들은 수색을 당하고, 아리아인 파트너를 잃은 유태인 남편이나 아내는 추방되고, 죽은 사람들은 매장되고, 통계가 집계되었다.

릴리는 귄터와 끊임없이 갈등을 겪었다. 그는 이미 오래전부터 애인인 리즐과 함께 살고 있는데도 이혼에 합의하지 않았다. 그런데 갑자기 리즐이 결혼하자고 귄터를 졸랐고, 마침내 릴리와 귄터는 힘겹게 아이들을 나누어 키워 키우는 일에 합의했다. 위의 두 아들 베른트와 에버하르트는 귄터에게 가고, 라인하르트와 알브레히트는 릴리가 키우기로 했다.

릴리는 친구들의 걱정에도 불구하고 비교적 침착하게 일을 진행했다. 모든 일이 귄터의 계획대로만 되지는 않을 것이라는 확신을 가지고 있었다. 귄터가 드디어 이혼하기로 마음을 바꾼 후에는 재산분배 문제가 남아 있었다.

나는 다시 한 번 남편을 만나러 갔어. 그러나 나는 이것이 우리의 마지막 대화가 되어야 한다고 단단히 마음을 먹었어. 나는 더 이상은 이러고 싶지 않아. 그는 자신이 어떻게 지쳐가는지 보게 될 거야. 나는 더 이상 아무 일도 하지 않을 것이고, 너와 잉에 이외에는 누구에게도 이런 일에 대해 이야기하지 않을 거야. 그는 모든 것을 아주 간단하게 생각하고 있어. 하지만 아마도 놀라게 될 거야. 어떤 경우에도 그가 원하는 것처럼 그렇게 빨리 일이 진행되지는 않을 테니까.

참, 너의 타자기는 어떻게 되었니? 내가 그것을 가질 수 있다면 좋을 텐데. 나는 내 스스로 무언가를 해내고 싶어. 너무 두렵기는 하지만 난 언제나 그래. 그러다가 일단 일을 시작하면 괜찮아질 거야. 나도 다른 사람 없이 살 수 있기를, 그리고 나만의 힘으로 독립할 수 있기를 진심으로 원하기 때문이야.

그리고 네가 나를 도와줄 거야, 그렇지? 너는 나를 사랑하니까! 나에게는 오직 너만 남게 될 거야. 나는 너 외에 다른 어떠한 것도 원하지 않으니까. 나는 내 생명보다도 더 너를 사랑해! 나는 모든 것이 잘 되기를 희망하고 있어. 그런 다음에는 우리에게 새로운 세상이 열리겠지. (하지만 나는 남편에게 했던 것처럼 너의 옷을 정돈하는 일 따위는 하지 않을 거야!)

릴리가

"그리고 난 당신의 교제관계가 마음에 들지 않아." 귄터는 말다툼을 하다가 지나가는 말처럼 이렇게 속을 드러냈다.

릴리는 그를 믿을 수 없다는 듯이 쏘아보았고 이내 시선이 차가워졌다. 그는 이런 말로 릴리를 속박할 수 있는 열쇠를 찾았다고 생각한 것일까? 둘의 대화 중에 그 한 문장이 전면으로 튀어나왔다. "그럼 최소한 그 아이만은 내게 주세요." 라인하르트를 출산하면서 그녀는 거의 죽을 고비를 넘겼다.

그런 말을 할 수 있는 사람이라면 무엇이든 할 수 있는 사람이라고 릴리는 생각했다. 그래서 릴리는 이때부터 귄터가 요구하는 모든 것에 동의했다. 그리고 귄터하고의 문제 외에 잉에가 또 다른 걱정거리를 보태주었다. 잉에가 갑작스럽게 내일 찾아오겠다고 하자 릴리가 펠리체에게 간청했다. "내일 밤에 나를 혼자 두지 말아줘."

"사랑이란 무엇인가? 고통스러운 행복? 근사한 고통?" 그녀는 6월 말에 낡은 식료품 구매권에 이런 의문을 적었다.

펠리체, 내게는 모든 것들이 ―신도 알겠지만 ― 예전의 모든 것들이 사라졌고, 더 이상 존재하지 않는다. 오늘이 전부이고, 또한 내일이 전부이며, 모든 것은 사람이 바라보는 대로 빛나게 마련이지. 난 너를 그렇게 한없이 사랑해. 그리고 너도 나를 사랑하지! 나의 소녀, 나의 사랑스러운 소녀, 나의 아름다운 소녀.

나는 우리 두 사람이 서로에게 아주 많이 의지하고 있다고 믿고 있어. 다른 한 사람이 없으면 안 되는 사이가 되었다고 말이야. 앞으로도 계속 그래야만 해. 평생 동안. 내가 그것보다 더 간절히 바라는 것은 없어. 언제나 우리는 함께 있을 것이고, 절대 서로를 떠나지 않을 거야. 그렇게 하자, 우리의 행복을 위해.

나는 두 여자가 왜 그들의 길을 둘이서만 행복하고 조화롭게 갈 수 없다는 것인지 이해할 수가 없어. 우리에게 남자가 무슨 소용이 있어! 나는 어차피 걱정은 없어. 왜냐하면 너에게는 '남자들이 충분히' 있으니까. 그렇지 않니?

너는 항상 네 자신을 지켜야 한다는 것을 알고 있고 또한 그렇게 하고 있지. 나는 경험을 통해서 우리가 한 남자를 통해서만 행복해야 하는 것은 아니라는 것을 알고 있어. 최종적으로 그들은 우리와 다른 존재들이고, 다른 별에서 살고 있는 사람들이며, 우리 불쌍한 여자들을 자기네 세상에 참여시켜 주지 않거든. 난 그것을 여러 번 체험했어. 그런데 넌, 나의 사랑, 넌 말할 수 없이 신뢰감이 가는 존재란다. 너는 바로 나 자신이야!

우리는 진정으로 놀라운 생각을 하고 있는 거야. 지금까지 내 인생은 사랑이 결핍되어 있지는 않았지만 삶이, 진정한 삶이 결핍되어 있었어. 나는 오랫동안 헛되이 살았던 거야. 인생을 낭비한 거지. 나는 살고 싶어, 그리고 내 마음의 모든 열정을 바쳐 사랑을 하고 싶어.

그리고 인생과 사랑을 만끽하고 싶어. 나는 결코 네 앞에 빈손으로 서지 않을 거야. 내가 너를 돌볼 거야. 그것이 고향이든, 집이든, 가족이든 네게 없는 것을 내가 줄 거야. 그리고 나는 너를 행복하게 만드는 것이 나의 소명이라는 것을 알고 있어. 나의 펠리체……

릴리가

1942년 말부터 펠리체와 런던에 있는 그녀의 언니는 제네바에 있는 엠미-루이제 쿰머를 통해 서신을 교환하게 되었다. 쿰머 부인은 베를린에서 이레네의 학교 친구인 알릭스 로젠탈의 가정교사였다. 쿰머 부인은 편지를 요약해서 런던과 베를린으로 보냈다. 때때로 편지 한 통이 영국의 검열을 통과해서 파란색 표시를 달고 제네바에 도착하기까지는 14일이 걸렸고 경우에 따라서는 한 달이 걸리기도 했다. 물론 도착하지 않은 편지도 많았다.

7월 6일 이레네는 쿰머 부인이 전해준 펠리체의 사진을 받았다. "정말 두 손으로 머리를 감싸쥐지 않을 수 없었다. 도대체 넌 어떻게 변한 거니? 아마도 나는 네가 스물한 살이 아니라 항상 열일곱 살이라고 생각하고 있는 것 같다."

첫 만남에서부터 호감을 느낀 펠리체는 릴리를 에이미라고 불렀다. 『에이미 혹은 건전한 인간이성』은 하인츠 쿠비어의 연극작품이었다. 그리고 연극배우인 올가 체코바는 펠리체에게 1940년 1월 이 작품을 선물했고, "아주 많은 사람들과 나에게 큰 기쁨을 주었던 작품에 대한 추억"을 의미하는 이름이었다.

프랑스 혁명 직후를 표현하면서 1938년에 브레멘 극장에서 초연된 지극히 단순한 이 희극에서 에이미는 '자신의 비논리성 뒤에 많은 이성을 숨기고 있는' 젊은 숙녀로 등장한다. 릴리는 그 이름을 좋아했다. 에이미, 연인, 그렇다. 그녀는 영원히 그리고 항상 그런 존재가 되기를 원했다. 또한 인물 묘사도 그녀에게 너무도 잘 어울리지 않는가? 모두가 그녀의 비이성적 행동을 꾸짖고 나무라지만, 더 늦기 전에 지금까지 살아온 숨막히는 삶에서 벗어나 모험을 떠나는 것은 이성이 존재한다는 증거가 아니겠는가? 그녀의 어머니처럼 사랑하지 않는 남자 곁에서 나이들어 가는 것보다 더 비이성적인 일이 있단 말인가?

1943년 6월 26일 에이미는 펠리체의 초록색 잉크로 '결혼 서약' 중에서 자신에게 해당되는 부분을 적었다.

나는 너를 무한히 사랑할 것이며,

너에게 절대적으로 신의를 지킬 것이며,

정돈과 청결을 줄 것이며,

너와 아이들, 그리고 내 자신을 위해 근면할 것이며,

필요한 경우에는 매우 검소하게 지낼 것이며,

모든 일에 대범할 것이며,

너를 믿을 것이다!

나에게 귀속되는 것은, 너에게도 귀속된다.

나는 항상 너를 위해 여기 있을 것이다.

엘리자베스 부스트

"그럼 너는?" 릴리는 군사우편엽서 뒷면에 펠리체의 답변을 요구했다. 6월 29일 두 겹으로 된 정식 편지지에 펠리체는 이런 요구를 받아들였다.

모든 신들과 성인의 이름으로 다음 10가지 사항을 지킬 것을 약속하며, 모든 신들과 성인들이 나에게 은혜를 베풀어 이 약속을 지킬 수 있도록 도와주기를 소망한다.

1. 나는 언제나 당신을 사랑할 것이다.
2. 나는 당신을 절대로 혼자 두지 않을 것이다.
3. 나는 당신의 행복을 위해 모든 일을 할 것이다.
4. 나는 상황이 허락하는 대로 당신과 아이들을 돌볼 것이다.
5. 나는 당신이 나를 돌보는 것을 거부하지 않을 것이다.
6. 나는 당신의 아름다움을 충분히 알기 때문에 더 이상 예쁜 소녀들에게 눈을 돌리지 않을 것이다.
7. 나는 저녁에 아주 특별한 경우에만 늦게 귀가할 것이다.
8. 나는 밤에 이빨을 작게 갈도록 노력할 것이다.
9. 나는 언제나 당신을 사랑할 것이다.
10. 나는 언제나 당신을 사랑할 것이다.

영원히……

펠리체 슈라겐하임

"그건 참 이상했다." 릴리는 한 철도여행 동안에 이런 글을 썼다. "내가 이 다음을 생각할 때면, 결코 아이들이 떠오르지 않았다. 내게는 언제나 우리만이 존재하는 것 같았다."

어느 날 아침 잉에는 일을 하러 릴리의 집에 왔다. 그리고 아직 릴리와 펠리체가 어두운 방 침대에 누워 있는 것을 발견했다.

"잉에, 창문 좀 열어줄래?" 펠리체가 그렇게 말하면서 릴리의 흩어져 있는 머리카락을 쓸어올려 손가락으로 말아 돌렸다.

"난 너의 하녀가 아니야." 잉에가 소리를 질렀다. "이건 정말 내게 너무 심해! 이제 정말 더 이상 못하겠어!" 분노의 말과 함께 그녀는 침실 문을 쾅 닫고 집을 나갔다. 잉에가 가사 도우미 일을 그만두게 될 무렵 잉에와 릴리 사이에는 큰 소리를 내거나 감정이 실린 말싸움이 자주 일어났다. 그녀가 릴리의 집을 떠나는 것은 단지 시간문제일 뿐이었다.

그러나 잉에가 아무런 준비 없이 일을 그만둔 것은 아니었다. 잉에가 예전에 일했던 서점의 사장이 얼마 전부터 잉에에게 다시 일해달라는 뜻을 전해왔다. 마침내 그들은 함께 노동청에 갔다. 그리고 서점 사장이 그녀가 꼭 필요하다는 것을 증명함으로써 의무봉사를 면제받는 데 성공했다. 1943년 6월 21일에 잉에는 마침내 다시 서점 직원이 되었고, 긴장이 감도는 프리드리히샬러 거리에서 벗어나게 되어 마음이 가벼워졌다. 그리고 펠리체와 릴리에게는 자유가 시작되었다.

나의 펠리체,
난 그린아우로 가는 기차에 앉아 있어. 내가 네 생각을 하고 있다는 것을 느끼고 있니? 난 내 마음이 동요되고 어쩐지 고통스러울 때면 네가 나를 생각하고 있다고 여긴단다. 왜 사랑은 고통스러운 것일까? 나는 몇 번의 연애를 통해서 아마도 내가 제대로 사랑을 하지 못할 것이라고 믿었어. 하지만 지금은 내가 그런 사랑을 할 수 있다는 확신이 들어. 너를 사랑해. 너는 내게 진정으로 '첫사랑'이야! 예전에 나는 자주 죄의식과 같은 이상한 감정을 가졌고, 무엇인가 옳지 않다고, 나는 수치스러워해야 한다고 생각했어. 그런데 이제는, 이제는 나의 감정을 만끽할 수 있고 마음대로 흘러가도록 놔둘 수 있게 되었어.

릴리가

1943년 7월 13일 베를린의 게슈타포는 재산관리국인 베를린-브란덴부르크의 최고 재무국장에게 서신을 보냈다. 그 편지에는 유태인 펠리체 라헬 사라 슈라겐하임이 1943년 6월 15일 이후부터 도망자로 신고되었음을 알리고 그녀의 재산을 몰수하도록 부탁하는 내용이 들어 있었다. 수색작업은 벌써 진행되었다. 7월 1일 프로이센 국립은행의 통신부는 최고 재무국장에게 펠리체의 명의로 된 계좌번호 361 224의 예금이 독일제국의 법에 따라 몰수되었음을 통보했다.

1943년 7월 14일과 26일 사이에 펠리체는 쿰머 부인을 통해서 영국에 있는 이레네에게 편지를 보냈고, 쿰머 부인은 이 편지를 뉴욕에 있는 펠리체의 친구 힐리 프랜켈에게도 보냈다.

나는 언니의 애인 프리츠를 물론 멋지다고 생각해. 왜냐하면 그가 언니를 좋아하고 덕분에 언니가 행복하니까 말이야. 나도 빨리 그 사람과 인사를 하게 되기를 바랄거.

나는 날씬하고 잘생긴 젊은 남자들에 대해서 더 이상 관심이 없어. 열일곱 살 때는 그런 것에 대해 아주 많이 알고 있다고 생각했어! 예전에 우리는 사랑에 대해 말하곤 했지. 혹시 언니는 나의 사랑이 다른 사랑이라면 아주 나쁜 일이라고 생각할까? 언니가 완전히 이해할 수는 없을 거야, 그렇지? 하지만 신경 쓰지 마. 이 이야기는 나중에 더 하면 되니까…….

릴리는 정말 멋진 여자야. 언니도 그녀를 만나봐야 해. 특별한 개성이나 지성을 가지고 있지는 않지만 평범하게 지적인 사람이고, 나의 세계, 나의 책, 나의 관심 속으로 들어오기 위해, 그리고 내가 원하는 대로 나와 함께 살기 위해 놀랄 만큼 노력하고 있어. 물론 이런 일에 대해 큰 책임감을 느끼지만, 절대적으로 내게 속하고 내게 중요한 한 사람을 위해 그런 것은 감수할 거야.

우리의 생활은 한마디로 환상적이야. 각자가 다른 사람에게 수백 가지 작은 즐거움을 주고 배려하기 위해 노력하고 있어. 때때로 우리는 저녁 내내 서로 아무 말도 하지 않지만 상대방이 거기 있다는 것, 그것만으로도 기분이 좋아. 우리의 첫번째 기본 원칙은 상대방의 신경을 건드리지 않고, 결코 지루하게 하지 않는 거야. 특히 난 후자의 원칙을 잘 지키고 있는데, 그녀가 항상 말하듯이 내가 끊임없이 그녀를 긴장시키기 때문이지.

아이들은 예쁘고 가정교육이 아주 잘 되어 있어. 특히 이혼 후에도 우리가 키우게 될 '우리'의 아기들은 두 살하고 네 살짜리로 너무도 사랑스러워. 방금 — 릴리는 잠시 외출중이고 — 릴리의 남편 귄터가 왔어. 그는 좋은 남자지만, 두 사람은 서로 안 맞는 것 같아. 하지만 귄터는 나하고는 이야기가 잘 통해.

조금 후에 다시 쓸게.

즐거운 시간이었어. 릴리 남편이 가고 릴리의 멋진 아버지가 오셨어. 내가 아빠라고 부르고 있고, 아이들에게 사랑스럽게 뽀뽀를 해주시는 분이야. 그리고 마지막으로 그레고르가 찾아왔어. 그는 내가 가끔 타이프를 쳐주는 작가로 자주 우리 집에서 식사를 하거나 같이 외식을 가곤 하는 사람이야. 그는 아직 결혼 안한 40대 중반인데 릴리와 나를 너무 잘 이해해 주고 있어. 항상 우리가 '착한 그레고르' 라고 부르고 있지.

그리고 나는 말하자면 이 집의 가정주부로 주로 이 세 명의 손님들과 함께 시간을 보내고 있어. 내가 모든 암초를 너무도 잘 비켜가고 있다고 모두가 칭찬해.

젤바흐 부인과는 아직 잘 지내고 있어. 그러나 그녀도 물론 내가 특별히 마음에 끌려서 하는 행동이 아니라는 것을 알고 계시지. 속마음을 말하고, 다투고, 화해하고, 언제나 그렇지 뭐. 그런데도 여전히 젤바흐 부인은 나에게 독특한 힘을 발휘하고 있어. 그녀가 그런 힘을 충분히 이용하고 있다는 느낌이 들지 않는다면 좋을 텐데. 그녀는 다음 주에 '포르스트'로 갈 것이고 나는 아마도 주말에나 가게 될 거야. 유감스럽게도 릴리가 알면 안 되는 일이지. 여자들과 지내는 것은 정말 쉽지 않은 일이야.

펠리체

릴리는 귄터의 위협으로 결혼 파탄에 대한 책임의 일부를 지겠다고 말했기 때문에 앞으로 1년 동안만 남편으로부터 돈을 받을 수 있게 되었다. 그리고 이혼녀로서의 삶을 준비하기 위해 비텐베르크 광장에 있는 언어학교에 등록을 했다. 그녀는 영어 통역사가 되기 위한 강좌를 선택했지만 그보다 먼저 독일어 속기와 타자를 배워야 했다.

오전 수업이 끝나면 펠리체가 짧은 흰색 면바지를 입고 학교 앞에 서 있었다. 그들은 나란히 자전거를 타고 빌머스도르프를 지나서 힌덴부르크 공원에 들렀다. 그리고 아이들이 있는 집으로 가기 전에 잠깐 수다를 떨곤 했다.

도시 거주자들은 베를린 공군이 제국의 수도에 대한 적들의 대폭격을 막아줄 것이라고 점점 믿게 되었다. 매일 밤 일어나는 소규모 공습에는 이미 익숙해져 있었다. 베를린 사람들은 딛을 수 없다는 표정으로 불타는 거리와 완전히 파괴된 도시에 대해 설명하는 루르 지역에서 온 피난민들의 이야기를 들었다. 그러나 7월 23일과 30일 사이에 가까운 함부르크에서 '고모라 작전'을 통해 약 5만 명의 독일인이 영국의 공격으로 사망하자 지금까지의 침착함은 서서히 동요되기 시작했다.

8월 1일 베를린의 모든 가정에 안내문이 전달되었다. 여자, 어린이, 환자, 그리고 노인들은 제국의 수도를 떠나라는 요구가 있었다. 35도까지 오르는 날씨 속에서 수많은 사람들이 기차역과 매표소로 몰려들었다. 수천 명이 도시 외곽으로 떠났고 밤에는 숲에서 야영을 했다. 수천 명이 자신들의 재산을 안전하게 믿고 맡기기 위해 시골에 사는 친구나 지인에게로 향했다.

베를린 사람들에게 커다란 동요가 일었다. 매일 저녁 사람들은 BBC 방송에서 끊임없이 예고되고 있는 공습경보를 들으며 초조해

하고 있었다. 매일 밤 사이렌이 울릴 때마다 주민들은 지하실로 몸을 피했다. 많은 사람들이 계속해서 기차역으로 몰려들었다. 꼭 이 도시에 남아 있을 필요가 없는 사람들은 모두 동부나 남부로 떠났다. 도로는 아스팔트가 깨져 있었고, 나무와 잔디가 있던 곳은 쑥밭이 되었다. 도처에 새로운 방공대피소들이 생겨났다. 여유롭게 산책을 하던 남자들은 걸음을 멈추고 삽질을 도와야 했다. 8월 27일 베를린 사람들이 다시 독일 공군에 신뢰감을 갖게 되었을 때 오랫동안 두려워하던 사건이 벌어졌다.

이웃들에게 인기가 많았던 펠리체는 사이렌이 울리자 릴리와 베른트와 함께 지하실로 내려갔다. 반면에 다른 세 아이들은 근처에 있는 어린이대피소에서 며칠 밤을 보냈다. 이런 경우는 아이를 둔 엄마들이 모두 누릴 수 있는 행운이 아니었다.

처음에는 릴리가 아이들을 대피소 간호사인 헤르타에게 데려다 주었지만, 나중에는 아이들끼리 갈 수 있게 되었다. 아이들이 6시 45분에 서로 손을 잡고 콜베르크 광장을 지나 라이헨할러 거리로 터벅터벅 걸어갈 때에는 정말 다 자란 것처럼 보였다.

동생을 잘 보살피는 에버하르트는 뚱보 동생을 헤르타 간호사에게 인도할 책임이 있었다. 아직 두 살이 채 되지 않은 뚱보 알브레히트는 기저귀를 차고 있었는데 사실 참호에 가는 것이 허용되지 않았지만 헤르타 간호사는 알브레히트에게 홀딱 반해서 눈을 감아주었다. 다른 아이들은 곰 인형을 가지고 이층침대로 올라가는 반면에 우리 뚱뚱이는 헤르타 간호사의 품안에서 잘 수 있었다.

"손을 구부리고, 머리를 흔들고, 오로지 아돌프 히틀러만을 생각해. 그가 우리에게 날마다 빵을 주시고 모든 고통에서 구해주신다." 아이들은 이런 가사의 노래를 합창으로 중얼거리고 지도자의 사진을 바라보았다. 그런 다음에는 소등이라는 외침과 함께 불이 꺼지면 아래에 누워 있는 아이들은 위에 누워 있는 아이들을 발로 찼다. "조용히!" 헤르타 간호사는 큰 소리로 말하면서 뚱보를 꼭 안고는 고통스럽게 그녀의 한스를 생각했다. 한스는 투네지엔에서 독일-이탈리아 군대의 항복 이후로 두 달 동안 소식이 끊긴 그녀의 아들이었다.

한편 집에 있을 때 공습경보가 울리면 릴리는 펠리체 때문에 스트레스를 받았다.

"제발 좀 빨리 와!" 그녀는 소리를 지르며 방공호용 배낭을 들고 현관문과 목욕탕 사이를 이리저리 왕복했다. 그러나 펠리체는 거울 앞에 서서 머리를 빗고 또 빗고 있었다. 그녀의 짙은 갈색 머리카락은 매끄러웠지만 뻣뻣했다. 미용사가 우아한 파마머리로 만들지 않았다면 그렇게 멋지게 보이지는 않았을 것이다. 그녀의 헤어스타일은 자주 손질해야 했다. 그녀는 지하실에 갈 때조차도 머리를 다듬어야 했다. 그녀는 집안 식구들에게 잘 정돈된 모습을 보일수록 더 안정감을 느꼈다.

공습경보가 해제된 후에는 릴리의 반격이 펼쳐졌다.

"자지 말아요, 제발 자지 말아요." 릴리는 결국 층계 위에서 피곤에 지쳐 쓰러지고 펠리체는 그녀를 아파트까지 끌고 올라가면서 불평을 했다. 침대 위에서도 여전히 반응이 없는 릴리를 위해서 펠리체는 옷도 벗겨주어야 했다.

이 시기에 펠리체는 에른스트, 촐레 그리고 게르트로부터 함께 도망가자는 제안을 받았다. 독일 적십자사의 신분증을 가지고 탈출한 루츠는 이미 5월에 스위스에 안착하는 데 성공했다. 그것은 피난을 도와준 한 여성과 국경 근처까지 여행이 허락되는 제국의 무기 및 탄약 담당 부처의 신분증 덕분이었다.

펠리체와 릴리는 절망적인 논쟁을 벌였다. 피난을 갈 것인가 아니면 남을 것인가? 릴리는 몰랐지만 펠리체는 잉에와 엘레나이하고도 그 문제로 격한 논쟁을 했다. 스위스로의 피난도 결코 안전한 것은 아니었다. 스위스의 국경 관리들이 피난민 유태인들을 그 자리에서 나치 독일로 되돌려보낸 사례가 적지 않았다.

릴리는 아이들을 놔두고 펠리체를 따라 피난 가는 것을 생각해 보았다. 남부 독일에는 많은 고아원들이 있었다. 전쟁이 끝나면 아이들을 다시 데려올 수 있을 것이라고 생각했다. 그런 날이 반드시 있을 것이라고 릴리는 확신했다. 반면에 펠리체는 릴리의 이런 생각에 비관적이었고, 그녀의 귀에 들려오는 소문들은 내일을 기약하기에는 너무도 암담했다. 그러나 결국 릴리의 생각에 동의했다.

피난을 도와주는 사람들은 돈이 아니라 단지 물건에 관심을 보인다는 사실을 알고 있던 펠리체는 젤바흐 부인에게 편지를 써서는 자신의 물건들을 돌려줄 것을 부탁했다. 젤바흐 부인은 릴리와 펠리체의 관계를 결코 용납할 수 없는 배신이라고 여겼다. 그러면서도 그녀는 여러 집에 맡겨져 있던 층계용 카펫과 침대 시트 그리고 특히 펠리체의 할머니가 물려주신 값비싼 페르시아 모피 등 펠리체의 물건들을 '포르스트'와 올가의 집으로 안전하게 옮겨놓았다. 펠리체의 요구에 그녀는 날카롭게 반응했고 언제나 잔소리할 구실을 새로이 만들어냈다. 또한 펠리체와 같은 사람은 한 장소에 오래 머물지 못할 것이라고 경고했다.

릴리는 책임감을 느끼면서 펠리체에게 젤바흐 부인을 찾아가 보라고 설득했다. 그리고 8월 말에 몇 주 전부터 괴로웠던 자신의 마음을 글로 적었다.

나의 사랑하는 사람

네가 없는 삶을 나는 상상할 수도 없다. 그리고 그런 삶이 존재해야 할까? 사람이 변하지 않는다면 서로 헤어져 있는 매순간도 낯설지 않을 것이고, 다시 만났을 때 새롭게 여기지도 않을 거야.

내가 너 없이, 너의 목소리, 너의 손길, 너의 입술 없이 며칠, 몇 주, 몇 달을 견딜 수 있을까? 내가 너를 생각하는 것처럼 네가 나를 생각한다는 확신도 없이? 우리가 사랑하는 것을 단번에 모두 내놓아야 한단 말인가? 우리는 결코 쉴 없이 행복할 수는 없단 말인가? 헤어짐, 시간, 관습, 이런 가장 위험한 적들이 우리를 위협해야 한단 말인가? 아니면 사랑의 동경, 천천히 사라지는 불꽃처럼 우리의 사랑이 너무 약한 것일까? 왜 나는 그 모든 것을 적고 있는 걸까? 난 너무도 너를 사랑해. 예전에는 결코 느껴보지도 못했고 알지도 못했을 만큼. 이제 나는 너와 나를 괴롭히고 있어. 사람이 사랑을 하면 왜 고통스러운 걸까? 사랑을 하기 때문이겠지.

이 편지는 릴리의 서명이 없었고, 잉크는 초록색이었으며, 펠리체의 필기체와 혼동할 정도로 비슷했다. 엘레나이는 언젠가 릴리의 이런 편지를 읽었을 때 깜짝 놀랐다.

"말해 봐요, 당신은 왜 펠리체의 글씨체를 계속 따라하는 거죠?"

"그게 사랑이야."

엘레나이, 잉에 그리고 펠리체는 불확실한 피난보다는 펠리체가
베를린에 남는 것이 더 안전할 것이라는 결정을 내렸다. 펠리체는
이때가 독일을 떠날 수 있는 마지막 기회라는 것을 알고 있었다.
그리고 릴리에게로 더 가까이 다가갔다.

밤

어스름한 회색의 무거운 침묵 속에서
오로지 당신의 낮은 숨결만이 느껴질 때,
나는 당신 위로 몸을 숙여서
잠자고 있는 당신 얼굴을 보는 것을 좋아한다

대가가 창조한 예술작품에 빠지듯,
그렇게 나는 깊이 당신 안에 빠져들고
당신의 말없는 입술의 외침을 듣는다
그런데 갑자기 나는 내가 혼자라고 느낀다!

당신은 멀리 떨어져 있다. 마비되는 충격 속에서
나는 당신을 붙들고 있는 먼 거리를 깨닫고
당신을 깨우기 위해 과격하게 당신을 흔든다

당신이 다시 나의 세계로 돌아오게 하기 위해서……

나의 에이미!

나는 편지에 아무것도 쓸 수 없을 만큼 당신을 너무 사랑해요. 그리고 사실 당신에게 편지를 쓸 필요가 전혀 없어요 중요한 일들은 ─ 당신이 괜찮다면 ─ 내가 나중에 침대에서 말하고 싶으니까요.

그리고 한번이라도 내가 당신에게 남자를 찾아주어야 한다거나, 혹은 당신이 결혼을 하겠다는 말을 한다면 그것은 대단히 큰 잘못을 저지르는 것이랍니다.

당신의 충실하고, 대담하고, 우아하고, 야생적인
재규어로부터

펠리체가 자신을 재규어라고 표현한 것은 이글이 처음이었다. 1943년 8월 10일 펠리체는 영국어 있는 언니 이레네에게 편지를 썼다.

언니의 프리츠는 어떻게 생겼어? 나는 그 이름을 읽을 때마다 내게 최고의 친구였던 프리츠가 생각나. 그러면 나는 아주, 아주 많이 슬퍼져. 그래도 사람은 모든 것을 잊게 마련이고 나는 한없이 행복하다고 주장할 수 있어. 그런 기간이 얼마나 오래 지속될지…… 나는 그런 시간이 오래가지 않을까봐 두려워. 그러나 어쩌면 그것은 우리가 오늘, 아주 멋지고 가족적인 일요일을 보낸 후에 나쁜 소식을 들은 탓일지도 몰라. 나는 완벽한 다림질 선(릴리의 섬세한 손길 덕분에)이 살아 있는 하얀색 반바지를 입고 발코니에 앉아 있었어. 그곳에서는 마을을 내려다볼 수 있지. 그리고 릴리는 내 건너편에 앉아서 깊은 생각에 빠진 듯 자신의 손톱을 바라보고 있었어.

나는 언니에게 그녀가 어떻게 생겼는지 한번쯤은 설명을 해야 할 것 같아. 언젠가 언니가 그녀를 만나게 되면 알아볼 수 있도록 말이야. 지금 그녀는 단어 퍼즐을 하러 들어갔고 가끔씩 나에게 적절한 단어들을 말하라고 요구하고 있어.

하던 말을 계속하자면, 엘리자베스, 스물아홉 살(그러나 그녀가 얼마든지 구입할 수 있는 담배들은 내가 다 피우고 있지)인 그녀는 나처럼 10대의 몸매를 지니고 있어. 그녀는 키만 나보다 약간 작을 뿐 마치 열여덟 살처럼 보여. 그래서 아무도 그녀가 네 아이의 엄마라고는 믿지 않지. 결혼반지까지 끼고 있지 않으면 남편이 있다고도 생각하지 않을 정도야.

그리고 긴 얼굴에 튀어나온 광대뼈는 내 친구 그레고르의 말에 따르면 그녀의 집안에 프랑스인의 피가 섞여서 그렇다나봐. 그리고 아주 넓고 둥그런 이마, 가늘고 섬세하게 보이는 입과 짙은 갈색 눈, 놀라운 것은 지나치게 구릿빛인 빨간 머리카락이야. 이 머리카락에 대해서 그녀는 한편으로는 자랑스러워하기도 하고, 다른 한편으로는 콤플렉스를 느끼기도 해. 그건 꼭 써야 하는 데 없는 안경에 대해서도 마찬가지야. 사실 난 안경 쓴 모습이 더 마음에 드는데도 말이지.

그녀는 이혼할 것이고, 어느 정도 내게도 책임이 있어. 그렇다고 해서 언니가 그런 결정이 성급한 행동이라고 생각해서는 안 돼. 나는 그 모든 일을 충분히 의식적으로 받아들이고 있어. 이것이 '유언'이 되어서는 안 되겠지만, 내가 이 문제에 대해 분명히 해두고 싶은 마음을 이해해 주었으면 좋겠어.

내가 가지고 있던 식탁보와 식기 세트 대부분이 젤바흐 부인의 집에 있어. 상황이 가능한 대로 릴리에게 그 물건들을 전해주었으면 좋겠어. 그런 것은 언제나 필요한 물건들이니까. 언니는 모를 거야. 나 같은 젊은 여자가 물건을 맡겼던 집에서 다시 찾아오는 일이 얼마나 어려운지 말이야. 평소에는 선량했던 사람들이 그럴 때면 갑자기 기억력이 나빠지거나 지하실 열쇠를 바꿔버리곤 하거든.

젤바흐 부인은 '포르스트'에 있어. 그러나 내가 그녀에게 기차표 일등석을 구해준 일과 지금까지 그녀의 남편과 할머니에게 이틀마다 요리와 청소를 해준 일에 대해서는 아직 내게 한 번도 편지를 쓰지 않았고, 안부도 묻지 않았어. 그녀가 왜 그러는지 나도 모르겠어. 그녀는 또 내가 내 물건들을 다시 가져가려는 것도 안 좋게 생각하고 있어. 그리고 아무 소용도 없는 청소부 역할을 더 이상 할 생각이 없다는 것도 마음에 안 들어했지. 단지 그녀는 내가 이런저런 문제를 해결했는지, 그녀를 걱정하고 있는지 물어볼 뿐이었어. 난 정말 이해할 수 없고 이제 더 이상 젤바흐 부인을 위해서는 아무것도 하지 않을 거야.

내가 그녀를 많이 사랑했을 때도 그녀는 나를 배려하지 않고 이용만 했지. 그러나 이미 지나간 일이고, 나를 생각해 주는 다른 사람이 생긴 지금 그녀가 나를 이용할 권리는 더 이상 없다고 생각해.

그 사이 릴리는 낱말 퍼즐을 다 풀었고 놀랍게도 아라비아에 있는 도시 이름까지 찾아냈어. 이 단어가 제일 마지막 단어였기 때문에 아주 어렵지는 않았겠지만 말이야.

내일부터 릴리는 무역학교에서 직업 교육을 받아. 예전에 우리는 자주 수영을 하러 밖으로 나갔지만, 결국 가장 좋은 것은 집에서 지내는 거야. 나는 사진 수정을 해야 할 것이 많고 가끔 극장에 가고…… 그게 전부야.

펠리체가

매달 2일이 되면 릴리와 펠리체는 펠리체가 처음으로 릴리의 침대 안으로 들어왔던 4월 2일을 생각했다. 1943년 9월 2일 릴리와 펠리체는 서로에게 반지를 선물했다. 릴리는 안쪽에 'F. S'라는 알파벳과 '43. 4. 2'라는 날짜가 새겨진 금으로 된 결혼반지를 받았다. 그리고 펠리체에게 초록색 보석이 박힌 자신의 은반지를 선물했다. 펠리체는 손가락이 너무 가늘어서 이 반지를 오른손 중지에만 낄 수 있었다.

너무도 사랑하는 나의 사람!

우리의 결혼식을 맞이해서 — 길지만 즐거웠던 반년 — 너와 그리고 내 자신에게 이 세상에 존재하는 최고의 것들을 기원한다. 무엇보다도 — 행복한 미래를! 거기에는 약간의 돈과 편안한 집, 그리고 좋은 친구들이 포함되겠지. 후자의 경우는 결코 우리에게 부족한 일은 없을 거야. 집이야 우리가 이미 가지고 있고…… 그러나 돈이 항상 충분히 있을까? 뭐, 앞으로 알게 되겠지. 우리에게 무슨 일이 더 이상 일어날 수 있겠어, 그렇지 않아? 우리의 사랑이 있는데 더 이상 우리가 무엇을 원하겠어!

나는 너를 영원히 사랑하고 결코 너를 떠나지 않을 거야.

너의 에이미

9월 말 펠리체는 자비그니플라츠에 있는 한 카페에서 에른스트 슈베린, 게르트 에르리히와 만나기로 약속했다.

그녀와 3시 반에 만나기로 했지만 우리가 조금 일찍 도착했다.

에른스트는 테이블에 앉아 있었고 나는 케이크 몇 조각을 고르기 위해 제복을 입은 채로 음식 관매대로 갔다. 몇몇 사람이 앞쪽에 줄을 서서 기다리고 있었고, 바로 내 앞에는 한 독일 경찰이 서 있었다. 기다린 지 채 5분이 되지 않아 앞에 있던 경찰 차례가 되었고, 그때 누군가 내 어깨를 만졌다. 뒤를 돌아보자 에리히&게츠에서 함께 일한 적이 있는 유태인 여자 동료가 서 있었다.

그녀는 부모와 함께 지하세겨로 숨어 들었다가 얼마 전에 게슈타포에 의해 다시 붙잡혔다. 우리는 이 여자에 대해 알고 있었다. 그녀의 이름은 스텔라 골트슐락이며 그녀의 아름다운 금발 때문에 '유태인 로렐라이'라는 별명을 가지고 있었다. 또한 그녀가 체포된 이후로 독일 경찰을 위해 뛰어난 공적을 세웠다는 사실도 알고 있었다. 그녀는 많은 유태인을 경찰에게 밀고해 유태인 사냥에 큰 기여를 했다.

"안녕, 게르트. 어떻게 지내요?"

"죄송하지만, 아가씨. 나는 당신을 모르는데요. 저를 다른 사람과 혼동하시는 것 같군요!"

"오, 절대 아니에요. 당신은 게르트 에르리히, 날 모르다니요. 우리는 에리히&게츠 회사에서 함께 일했잖아요!"

"당신은 확실히 착각을 하고 계시네요. 내 이름은 달라요!" 그 순간 내 앞에 있던 경찰이 주문을 마치고 돌아섰다. 아마도 이 여자스파이와 동행인 듯했고, 금방이라도 나를 체포할 수 있었다. 경찰서에서는 내 가짜 신분증이 별 효력이 없을 것이 분명했다.

나는 내 어깨에 손을 얹고 있는 이 여자의 가슴을 세게 밀쳤다. 그리고 휘파람을 불어 에른스트에게 위험을 알렸다. 이때 경찰이 나를 붙들려고 했고, 순간 나를 본 에른스트가 옆에서 갑자기 그를 향해 덤벼들었다. 키가 큰 그 경찰은 음식이 차려져 있는 판매대 위로 쓰러졌다. 그 모든 일이 눈 깜짝할 사이에 벌어졌다. 카페에 있던 사람들이 상황을 파악하기도 전에 우리 둘은 이미 카페 밖으로 나와 있었다. 우리는 있는 힘을 다해 모퉁이를 돌아 전차 정거장 쪽으로 달려갔다. 그리고 출발하는 전차 위로 뛰어올랐다. 추적을 따돌리고 충분히 안전하다고 느꼈을 때 전차에서 내려 다시 다른 전차를 타고 펠리체와의 약속 장소인 그 카페로 갔다. 펠리체가 카페 안으로 들어가지 못하게 해야 했다. 카페 건너편에 있는 건물 현관에서 펠리체가 오기를 기다렸다. 마침내 펠리체가 나타났고, 우리는 그녀가 카페로 들어가기 전에 우리를 보게 하는 데 성공했다. 그녀와 함께 다른 식당으로 가서 그곳에서 조금 전에 벌어진 일을 설명했다.

이 사건은 처음으로 나를 긴장하게 만들었다. 그후에 독일 경찰을 위해 일하는 한 동료로부터 들은 소식은 더욱 나를 불안하게 했다. 스텔라가 내 이름과 인상착의를 알려주었고, 나를 사진과 함께 수배 명단에 올렸다는 사실이었다. 결국 베를린에서의 생활을 끝낼 때가 된 것이다.

— 게르트 에르리히의 글

14일 안에 모든 것이 준비되었다. 자전거 한 대와 타자기 그리고 탈출을 도와줄 사람에게 지불할 약간의 돈. 외떨어진 그루네발트의 한 빌라에 살면서 늘 검은 옷을 입는 헤드비히 마이어라는 여자가 모든 계획을 세웠다. 이 부인은 동부전선에서 두 아들을 잃은 가련한 어머니였다. 그녀는 암호로 된 전보를 통해 바덴의 징엔에 사는 농부들과 연락을 주고받았고, 이 농부들이 안전한 건널목과 스위스로 가는 탈출로를 준비해 주었다.

1943년 10월 7일 게르트, 에른스트 그리고 우리가 흔히 '뚱보'라고 부르는 그의 아내는 저녁 10시에 대표로 나온 몇몇 친구들과 '휴가'를 떠나기 전에 마지막 작별 인사를 했다. 게르트는 그전에 남아 있는 생필품 구매권으로 잉에를 식사에 초대해서 함께 시간을 보냈다.

기차에서 신분증 검사를 하는 두 명의 게슈타포는 별 문제없이 지나갔다. 슈투트가르트의 한 호텔에서 하룻밤을 보내고, 아침 7시 완행여차를 타고 투트링엔으로 갔다. 그곳에서 잠시 머무른 뒤 다시 지크마링엔으로 향했다. 점심 휴식을 가진 후에 세 사람은 다시 한 번 기차를 갈아타기 위해 보덴제에 있는 라돌프첼로 향하는 보통열차를 탔다. 그들은 열차 시간표대로 17시에 국경도시인 징엔에 도착했다. 그들은 이미 엄격한 검문을 당하는 슈투트가르트-징엔 사이의 직행열차를 피하고 우회하는 기차를 이용하라는 경고를 받은 적이 있었기 때문이다.

역에는 '검은 옷을 입고 자전거를 탄 부인'이 기다리고 있었고, 그들은 그녀를 조용히 따라가야만 했다. 게르트 일행은 자칫 방향만 잘못 잡아도 죽음이 도사리고 있는 숲 속에서 하룻밤을 지낸 뒤에 스위스의 작은 마을인 람젠에서 그만 탈출의 여정을 끝낼 수밖에 없었다. 한 젊은 스위스 국경경비원이 들길에서 그들을 발견했고 국경초소로 데리고 갔기 때문이다. 당직 중인 하사가 말하는 독일어를 이들은 잘 알아듣지 못했다.

하사관 피시는 이들을 즉시 독일로 돌려보내려고 했다.

"무기를 가지고 있습니까?" 게르트가 물었다.

"그렇소."

"당신은 총을 쏠 수 있습니까?"

"그렇소."

"그럼 나를 쏘시오. 그렇지 않고는 나를 되돌아가게 할 수 없을 것입니다."

그런 다음 게르트는 워싱톤으로 전화를 걸 수 있도록 허락해 달라고 부탁했다.

5 마지막 소풍

1943년 10월 12일 릴리는 알렉산더 플라츠에 있는 지방법원에서 이혼을 했다. 군사우편 번호가 14-063B인 귄터 부스트 하사는 8월에 헝가리로 발령을 받았기 때문에 자신의 이혼 수속에 참석하지 못했다. 펠리체는 법원 대기실 의자에 앉아서 추위에 떨며 몸을 웅크린 채 글을 쓰면서 시간을 보내고 있었다.

> 그때 나는 약속했었죠, 영원히
> 언제 어디서나 당신 곁에 있겠다고
> 그런데 첫번째 고비에서 이미
> 당신은 홀로 가야만 하는군요
>
> 사랑하는 사람이여, 바라건대 이렇게 어두침침한 방안에서
> 그들이 당신을 보호해 주기를……

치과의사도 분명히 두려운 존재지만

내 생각엔 이혼이 더 심한 것 같아요

그런 일을 겪는 당신은 아직 연약한데

당신의 머리카락은 때때로 구리 철사처럼 반짝거리네요

나중에는 당신을 혼자 있게 하지 않을게요

혹시 오늘 슐츠 양의 가게에 꽃이 있을까요?

당신이 빨리 다시 이곳으로 오기를 바라면서

법원은 언제나 이렇게 추운 걸까요?

이제부터 당신은 오로지 내게만 속하는 사람

당신이 기원했듯이 이다음에

우리는 함께 늙어가겠죠!

당신을 기다리며,

펠리체가

"내가 지금 정말로 이혼을 한 것일까?" 릴리는 이혼 절차를 끝 낸 후에 대기실에서 펠리체를 보고 흥분해서 더듬거렸다.

"이제 당신은 완전히 나만의 사람이에요!" 펠리체도 기뻐했다. 그리고 하이델베르크 광장에 있는 슈마르겐도르프 역에서 장미 한 다발을 사서 릴리에게 선물했다. 저녁에는 집안 구조를 바꾸었다. 침실을 발코니 방에서 서재로 옮겼다. 서재에는 밝은 회색의 타일 을 입힌 난로가 있지만 사용을 하지 않기 때문에 겨울에는 침실로 적당했다.

10월 18일 '독일 민족의 이름으로' 이혼 판결이 내려졌다. 판결문에 따르면 릴리는 귄터가 부정을 저질렀기 때문에 그가 지은 죄를 알게 하기 위해 이혼 신청을 한다고 했다. 귄터는 이에 대해 릴리가 아이를 더 이상 가지려고 하지 않았고, 그 때문에 1942년 12월 이후로 부부관계를 거부했다고 반격했다. 귄터 부스트의 맞소송이 제기되었고 법원은 쌍방과실로 판결을 내렸다. 이미 네 명의 아이들이 있었기 때문이라는 릴리의 변명이 충분하지 않다고 받아들여졌기 때문이다.

거의 같은 시기에 런던에서는 결혼식이 열렸다. 베를린 이민자들의 대다수가 참여한 가운데 이레네 슈라겐하임은 10월 23일 베를린 출신의 프리츠 칸과 결혼했다. 프리츠는 바로 그 직후에 자신의 이름 때문에 생기는 불이익을 피하기 위해 데릭이라고 이름을 바꾸었다. 마치 우연이기라도 한 것처럼 그의 누나는 이레네의 새엄마인 케테 슈라겐하임과 학교를 같이 다닌 동창생이었다. 그런데 펠리체가 쿰머 부인을 통해 들은 바에 따르면 새 엄마는 지난 몇 년 동안 팔레스타인에 있는 이레네의 유산을 탕진했다.

이레네는 10월 초에 펠리체에게 보내는 편지에 "이제 그녀는 더 이상 우리와 아무런 관계도 아니다."라고 썼다.

"당신도 그 사이 법원의 판결을 들었겠죠. 당신의 변호사가 아마도 이야기했을 테니까요." 릴리는 10월 29일 전선에 나가 있는 귄터에게 편지를 썼다.

우리에게는 더 이상 특별한 일은 없어요. 내가 영어 수업을 들을
수 없게 되었다는 것을 제외하고는 말이에요. 영어 수업은 아이
들을 돌볼 수가 없을 정도로 내 시간을 너무 많이 빼앗아요. 그런
상황에서는 수업에 더 이상 전념할 수가 없어요. (……) 그럼 집
문제에 대해 이야기하죠. 당신이 집을 갖겠다는 것은 이혼 심리
를 한 날에 언급되었던 일이지만 내가 다른 집을 찾는 일이 대단
히 힘들 것이라는 사실과 당신이 나를 아이들과 함께 거리로 내
몰 수 없다는 점도 언급되어 있어요.

릴리

릴리는 바로 이어서 아이들 넷 모두를 그녀가 키울 수 있다는
소식을 전달받았다. 그러나 그녀는 위의 두 아들을 귄터와 그의 약
혼녀인 리즐에게 보내줄 생각이 있었다. 10월에는 단지 두 아들만
이 베를린에 있었다. 점점 더 많은 아이들이 폭격의 위험이 있는
도시를 떠나 안전한 시골로 보내졌다. 베른트는 동프로이센에 있
는 그린로데로 갔고, 에버하르트는 시험 삼아 쉴레지엔에 있는 리
즐에게 갔다.

아이들을 하루라도 빨리 베를린에서 피난시킨 것은 잘한 일이었
다. 11월 셋째 주에 '베를린 전투'가 시작되었다.

11월 22일 19시 30분경에 사이렌이 울렸다. 20시에는 '양탄자
공격'이 있었다. 라인하르트가 놀라서 경기를 일으켰지만 어린이
대피소로 갈 수 없었다. 프리드리히샬러 거리의 지하실에 전기가
끊기자 사방은 쥐 죽은 듯이 고요해졌다. 단지 횟가루들이 소리 없
이 벽에서 떨어져 내리고 있었다. 릴리는 어둠 속에서 펠리체의 팔

을 두 손으로 감싸안았다. 그녀는 펠리체와 헤어지게 될까봐 끔찍하게 두려워하고 있었다.

"엄마, 그렇죠? 집은 쇠로 만들어졌지요?" 라인하르트의 작은 목소리가 무서운 적막을 깼다. 한 여자가 꺾이는 목소리로 웃음을 터뜨렸다. 덕분에 사람들은 경직 상태에서 풀어졌다. "그 말이 완전 명중탄이었네요." 누군가 재치 있게 말했다. 지하실에서는 사람들이 여러 가족과 함께 가까이 붙어 있어야 했기 때문에 서로 이런저런 합의를 해야만 했다. 건물 관리인인 클루게 부인은 열 살짜리 딸 기젤라와 함께 지하층에 살고 있는데 좋은 사람이었다. 3층에 사는 그라제닉도 착한 이웃이어서 릴리가 아이들만 집에 두어야 할 때에는 언제나 그녀에게 열쇠를 주곤 했다.

"우리는 당신이 적군의 방송을 듣고 있다는 것을 알고 있어요." 꼭대기 층에 사는 아이히만 부부는 릴리에게 이미 여러 번 위협을 했다. 또한 지도자에 대해 한없는 열정을 가진 슈미트 부인에 대해서도 릴리와 펠리체는 주의해야만 했다. "하지만 매일 저녁 그러는 것은 아니잖아요." 그녀는 성숙하게 사람들을 진정시켰다. 그러나 베를린의 분위기가 뒤바뀔 때마다 기이하게도 그녀의 당 배지는 사라지곤 했다.

혼란스러운 시간이 지나가고 릴리와 펠리체가 잠자리에 든 지 오래 되었을 때 현관 벨이 울렸다. 젤바흐 씨가 뺨이 빨개진 한 젊은 여성과 서 있었다. 그녀는 커다란 가방을 들고 있었다. 두 사람의 얼굴은 시커멓게 먼지로 뒤덮여 있었고, 완전히 지쳐 있었다.

"밖은 지옥처럼 난리가 났어. 슈테그리츠의 절반이 불에 탔단다.

우리도 당하고 말았지. 나는 내일 '포르스트'로 올라간다. 롤라가 여기서 너희와 함께 지내도 되겠니?"

두 사람은 괜찮다고 대답했다. 롤라 슈투르모바는 릴리와 펠리체에게 낯선 사람이 아니었다. 그녀는 예전에 펠리체가 은신처로 있었던 젤바흐 부인의 집에서 살고 있었고, 젤바흐 부인의 딸인 레나테와 함께 릴리 집에 놀러온 적도 있었다.

"하느님 맙소사!" 이것이 롤라가 내뱉은 유일한 말이었다. 롤라는 회사에서 비서로 일하고 있었고 안정된 자리를 갖고 있었다. 그녀는 중요한 사업상의 계약서를 가지고 프레이발다우에서 베를린으로 가는 길이었다. 주데텐 지역 출신의 독일인으로 스물한 살이었던 그녀는 기차에서 젤바흐 부부를 알게 되었다. 젤바흐 부인은 그녀에게 자기 집에 빈 방이 있으니 함께 지낼 것을 제안했다. 젤바흐 부인과 그 세 딸들과의 친분이 롤라에게는 좋은 보호막이 되었다. 왜냐하면 베를린 사람들은 여행객에게 별로 친절하지 않았기 때문이다. 전차에서 그녀가 입을 열면 사람들은 바로 그녀의 말투를 듣고 놀리기 일쑤였다. 그러나 그녀는 릴리와 펠리체의 집에서 지내는 것이 더 편안했다.

롤라 슈투르모바의 증언__ 나는 릴리의 집이 편안했습니다. 젤바흐 부부의 집에서는 그런 편안함을 느끼지 못했어요. 그들은 어딘가 좀 이상했습니다. 잘 모르겠지만 젤바흐 부부에게 무엇인가 정상적이지 않은 부분이 있었어요. 그들의 딸들도 마찬가지였습니다.

릴리와 펠리체는 나의 사고방식이 어떤지, 정치적인 생각은 어떤지 시험했습니다. 그러나 그들은 언제나 우리가 서로 도우며 지냈고, 그것이 프레이발다우이건 여기서건 마찬가지라는 결론을 내리게 되었어요. 나 역시 함께 김나지움에 다녔던 마리안네 슈투크아르트라는 유태인 친구도 있었고, 그 외 여러 명의 유태인 지인들이 있었습니다. 그러니까 예전에는 사람들 사이에 인종으로 인한 어떤 증오도 없었는데, 38년도만 해도…… 나는 펠리체가 유태인이라는 것을 알게 되었고, 릴리와 펠리체도 내게 그런 사실을 이야기해 주었습니다. 그때 나는 우리가 서로 도와야 한다고 말했어요. 우리는 항상 어디엔가 밀고자가 있을까봐 두려워했습니다.

펠리체는 남 도와주기를 대단히 좋아하는 사람이었고, 사랑스러운 남자 같았고, 무엇보다도 똑똑했으며 릴리와 동성애를 나누고 있었습니다. 그 두 사람은 만약 자신들이 군인들과 관계를 가졌을 때 병에 감염이 될까봐 두려워했어요. 릴리의 집에 모이는 사람들은 대부분 그런 반유태인 여성들이 많았고, 커플들도 그곳에서 만났어요. 펠리체는 언제나 남자처럼 옷을 입었죠. 바지와 셔츠에 넥타이를 맸습니다. 그리고 릴리는 평범하게 여성스러운 옷을 입었어요. 그녀는 아이가 넷이나 되는데도 몸매 관리를 잘 했습니다.

롤라가 이사 온 이틀 뒤 생일파티가 열렸다. 릴리는 이제 서른 살이 되었고, 스스로 나이가 많다고 느꼈다. 펠리체는 예나 유리(독일의 예나에서 개발·생산되는 질 좋은 유리—옮긴이)로 만든 모카커피 기계를 선물했다. 릴리는 애써 실망감을 감췄다. 예전에 귄터도 언제나 가정용품을 선물로 가져왔었다. 그는 자신의 아내가 낮이나 밤이나 오로지 살림에만 신경 쓴다는 잘못된 확신에 빠져 있었고, 바로 이 모카커피 기계처럼 별로 필요하지 않은 물건들을 내밀곤 했기 때문이다. 반면에 펠리체는 자신의 생각이 조금 짧았다는 점에 당황해 했다. 그때에는 제대로 된 열매커피를 구하기가 매우 힘들었다. 암거래를 통하거나 비싼 값을 치르고서야 얻을 수 있었기 때문이다.

베른트는 동프로이센에 있었고, 에버하르트는 쉴레지엔에, 그리고 알브레히트와 라인하르트는 어린이대피소에서 밤을 보냈기 때문에 롤라는 아이들 방에서 임시침대를 놓고 지낼 수 있었다. 릴리의 집에서는 자유롭게 들락날락할 수 있었다. 단지 롤라의 돈 관념이 문제였다. 눈웃음과 아름다운 보헤미아-오스트리아의 악센트, 그리고 들켰을 때 손으로 입을 막는 모습 때문에 릴리는 밀린 월세를 심하게 독촉하기가 어려웠다. 그 대신에 롤라는 크리스마스 때 발코니 방에 놓을 밝은 톤의 밤나무로 된 소파 테이블과 의자들을 사주었다.

롤라와 함께 더 많은 남자들이 릴리의 집을 드나들었다. 어느 날 저녁 숙소를 찾아 헤매는 한 뮌헨 출신의 대학생을 롤라가 데리고 왔을 때 엘레나이는 눈을 반짝이며 그를 유혹하려고 했다.

"도대체 당신들 왜 그러는 거죠?" 젊은 남자는 당황스러운 듯이 물었다.

"아무 일도 아니에요, 젊은이." 엘레나이가 민망한 듯 작은 소리로 대답했다. 롤라는 결국 이 남자를 유혹하려는 엘레나이의 시도가 실패했음을 알게 되었다.

또 한 번은 롤라가 밤늦도록 들어오지 않아서 릴리와 펠리체는 이날 밤에 그녀가 들어오지 않을 것이라고 여겼다. 그날은 펠리체의 미용사인 에리카 융과 그녀의 친구인 마리아 카우프만이 손님으로 와 있었다. 잉에도 얼마 동안 이 미용사가 있는 프리드리히샬러 거리의 세련된 미용실에 다닌 적이 있었다. 하지만 잉에는 그곳의 분위기를 결코 참아내지 못했다.

미용실에서 손님들은 낮은 칸막이가 쳐진 곳에 앉아 머리를 자르며 사랑과 성에 관한 지극히 사적인 얘기들을 나누곤 했다. 말하는 것을 별로 좋아하지 않는 사람에게도 비밀을 털어놓으라고 요구하곤 했다.

에리카는 머릿기름을 바른 남성 헤어스타일을 하고 있었고 마리아는 대단히 잘 매만진 근사한 외모를 하고 있었다. 두 사람은 모두 20대 중반이었고 흠잡을 데 없이 재단된 멋진 바지를 입고 있었다. 마리아는 넓은 아파트에 혼자 살고 있었는데, 발이 푹 빠질 정도로 두꺼운 카펫이 깔린 집이었다. 펠리체는 언젠가 릴리를 그 집에 데리고 간 적이 있었다.

"당신이 지금 나와 함께 저 위로 올라가면 당신은 영원히 저 세계에 속하게 되는 거예요." 펠리체는 앞으로 벌어질 사건에 대해 마음의 준비를 시켰다.

긴장감에 떨고 있던 릴리는 아파트 4층에 도착했을 때 어떤 경외감으로 몸이 뻣뻣해졌다. 에리카와 마리아는 이 초보자에게 여자들만의 사랑이 주는 즐거움을 보여주었다. 한 여자가 다른 여자의 무릎 위에 앉아 있었고, 내 사랑, 그대, 자기 등의 말이 오갔다. 그리고 에리카가 심지어 마리아의 가슴에 손을 대기 시작하자 릴리는 시선을 어디에 두어야 할지 몰랐다.

　10월 22일과 26일 사이의 폭격은 3,758명의 생명을 앗아갔고, 50만 명의 사람들을 이재민으로 만들었다. 베를린 사람들의 사기를 북돋워주기 위해 11월 말에 특별배급이 예고되었다. 생선 통조림 1통, 가당연유 1통, 신선한 채소 0.5킬로그램, 열매커피와 잎담배 50그램 등이었다. 11월 27일에 괴벨스가 피해 지역을 순회했고 몇몇 양식 배급소를 방문했다. 그는 자신의 일기에 썼다.

　"여성들이 내게 다가와서 머리 위에 축복의 표시를 해주었고 신이 나를 보살펴주기를 기도했다. (……) 음식 맛은 어디나 뛰어났다. (……) 작은 호감의 표시만으로도 우리는 이 민족을 쉽게 조종할 수 있다."

　12월 중순에 릴리는 귄터에게 양육비 지불을 재촉했다. 베를린과 전선 사이를 오갔던 편지들의 내용은 점점 더 격해졌다.

　크리스마스는 릴리의 부모님을 포함해서 모두가 함께 지냈다. 롤라가 회사에서 받은 크리스마스 선물은 살림에 큰 도움이 되었다. 릴리는 펠리체에게 크리스마스 선물로 흰색 폴라 스웨터를 선물했고, 펠리체는 릴리에게 시를 선물했다.

당신이 항상 있었던 것이 아니라는 것을
나는 이해할 수 없어요!
내게는 마치 우리가 항상 그렇게 지낸 것처럼 느껴져요
그렇게 오직 둘이서 삶과 꿈속을 함께하고
어둠과 빛으로 동시에 둘러싸여 있어요

당신은 오로지 내게만 속하는 사람!

내게 당신이 생긴 이후로,

처음에는 망설이듯이 그러나 곧 신뢰감에 넘쳐

당신의 마음을 내 손에 쥐게 된 이후로,

나는 삶을 꾸려나갈 힘을 느낍니다

그래서 나는 올 해의 힘든 고비와 좌절 속에서도

희망에 가득 차 새로운 날들을 시작합니다

당신의 구릿빛으로 빛나는 머리카락이

마치 깃발처럼 내 앞에 드리워져 있기 때문입니다

재규어

"나는 새해를 맞이해서 아주 많은 것들을 기원했는데, 이제는 무엇보다도 조용한 삶을 살게 해달라고 기원했어." 릴리는 12월 27일에 펠리체에게 이렇게 썼다.

너를 위한 삶, 잘 봐두렴, 네가 한 번 더 글로 볼 수 있도록 이렇게 분명히 쓸 테니까 말이야. 너와 함께 하는 행복한 삶! 이제 만족하니? 이 질투 많은 소녀! 바보 같은 소녀! 너는 내가 얼마나 너를 사랑하는지 모르고 있어. 그리고 사실은 그게 더 나을지도 몰라. 네가 그것을 안다면 넌 나를 손아귀에 꼭 쥐고 말 테니까. 이 앙큼한 재규어!

중요한 건 오직 한가지야! 난 금방 너의 팔에, 다시 말하면 너의 앞발에 누울 거야. 그럼 나는 지상에서 가장 행복한 사람이 되는 거야. 그러면 모든 근심과 걱정이 사라지고 나는 세상의 모든 고통으로부터 벗어나게 되지. 하얀 폴라 스웨터를 입은 나의 사랑. 우리에게 다른 무엇이 중요하겠어? 우리는 우리 둘만으로 충분하고, 아무도 필요 없어. 오직 우리만이 서로 필요할 뿐이야.

에이미

1943년은 12월 29일에 있었던 야간 공습과 함께 막을 내렸고, 1944년 역시 1월 1일과 2일에 있었던 대규모 야간 공습과 함께 시작되었다. 모두가 파편조각들을 쓸고, 창문을 두꺼운 종이로 막고, 폭격과 함께 사라진 친구를 찾고, 지하실을 정리했다. 계속된 수면 부족으로 모두가 신경이 날카로운 상태였다. 밤에는 소리 없는 공허함이 폭격으로 폐허가 된 어두운 거리를 메우고 있었다. 아주 간간이 대중교통 수단만이 지나다녔다. 런던의 라디오 방송은 독일인의 재건 의지에 감탄했다.

가능한 모든 여성이 일을 해야만 했다. 전면적인 전투를 위한 특별계획이 발표된 이후 노동의 의무가 있는 여성의 나이 제한이 45세에서 50세까지 상향 조정되었다. 관청들과 행정부서들은 인력의 30퍼센트를 전시 경제 운영을 위해 투입해야만 했다. 극장과 식당은 문을 닫았다. 이제 여성들도 국방군으로 받아들여졌다.

한 달에 한 번 아우슈비츠로 수송이 이루어졌는데, 그 숫자는 30명이 넘었다.

릴리와 펠리체에게는 둘이 함께 했던 시간 중에 가장 조용한 한 달이 시작되었다. 친구들은 자신의 일들로 바빴고, 그들 중에서 몇 명이 폭격의 피해를 입었다. 롤라는 사랑에 빠져서 자주 볼 수 없었다. 릴리는 여전히 열정적으로 낱말 맞추기 퍼즐을 했고 그들의 생활은 비교적 평화로웠다.

릴리와 펠리체 사이에는 딱 한 번 다툼이 있었다.

"무슨 책을 읽고 있는 거예요?" 펠리체가 물었다. "좀 봐요."라고 말하면서 릴리의 손에서 작은 책을 뺏어 들었다.

"맙소사!" 동정이 섞인 듯한 펠리체의 목소리는 경멸적으로 들리기까지 했다. 그녀는 책을 큰 소리로 읽으면서 방 안을 왔다갔다 했다.

"볏짚으로 덮인 집에서 소녀가 나왔다. 그 집은 오래되었고 초라했으며, 단지 오두막에 불과했다. 그러나 어부의 딸은 젊었고 자부심이 강했다. 그녀에게 시선을 돌린 사람이면 누구나 알고 있듯 그녀는 공주였다. (……) 세상에, 좀 제대로 된 읽을거리를 구할 수 없어요?"

"나는 괜찮다고 생각하는데, 이리 줘!" 릴리는 목부터 시작해서 자신의 얼굴이 점점 붉어지는 것을 느꼈다. 그리고 펠리체에게서 그 책을 되찾으려고 시도했다. 펠리체는 살짝 피하면서 귄터가 좋아하는 소파 뒤로 몸을 숨겼다.

"소녀의 이름은 베로니카였다. 이 얼마나 아름다운 이름인가! 어부의 딸에게는 훨씬 덜 아름다운 이름이 붙여질 수도 있었겠지만, 그것은 별로 중요하지 않았다. 이마 위에 흩어져 있는 너무도 아름다운 까만 머리카락, 하늘색의 아름다운 눈…… 말해 봐요, 도대체 엘레나이는 이 엉터리 같은 농부를 어디서 알게 된 거죠?"

"넌 그런 불손한 말은 좀 아끼는 것이 좋을 거야." 릴리가 공격했다. "그렇게 말해서는 안 돼. 그건 안 되는 일이야. 아마도 너는 너희 민족이 문학에서 어떤 큰 업적을 이루었다고 생각하는 모양이지만, 아니야, 절대 그렇지 않아. 우리 독일인 중에도 훌륭한 작가들이 많이 있어!"

"알았어요, 알았다고요." 펠리체가 깜짝 놀라면서 중얼거렸다.

한편 함께 살면서 부딪히는 예기치 못한 문제점들을 해결하기 위해서 릴리는 자신의 연기력을 활용해야만 했다. 펠리체가 릴리에게 피부병을 전염시켰을 때는 필요한 약을 구하는 것이 전혀 문제가 되지 않았다. 그러나 펠리체 혼자 결막염에 걸렸을 때 릴리도 결막염에 걸린 것처럼 보이기 위해 눈이 빨갛게 될 때까지 문질렀다. 펠리체 대신 릴리가 약을 받기 위해서였다.

치통의 경우에는 더 곤란했다. 마침내 잉에가 슈테그리츠에서 한 치과의사를 알게 되었다. 그는 펠리체를 의료보험 없이, 무엇보다도 진료카드 없이도 치료를 해주었다. 그리고 빌로브 거리에 하게만이라는 약사가 있었는데, 그는 모든 약품을 무상으로 펠리체에게 제공했고, 케이크를 구울 때 필요한 덱스트로푸(순포도당 영양제 – 옮긴이)를 끊임없이 갖다주기도 했다.

엘레나이 폴락의 증언___ 어느 날 하겐만을 만나게 되었는데 아버지에게 약이 필요했기 때문이었죠. 그는 아직 젊었지만, 열 상 이상 차이나는 나이 때문에 내게는 나이 든 사람으로 여겨졌습니다. 그런데 그가 내게 관심을 보였고 나를 집으로 초대했어요. 그때 나는 그가 '애인'을 원한다는 것을 알게 되었고, 나는 아주 곤란한 상황

에 처하게 되었어요. 그런데 나는 그가 왠지 나치가 아니라는 느낌을 받았습니다. 그래서 그의 '애인'이 아닌, 단지 대화 상대로서의 관계를 만들려고 노력했죠. 그러나 생각대로 되지 않았고 결국 그의 침대에 들어가고 말았어요.

나는 펠리체와 이 문제에 대해 이야기를 나누었고 그녀는 바로 그를 소개받고 싶다고 했습니다. 과연 그 사람은 어떤 종류의 사람인지, 혹시 그 사람이 정보를 가지고 있는지 궁금했던 거죠. 그녀에게는 이런 점이 언제나 제일 중요했습니다. 그렇게 해서 그는 갑자기 두 명의 유태인 소녀들을 알게 되었습니다. 그는 달콤한 말로 펠리체에게 달라붙기 시작했어요.

그때 우리 두 사람은 늘 긴장하고 있었기 때문에 예민해져 담배를 많이 피웠습니다. 그리고 그에게는 담배가 많이 있었어요. 우리가 커피를 마신 후에 그는 방을 나갔고, 펠리체는 그의 담배를 자신의 주머니에 집어넣었죠. "우리가 적어도 앞으로 며칠 동안만은 담배에 있어서만은 풍요롭기 의해서"라고 그녀는 말했어요. 나는 충격을 받았습니다. "그래도 이 남자의 것을 훔칠 수는 없어. 그는 우리에게 아주 친절하잖아." 나는 하겐만이 다시 방으로 돌아왔을 때 사실대로 말했어요. 그러자 그가 말했어요. "네, 그러라고 내가 거기에 놓아둔 건데요." 펠리체는 뛰어난 능력을 가지고 있었습니다. 어디에나 이용할 만한 것이 있으면 결코 그것을 놓치지 않았으니까요.

1월 말에 그동안의 평화는 사라졌다. 먼저 펠리체는 놀라 창백해지는 릴리에게 1,000RM을 주었다. "내게 만약 무슨 일이 생기는 경우를 위해서." 그런 후에 잉에의 가족들이 폭격 피해를 입었고 잉에 아버지의 고향인 뤼벤으로 이사를 갔다. 문화와 관련된 직업들이 사라진 후 잉에는 뤼벤 근처의 공장에서 일해야 했다. 이 공장은 구리 철사를 꼬아서 잠수함의 케이블을 생산하는 곳이었다.

릴리가 싫어했는데도 펠리체는 자주 주말에 잉에를 찾아갔다. 그러던 어느 날 롤라가 어디선가 전화를 걸어왔고 눈물을 흘리면서 자신이 임신했다는 사실을 털어놓았다. 아이의 아버지인 한스 - 하인츠 홀스테는 부풀어오른 것 같은 두툼한 입술을 가진 불쾌한 젊은 남자였다. 릴리와 펠리체의 집에서도 싫은 사람으로 인식되어 있었다.

"하하하." 펠리체는 무미건조한 반응을 보였다.

"롤라, 진정해, 우리가 금방 갈게." 릴리는 그녀를 안심시켰고 두 사람은 절망감에 빠진 그녀를 데려오기 위해 찰렌도르프로 향했다. 그러나 롤라의 눈물은 다른 여자들에게는 그저 빈정거림의 대상이 될 뿐이었다.

"하필이면 네게 그런 일이 일어나야만 하다니!"

"네가 그 멍청한 사람에게서 벗어난 것을 기뻐하렴. 설마 너 그런 북부 사람을 원했던 것은 아니겠지!"

단지 펠리체만이 그녀를 가엾게 여겼다. "릴리가 아기를 돌봐줄 거야, 너무 걱정하지 마." 그녀는 약속했고 롤라를 부드럽게 안아주었다. 그리고 새벽 3시쯤 초인종이 울렸다. 펠리체는 깜짝 놀라 침대에서 벌떡 일어났다. 그녀의 몸은 마치 튕겨오르는 공처럼 긴장되어 있었다.

"맙소사, 내가 어떻게 해야 하지?" 펠리체가 두려움에 몸을 떨었던 것은 그때가 처음이었다.

그녀는 실크 잠옷을 입은 채 발코니로 뛰어가 모서리에 몸을 웅크렸다. 밖에는 한 낯선 사람이 있었고, 착각을 한 듯 이 건물에 전혀 살지 않은 엉뚱한 사람을 찾고 있었다.

"당신 제정신이에요? 이 한밤중에!"

릴리는 그에게 위압적인 태도를 보였고 희미해져가는 그의 발자국 소리에 끝까지 귀를 기울였다.

"아무 일도 아니야, 어서 빨리 침대로 와."

이날 밤 펠리체가 다시 잠이 들기까지는 한참이 걸렸다.

"그들도 이렇게 갑자기 올지 몰라요." 그녀는 한숨을 내쉬고 릴리를 팔로 안았다. 릴리는 떨고 있는 그녀의 몸을 따뜻하게 해주기 위해 애썼다.

"넌 두려워할 필요 없어. 그들이 너에게 절대로 아무 짓도 못하게 할 거야. 절대로! 그러려면 그들은 나부터 먼저 쏘아야 할 거야."

다음날 펠리체는 감기에 걸렸다.

1944년 3월 1일 베딩어 슐 거리 78번지에 있는 유태인 병원의 병리학 건물과 수위실이 압수되었고, 사법 담당관인 발터 도베르케의 지휘하에 '유태인 수용소'로 개조되었다.

릴리는 펠리체가 얼마나 힘겹게 생존을 위해 싸워야 하는지를 보면서 때때로 미래를 생각하면 우울해졌다.

염세주의

나는 알고 있어요, 언젠가 당신을 원하는 사람이 온다면
내가 당신을 잡을 수 없다는 것을
우리는 아주 조용하게 헤어질 거예요,
우리가 그 옛날 4월에 만났던 것처럼

지금 당신은 나의 사랑을 느끼는 것만으로 충분하겠죠
그러나 사람은 그것만으로는 만족할 수 없어요!
그리고 어느 날엔가는 자동차와 여자를 갖는 것
그런 것들이 아주 중요해지죠

나는 영원히 당신이 행복하다는 것을 믿고 싶어요,
그리고 당신은 값싼 여자들과는 달라요!
때로는 나의 아주 강한 자신감도 흔들리곤 해요
나도 달에 성을 지을 수 있을까
지상에서는 아마도 좀 다른 것이어야 하겠죠

재규어

　　점점 고조되는 전쟁과 지하세계로 숨어든 유태인들의 힘든 생존 투쟁으로 인해 사람들이 릴리의 집에서 모이는 일은 어려워졌다. 그러나 엘레나이와 펠리체는 우정을 이어갔다. 그들은 끊임없이 장소를 옮겨가며 만났다. 그들이 처음 만난 작은 카페도 자주 갔다. 릴리가 집에 없을 때면 펠리체는 엘레나이에게 전화를 걸었다. "지금 우리 집으로 와도 괜찮아."

두 사람은 자신들의 대화 내용을 릴리가 알아서는 안 된다는 데 합의를 했다. 그들은 전선의 상황을 분석하고 각자 친구들로부터 얻은 정보를 교환했으며 밀고에 대해 이야기했다. 그렇게 오랫동안 한 곳에서 지내는 것이 안전할지, 혹은 펠리체가 안전하게 있을 수 있는 또 다른 장소가 있는지 등의 문제도 의논했다. 그러나 펠리체는 결정을 내리지 못했고, 모든 변화를 두려워했다. 실제로 펠리체가 감정적으로 얼마나 릴리에게 쏠려 있는지에 대해서 엘레나이는 들은 바가 없었다.

동시에 엘레나이와 그레고르는 릴리에게 강제수용소가 어떤 곳이고 펠리체가 끊임없이 생명의 위협을 받고 있다는 점을 인식시키려고 노력했다. 언제라도 누군가의 밀고로 그들의 보금자리가 쑥밭이 될 수 있다고 설득했다. 엘레나이와 그레고르가 보기에 릴리는 펠리체가 처한 상황이 자신과는 근본적으로 다르다는 점을 잘 이해하지 못하는 것 같았다. 펠리체에게 일상이라는 것이 존재하지 않을 수도 있다는 사실을 말이다.

"당신은 이제 입 다물어요, 난 더 이상 참을 수가 없어요!" 때때로 릴리의 어수룩함이 엘레나이의 신경을 지나치게 자극할 때면 이렇게 폭발하기도 했다.

리즐 라이흘러는 결혼 후 겪게 될 일들을 감당하지 못할 것 같아 귄터에게 파혼을 통보했다. 릴리의 어머니는 에버하르트를 집으로 데려오기 위해 쉴레지엔으로 떠났고 며칠 후 릴리가 에버하르트를 데리고 동프로이센으로 갔다. 베르트가 잘 적응하고 있는

림쿠스 가족이 에버하르트도 받아주기로 했기 때문이다. 릴리는 20시간이나 여행을 했다. 마치 우박처럼 숲을 덮고 있는 은방울꽃 향기에 흠뻑 취해 그녀는 볏짚더미 위에서 밤을 보냈다. 이번에는 펠리체가 그리움을 글로 표현할 차례였다.

나의 사랑,

당신이 어딘가에서 초라한 기차를 타고 혼자서 밤새 달리고 있을 때, 그리고 당신과 이야기를 할 수도 없고 당신에게 키스를 할 수도 없을 때 나는 무엇을 해야 할까요?

나는 당신에게 편지를 씁니다.

일 년 전 오늘도 나는 혼자서 당신 집에 있었어요. 분명히 우리는 저녁에 통화를 했을 것이고, 당신은 분명 지금과 같이 나를 생각하고 있었겠죠. 그리고 올해에는 내 생각에 지금처럼 이렇게 홀로 똑딱거리는 시계 초침 소리와 함께 있었던 적은 단 한 번뿐이었어요. 바로 당신이 게르트와 또 다른 사람들과 함께 극장에 갔던 저녁이었어요. 그때 나는 당신이 날마다 손으로 사용하는 모든 작은 물건들을 반복해서 관찰하고 살펴보고 있었죠.

그날 저녁 이후로 오랜 시간이 흘렀고 당신은 언제나 내 옆에 있었죠. 내가 홀로 돌아다녔던 과거의 많은 시간에도 불구하고 지금 내가 이렇게 안정을 찾지 못하는 것, 그리고 내가 ― 한번 상상 해봐요 ― 자정 직전인 지금까지도 잠을 잘 수 없다는 것은 놀랄 일이 아니에요. 혹시 당신도 아직 잠을 자지 못하기 때문일까요? 그러나 내가 잠이 든 후에도 당신은 자주 더 오래 깨어 있곤 했죠. 그렇지 않아도 나는 항상 당신에게 물어보고 싶은 것이 있었어요. 당신은 긴 밤 동안 무슨 생각을 하나요? 나는 때때로 사람이 다른 한 사람을 무한히 사랑하고 그 사람과 모든 것을 함께 공유하지만, 사랑하는 사람의 생각은 잘 모르는 채로 살아간다는 사실이 끔찍하다고 생각해요. 나는 질투가 나거든요.

44년 3월 30일

재규어

당신은 이제 곧 돌아오겠죠. 당신을 너무도 사랑해요. 그리고 나는 당신이 기차를 잘못 타서 낯선 곳에서 울고 있을까봐 걱정이 돼요. 나는 당신을 절대로 혼자서 떠나게 하지 않겠어요!

44년 4월 1일

재규어

이 시기에 롤라는 라인하르트를 프레이발다우에 있는 자신의 어머니에게 맡겨놓고 빈 옆의 엔체스헬트로 갔다. 그녀가 다시 돌아왔을 때 어머니는 바로 문 앞에서 그녀의 뺨을 때렸다.

"넌 창피한 줄 알아야 해! 그런 변태적인 사람들과 함께 살다니!"

순진한 라인하르트가 아무 생각 없이 자신의 엄마와 펠리체가 서로 키스를 하고 편지를 주고받는다는 이야기를 했던 것이다.

1944년 봄에 펠리체는 에센에서 발행되는 '국가사회주의 독일 노동당'의 『나치오날 차이퉁』의 편집부어서 속기와 타자 담당 여사무원으로 일자리를 얻게 되었다.

릴리의 증언 ___ 먼저 엘레나이가 그곳에서 일을 했는데 일손이 부

족한 것 같았습니다. 정말 많은 경로를 통해서 펠리체가 그곳으로 들어가게 되었어요. 가장 아슬아슬했던 것은 그녀가 두 명의 아이를 가진 부스트 부인 신분으로 취직했다는 점이었습니다. 그리고 나에게는 시누이 역할이 배정되었어요. 나는 전화통화를 할 때 들통이 나지 않도록 조심해야만 했죠.

그녀가 거기서 무슨 일을 했는지는 한 번도 내게 말하지 않았어요. 나는 단지 그녀가 베른스라는 사람을 위해 중요 기사를 타자로 쳐주고 있다는 것만 알고 있었어요. 심지어 한번은 신문기사에 문제가 생기기도 했습니다. 아마도 상사가 요구한 것과 다른 내용을 신문에 실었던 것 같지만, 사실은 밝혀지지 않았어요.

그녀는 이 일을 하게 된 것을 매우 기뻐했죠. 나는 그녀가 지하조직을 위해 일한다는 것은 알고 있었지만, 구체적으로 무슨 일을 하는지는 알지 못했습니다. 그녀가 날짜를 기입했던 수첩을 아직도 가지고 있지만 거기 적힌 내용이 무엇을 의미하는지는 내게 수수께끼일 뿐이었어요. 그리고 나는 그녀에게 수첩 내용에 대해서 아무런 이야기도 듣지 못했습니다.

그녀가 늦게 귀가할 때면 슈마르겐도르프 역에서 전화를 걸었고, 그러면 나는 그녀를 맞으러 달려가곤 했어요. 그녀는 언제나 자신이 아무것도 말하지 않을 것이라고, 그러기에는 너무 위험한 일들이라고 설명했습니다. 그녀는 항상 내게 당부하기를, 둘이 함께 있을 때 그들이 자기를 잡아가면 나는 가던 길을 계속 가야 한다고 했어요. 내가 결코 하지 않을 일을, 내 생애에 결코 있을 수 없는 일을 요구했죠. 우리가 더 오래 함께 있었다면 나는 수천 가지 이야기를 들었을 것입니다. 우리에게는 너무도 시간이 없었어요. 우리는 서로 강렬하게 사랑했지만, 시기가 어쩔 수 없는 전쟁 중이었습니다.

　　　내 기억에 그녀는 나치의 당 기관지인
『민족의 관찰자』에서 '슈라더'라는 이름으로 일을 했습니다. 그녀
는 내 이름으로도 일한 적이 있었습니다. 저널리스트로 일을 했던
것 같았어요. 사건이 있을 때마다 그녀는 항상 새로운 소식을 가지
고 왔습니다. 그녀는 많은 정보를 얻기 위해 여러 곳에서 일을 했
어요. 그래서 우리는 전선의 상황을 아주 잘 알고 있었습니다. 그리
고 당시 있었던 테러에 대해서드 잘 알고 있었어요. 그녀는 그런
소식을 신문사에서 얻었습니다. 나는 그녀에게 더 자세히 묻지 않
았습니다. 그저 그녀가 가져다주는 정보만을 듣는 것이 좋다고 생
각했기 때문입니다. 그런 다음 나는 내 자신과 관련된 부분에 대해
서만 신경을 쓰면 되니까요.

그녀는 자신이 쓴 기사들을 많이 가져왔는데, 알파벳을 이용한
약자로 쓰여 있었습니다. 그녀는 이 기사들을 내가 알고 있던 한
장교를 통해 영국으로 몰래 보내기도 했습니다. 그 장교는 헨셀이
라는 해군 대위로 생각이 좀 다른 사람이었어요. 그는 이유는 묻지
말라면서 자기가 그 일을 하겠다고 했습니다. 펠리체는 나를 통해
그에게 신문기사 일부를 전해주었습니다. 그녀가 그를 직접 본 적
은 없었어요. 그의 말투로 보아서는 독일 북부의 작센지방 사람 같
았어요. 이미 나와는 멀어진 사람이지만 좋은 남자였습니다.

당시에 『나치오날 차이퉁』에서 펠리체가 했던 임무에 대해서는
그녀의 친구 게오르크 치비어가 쓴 『독일과 유태인』에서 다음과
같이 설명되어 있다.

아름답고 집안일도 잘 하고 특히 대피소에서도 사랑을 받았던

그 소녀는 위험에 대한 두려움이 없었다. 그리고 대담하게도 다른 사람의 이름으로 나치당 신문의 편집부에 취직했다. 사람들이 그녀의 계획을 알았다면 그녀의 집주인과 모든 지인들, 그리고 같은 아파트에 사는 주민들까지 가혹한 게슈타포의 방식대로 스파이로 의심받았을 것이 분명했다.

— 게오르크 치비어의 글

실제로는 일이 이렇게 된 것이었다. 엘레나이에게는 부에노스아이레스에 사는 이모 한 분이 있었는데, 이분은 외국 체류 독일인 협회의 회원으로 전쟁 후에 어쩔 수 없이 독일로 들어오게 되었다. 그녀는 『나치오날 차이퉁』에서 편집장 자리를 맡았지만 오스트리아인과 결혼했고, 그 남편은 고향인 빈으로 다시 돌아가게 되었다. 이모는 오스트리아로 떠나기 전에 엘레나이에게 혹시 이 신문사에서 일할 생각이 없는지 물어왔던 것이다.

엘레나이의 업무는 전화상으로 전달된 보고문들을 속기로 받아 적어서 에센에 있는 중앙 편집부로 보내는 일이었다. 엘레나이는 이 일을 동료들이 대단히 만족할 정도로 잘 해냈다. 그러자 곧 펠리체가 편집부 일에 관심을 보였고 엘레나이는 편집장에게 펠리체 얘기를 했다. "만약 그녀가 당신만큼 유능하다면 그 사람을 받아들이겠어요." 편집장은 호감을 보였다. "그녀는 저보다 훨씬 더 유능합니다." 그렇게 해서 펠리체는 바로 취직이 되었다. 단지 이름에 관한 문제가 남아 있었는데, 고민 끝에 두 명의 아이를 가진 부스트 부인으로 등장하는 것이 가장 적당하다고 판단했다.

어느 날 펠리체에게 좋은 생각이 떠올랐다.

"아침에는 외국의 에이전트로부터 많은 소식이 들어온다고 들었어. 나는 우리가 그 소식을 제대로 보지 못하고 있다고 확신해. 우리가 출근하기 전에 그들은 분명 불리한 소식은 골라내는 작업을 했을 거야. 그러면 우리는 중요한 정보를 놓치게 되는 거지. 그러니까 우리가 5시에 가서 그 사람들이 오기 전에 어떤 소식들이 들어오는지 살펴보자."

엘레나이 폴락의 증언 그래서 나는 아침 5시에 사무실에 가야만 했습니다. 우리에게는 열쇠가 있었어요. 거기서 우리는 외국 에이전트로부터 들어온 모든 소식들을 훑어 보았습니다. 그리고 우리는 가장 중요한 내용들을 머릿속에 담아두었어요. 나중에는 암기를 쉽게 하게 되었죠. 그래서 우리 두 사람은 많은 양의 정보를 다른 사람들에게 전달하는 일이 별로 어렵지 않았습니다. 그러나 우리는 절대 이런 정보들을 정치적으로 사용하지 않았습니다. 단지 우리 자신의 생명을 지키기 위해 필요했을 뿐이었어요.

외국의 보도진들은 독일이 지금 무슨 일을 하고 있는지, 그리고 무엇을 계획하고 있는지 정확하게 알리고 있었습니다. 그러나 그들이 모든 것을 알고 있으면서 개입하지 않았다는 것도 참으로 이상한 일이었어요. 군에 대한 정보들이 우리에게는 가장 중요했습니다. 왜냐하면 전선이 가까워질수록 해방의 날이 가까워지기 때문이었죠.

우리는 1944년 말에는 전쟁이 끝날 것으로 예측하고 있었습니다. 우리는 군대의 참모들처럼 지도를 가지고 있었고 도시 하나가 정복될 때마다 상황을 분석했습니다. 또한 소련의 전략도 파악할 수 있었는데 비교적 간단한 일이었죠. 우리가 최후의 재앙을 겪지 않으려면 베를린을 떠나 소련으로 가야 될 시기가 아닌지 고민했습니다. 그러나 우리는 감히 그런 생각을 실천하지 못했습니다. 강간 사건 소식들이 전해졌기 때문입니다. 우리 역시 처음에는 믿지 않았어요. 미국과 영국은 대단히 신중한 군사 전략을 짜고 먼저 소련으로 하여금 나서서 싸우게 했는데, 그 사실이 우리를 불안하게 했습니다. 그러나 그 끝이 더 이상 오래 걸리지 않을 것이라는 점은 분명했어요.

펠리체는 또 한 가지 새로운 것을 생각해 냈다.

"『나치오날 차이퉁』은 진정한 당 기관지가 아니야. 우리 『하켄크로이츠반너』 신문사로 가자. 거기 가면 더 많은 정보를 얻게 될 거야."

"펠리체, 넌 더 이상의 모험은 위험해." 엘레나이가 반대했다. "『나치오날 차이퉁』으로도 충분해, 『하켄크로이츠반너』까지 욕심내지는 말자. 너는 그렇게 위태로운 일까지 감행할 수는 없어!"

"그래, 하지만 나는 더 많은 당의 소식들을 알고 싶어." 펠리체가 고집을 피웠다. 이번에는 엘레나이가 강경했다. 그러나 펠리체의 머릿속에서는 이 생각이 떠나지 않았다. "하이 히틀러, 하켄크로이츠반너 신문사입니다." 잉에가 뤼벤에서 전화를 걸어왔을 때 펠리체는 그만 이렇게 전화를 받았다.

어느 날 한 편집부 직원이 엘레나이에게 충격을 준 일이 있었다. 그의 취미는 인종학인데 회사에서 똑똑한 인상을 주는 엘레나이에게 관심을 보이기 시작했다.

"나는 얼마 전부터 당신을 어떤 인종으로 분류할 수 있는지 알아내려고 노력했어요."

"네, 왜요?" 엘레나이의 심장이 빠르게 뛰기 시작했다.

"당신은 아주 뛰어난 타입이기 때문이에요. 키가 크고 날씬하고, 갸름한 얼굴형과 높은 코를 가졌어요. 나는 오랫동안 당신을 관찰했고 마침내 결론을 내렸어요. 당신은 인도게르만족의 전형이에요."

4월에 귄터는 휴가를 받았다. 그는 낮에는 릴리의 집에서 보냈고, 밤에는 자신의 부모 집에서 잠을 잤다. 릴리는 그가 편안하게 머무를 수 있도록 최대한 노력했다. 귄터는 이혼의 충격을 극복하고 리즐의 압력도 없어진 다음에는 가족에 대한 경제적인 의무를 충실히 이행하고 있었고, 릴리 역시 더 이상 그와 으르렁거릴 이유가 없다고 생각했다. 시부모에게는 이런 상황이 아주 이상하게 보였다.

1944년 4월 그리스와 헝가리에 있던 수십만 명의 유태인들이 아우슈비츠로 강제 이송되었다. 40만 명의 헝가리 유태인들 중에서 25만 명이 8주 만에 가스실에서 사라졌다.

릴리와 펠리체가 잘 대해준 덕분에 기분이 한결 좋아진 귄터는 6주 동안의 고향 휴가를 끝내고 루마니아에 있는 전원 마을로 배치를 받았다. 거기서 그는 편지를 쓸 수 있는 시간을 가질 수 있었다. 5월 14일 그는 자신의 새로운 근무지에 대한 소식을 전했다.

여기서 나는 마치 사무실의 보스가 된 느낌이야. 나는 약 50명의 인원을 관리해야 해. 차량 주문, 우편물 발송 등과 같은 명령이 제때에 실시되게 하는 것, 사람들이 제대로 된 숙소에 머물게 하는 것, 그들이 숙소를 제대로 사용하게 하는 것, 이동 중인 군인들을 위한 숙소를 마련하는 것 등의 일을 하고 있어. 그리고 이제는 조금씩 점호도 실시하고 있지. 내일은 무기 점호를 하기로 예고했어. 때때로 나는 점호 중에 전대원에게 공문을 발표하기도 하지.

나는 점점 상사라는 직책에 잘 적응하고 있어. 그러면서 조금씩 많은 사람들 앞에 나서고 있지. 그렇다고 해서 나의 차분하고 조용한 성격을 바꿀 필요는 전혀 없어. 오히려 그 반대인 나만의 방식으로 많은 일을 해냈고 인기와 존경도 얻고 있으니까.

당신도 아마 내가 요즘 모든 면에서 몸과 마음이 편안하다는 것을 느낄 거야. 나는 규칙적인 생활을 하고 있어. 6시에 기상해서 7시까지 아침식사. 그 다음에는 12시까지 업무. 약 1시간 동안 점심시간이 있는데 때로는 더 오래 걸려도 상관없어. 나는 언제나 한 시간 정도 누워 있는 것을 좋아해. 업무는 7시와 8시 사이에 끝나고 어두워질 때까지 말을 타거나 혹은 걸어서 마을을 둘러보곤 하지. 나머지 저녁시간은 편지를 쓰거나 독서 혹은 동료들과 잡담을 나누며 보내고 있어. 때로는 이 사람 집에서, 때로는 다른 사람 집에서 레드 와인이나 담배를 함께 즐기기도 하지. 그래서 이제는 으레 저녁마다 와인을 마시는 것이 습관이 되었어. 약 1리터짜리 한 병이 하루에 내가 마시는 양이 될 거야. 내가 잠자리에 드는 것은 거의 23시가 다 되어서야. 7시간 동안의 수면과 낮잠 1시간, 이런 생활방식 덕분에 나는 요즘 항상 기운이 넘치고 기분이 상쾌해.

귄터 부스트

권터는 5월 21일 쓴 편지에서 릴리에게 놀라운 제안을 했다.

잘 들어, 릴리! 동료들과 약 1시간 반 동안 이야기를 나누는 바람에 편지쓰기를 중단했다가 다시 쓰고 있는 지금 나는 점점 와인에 취해가고 있어. 모든 것이 빙빙 돌지만, 그렇다고 해서 날 비이성적인 사람으로 몰아가지는 마. 어쩌면 당신이 지난 내 편지들을 통해서 아주 조금씩 예상했을지도 모르는 이야기를 이제부터 하고 싶어.

나는 은행에서 일할 때나 지금 군생활하는 동안 조용하고 굳은 의지를 가지고 내 꿈을 실현하려고 항상 노력해 왔다고 생각해. 이제 당신과 다시 결혼하고 싶어. 물론 우리가 그 옛날 가졌던 열정도 없고, 양쪽 부모님의 반대 속에서 치렀던 결혼과는 모든 것이 다르겠지. 우리에게는 단지 아이들에 대한 공동의 책임의식만 남아 있을 테니까.

이런 생각에서 나는 작년 5월 2일 혹은 3일에 당신에게 같이 살자는 제안을 했었고, 그때 조건은 당신이 모든 면에서 나만을 바라보고 살아야 한다는 것이었지. 당신은 내가 오로지 이기적인 감정에서 하는 말이라고 거절했어. 그러나 나는 지금도 이 조건을 요구할 수밖에 없어.

만약 당신의 자의식이 그것을 허용하지 않는다면 그것은 우리 아이들을 위해 안타까운 일이지. 내가 휴가 동안 겪은 바로는 우리 두 사람은 아이들 중에서 어느 누구도 절대 포기할 수 없다는 거였어. 그리고 아무도 포기하지 않기 위해서는 우리가 함께 살아야만 해. 오래된 그리스 속담을 빌리자면, 누구든 한 사람은 주인이 있어야 하니까. 나는 함께 사는 문제에 대한 가능성을 생각하지 않을 수 없어.

권터 부스트

이런 어수선한 시기에 귄터를 다시 자극하지 않기 위해서 릴리
와 펠리체는 차마 그에게 확실한 거절을 할 수 없었다. 그리고 집
에서 일어나는 크고 작은 일들을 편지로 알려주었다. 예를 들면 베
른트와 에버하르트를 진군해 온 소련군 때문에 동프로이센에서 튀
링엔에 있는 모이젤비츠로 보냈다는 것, 그리고 롤라가 임신을 했
고 아이의 아버지는 그녀를 떠났으며 롤라의 어머니는 아직 딸을
받아들일 마음의 준비가 되어 있지 않다는 것 등의 소식이었다.

롤라는 끝까지 무거운 짐을 벗어던지기 위해 안간힘을 썼다. 6
월 16일 펠리체는 프레이발다우에 있을 그녀에게 편지를 썼다.

사랑하는 롤라,

나는 지금 이 편지를 베를린으로 가는 동료에게 빨리 전달하기
위해 점심시간을 이용해 급하게 쓰고 있어. 우리는 정신없이 일을
해야만 해. 너도 여러 사건들을 근거로 충분히 상상할 수 있겠지.
요즘에는 12시 전에 집에 들어간 적이 없어.

이제 본론으로 들어가서, 나는 애를 써보았지만 그렇게 빨리는
아무것도 할 수가 없어. 더구나 내가 아는 약사도 여행을 떠났어.
이렇게 중요한 문제에 대해서 별로 안 좋은 소식을 전해서 정말 미
안하다. 그렇지만 나는 네게 쓸데없는 희망을 주고 싶지는 않아. 그
런데 의사가 언젠가 약을 처방해 준 적이 있다고 말하지 않았니?
그 약이 더 이상 없는 거니? 그것이 가장 좋은 방법일 텐데. 아마
나도 그것만은 구할 수 있을 거야. 하지만 상황이 더 나빠지기 전
에 바로 조치를 취해야만 해. 그렇지 않으면 의사에게 가야 하고,
그러면 돈이 더 들게 될 테니까 말이야. 네가 빨리 다시 건강해져

서 여기서 다시 보게 되기를 바란다.

우리 두 사람 모두 진심 어린 인사를 보내며,
펠리체로부터

7월 초에 최초로 공군에서 여성 고사포대 보조원이 조직되었다. '탐조등을 켜는 여성의 손길'이라는 제목으로 7월 18일 『나치오날 차이퉁』지가 기사를 내보냈다. 펠리체가 이 기사를 타이프로 쳤고 이름 없는 저널리스트들은 독일 여성과 어머니들의 갑작스러운 전투 투입을 합리화하기 위해서 화려한 수사가 가미된 기사를 써야만 했다.

이 기사는 대포나 자동무기에는 여성이 투입되어서는 안 된다고 쓰고 있었다. 미국, 영국, 소련과 마찬가지로 여성들은 단지 고사포의 측량기와 탐조등, 그리고 전기 보조기구를 다루는 곳에서만 작업해야 한다고 강조했다. 왜냐하면 독일 여성이 절대로 군사화되어서는 안 되기 때문이라고 했다. (……) 그런 일은 결코 독일 여성이 우리 민족 공동체에서 차지하고 있는 지위와 품위에 어울리지 않기 때문이라고도 썼다. 그러므로 여성의 모든 군사적 활동은 최소한으로 제한되어야 하며 여성들은 어떤 상황에서도 남성화되어서는 안 된다고 주장했다.

이 시기에 릴리는 펠리체에게 이제 제발 젤바흐 부인으로부터 물건들을 찾아오라고 강력하게 요구했다.

엘레나이 폴락의 증언__ 펠리체는 릴리가 그 물건들을 **빨리** 처리

하려 한다고 내게 말했습니다. 펠리체는 그 때문에 자신이 지속적으로 젤바흐 부인과 연락을 해야 한다는 생각에는 전적으로 동의했어요. 그러나 그녀는 지금 이 순간에 그것이 중요한 일은 아니라고 여겼죠. 그리고 그녀 역시 반복해서 그 물건들을 가져오라고 채근하는 릴리에 대해서도 신경이 날카로워져 있었어요. 그러나 펠리체는 결국 릴리의 생각에 따랐습니다. 더 이상 릴리의 생각을 거절할 상황이 아니라고 느꼈기 때문이에요. 더구나 그녀의 상황 자체도 매우 위태로워졌습니다. 그녀는 분명히 릴리에게 언젠가는 모든 것이 제자리를 찾을 것이라는 희망을 주었을 것입니다. 그러면서 그녀는 늘 그렇듯이 눈앞에 닥친 문제를 뒤로 미루곤 했어요. 그래서 펠리체가 그 물건들을 단지 젤바흐 부인의 집에 맡기기만 한 것이 아니라 대범하게, "그래요, 당신이 원하는 것은 다 가지세요."라고 말한 것은 잘한 일인지도 몰라요.

6월 8일 젤바흐 부인은 작은 종이에 펠리체에게 보내는 편지를 썼는데, 여러 부분이 오늘날 읽을 수 없을 정도로 손상되어 있다.

　　사랑하는 펠리체,

　　6월 8일 토요일인 오늘 너희 할머니의 숙녀복과 너의 여름옷들을 그 쪽으로 보냈다. 물건이 도착하면 너는 전화를 받게 될 거야. 네가 언제 그 물건들을 가져갈 수 있는지 릴리가 사람들과 의논하면 될 것이다. 그리고 모피에 대한 이야기인데, 우선은 내가 너를 위해 가지고 있겠다. 너는 이 모피를 팔려고 할 테니까 말이다.

　　아직도 네가 처음에 생각했던 계획을 실행하려는지 모르겠지만,

지금 그럴 필요가 있겠니? 아니면 다른 좋은 방법이 있을지, 지금 내게는 아무것도 떠오르지 않는구나. 나는 네가 우리에게 오지 않고는 버티기 힘들 것이라고 생각하기 대문에 네가 떠나려고 한다는 것을 상상하기가 어렵단다. 혹은 부스트 부인이 너에 대한 사랑으로 네 명의 아이들과 헤어질 의도가 있는 것이니? 난 그렇게 생각하지는 않는다. 그러나 네게 돈이 필요하다는 것은 알 수 있지. 그건 내가 이해할 수 있어. 그러니까 모피를 내게 팔도록 해라. 그렇게 하는 편이 너희 할머니께서도 좋아하실 거라고 생각한다. 그러니까 내게 얼마에 팔 것인지를 알려주렴. 네가 원하는 가격을 적어서 보내주기 바란다. 물론 가격이 너무 높으면 곤란하고 8,000에서 9,000마르크 사이가 적당할 것으로 보인다. 양쪽이 모두 만족할 수 있도록 일이 잘 되었으면 좋겠구나. 나는 그 코트를 꼭 갖고 싶지만 결코 너에게 선물로 받고 싶지는 않다.

그러니까 펠리체, 내일 이렇게 하자. 네가 여기 와서 돈을 가져가면 어떻겠니? 만약 네가 계약금이 급하다면 나에게 바로 알려주렴. 나는 네가 결코 이런 제안을 거절하지 않을 것이라고 믿는다. 만약 그렇지 않다면 나는 더 이상 너를 이해할 수 없을 뿐더러, 믿음 또한 없어지겠지. 그것은 내게 아주 큰 실망을 줄 거야.

아마도 너는 되도록 빨리 아파트를 찾아봐야 할 거야. 그것이 여기라면 너무 좋을 텐데. 그런 다음에는 당연히 가구들도 알아봐야겠지. 거기에서 이곳으로 운반하는 것은 내가 가지고 있는 신분증이면 아무 문제없이 가능할 거야. 또한 카펫에 대해서도 생각하고 있어. 어쨌든 오늘은 내가 말한 일이 잘 되었으면 좋겠다. 너희 어머니가 부스트 부인에게 안부를 전해달라고 하셨단다.

루이제 젤바흐

권터의 결혼 제안에 대해 릴리는 펠리체에게 답장을 써달라고 부탁했다. 릴리는 펠리체에게 일종의 보호자 역할을 기대했고, 펠리체는 그런 역할을 기꺼이 받아들였다. 펠리체는 릴리보다 여덟 살이나 어렸지만 그녀의 경험들이 그녀를 훨씬 더 성숙하게 만들었다. "나는 당신보다 이천 살은 더 늙었어요." 펠리체는 릴리에게 이런 농담을 자주 했다.

권터에게 보내는 펠리체의 편지는 남아 있지 않지만, 권터가 펠리체에게 보낸 답장은 보존되어 있었다.

친애하는 펠리체!

(……) 나는 릴리가 오랜 시간 나의 이런 권위에 익숙해졌고, 그녀가 단지 거기에 굴복했을 뿐 아니라 내 생각을 정당한 것으로 인정했다는 것을 알고 있어요. 이런 점에서 내가 착각을 하고 있는 것처럼 보이는 것은 나의 나쁜 성격 때문일지도 모르지만 난 내 자신을 포기할 수는 없어요. (……) 이런 기본적인 감정에서 아마 작년에도 나의 지배적인 욕구가 표출되었을 겁니다. 그러나 나는 그때나 지금이나 여성들은 — 당신이나 릴리 모두 — 처음에 한번 저항을 하면서도 요구하는 사람의 본질을 무시하지 못한다는 느낌이 들었어요. 다른 이야기지만 여성들은 큰 희생을 치르는 반면에 수많은 작은 선물들을 받는 것을 좋아하죠. (이것도 역시 남자들의 건방진 생각인가요?)

1944년 6월 20일

권터 부스트

평화로운 미래를 꿈꾸면서 귄터는 펠리체와 롤라 그리고 그녀의 아이까지도 이미 한 가족으로 받아들이고 있었다. "가장 좋은 방법은 우리가 방이 7개 있는 집을 구해서 함께 사는 거야. 전혀 나쁘지 않은 생각인걸." 그러는 동안에도 뒤편에서는 전혀 다른 삶이 이어지고 있었다.

사랑하는 나의 에이미,

나는 당신과 함께 너무도 행복하며 당신을 너무도 사랑해요. 당신은 내가 절대로, 절대로 더 이상 젤바흐 부인에게 가지 않을 것이라는 사실을 믿어야 해요. 나는 당신이 나를 사랑한다는 것을, 그리고 당신이 나와 같은 생각을 하고, 나와 같은 것을 원한다는 것을 잘 알고 있기 때문에…… 내가 일을 할 수 있고 돈을 벌 수 있다는 것에 대해 얼마나 기뻐하고 있는지 당신은 잘 알고 있죠? 그러나 나는 일하는 중에도 온종일 당신만 생각하면서 즐거움을 느껴요. 만약 내가 항상 집에만 있어야 하고 아무 일도 할 수 없었다면 결코 지금처럼 행복하지 않았을 것이고, 마치 실업자 남편이 된 것처럼 불평만 했을 거예요.

나는 항상 당신에게 신경을 쓸 것이고 당신을 돌볼 거예요, 나의 귀여운 사람.

당신의 *재규어로부터*

나의 사랑하는 재규어,

종이와 연필처럼 그렇게 나는 언제나 신의를 지킬 거야. 항상 나는 너를 보살필 것이고, 너의 바지를 다릴 것이고, 너의 셔츠를 세탁할 것이고, 너의 양말을 꿰맬 거야. 그리고 나는 일을 하러 가지 않고 집에 있을 수 있다는 것이 행복하고, 너에게 무한히 감사하고 있어. 나는 또 네가 일을 하면서 행복하다니 너무 기쁘고 거기에 대해 전혀 반대하지 않아. 나는 네가 나를 위해 일을 하고 언제나 나를 돌보겠다는 말이 너무도 좋기 때문이야. 네게 나의 모든 사랑을 바칠게.

1944년 7월 16일
너의 에이미로부터

"소수의 배신자 일당이 세계의 유태민족의 지시를 받고 지도자를 암살하려고 한다."는 호외들이 7월 21일 도시 전체에 퍼지고 있었다. 같은 날 폴란드에 있는 마이다네크 강제수용소가 소련군에 의해 해방되었다. 7월 28일 귄터 부스트는 다시 펠리체에게 편지를 보냈다.

(······) 자신이 무엇을 하고자 하는지 릴리가 정확하게 알고 있다고 생각한다면 당신의 판단은 너무 섣부른 것입니다. 나는 당신이 1년 전에는 이 문제에 대해 조금은 부정적이었다고 알고 있어요. 물론 사람은 변합니다. 만약 릴리가 자립심이 필요했던 지금까지의 상황 속에서 확신을 얻었다면 그것은 기쁜 일이라고 생각합니다. 그러나 서류에 제한사항을 분명히 적어놓는 것이 릴리와 나의 이런 의도적인 합의를 위해 좋을 것입니다. 우리는 더 많이 서로에게 의지하게 될지도 모릅니다. 하지만 나는 우선 그녀가 고집불통이 아니며, 오히려 쉽게 설득당하는 사람이라는 의견을 고수하겠습니다.

펠리체, 당신도 분명히 그런 경험을 했을 것입니다. 당신은 때때로 사람들을 이끄는 일에서는 나보다 더 재능이 있었죠. (······) 생각해 봐요, 펠리체. 당신이 아무리 많은 경험을 했고 독립심이 강하더라도 아이들을 키우는 것은 당신에게 낯선 일입니다. 그리고 내가 아무리 똑똑하고 공감을 잘하는 사람이라고 해도 아이가 없으면서 부모의 행복에 대해 말하는 것은 인정할 수 없답니다.

당신은 지난번 편지에서 그곳에 다가올 미래를 다르게 보고 있다고 말했죠. 이 부분과 관련해서도 내 말을 너무 심각하게 받아들이지 말아요. 나는 그 점에 대해서는 당신과 다른 시각을 가지고 있는 것 같군요. 우리 더 이상 그 이야기는 하지 않는 것이 좋겠네요! 그러나 내 말을 믿어요. 나는 확고한 믿음을 가지고 있어요. 그 믿음은 내가 스무 살이 되면서부터 지금까지 한 번도 흔들린 적이 없었습니다. 단지 사람에 대한 믿음만이 조금씩 흔들리고 있어요.

사실 나는 정치적인 성향의 사람이 아니에요. 그렇기 때문에 젊었을 때의 내 이상주의적인 가치관을 근거로 세상이 점점 그리고 가파르게 이상과는 다른 방향으로 가고 있다는 것을 깨달은 후에도 어떠한 반항도 하지 않았어요. 그 대신에 나는 부분적인 이상에 너무도 간절히 집착하고 있는 것입니다. 바로 가족이죠.

귄터 부스트

같은 날 펠리체는 일종의 유서를 썼다.

이것으로써 나는 1943년 11월 7일의 문서에 이어서 다시 한 번 더 분명하게 루이제 젤바흐 부인이 보관하고 있던 다음의 물건들을 부스트 부인(결혼 전 성은 카플러, 베를린-슈마르겐도르프, 프리드리히샬러 거리 23번지)에게 양도한다.

1. 나의 동의 없이 젤바흐 부인에 의해 L로 보내진 식탁보와 침

대 커버들, AS, AFS, ES, HB, EB, HK, P 등의 표시가 되어 있고, 일부는 완전히 새 물건들임.

2. 트렁크(빨간 줄이 있고, FS라고 표시되어 있음)와 그 안에는 앞서 말한 커버들이 보관되어 있다.

3. 600마르크. 이 돈은 내가 1940년에 젤바흐 부인에게 맡긴 것으로, 그녀가 내 물건을 처분하고 추가된 돈은 제외한 액수이다.

4. 페르시안 코트와 모피 머프는 동봉한 편지에서도 알 수 있듯 젤바흐 부인이 8,000마르크에 구입하려고 했던 것으로, 이것에 대한 나의 소유권이 우선시 된다.

5. 은으로 된 식사도구 세트로, AS, ES ,HB, HK, P 등의 표시가 되어 있다.

위에서 말한 모든 물건은 오늘 날짜로 그 소유권이 엘리자베스 부스트 부인에게 이전됨을 밝혀둔다. 영국에 있는 나의 언니인 이레네 K.(결혼전 성은 슈라겐하임)는 스위스의 제네바에 있는 쿰머 부인을 통해서 연락할 수 있다. 그녀에게는 이런 내용을 사전에 알렸고 그 내용을 수락했다.

나는 현재 이런 양도사항을 공증할 상황이 못 되기 때문에 이런 형태의 양도문서를 인정해 줄 것을 당부한다.

1944년 7월 28일 베를린-슈마르겐도르프

펠리체 슈라겐하임

8월 1일 바르샤바에 있는 폴란드의 향토군인들이 반란을 일으켰다. 펠리체는 『나치오날 차이퉁』 신문사에서 '제국의 기밀사항'이라고 쓰인 커다란 종이 다섯 장을 집으로 가져왔다. 헝가리의 유태인 수송과 관련해서 여러 숫자들에 빨간 밑줄이 그어져 있었다. 그녀는 이 기밀 문서들을 거실에 있는 작은 장식장에 숨겨두었다. 히틀러 사진이 있던 거실 벽에는 이제 교고서에서 오려낸 유럽 지도가 걸려 있었다. 그리고 지도 위에는 릴리와 펠리체가 화려한 색깔의 스티커들을 이용해서 전선의 움직임을 표시해 놓았다. 누군가 벨을 누르는 소리가 들리면 재빨리 지도를 뒤집어서 뒷면에 있는 베를린 성의 경치가 나오게 했다.

8월 7일 릴리는 베른트를 만나보고 에버하르트를 집으로 데려오기 위해 튀링엔으로 향했다. 그녀는 에버하르트를 지금까지 맡겼던 골트파산 씨 집에 더 오래 있게 하고 싶지 않았다. 모이젤비츠 역에서 치프센도르프로 가는 도중에 폭풍이 불기 시작했다. 릴리는 나무로 된 밑창에 가느다란 끈이 달린 샌들을 벗어들고는 맨발로 걷기 시작했다. 깜짝 놀란 에버하르트의 유모는 빨간색 매니큐어가 칠해져 있는 갸름한 발톱을 경직된 채 바라보았다.

나의 사랑하는 사람아,

잘 도착했나요? 당신이 길을 떠나고 나면 나는 늘 당신을 혼자 가도록 허락한 내 자신을 질책하곤 해요. 만약 당신이 연락할 사람이 없고 아무도 당신을 데리러 나오지 않았다면 어떻게 하죠? 당신이 울지 않았으면 좋겠어요. 당신은 용감하고 대담한 사람이니까요.

나는 5시에 집으로 왔어요. 그런데 아무도 발코니에 서 있지 않았죠. (……) 그래서 나는 그 책을 돌려주러 갔어요. 박사는 혼자 집에 있었고, 우리는 앞으로의 날들과 그 다음의 일에 대해 즐겁게 대화를 나누었어요. 내 자신을 다시 평범하고 책임감 있는 사람으로 바꾸는 일은 쉽지 않을 거예요. 그리고 내가 다른 나라로 나가는 일 역시 힘들 것이라고 그는 말했어요. 외국으로 나간 사람들은 전혀 환대를 받지 못하니까요. 그곳에서 살고 있는 사람들은 무엇인가 가진 것이 있기 때문에 우아하겠지만 쫓기듯 이민 간 우리는 그렇지 못하기 때문이죠.

그러나 우리가 내린 결론은 이런 걱정은 할 필요가 없다는 거예요 우리가 외국으로 나갈 가능성은 전혀 없고, 이곳에 살면서 부지런히 일을 해야 할 테니까요. 그리고 사람들은 아마도 다시 한 번 좋은 시절이 오기를 소망하겠죠.

지금 머리가 아파와요. 그래서 홀로, 오직 나 홀로 잠을 자야겠어요.

프리드리히 씨 집은 직접 폭격을 맞지는 않았지만 약간의 피해를 입었어요. 크리스티네가 나에게 그녀의 한 달 배급표를 보내주었어요. 잉에는 아주 늦게 가게로 갔고, 엘레나이는 쉐네 바이데의 황폐화된 모습을 보고는 금방 다시 돌아왔어요. 내일 나는 경우에 따라 노라와 함께 있을 거예요. 당신의 아이들은 너무도 용감하고 착한 아이들이에요. 롤라 역시 용감하죠.

1944년 8월 7일 (20시 45분)

당신을 사랑하는 거칠고, 고상하고 그리고 기분 좋은

재규어로부터

릴리가 다음날 저녁에 에버하르트를 대피소로 보내자 문제가 생겼다. 이제 아이들은 어떠한 경우에라도 폭격 속의 베를린에서 더 이상 체류할 수 없었기 때문이다.

8월 21일 베를린 주민들은 21시 12분부터 다음날 새벽 5시 24분까지 등화관제를 했다. 5시 53분에 해가 떴고, 20시 12분에 해가 졌다. 『민족의 관찰자』의 「베를린 관찰자」 섹션에는 '감상적인 시기의 악기'인 하프에 대한 기사가 실렸다. 포츠담 광장에 있는 조국의 집에서는 '대규모 화려한 축제 프로그램'이 진행되고 있었고, 쿠담에 있는 스칼라 극장에서는 「유토피아」라는 작품이 공연되고 있었다.

1944년 8월 21일은 한여름답게 무더운 날씨였다. 펠리체와 릴리는 이 날 휴가를 내기로 했다. 롤라가 희생하고 아이들 곁에 남아 있기로 했다.

릴리와 펠리체는 자전거를 타고 수영을 하러 갔다. 그들은 그루네발트를 지나 그로센팬스터를 향해 내려갔는데, 그곳은 숲이 언덕을 이루고 있어서 폭이 넓어지는 강이 한눈에 보이는 곳이었다. 그들은 하루 종일 수영과 일광욕을 즐겼다. 롤라도 없고, 아이들도 없고, 심지어 폭탄도 없는 그런 평온한 하루를 보냈다. 릴리는 그동안 이런 행복을 실감할 수 없었다. 몇 주 전부터 그녀는 펠리체에게 자신을 위해 제발 시간을 내달라고 부탁했었다. 펠리체는 최근에 일요일에도 일을 해야만 했다.

월요일인 이 날에는 강변에 사람도 없었다. "롤라와 아이들에게 아무 일도 없었으면 좋겠다." 이것이 그들의 사랑스러운 속삭임 사이에서 방해가 되는 유일한 생각이었다. 펠리체는 그동안 소중히 간직해 온 낡은 카메라를 가져왔다. 릴리는 펠리체가 사진을 찍으려고 하면 언제나 얌전한 포즈를 취했다. 그녀의 가장 아름다운 붉은 머리카락이 흑백 사진에서는 잘 드러나지 않았다. 그녀는 두꺼운 면으로 된 짙은 갈색 수영복을 입고 있었는데, 가슴과 엉덩이에 하얀 스티치가 박힌 주머니가 달려 있었다. 릴리를 더 즐겁게 했던 것은 늘 바지에 가려져 있던 펠리체의 긴 다리를 직접 카메라로 찍는 일이었다.

하벨 강가에서 즐거운 시간을 보냈던 바로 이 날 자동셔터를 이용해 찍은 둘만의 모습이 담긴 유일한 사진이 남게 되었다. 이 사진에서 릴리는 종아리가 보이는 짧은 옷을 입고 양팔은 얌전하고 공손하게 바지 옆선에 붙인 채 어색하게 서 있는 반면에 펠리체는 진지하고 도전적이며 대담하게 카메라를 바라보고 있었다. 그들이 돌아오기 전에 펠리체가 다시 한 번 포즈를 취했는데, 맨 발에 흰색 반바지를 입고 블라우스에 나비넥타이를 맨 모습이었다. 그로센팬스터에 검은 그림자가 드리워지고 있었다.

더운 오후의 햇빛 속에서 한참 자전거를 타고 달려온 탓에 두 사람은 숨을 헐떡였다. 그들은 지하실에 자전거를 세워놓고 한 번에 두 계단씩 뛰어올라 갔다. 그들은 롤라를 빨리 아이들로부터 벗어나게 해줄 생각으로 가득 차 있었다.

"아이들은 얌전했어?" 문이 열리자마자 릴리는 즐겁게 흥얼거렸다. 그러나 롤라의 회색빛이 도는 푸른 두 눈은 경직되어 있었다. "게슈타포." 그녀는 소리 없이 입술로만 형태를 만들어보였다. 바로 그 순간 뒤에서 남자 두 명이 튀어나왔다.

"당신들은 누구죠? 안으로 들어오시오."

릴리와 펠리체는 거실로 이끌려 들어왔다. 롤라는 알브레히트, 에버하르트 그리고 라인하르트가 있는 아이들 방으로 가야만 했다.

"당신은 전혀 사실을 부정할 필요가 없소." 나치 친위대 제복을 입은 검은 머리의 마른 남자가 펠리체에게 말했다. "당신은 유태인 슈라겐하임이에요." 그는 그녀의 코앞에 사진 하나를 들이댔다. 그 사진은 젤바흐 부인 집의 발코니에서 찍은 펠리체의 모습이었다. 펠리체는 말이 없었다.

"당신은 슈라겐하임이 유태인이라는 사실을 알고 있었죠?" 릴리도 입을 다물었다.

그 다음에 두 사람은 따로따로 심문을 받았다. 릴리는 키가 작은 게슈타포를 따라 침실로 갔다. 펠리체는 상사로 보이는 남자와 함께 거실에 남아 있어야 했다. 게수타포는 릴리가 얼마나 오랫동안 펠리체를 알고 지냈는지, 그녀가 언제 이 집으로 이사왔는지를 물었다. 릴리는 질문에 성의껏 대답한 다음 다시 거실로 돌아왔다. 계속해서 교차 심문이 이어졌다. 친구들, 지인들, 주소…….

그때 게슈타포와 릴리가 이야기하는 사이, 펠리체는 자신에게 시선이 쏠리지 않은 순간을 이용해 밖으로 뛰쳐나갔다. 때는 한여름이었고 모든 창문과 문들이 열려 있었기 때문에 펠리체가 거실 문을 열자 바람이 불어왔다. 문 하나가 쾅 하는 소리를 내며 닫혔다. 키 작은 게슈타포가 펠리체를 뒤따라갔다. "거기 서!" 그가 소리쳤다. 펠리체는 미친 사람처럼 층계를 미끄러지듯 뛰어내려 갔고, 그녀의 뛰는 소리가 층계 전체를 울렸다. 그녀는 정원을 지나 뒤채로 들어가서 바임링 부인의 집으로 뛰어들어 갔다. 나이 많은 바임링 부인은 순식간에 상황을 알아차렸고 그녀를 소파 뒤로 밀어넣었다.

"저기요, 그녀는 저 위로 갔어요." 그러나 속옷 바람으로 달려나온 뚱뚱한 라우헤 씨가 흥분한 채로 뒤쫓아온 게슈타포에게 펠리체가 숨은 곳을 가리켰다. 게슈타포는 천천히 걸어가서 소파 뒤에 있는 펠리체를 끌어내 다시 릴리의 집으로 데리고 왔다.

심문은 계속되었다. 펠리체가 어디서 생필품 배급표를 구했는지, 그리고 릴리가 슈라겐하임이 유태인이라는 것을 정말 몰랐는지 반복해서 추궁했다. 릴리는 전혀 몰랐다는 태도로 일관했다.

"물론 당신은 숨어 사는 유태인을 보호하면 강제수용소로 갈 수 있다는 사실을 알고 있겠죠?" 키 작은 게슈타포가 소리 질렀다. 릴리는 침묵했다. 약 두 시간 후에 몇 집 건너에 세워둔 화물차에서 기다리고 있던 여러 명의 나치 친위대 대원들이 올라왔다.

"이제 멋지게 이별의 키스를 하는 것이 좋겠군." 검은 머리의 게슈타포가 야비한 미소를 지었다.

"그리고 당신, 젊은 부인. 사실은 당신도 우리와 함께 가야 합니다. 그러나 불쌍한 죄 없는 아이들 때문에 이번 한번만 봐주는 것이오."

펠리체는 아무 말 없이 초록색 보석 반지를 쓰다듬고, 그것을 빼서 릴리에게 주었다. 그리고 그녀의 이마에 키스했다.

*롤라 슈투르모바의 증언*__ 현관문을 두드리는 소리가 들렸을 때 나는 알브레히트, 에버하르트 그리고 라인하르트와 함께 집에 있

었습니다. 내가 문을 열자 그들이 나를 붙들었고 — 당시에 나는 임신한 상태였음에도 불구하고 — "당신이 슈라겐하임이지!" 라고 말했어요.

"그게 누구죠?"

"거짓말하지 마, 슈라겐하임!"

"나는 슈라겐하임이라는 사람을 전혀 몰라요."

"당신 신분증을 보여주시오." 난 그에게 신분증을 보여주었어요.

"우리는 그들이 올 때까지 여기서 기다릴 것입니다." 그 순간은 정말 끔찍했습니다. 나는 아래층에 살고 있는 여자에게 이런 상황을 알리고 싶었지만 방법이 없었습니다. 나는 화장실로 가려고 했어요. 그랬더니 남자가 따라왔어요. 그리고 화장실 문을 열어놓아야만 했습니다! 나는 재빨리 짧게 글을 써서 알브레히트나 라인하르트에게 주고 발코니에서 아래로 전달하려는 생각도 했습니다. 내게 실이 있어서 시도하려고 했지만 뒤에 있던 남자 때문에 실을 놓치고 말았어요.

처음에는 두 명이었다가, 나중에는 여러 명의 남자들이 나타났고, 펠리체에게 한꺼번에 덮치려는 듯 집 전체를 포위했습니다. 한 사람이 펠리체의 사진을 가지고 있었고, 나에게 그 사진을 내밀었어요. 나는 그녀를 알기는 하지만 자세히는 모른다고 했어요. 그들은 내가 언제부터 그녀를 알게 되었고, 그녀가 언제부터 여기에 살았는지, 내가 어디서 무슨 일을 하는지 등을 물었습니다. 그리고 내 직장 상사에게도 연락했습니다. 상사는 내가 유태인이 아니라고 말해주었습니다.

게슈타포가 가고 나서 롤라는 조심스럽게 아이들이 있는 방문을 열었다. 릴리는 제정신이 아니었고, 소리를 지르며 울고 있었다. 알브레히트와 라인하르트는 겁에 질려 벽에 붙어 있었다. 이 날 밤에 릴리는 아이들을 대피소로 보내지 않았다. 롤라와 릴리는 뜬눈으로 밤을 지새웠다.

"우리는 무슨 일이든 해야만 해요." 롤라가 채근했다. "서류들!"

"불에 태워요, 그래, 불에 태워야 해요." 롤라는 릴리를 향해서가 아니라 자신에게 말하고 있었다. 릴리는 경직된 채 허공만을 바라보고 있었다. 롤라는 갈색 작은 옷장 서랍에서 '제국의 기밀문서'들을 꺼내와 잘게 찢기 시작했다. 그리고 지난주에 펠리체가 가져온 다른 서류들도 꺼내와 발코니 방에 있는 난로 속에 집어넣었다.

"맙소사, 그들은 바로 앞에 서 있었어요!"

"아니야, 그렇지 않아!" 롤라가 펠리체의 삼촌인 리온 포이흐트 바그너의 책들을 태우기 시작했을 때 릴리는 깜짝 놀랄 만큼 큰 소리로 외쳤다.

펠리체가 신문사에서 가져온 서류들에 대해 릴리는 아무것도 알지 못했다. 롤라와 펠리체는 릴리에게는 아이들이 있기 때문에 가능한 한 부담을 덜 주려고 항상 신경써 왔었다.

다음날 아침 릴리는 완전히 지친 채 통통 부은 눈으로 아침식사를 준비하다가 커피 잔 안에서 시 한 편을 발견했다.

내가 생각하는 많은 것들이

마치 시와 같아요

나는 당신에게 부드럽게 시를 선사하지만

당신은 그것을 듣지 않아요

왜냐하면 많은 말들이

낮의 밝음을 견디지 못하기 때문이죠

무엇인가 깨지지 않고는

결코 그 말을 할 수 없을 거여요

당신은 내게 몸을 기대야만 해요

그러면 나는 모든 문제에 대해

당신에게 침묵할 것입니다

무엇인가 깨지지 않고는

말할 수 없는 것들이 많이 있어요

그 마지막 일들은 심지어

속삭임조차 견뎌내지 못하죠

당신은 내게 몸을 기대고

눈을 감아요

그러면 나는 나의 사랑, 당신어게는

침묵할 것입니다

당신의 재규어

"펠리체는 우리에게 안녕이라는 말도 하지 않고 갔어요." 에버

하르트가 불평을 했고, 릴리는 어제 심문받는 동안 분명히 침실에
놓여 있던 금시계를 도저히 찾을 수가 없었다.
　어떻게 펠리체의 사진이 게슈타포의 손에 들어갔는지는 끝까지
밝혀지지 않았다.

펠리체, 1944년 8월 21일에 릴리가 찍은 사진

릴리, 1944년 여름. 프리드리히샬러 거리 23번지에 있는 릴리의 아파트 발
코니에서 펠리체가 찍은 사진

위　　릴리의 부모, 마가레테와 귄터 카플러, 릴리의 이복 동생인 봅과 릴리. 1919년경
아래　릴리의 부모, 릴리의 남편인 귄터 부스트, 아들 베른트를 안고 있는 릴리. 1937년 여름

릴리와 그녀의 아들인 베른트, 에버하르트, 라인하르트 그리고 알브레히트,
1943년 2월에 펠리체의 친구인 일제 플루그가 찍은 사진

각자 네 살과 여섯 살 때의 펠리체(왼쪽)와
이레네 슈라겐하임(오른쪽), 1926년

케테 슈라겐하임, 처녀 시절 성은 함머슐라그,
펠리체의 새엄마

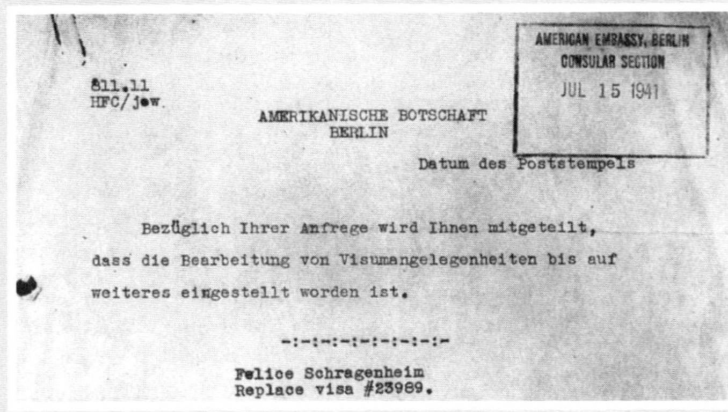

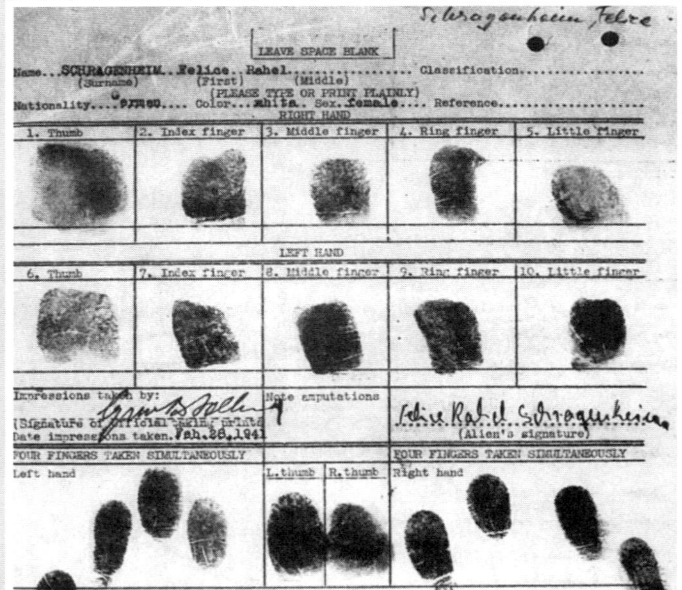

위　베를린의 미국 영사관에서 보낸 엽서
"귀하의 질문과 관련해서 비자 문제에 대한 업무는 계속해서 중지되어 있음을 알려
드립니다."
아래　펠리체의 미국 비자의 한 면

권터 부스트, 릴리의 남편, 1930년

에이미가 펠리체에게 쓴 글

Meine Aimée!
Ich liebe Dich so sehr, dass ich Dir gar
nichts schreiben kann. Und ich brauche
Dir ja eigentlich auch gar nicht zu schreiben
denn alles so enorm wichtige, werde ich
Dir - wenn es Dir recht ist - nachher im
Bett - sagen.
Und wenn Du einmal davon sprichst,
dass ich Dir einen Mann suchen soll, oder
dass Du heiraten willst, dann verlasse
ich nach Stich und Faden
        Dein
            treuer, mutiger, edler, wild
                Jaguar

펠리체가 릴리에게 보낸 편지
"사랑하는 에이미, 나는 편지에 아무것도 쓸 수 없을 만큼 당신을 너무 사랑해요. 그리고
사실 당신에게 편지를 쓸 필요가 전혀 없어요. 중요한 일들은 내가 나중에 모두 이야기
해줄 것이기 때문이죠……."

펠리체, 1941년 프리데나우 거리에 있는 젤바흐 부인의 집 발코니에서 찍은 사진. 펠리체가 체포되었을 때 게슈타포가 이 사진을 가지고 있었다.

펠리체, 1944년 1월에 엘제 플루그가 찍은 사진

릴리, 1943년 4월에 그루네발트에서 펠리체와 '결혼 첫날밤'을 보낸 직후의
모습. 펠리체가 릴리를 찍은 첫번째 사진

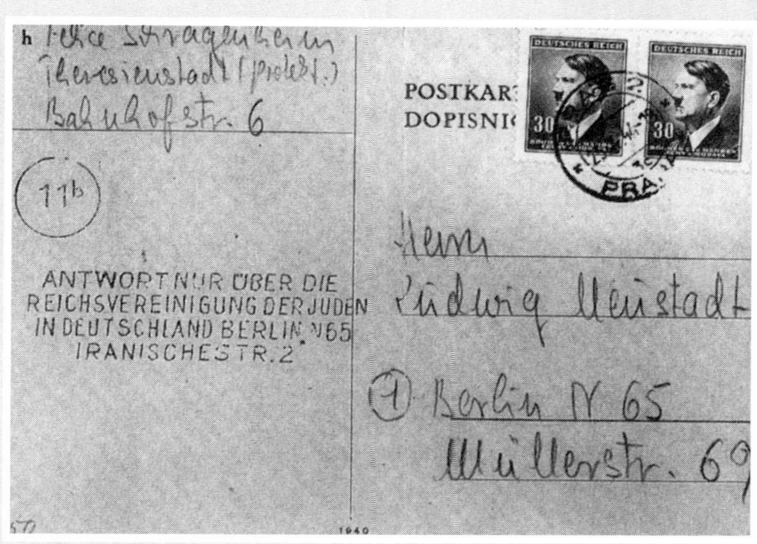

테레지엔슈타트의 강제수용소에서 보낸 펠리체의 우편엽서들

위　　1944년 봄에 알브레히트를 안고 있는 롤라 슈투르모바

아래　테레지엔슈타트로부터 돌아올 때 사용한 차표

Gebühr:

Durchlaßschein Nr. 3747345

Protektorat Böhmen u. Mähren

(Vorname, Familienname) _(Beruf)_

geb. am _25.7.18_ in _Bürau_ Kreis

wohnhaft in _Bln.-Schmargendorf, Friedrichsh._
(Gemeinde, Straße oder Platz, Hausnummer, Gebäudeteil)

ist berechtigt, unter Vorlage

de _r_ _Kennkarte_
(Bezeichnung des amtlichen Lichtbildausweises) Nr. _A 04233_

ausgestellt von de_m_ _Landrat_
(Ausstellungsbehörde)

in _Freienwaldau_ am _11.12.43_ in der Zeit

vom _27. Sept._ 194_4_ bis zum _31. Dez._ 194_4_
(Monatsangabe in Worten)

e_inmal_ mal* — und zurück* — wiederholt* über die amtlich zuge-

lassenen Grenzübergangsstellen nach

Protektorat Böhmen u. Mähren
(Angabe des Zielgebiets oder der Zielgebiete in roter Schrift)

zu reisen.

Reisezweck: _zur Selbsterholung_

Berlin-Charlottenburg 5, den 26. SEP. 1944

Der Polizeipräsident

Polizeiamt Charlottenburg
(Dienststelle)

(Unterschrift)

Kleines Reichssiegel

* Nichtzutreffendes streichen.
A 88 (5.43) Reichsdruckerei, Berlin

롤라에게 발급된 통과증으로, 릴리는 이것을 가지고 테레지엔슈타트로 갔다.

트라헨베르크 병원에서 펠리체가 보낸 마지막 편지. 그녀는 성홍열에 걸려서 그로스-로젠 강제수용소에서 이곳 병원으로 이송되었다. 1944년 11월 14일 혹은 15일에 쓴 글로 추정됨

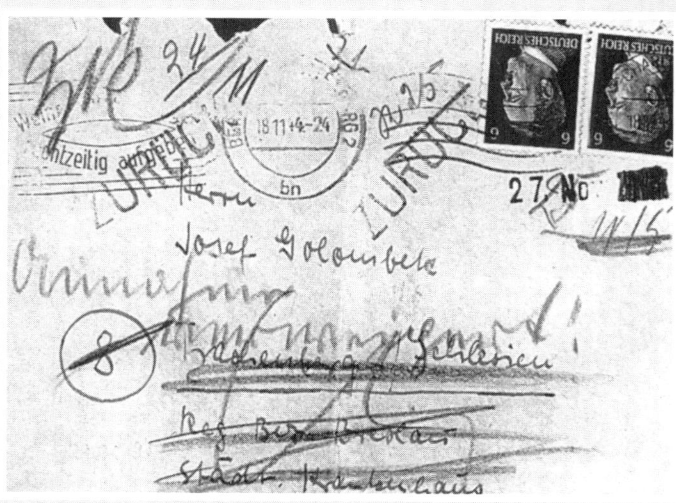

15/8 45.

Frl. Schragenheim

Bergen-Belsen

그린베르거 박사가 릴리에게 보낸 편지
"슈라겐하임 양은 나의 딸과 같은 길을 갔습니다……."

펠리체, 1944년 1월에 일제 플루그가 찍은 사진

릴리의 '눈물의 책'. 릴리의 일기와 펠리체하고 주고받은 편지, 시를 베껴 쓴 것으로 1945년 겨울에 만들어짐

막스 파버뵉 감독의 「Aimée & Jaguar」 영화 포스터
이 영화로 릴리와 펠리체 역을 맡은 율리안네 쾰러와 마리아 슈라이더는 1999년 베를린 영화제 여우주연상을 수상했다.

영화 「Aimée & Jaguar」의 장면들

6 수용소에서

1944년 8월 21일부터 릴리는 일기를 쓰기 시작했다. 그녀는 절대로 이 일기장과 떨어지지 않았고, 때로는 욕조 밑에, 때로는 옷장 안 속옷 사이에, 때로는 지하실에 있는 벽돌 틈에 장소를 옮겨가며 숨겨두곤 했다.

1944년 8월 21일

오늘 정말 끔찍한 일이 벌어지고 말았다. 그들이 내가 가장 사랑하는 사람을 데려갔다.

신이여, 이 세상 무엇보다도 소중한 그녀를 내 곁에 있게 해주세요. 건강하게 다시 내게 돌아오게 해주세요. 나는 소리치며 울었다. 알브레히트만 빼고 다른 아이들도 나와 함께 울었다. 알브레히트는 그저 미소만 지을 뿐이었다. 우리 뚱뚱이. 그 아이는 아무것도 모르고 있다. 나는 아이들 때문에 다시 정신을 차렸다.

나는 창문 밖을 내다보지 않았다. 그럴 힘도 없었지만 네가 나의 눈물을 보아서는 안 되기 때문이었다.

롤라는 감동적일 만큼 착한 사람이다. 그녀는 네가 삼엄한 감시를 받으며 사라질 때 손 흔드는 것을 보았다고 했다. 그녀는 날 위로하지만 지금 내게 무슨 말이 위로가 될 수 있을까.

저녁때쯤 나는 크리스티네를 역으로 마중 나가서 데리고 왔다. 그녀도 많이 울었다. 내 생각에 그녀는 너를 사랑한 것 같다. 누군들 너를 사랑하지 않았겠니.

오후에 롤라와 함께 지하실에 가서 아이들의 옷을 가방에서 꺼내고 있을 때, 지하실 문이 닫히는 순간 위쪽 라우헤 씨 집에서 빛이 새어나오는 것을 보았다. 아마도 그는 나를 감시하려고 했고, 내가 무슨 짓을 하는지 엿보려고 했을 것이다. 어쩌면 그는 게슈타포로부터 어떤 지시를 받았을지도 모른다. 아니면 그의 지나친 열성 때문일까. 맙소사, 여섯 명의 남자들이 단 한 명의 여자를 잡기 위해서 달려들다니. 여섯 명이나! 그리고 바로 그 라우헤 씨가 결정적인 역할을 했다. 나는 그의 뻔뻔함을 결코 잊지 않을 것이다. 결코!

— 릴리의 일기

크리스티네는 펠리체 소식을 듣고 잉에에게 전화를 걸었다. 잉에는 즉시 그녀의 방에서 금지된 서적들을 모두 치우라고 말했다. 펠리체가 체포될 때 그녀는 잉에 볼프라고 쓰여 있는 우편 신분증을 소지하고 있었는데, 이것은 얼마 전에 잉에가 빌려준 것이었다.

잉에에게 좋은 생각이 떠올랐다. 그녀가 일했던 서점에서 알게 된 한 소녀의 아버지가 나치의 고위 간부였다. 어쩌면 그녀의 아버지가 펠리체 있는 곳을 알려줄지도 몰랐다.

화요일 아침에 『나치오날 차이퉁』의 편집부 비서인 블라이 부인은 전화를 걸어서 펠리체가 사용했던 이름대로 부스트 부인을 찾았다. 그후 얼마 지나지 않아서 잉에와 릴리는 프린츠-알브레히트 거리에 있는 게슈타포 본부의 어두침침한 건물로 들어가고 있었다. 두근거리는 가슴을 안고 잉에와 릴리는 에밀 베른도르프 박사와의 면담을 요청했다. 그는 검찰관을 비롯해서 여러 가지 직책을 겸한 나치의 고위 간부였다. 그들은 대기실에서 그의 딸 일제의 이름을 댔다. 두 사람은 긴장한 채 의자에 앉아 비서가 ― 전혀 불친절하지 않게 ― 안으로 들어오라고 할 때까지 기다리고 있었다.

"저는 슈라겐하임이 제 신분증을 가지고 있었다고 들었습니다." 잉에가 말했다. "나는 그것이 어떻게 그녀의 손에 들어가게 되었는지 모르겠어요. 나는 단지 그 이야기를 물어보고 싶습니다."

"숙녀분들, 그 여자는 7월 20일에 신고가 된 사람인 것 같군요!"

"하지만 검찰관님, 그 사람은 아주 젊은 여자입니다."

"네, 그러니까 훨씬 더 조심을 했어야죠."

*릴리의 증언*___ 우리가 안으로 들어갔을 때 그들이 아래층 지하실에서 내 남동생을 거의 죽을 만큼 때렸던 일이 기억났습니다. 우리는 오래 기다렸어요. 그리고 잉에는 안절부절못하면서 의자에 앉아 있었습니다. 그때 나는 너무 초초했어요. 그래서 대기실로 과감히 들어가서 거울 옆에 있는 사람을 붙들고 말했습니다. "얼마나 더 오래 걸릴까요?" 나에게는 모든 것이 상관없었어요. 그들은 나를 즉시 잡아가둘 수도 있었을 겁니다. 그 사람은 몹시 당황했어요.

"조금 더 기다리셔야 합니다. 곧 오실 겁니다." 잉에는 두려움에
떨고 있었지만, 나는 전혀 두렵지 않았고 오히려 뻔뻔해졌습니다.
　그러나 나중에는 상황이 달라졌어요. 충분히 에너지가 넘치는데
아무 일도 일어나지 않으면 사람들은 더 이상 어찌할 바를 모르게
되니까요. 그리고 나는 용기 있는 사람이 아니었습니다. 그런 다음
베른도르프에게로 갔어요. "말도 안돼요, 그렇게 한 인간을 잃어버
릴 수는 없어요. 나는 그녀가 어디 있는지 알고 싶어요!" 그는 우리
를 밖으로 쫓아냈어요. 그러나 그 전에 나에게 이렇게 말했습니다.
"도대체 무슨 생각을 하시는 겁니까? 나는 당신에게 그런 이야기를
해줄 수 없어요. 우리에게는 제국 전체에 걸쳐 거미줄 같은 연결망
이 있어요." 그 놈은 알고 있었던 겁니다!

저녁 때 전화가 울렸다. 롤라가 수화기를 들었다. "슐 거리." 한
남자가 이 말만 하고는 전화를 끊었다.
　"세상에!" 릴리가 속삭였다. "그녀는 유태인 병원에 있어. 그곳
은 동부로 강제 이송 되는 곳이야."
　다음날 아침 릴리는 펠리체가 그렇게도 좋아했던 과일과 토마토
를 싸들고 - 이때 다시 『나치오날 차이퉁』의 블라이 부인이 전화
를 했다 - 전차를 타고 유태인 병원이 있는 슐 거리를 향해 달려갔
다. 유태인 병원의 병리학 건물에 철조망이 쳐진 유태인 수용소가
있었다.
　쇠로 만들어진 커다란 아치 모양의 문을 지나면 오른쪽에 이층
수위실로 가는 작은 문이 나오는데, 이곳에 행정부서가 들어와 있
었다. 왼쪽에는 수용된 유태인들이 있는 병리학 병동이 있고, 1층

에는 헌병초소가 있었다. 릴리는 신분증을 제시하며 펠리체 슈라 겐하임을 만나게 해달라고 부탁했다.

세 계단 위에 다른 곳으로 이어진 문이 하나 있었다. 그곳에 네댓 명이 앉아 있었다. 그들은 무엇인가를 쓰면서 눈을 가늘게 뜨고 방 안에서 일어나고 있는 일들을 관찰하고 있었다. 그들 뒤에는 다시 몇 개의 계단이 있었고 수용자들의 숙소로 이어지는 문이 있었다. 그곳에서 가슴에 노란색 별을 단 펠리체가 불려 나왔다.

단 이틀 만에 무엇이 아름다운 펠리치를 이렇게 만들었는가!

"도대체 누가 너를 배신한 거지?" 릴리가 속삭였다.

"페이저."

펠리체의 학교 친구인 샬로테 페이저는 다른 친구와 함께 빈에서 게슈타포에 체포되어 베를린으로 이송되었다. 그리고 펠리체는 그녀를 이곳 유태인 병원에서 다시 만났다.

이때 펠리체를 소파 뒤에서 끌어내 릴리 아파트로 데리고 왔던 바케스가 들어왔다. 그는 유태인 관리인 중 한 명이었다. 그는 릴리가 이곳에 왔다는 사실을 수용소 책임자에게 알렸다. 수용소 책임자는 두 사람을 심문하기 위해 릴리와 펠리체를 위층으로 불렀다. 나치 친위대 대원인 발터 도브베르케는 짧은 머리에 고집이 세어 보였다. 그는 제일 먼저 자전거에 대해 이야기했다. 체포단에게 명령을 내렸던 헤르베르트 티체가 두 여성이 자전거를 타고 집으로 돌아왔다는 보고를 들었기 때문이다. 유태인은 자전거를 소유할 수 없었다. 도브베르케와 티체는 자전거가 누구의 것인지 물었다.

"물론 내 것이죠, 아니면 누구의 것이겠어요." 릴리는 불손하게 대답했다.

'경감님'이라고 불리는 도브베르케는 릴리에게 아주 정중하게 대했다. 책상 서랍에 항상 채찍을 놔두고 있는 이 무시무시한 고문관은 아름다운 여성 앞에서는 약자가 된다고 알려져 있었다.

슐 거리로 옮겨지자마자 펠리체는 바로 재산 신고서를 작성해야 했다. 거기에 따르면 그녀의 재산은 2만 RM의 유산 상속권, 개별적인 가구 몇 가지, 식탁보와 침대 시트 몇 가지, 숙녀복 몇 가지가 있었다. 펠리체는 유태인 병원에서 1944년 5월 1일 날짜가 찍혀 있는 게슈타포 편지를 받았다. 이 편지에는 그녀의 모든 재산이 독일 제국을 위해 헌납되었다고 적혀 있었다.

1944년 8월 23일

나는 대담함의 끝까지 가고 말았다. 그 보기 싫은 바케스가 나를 보고 바로 수용소 책임자인 도브베르케에게 알리러 갔을 때도 그러했다. 이 뻔뻔한 인간. 도브베르케와 티체라는 두 사람은 나를 대하는 태도가 특이했다. 도브베르케는 심지어 너그럽기까지 했다. 그들이 우리를 괴롭혔던 것은 분명하다. 그러나 우리는 생각했던 것보다 더 오래 펠리체를 볼 수 있었다. 아무도 우리에게서 그런 만남의 기회를 빼앗을 수는 없다. 결코 어느 누구도. 지금부터 나는 매일 그곳에 갈 것이고 너는 다른 음식과 함께 아주, 아주 많은 토마토를 먹을 수 있을 거야.

— 릴리의 일기

릴리는 "펠리체가 심하게 아픔"이라는 내용의 전보를 런던, 뉴욕 그리고 스위스와 젤바흐 부인에게 보냈다.

릴리는 날마다 베를린에서 구할 수 있는 최고의 음식들을 가지고 슐 거리로 갔다. 그리고 잉에가 직장에서 프랑스 강제 노동자들에게 구한 프랑스산 담배를 이용해서 분위기를 부드럽게 만든 덕분에 젊은 경비원 중 한 명은 심지어 릴리와 수다를 떠는 사이가 되었다. 릴리는 자신의 매력으로 그를 사로잡았다. 그리고 그의 호의가 펠리체에게로 가는 문을 열어주었다. 그가 마침내 릴리에게 자신의 근무시간표를 보여주었고, 릴리는 언제나 그가 근무를 설 때만 면회를 오곤 했다. 릴리는 그에게 자신의 사진을 선물하겠다고 약속했다. 릴리는 펠리체가 준 돈을 어떻게 사용해야 할지 엘레나이와 의논했다. 돈으로는 많은 것을 살 수 있었다. 어쩌면 목숨조차도 살 수 있을지 몰랐다.

엘레나이의 상황 또한 어려워졌다. 그녀가 『나치오날 차이퉁』 신문사에서 펠리체의 장기 결근에 대해 아무런 해명도 하지 못하게 되자 그녀 역시 더 이상 일을 할 수 없게 되었다. 그녀는 신문사 일을 접고 잉에가 있는 뤼벤으로 갔다. 이때가 그녀에게는 은둔하기에 가장 적절한 시기였는데, 지금까지 그녀를 보호해 주었던 아리아인 새아버지가 초여름에 세상을 떠났기 때문이었다. 엘레나이의 출생지인 에어푸르트에서 이런 사실을 밀고했고, 그 때문에 그녀는 게슈타포에게 심문을 받았다.

"어서 사라져요!" 그녀를 심문했던 남자는 이렇게 충고했다.

펠리체는 처음 며칠 동안은 '참호' 같은 곳에 감금되어 있었다. 그곳에는 주로 도피의 우려가 있는 젊은 사람들이 수용되어 있었다. 수용자들은 하루에 두 번 화장실에 갈 수 있었고, 작은 마당을 산책할 수 있었다. 약 8명이 한 방을 썼다. 잠은 바닥에서 잤다. 나중에 펠리체는 큰 방으로 옮겨졌다. 그곳에는 대부분 지하세계에 숨어 지내던 사람들이 감금되어 있었다.

언제나 그랬듯이 펠리체는 모든 사람의 마음을 사로잡았다. 특히 유태인 관리자인 루트비히 노이슈타트는 그녀에게 큰 호감을 느꼈다. 이 사람이 바로 릴리의 집으로 전화를 걸어서 펠리체가 있는 곳을 알려준 남자였다.

펠리체가 감금된 직후에 키가 작은 이 금발의 남자는 펠리체의 옷을 몰래 가져가기 위해 — '유태인 별'을 달지 않고 — 프리드리히샬러 거리로 온 적도 있었다. 릴리는 펠리체가 즐겨 입던 회색 바지, 빨간 재킷, 하얀색 폴라, 신발 몇 켤레, 그리고 속옷과 양말들을 가방 안에 쌌다. 루트비히와 릴리가 테이블에서 펠리체에 대해 이야기를 나누고 있는 동안 공습경보가 울렸고 그들은 함께 지하실로 대피했다.

"저 여자는 매일 뭔가 새로운 것이 있어야 하나봐!" 아파트에 사는 여자들 중 한 명이 릴리를 비꼬았다. 그들 대부분은 며칠 전 게슈타포 체포 작전이 있은 이후로 릴리와 거리를 두고 있었다. 심지어 아이들과 자주 생일파티를 하고, 자신의 친손자처럼 에버하르트를 예뻐했던 1차대전 전쟁미망인 그라제닉 부인까지도 아파트 복도에서 만날 때면 그녀의 시선을 피했다. 펠리체가 잡혀간 후에 릴리는 완전히 의욕을 잃었다. "한 인간이 유태인이라는 것이 무슨 잘못이란 말인가?" 그녀는 흐느껴 울었다. 그때 이미 릴리는 그라제닉 부인이 그녀를 피하고 있음을 알아차렸다.

1944년 8월 26일

네가 더 이상 유태인 슈라겐하임이 아니라 평범한 사람이 되면 이 일기를 꼭 읽어야 한다. 신이여, 우리를 함께 살게 하거나 함께 죽게 해주세요. 우리 중에서 한 사람만 남아 있게 하지 마세요. 펠리체를 다시 볼 수 없다는 것은 견딜 수 없는 일입니다. 평생 견디지 못할 것입니다.

— 릴리의 일기

일요일에 릴리는 알브레히트, 타인하르트 그리고 에버하르트와 함께 숲 거리로 갔다. 이번에는 그들이 경비 초소에서 펠리체를 기다렸다. 경비병들도 갈색으로 그을린 다리에 반바지를 입은 아이들을 보고 즐거워했다. 그들 중 한 명은 에버하르트를 호기심 어린 눈으로 바라보았다. "이 아이가 대체 누구네 아이지?"

알브레히트는 여기에 오면서 처음으로 신사다운 머리 모양을 했다. "펠리체! 펠리체!" 아이는 펠리체가 안내되어 달려오는 모습을 보자 통통한 팔을 활짝 벌리며 그녀에게 달려들었다. 펠리체는 눈물을 흘리며 가슴 벅차게 알브레히트를 안았다.

릴리는 아이들에게 이번 면회를 누구에게도 말해서는 안 된다고 주의를 주었다. 무슨 말인지 이해하지 못하면서도 아이들은 엄마가 대단히 심각하다는 것을 느꼈다.

월요일에 릴리는 펠리체도 보지 못하고 티체에 의해 내쫓기고 말았다. "나가요!" 그가 화를 내며 소리를 질렀다. 일주일간 그녀는 더 이상 슐 거리에 올 수 없었다. 그러나 릴리는 공식적인 면담 허가서를 얻기 위해 게슈타포 본부로 갔다. 그리고 원하는 허가서를 받았다. 그녀는 화요일에 다시 초소로 왔다. 어떤 질문도 없이 그녀와 절친한 경비병이 펠리체를 큰 홀 안으로 데리고 갔다.

그때 갑자기 붉은빛이 도는 금발과 차가운 푸른 눈을 가진 매력적이고 늘씬한 젊은 여성이 홀을 지나갔다. 그녀는 경찰들과 이야기를 나누며 요란하게 웃고는 긴 다리로 우아하게 문 밖으로 걸어 나갔다.

"바로 저 여자에요." 펠리체가 속삭였다. 그녀가 바로 유태인 사냥꾼 스텔라였다. 펠리체가 지난번 게르트와의 약속 때 하마터면 그 손에 잡힐 뻔한 여자였던 것이다.

수요일에 슐 거리에서 소란이 있었다. 이번에는 수용소 책임자가 직접 나서서 경고를 했다.

"도대체 무슨 생각을 하는 겁니까?" 도브베르케는 릴리에게 소리를 지르며 흥분을 가라앉히지 못했다. "믿을 수 없는 뻔뻔한 행동입니다! 나는 당신이 다시 수용소에 오는 것을 금지합니다. 다시는 나타나지 마세요. 그러지 않으면 체포할 것입니다. 당장 돌아가세요!"

정문 앞에는 유태인 경비병이 서 있었다.

"내게 무슨 일이 생길 수 있을까요?" 릴리가 물었다.

"글쎄요, 그렇게 심각하지는 않을 거예요. 뭐 잠깐 동안 강제수용소에 가는 정도겠죠.”

저녁에 루트비히가 전화를 걸어 펠리체가 어디로 이송될지 곧 결정될 것이라고 릴리에게 알렸다. 릴리에게 자신이 소식을 전해줄테니 더 이상 오면 안 된다고 했다.

릴리는 롤라와 노라를 펠리체에게 보냈다. 초소에 있는 경비원은 그들의 짐을 전해주겠다고 약속했다. 잉에는 펠리체를 보려고 하지 않았다. 두 사람 사이에 심각한 다툼이 있었던 것 같았다.

릴리는 두려움과 함께 또 다른 불길한 예감이 들었다. 전선에서 반송된 편지와 소포에 ‘수신자 불명’이라는 표기가 되어 있었다. 8월 18일 날짜가 찍힌 편지 - 귄터에게 온 마지막 편지였다.

1944년 9월 2일

나의 사랑하는 사람. 내가 너를 볼 수 있다면 얼마나 좋을까. 정확한 시간에 루트비히가 내게 전화를 걸었고, 나는 그를 오후에 만날 것이다. 나는 네가 그 물건들을 제대로 받고 있는지 모르겠다. 너는 이제 나의 사랑 없이 존재해서는 안 돼.

나는 롤라와 함께 술 거리로 갔지만 고통이에 숨어 있어야 했다. 수용소에서 누군가 나를 보고 또 쫓아낼까봐 두려웠기 때문이다. 롤라는 너와 이야기를 했다. 아, 나에게 고통을 주는 사랑하는 사람. 나는 슈마르겐도르프 역까지 오면서 계속 울었다. 이성적으로 생각하는 것 자체가 말할 수 없이 힘들다.

너는 유혹의 사과를 베어 먹었을까? 그것이 네게 맛이 있었을까? 우리가 처음 만난 날 헤어질 때 너는 내게 사과를 주었고, 나는 꽁꽁 언 손으로 사과를 꼭 움켜쥐고 있었지. 그날을 기억하니?

나는 예전에도 지금도 이브로 남아 있다. 너의 팔을 베고 누워서 편안함을 느낄 수 있다면 얼마나 좋을까. 내일이면 너는 벌써 2주 동안이나 나와 떨어져 있는 셈이다. 한없이 길었던 2주일. 그러나 앞으로 얼마나 더 많은 주를 그렇게 지내게 될까.

— 릴리의 일기

9월 4일은 릴리 아버지의 생일이었다. 아버지는 릴리에게 더 이상 유태인에게 신경쓰지 말라고 하셨다. 그러지 않으면 가족까지 위험하게 될 것이라고 질책했다. "그들은 내가 용서할 수 없는 말을 롤라에게 했다."고 릴리는 일기장에 썼다. "나는 너와 너의 삶을 믿는다. 내게 남아 있는 모든 것들과의 관계는 끝났다. 나의 미래는 너야. 그리고 잘 알아둬야 해, 슈라겐하임. 네가 비록 더 이상 여기 있지 못한다고 해도, 그렇다고 해도 말이야."

9월 5일 릴리는 다시 한 번 귄터와의 연락을 시도했다. "내가 계속해서 쓴 편지들이 헛수고였다는 강한 인상을 받았다."고 그녀는 썼다. "특히나 19쪽에 이를 정도로 길고 상세하게 썼던 편지에 대해서는 안타까움이 더 했다." 릴리는 아이들이 어떻게 지내는지 다시 한 번 자세히 요약해서 썼지만 펠리체의 체포 소식에 대해서는 언급하지 않았다.

9월 6일 루트비히가 전화를 걸어서 놀랍게도 펠리체가 테레지엔슈타트로 갈 것이라고 알려주었다. 오후에 릴리는 베딩 역에서 그를 만났다. 그가 펠리체의 편지를 전해주었다.

나의 사랑하는 에이미,

나는 여기서 당신에게 긴 글을 쓸 수가 없어요 당신의 편지와 다른 모든 것에 대해 너무 고마워요. 그리고 씩씩하게 지내요. 곧 다시 쓸게요. 그러면 당신도 내게 금방 무엇인가 써서 보내주겠죠. 그렇지 않은가요? 나는 여기서 그런 대로 잘 지내고 있어요. 나에게 넘어가지 않는 사람은 거의 없어요. 그리고 모두가, 특히 '그 사람'은 내게 아주 친절해요. 용기를 가지고 당신에게 신경 써주는 모든 사람에게 인사를 전해줘요. 당신의 아이들과 내 사랑, 당신에게 사랑을 보낼게요!

안녕!

동물원에 갇힌
당신의 재규어로부터

9월 7일 펠리체와 릴리는 마지막으로 만났다. 그리고 펠리체는 다른 종류의 재산신고서를 썼다.

나는 이 문서를 통해서 엘리자베스 부스트 부인이 나를 대신해 언제라도 루이제 젤바흐 부인으로부터 나의 페르시안 모피코트와 토시, 그리고 식탁보와 은식기 등을 요구해 대신 보관할 수 있음을 밝혀두는 바입니다.

1944년 9월 7일
베를린, 독일 유태인 공동 수용소
펠리체 슈라겐하임

예전보다는 더 길게 반시간이나 허용되었지만 그들은 작은 목소리까지 다 들리는 작은 초소 안에 있었다. 릴리는 펠리체가 늘 만지작거리던 자신의 곱슬머리를 선물했다. 펠리체는 전날 릴리에게 받은 장갑을 되돌려주었다. 그 중 한 쪽 장갑 안에는 작은 메모와 두 개의 알약이 들어 있는 동그란 오렌지색 상자가 숨겨져 있었다.

　　뜨겁게 사랑하는 나의 사랑,

　　언제나 씩씩하고 용감하고 나를 생각해 줘요! 그 흥분제는 내가 최근에 당신에게 소개했던 간호원이 주었어요. 그녀는 다른 모든 사람들처럼 내게 아주 친절해요. 그리고 테레지엔슈타트에서도 역시 그럴 거예요. 행운을 빌어줘요. 당신을 너무도 사랑해요. 곧 돌아올게요, 나의 에이미!

당신의 재규어로부터

간호사인 타탸나가 왜 릴리에게 하필이면 흥분제를 넣어준 것인지는 지금도 수수께끼로 남아 있다. 이 시기라면 그녀에게는 오히려 안정제가 더 필요했을 것이다.

릴리는 초소를 나와 모퉁이에 다다랐을 때 갑자기 뒤돌아서 수용소를 향해 다시 달려갔다. 초소에 있던 경비원이 놀라서 고개를 들었다.

"펠리체 슈라겐하임을 한 번만 더 데리고 나와 주세요, 간청할게요." 그녀는 숨도 쉬지 않고 말했다. 남자는 말없이 일어나서 펠리체와 함께 돌아왔다.

"펠리체." 릴리가 속삭였다. "네가 크리스티네를 사랑한다는 게 사실이니?"

"도대체 누가 당신에게 그런 말을 했죠?"

"크리스티네. 그녀가 내게 그렇게 말했어."

"아휴, 내 사랑. 당신은 절대로 사람들이 그렇게 생각 없이 하는 말을 다 믿어서는 안 돼요."

"펠리체, 만약 그것이 사실이라면 나는 죽어버릴 거야! 창문에서 뛰어내리고 말거야."

"내 사랑, 당신은 나를 믿어야 해요. 나를 믿는 것이 중요해요. 나는 오직 당신만을 사랑해요."

"이제 마무리해야 합니다." 경비원이 경고했다. 그리고 릴리는 문 쪽으로 떠밀렸다.

1944년 9월 8일 이른 아침에 유태인 펠리체 라헬 사라 슈라겐하임은 이송번호 14890 ─ I/116 을 달고 350킬로미터 떨어진 테레지엔슈타트로 떠났다. 만원 기차 속에서의 여행은 늦은 저녁까지 계속되었다.

1944년 9월 10일

9월 7일 목요일이 되었다. 아, 펠리체, 나의 마음이 고통으로 찢어질 것 같다. 너는 너무도 차분하고 밝았다. 나의 사랑. 네가 그랬던 것은 분명히 나 때문이었을 것이다. 맙소사, 나는 미쳐버릴 것 같았지만 너와 마찬가지로 미소를 지어야만 했다. 미소를 지으면서 몰래 너의 손을 쓰다듬어야 했다. 나는 몸이 떨렸고, 거의 정신없이 정거장으로 걸어갔다.

사실 나는 그 전날에 끔찍한 경험을 했다. 41번 정거장에서 사람들이 줄을 지어 오는 것을 보았다. 오슬러 거리를 따라서 체포된 여성들이 줄지어 걸어오고 있었다. 그들은 수용소 수감자들로, 헤진 옷을 입었고 빡빡 민 머리에 심지어 신발도 신지 않았다. 펠리체, 나는 소리 지르고 싶었고, 그들 가운데로 달려가고 싶었다. 그러나 나는 한 걸음도 떼지 못했고, 아무 소리도 내지 못했다. 마치 돌처럼 그 자리에 굳어버린 것 같았다. 그것은 마치 하나의 환영과 같았다. 눈물이 흘러내렸다. 신이여, 제발 나의 펠리체는 저런 비인간적인 굴욕은 겪지 않게 해주세요. 신이여, 도와주세요.

일요일 저녁에 루트비히가 내게 전화를 걸었다. 우리는 화요일에 만나기로 했다. 나는 기쁜 마음으로 그날이 오기를 기다렸다. 그는 너의 이야기를 많이 해주었다. 우리 두 사람은 이미 여러 개의 소포를 테레지엔슈타트로 보냈다. 네가 얼마나 사랑을 받고 있는지 너도 알겠지. 예전에 사람들이 너를 되바라진 아이로 보았다는 것은 이상한 일이다. 모든 사람들이 너를 사랑한다. 그러나 나는 네가 나만을 사랑하기를 바란다. 너는 듣고 있을까?

이제 잠을 자러 가야겠다. 너도 잠자리에 들었을까? 너는 잠을 아주 많이 좋아했지. 네가 단지 여기에서처럼만 행복하다면 좋을 텐데. 나는 미치도록 네가 그립고 내 자신이 흉해보일 정도로 많이 울고 있다. 네가 많이 걱정스럽다. 너는 내 생각을 할까? 나는 하늘에서, 어쩌면 너도 보고 있을 별을 하나 찾아 우리의 영혼이 연결되기를 기도하고, 또 기도한다.

내일은 드디어 의복표가 나오는 날이다. 그러면 나는 바로 아이들에게 겨울 코트를 사줄 것이다. 그런 다음에 나는 또 다른 계획

이 있다. 혹시라도 성공하기를. 잘 자, 나의 사랑. 네게 키스를 하고
싶다.

— 릴리의 일기

9월 12일에 루트비히는 펠리체가 테레지엔슈타트로 떠나기 전
에 쓴 긴 편지를 전해주었다.

나의 사랑하는 에이미,

내가 14일 전에 여기에 왔을 때는 경찰들과 창살이 있는 창문에
서 당신의 모습을 볼 수 있을 것이라고는 절대 생각하지 못했어요.
그것은 정말 놀라웠어요, 정말로 당신이었으니까요. 그렇지만 당신
은 옳지 않았어요.

내가 당신보다 훨씬 더 오래 당신을 바라보고 있었어요. 나는 화
장실 창문에서 내다보았지만, 당신은 나를 전혀 볼 수가 없었고 뒤
도 돌아보지 않았으니까요.

정확히 지난 17일 동안의 일에 대해서 나는 지금 당신에게 아무
런 이야기도 할 수가 없어요. 그렇게 되면 아주 긴 글이 될 테니까
요. 위험한 상황에도 침착하게 잘 견디는 나인데도 ─ 나는 이런 혼
란스럽고 시끌벅적한 곳에서 즐겁게 책을 읽는 유일한 사람일 거예
요 ─ 오늘은 완전히 집중할 수가 없군요. 또한 나에게는 ─ 다른 무
엇보다도 ─ 타자기가 없어요.

만약 모든 것이 지금처럼 계속 된다면 당신은 내 걱정을 전혀 할
필요가 없어요. 그러니까 그렇게 되기를 기도해요. 모든 사람들이
내게 아주 친절하게 대해줘서 내 자신이 호감을 주는 사람이라는

사실에 확신을 갖게 되었어요. 내 자신을 새로이 알게 될 기회가 없다는 것이 얼마나 안타까운 일인가요. 아니에요, 좀 진지하게 말해서 내가 해충한테 잡아먹히지 않거나 다른 어떤 비극적인 이유로 목숨을 잃지 않는다면 당신이 다시 내 바지를 다릴 수 있는 날이 올 거예요!

참, 내가 쇠창살이 있던 '참호'에서 지내고 있었을 때 같은 방을 쓰던 동료가 한 명 있었어요. 그녀가 내 바지를 꿰매주었어요. 그것은 당신이 4주 전부터 계획만 했다가 결국 해주지 못한 일이었죠. 그녀는 모든 사람들에게 바느질할 거리를 달라고 부탁했어요. 그녀는 그 정도로 지루했던 거죠. 분홍색 속옷과 양말까지 그녀가 모두 손을 봐주었죠.

내가 혹시 나쁜 사람들과 어울리지 않을까 하는 걱정은 하지 말아요. 말할 나위 없이 좋은 사람인 루트비히 외에도 당신에게 잠깐 소개했던 간호사, 그리고 그녀를 따르는 한 화학자 장교 등 소위 최상류 사람들과 어울리고 있으니까요. 이 사람들과 어울리면서 나는 자주 '유태인적인 고통'의 분위기에서 벗어나곤 해요. 그래도 나의 신경들은 마치 배를 묶는 밧줄처럼 아주 튼튼해요. 이송될 때 그런 사실을 알게 되었어요.

수면에 대해서 말하자면, 우리 방에는 그 어떤 것과도 비교할 수도 없을 만큼 큰 소리를 내며 코를 고는 한 여자가 있어요. 거기다가 다른 사람들은 제2의 목소리로 코를 골죠. 그래도 나는 잠을 자요. 내가 방 안에 들어오고 10분이 지나면 벌써 잠이 들어버려요. 그리고 내가 잠을 자지 않을 때는 다른 사람들을 미소 지으며 바라보죠. 여기에 동정이란 것은 없어요. 사람들은 자기 자신에 대해서만 생각하거나 혹은 무감각해져 있어요. 그래서 사람들에게 그저 호감 같은 것만을 기대할 수 있어요. 그리고 그런 것을 얻기 위해서는 '항상 미소 짓기'가 필요하죠.

어쨌든 밖에서 한결같이 나를 돌봐주는 좋은 친구들에 대해 모두가 부러워해요. 그거야 당연한 것 아니겠어요? 나는 처음 이틀 동안은 아무것도 먹지 못했지만 지금은 정상적으로 잘 먹고 있어요.

나의 손은 복사용 연필로 물이 들었고, 마비가 오고 있어요. 이제 커피와 잼을 바른 빵을 받을 시간이네요. 커피는 소다 맛이 나요. 그래서 우리는 각자 커피를 끓여서 의료실로 가 쿠키와 함께 먹곤 하죠.

자, 그러니까 건강하게 지내요. 가능한 대로 편지를 쓸게요. 우리의 집을 찾아와 주었고, 크든 작든 우리를 화나게도 했던 좋은 친구들에게도 안부를 전해줘요. 아이들에게 뽀뽀를 보내요. 사람들 말에 너무 현혹되지 말아요. 네?

안녕.

1944년 9월 7일

재규어

추신 : 샬로테 페이저가 어제 동부로 이송되었어요. 반면에 그녀의 신랑은 결핵에 걸리는 바람에 눈물을 머금고 남게 되었죠. 지난 모든 일에도 불구하고 나는 그녀가 딱해요. 그는 나와 함께 테레지엔슈타트로 가게 될 거예요. 유태인 사냥꾼도 떠났어요. 참 유태인 관리자든 공무원, 혹은 수감자든 우리 부모님을 모르는 베를린 사람은 거의 없답니다.

7 재규어를 위한 기도

릴리는 펠리체가 써준 양도서류를 들고 펠리체의 물건들을 되찾으려고 노력했다. 그런데 너무 성급하게 일을 진행해서 그레고르와 펠리체의 친구들은 의아해 했다. 릴리의 어머니와 배가 산만큼 부른 롤라는 젤바흐 부인의 형방과 친구들에게 맡겨진 펠리체의 물건들을 찾아내기 위해 진땀을 뺐다.

젤바흐 부인 집에서 나온 물건들은 여섯 상자나 되었다. 그러나 펠리체의 할머니가 남긴 모피코트는 그 안에 없었다. "아마도 젤바흐 부부를 다시 볼 수는 없을 거예요!" 시장에서 장사를 하는 젤바흐 부인의 친구인 로에제 부인이 알려주었다. 젤바흐 부인과 남편은 스스로 동맥을 끊었고, 히르쉬베르크의 병원에 입원해 있었다. 그리고 롤라는 젤바흐 부인이 릴리에 대해 좋지 않게 말하고 다녔다는 것을 알게 되었다. 젤바흐 부인은 펠리체는 착한 소녀지만 부스트 가족에게 너무 깊이 빠졌다고 말했다. '포르스트'로 오라는 젤바흐 부인의 간절한 부탁을 펠리체는 끝까지 듣지 않았다고 했다. 그곳에 있었다면 그녀의 인생이 전혀 다르게 변했을 것이라는 주장도 했다.

"부스트 가족은 유태인의 양도서류는 효력이 없다는 것을 모르고 있군요." 아마도 그 모피코트를 가지고 있을 로에제 부인은 이렇게 롤라의 요구를 거부했다.

"난 그 말을 나중을 위해 잘 기억해 두겠다."라고 릴리는 자신의 일기장에 적었다.

그러나 릴리의 일기 뒤편의 진실은 다음과 같았다.

1944년 9월 14일 게슈타포가 '포르스트'로 들이닥쳤고 올가의 자매들을 체포했다. "마음의 준비를 하고 있는 것이 좋을 것이요. 우리는 다시 올 테니까." 그들은 젤바흐 부인에게 말했고 여름옷을 입고 있던 두 딸을 데려갔다.

젤바흐 부부는 개를 집 안에 가두어놓고 숲이 가장 울창한 곳을 찾아 올라갔다. 그들은 이불을 들고 가서 그곳에서 동맥을 끊었다. 대단히 먼 거리였는데도 옆 농장까지 들려온 개 짖는 소리에 이웃들이 집으로 찾아왔다. 그들이 문을 부수고 들어갔을 때 개가 마치 화살처럼 밖으로 뛰쳐나갔고 젤바흐 부부가 있는 곳으로 길을 안내했다.

그들은 병원으로 옮겨졌고 의사는 그들이 동맥을 끊은 것보다는 오히려 강력한 수면제 때문에 목숨이 위험할 수 있을 것이라고 말했다. 그후 그들은 히르시베르크에 있는 병원으로 오게 되었다.

그들이 어느 정도 회복되었을 때 아리아인 남편은 감옥으로, 그리고 유태인인 부인은 수용소로 보내졌다. 1944년 크리스마스 직후에 젤바흐 씨는 석방되었다. 두 자매 중 한 명과 젤바흐 부인은 베르겐-벨젠으로 이송되어야 했지만, 이미 집단학살이 중지되고 있었다.

1945년 2월 1일 릴리는 크리스티네의 어머니로부터 펠리체의 식탁보와 침대 시트 등을 되돌려 받기 위해 노력했지만 역시 소용이 없었다. "그것은 당신과 전혀 상관없는 일이에요. 어떻게 그것이 당신 것이라고 주장할 생각을 했죠? 그 물건들은 슈라겐하임 양이 내게 맡긴 것이에요. 그러니까 그건 슈라겐하임 양의 것이지 결코 당신 것이 아니에요." 그녀는 전화 통화를 하면서 화를 냈다.

릴리는 일기장에 이렇게 썼다. "그녀는 방금 내 앞에서 내가 네 물건들을 이용해 부자가 되려고 한다고 말했다. 내 사랑, 내게 그런 말을 했다! 나는 모든 것을 찢어버릴 수도 있었다. 나는 심지어 너에 대해서도 화가 났고, 너의 사람 보는 눈에 대해서도 화가 났다. 나라면 이런 사람들에게 결코 아무것도 맡기지 않았을 것이다. 내가 그것들을 포기해야만 할까?"

*엘레나이 폴라의 증언*___ 릴리에게는 펠리체의 물건들이 아주 소중한 보물이었습니다. 하지만 유태인들의 재산을 가로채는 것이 당시 일반적인 경향이기도 했어요. 사람들은 그렇게 맡겨진 재산을 훔치고, 그 물건들을 갖기 위해 유태인들을 밀고했습니다. 이런 일종의 절도 행위는 거의 모든 사람들이 저질렀는데, 아주 어린 아이부터

나이 많은 사람까지 전부 그랬어요. 이 나라는 세계에서 유일무이한 도둑의 나라였습니다.

이런 욕심은 당연히 나치 여성들에게도 영향을 미쳤습니다. 다른 사람이 가져가기 전에 먼저 가져와야 했어요. 그래서 릴리는 젤바흐 부인에게서 그녀가 원하는 모든 것을 가져오려고 했어요. 나는 아직도 이 메스꺼운 일에 대해 잘 기억하고 있습니다.

펠리체는 사실 그들에게 전혀 필요하지도 않았던 이 물건들 때문에 지속적으로 릴리에게 재촉을 받았습니다. 이 때문에 펠리체는 자주 내게 힘든 모습을 드러냈습니다. 그들에게 식탁보와 침대 시트 등은 충분히 있었어요. 그러나 모피코트는 없었죠. 그리고 릴리는 이미 펠리체에게 많은 물건을 받았어요. 그녀는 심지어 펠리체의 가운을 입고 다녔고, 펠리체의 물건을 마음대로 사용했습니다. 그녀는 펠리체가 이사 오기 전에 먼저 몇 가지 물건들이 도착하도록 조치를 취하기도 했어요.

"내게는 계획이 있다. 신이여, 도와주소서!" 릴리는 9월 25일 두번째로 자신의 일기장에 비밀스러운 글을 적었다. 그날은 '독일 민족의 돌격'이 선포된 날이었다. 16세에서 60세 사이의 무기를 사용할 수 있는 모든 남자들이 징집되었다.

롤라에게 한 가지 아이디어가 있었다. 9월 26일 릴리와 롤라는 공공기관들을 돌아다녔다. 롤라는 해산을 위해 어머니가 있는 주데텐으로 가야 한다고 설명했다. 결국 그들은 자랑스러운 전승 기념물로서 엘레오노라 슈튜름에서 발부된 녹색 통과증을 받았다. 릴리는 테레지엔슈타트로 갈 생각을 하고 있었다.

___ 나는 일반 사람들이 테레지엔슈타트의 게토에 전혀 들어갈 수 없다는 것을 이미 들었기 때문에 상당한 충격을 받았습니다. 그래서 나는 릴리가 기다리지 못하고 그곳에 있는 펠리체를 가만히 놔두지 않는다는 사실을 걱정했어요.

그녀가 펠리체에게 생필품을 보내준 것은 이해할 수 있었어요. 그러나 그녀가 무조건적으로 그곳에 가려고 하는 것은 이해할 수 없었습니다. 그레고르와도 이야기를 나누었는데, 그 역시 깜짝 놀랐어요. "그녀가 왜 그런 일을 하는 거지? 그녀는 도대체 제 정신인 거야?"

우리는 또한 그녀가 자기 자신을 위험하게 만들 수도 있는 그런 행동에 놀랐습니다. 그녀가 한 유태인 여자를 숨겨주었다는 사실은 이미 모두에게 알려져 있는 상태였어요. 우리는 그녀가 위험에도 아랑곳하지 않고 마치 요양지 드나들듯 그곳으로 가려는 것을 이해할 수 없었습니다. 우리는 그런 점을 그녀에게 말했지만 효과가 없자 그런 행동이 오히려 펠리체에게 해가 될 수 있다는 사실을 지적했습니다. 상황에 따라서는 그녀가 안 좋은 상황을 만들 수 있다고 말이에요.

그러나 릴리는 상관하지 않았어요. 마치 자기 생각에 취해 있는 듯했습니다. 그녀는 우리 이야기를 전혀 듣지 않고 무조건 그곳으로 가려고 했습니다. 우리는 앞으로 벌어질 상황에 대해 그녀에게 주의를 줬지만 그녀에게는 전혀 들리지 않았던 것입니다. 결국 우리는 손을 떼고 꼭 그래야 한다면 그렇게 하라고 말하는 것 외에는 다른 방법이 없었습니다. 그리고 최악의 상황이 일어나지 않기를 빌었어요.

9월 27일 20시 릴리는 롤라의 국경 통과증을 넣은 화장품 가방과 식료품, 따뜻한 옷이 가득 든 가방을 들고 프라하-브린-빈으로 가는 기차에 올라탔다. 국경 통과지점인 로보지츠에서 그녀는 녹색 통과증을 내보였다. 주데텐(체코와 폴란드의 국경에 동서로 뻗어 있는 산지—옮긴이) 독일의 국경 공무원은 릴리가 국경 통과증에 있는 롤라가 아니라는 사실을 알아채지 못했다. 릴리는 너무 일찍 바우쇼비츠-테레지엔슈타트에 도착하지 않기 위해 일부러 늦게 출발하는 다른 기차를 탔다. 그런데도 그녀가 보후소비체 역에 내렸을 때는 새벽 다섯 시밖에 되지 않았다.

그녀가 견뎌야 했던 두 시간 동안의 기다림은 즐거움과는 전혀 거리가 먼 시간이었다. 낯선 말을 하는 사람들이 독일 여성을 증오에 가득 찬 시선으로 쳐다보았기 때문이었다. 7시에 릴리는 무거운 가방과 속이 꽉 찬 화장품 가방을 들고 테레지엔슈타트로 가는 기차에 올랐다. 체코 사람들의 불친절한 안내를 받으며 길을 가던 그녀는 바우쇼비츠의 마을 입구에서 군인들의 감시를 받는 노란색 별을 단 '노동 지원자' 부대를 만났다.

테레진이라는 곳의 입구에서 그녀는 자전거를 탄 한 남자에게 게토에 대해 물어보았다.

"무슨 생각을 하는 거죠?" 그는 흥분해서 대답했다. "만약 당신이 공무원을 한 사람이라도 알고 있다면 무슨 일이든 해볼 수 있습니다. 그러나 당신이 아무도 알지 못한다면 전혀 소용없는 일이죠. 무슨 생각을 하는 거죠? 그들은 당신을 절대 통과시켜 주지 않을 거예요. 도대체 무슨 생각을 하는 거죠?"

릴리는 우선 들고 온 가방을 나치 친위대 야전병원 근처에 있는 한 여관에 놔두고 가는 것이 좋겠다고 생각했다.

길을 가던 릴리 앞에 갑자기 차단목이 나타났다. 릴리는 자신의 어머니 십자훈장을 보여주면서 단호한 목소리로 독일 관청이 어디에 있는지 물었다. 얼마 되지 않아서 초소가 딸린 두번째 차단목이 그녀를 다시 가로막았다.

그녀 앞에 성채 울타리가 나타났다. 그녀는 붉은색 벽돌로 된 장벽 서너 개를 보았다. 산봉우리는 부드럽고 둥근 모양으로 잔디가 덮여 있었다. 완만한 언덕, 그 안에 사람들이 살고 있었다. 10미터마다 그녀는 초소를 지나가야 했다. 그녀는 독일 관청으로 간다는 말을 계속 반복했다. 마지막 초소를 지나자 테레진의 첫번째 건물들이 나타났다. 1층, 2층으로 된 건물들은 빨간색 높은 지붕을 가진 노란색 건물이었다. 거기서부터는 체코 헌병이 그녀와 동행했다.

비교적 깨끗한 거리는 가게들이 있는 광장으로 이어져 있었다. 거리에 있는 사람들을 보았다. 너무 많은 사람들, 피곤에 지친 걸음, 암울함 속의 노란색 별의 점들. 릴리의 시선이 안경 쓴 한 남자를 좇았다. 잔가지로 만든 빗자루로 거리를 쓸고 있던 그의 얼굴은 창백했다. 눈은 마치 더 이상 살아 있지 않은 것처럼 텅 비어 있었다. 그녀는 창문을 통해 물건들로 가득 차 있는 집 안을 들여다보았다. 침대, 메트리스, 수건, 주전자, 컵, 접시, 옷가지들. 사람이 활동할 수 있는 공간은 비교적 좁아 보였다. 집 앞의 거리는 곧게 뻗어 있었고 서로 직각으로 만나고 있었다. 집 모서리에는 검은

색으로 알파벳 철자와 번호가 칠해져 있었다.

릴리와 체코 헌병은 사령부에 도착했다. 그녀는 그 막강한 사람 앞에 섰다. 나치 친위대 최고 사령관 루돌프의 하인들은 책상에 앉아 있었다.

"무슨 일입니까?" 그가 릴리에게 거칠게 말했다. 그의 발음에서 그가 표준 독일어로 발음하려고 애쓰는 빈 사람이라는 것을 느꼈다. 릴리는 자신의 어머니 공로십자훈장을 보여주었다.

"저는 브린으로 여행을 가는 중입니다. 그런데 여기 있다고 알고 있는 제 친구 펠리체 슈라겐하임에게 뭘 좀 전해줄 수 있도록 허가를 부탁드리려고 왔습니다."

"무슨 일이라고요?" 그들은 믿을 수 없다는 듯이 반복해서 말했고 안색이 붉은 보랏빛으로 변했다.

"제 친구가 슐 거리에 있는 유태인 수용소에 있었을 때는 제가 매일 몇 가지 생필품을 가져다주었어요. 그곳에서는 아무 문제가 없었어요. 그래서 저는 이 우연한 여행을 기회로 그녀에게 다시 무엇인가 전해주고 싶습니다. 부탁드립니다!"

그들은 순간적으로 릴리의 대범함에 잠시 말을 잃고 경직되었다가 이내 노발대발하기 시작했다. "말해 봐요, 도대체 당신은 무슨 생각으로 여기까지 온 겁니까? 그런 일은 지금까지 한 번도 허용된 적이 없습니다. 한마디로 어서 곧장 보호령으로 돌아가세요! 어차피 더 이상 여행을 할 수는 없을 것입니다. 여기까지 마음대로 들어와서 유태인에게 생필품을 전달해달라고 요구하다니. 조사를 시키겠소. 말해보시오, 당신은 어떻게 유태인과 친구가 되었죠? 당신에게는 그런 유태인 친구들이 더 있습니까? 그리고 당신은 도대체 그런 생필품을 어디서 구했죠? 차라리 당신의 아이들에게나 주시오.”

“저는 제 친구를 한 인간으로서 알게 되었습니다.” 릴리가 단숨에 대답했다. “그녀가 유태인이라는 것을 저는 나중에야 알았습니다. 그 누구도 제 기억 속에서 그녀를 지우게 할 수는 없을 것입니다. 제 아이들도 그녀를 너무도 잘 따른답니다.”

“당신의 친구는 유태인입니다!” 그는 거칠게 소리를 지르고 릴리를 날카롭게 노려봤다. “나는 그런 일을 허락할 수 없습니다. 당신은 독일 여성이죠? 수치스럽지도 않습니까? 당신은 도대체 인종적 자존심도 없단 말입니까?”

릴리는 속으로 가방을 여관에 놓고 온 것이 현명한 판단이었다고 생각했다.

“나는 베를린으로 당신과 관련허서 연락을 할 것입니다. 그곳에서 아주 특이한 일이 벌어지고 있다니 말입니다. 어서 여기를 떠나 다시는 나타나지 마십시오!”

지극히 명령적인 태도였다. 릴리는 밖으로 나와 초소에 잠시 서 있다가 돌아오고 말았다. 체코 관청, 성채의 울타리, 마로니에 나무들, 차단목. 그녀의 가방은 더 무거워진 것 같았다. 역에서 유태인들이 테레지엔슈타트로 오는 우편물과 소포들을 내리고 있었다. 릴리는 그녀의 가방 위에 앉아서 베를린 행 기차를 기다렸다. 그때 화물기차 한 대가 움직일 준비를 했다. 다른 쪽 선로에 있던 기차가 천천히 릴리 곁을 지나갔다. 그녀는 좁은 창살문이 달린 가축용

칸을 스쳐지나가듯 보게 되었다. 거기서 밖을 내다보는 사람들, 그들의 얼굴을 보았다. 수치심에 가득 찬 채 릴리는 고개를 숙였다. 그녀의 향기롭고 까무잡잡한 사랑, 펠리체도 그런 사람들 속에 있었을 것이라는 생각에 그녀는 큰 소리로 흐느끼고 말았다. 낯선 사람들의 시선이 느껴졌다. 어쩌면 감시를 당하고 있을지도 모른다는 생각이 머릿속을 스쳤다. 그러나 릴리는 모든 것이 상관없었다. 그녀는 힘들게 테레지엔슈타트까지 왔는데 펠리체를 볼 수가 없었던 것이다.

베를린으로 향하는 기차는 로이나까지 몇 시간 동안 불타는 지옥을 통과해 지나갔다.

집에 도착한 릴리는 우편함에서 펠리체에게 보냈던 다섯 개의 소포에 대해 펠리체가 서명한 확인서를 발견했다. 그리고 펠리체의 주소를 알게 되었다. "내가 이 주소만 알았다면 좋았을 것을" 그녀는 일기장에 이렇게 썼다. "그러나 나는 그 모든 고통 후에도 행복했다. 너의 글씨, 나의 사랑. 나는 그 종이를 언제나 가지고 다닐 것이다."

엘레나이 폴락의 증언___ 나는 아직도 그녀가 승리감에 넘쳐서 다시 돌아온 순간을 기억하고 있습니다. "내가 해냈어. 나는 그 안으로 들어갔어! 그리고 나치 고위 간부와 이야기를 했어! 물론 내쫓겼지만 내가 그들에게 보여주었어!" 그녀는 지금쯤 펠리체에게 무슨 일이 일어났을지 전혀 생각하지 않았어요. 그러다 다시 제정신으로 돌아왔죠. 나는 이런 많은 모순적인 일들에 대해 끊임없이 불안했

고 실망했습니다.

머칠이 지나지 않아 루트비히가 릴리에게 펠리체의 엽서를 전해주었다.

나의 사랑, 빵과 쌀 그리고 잼을 보내줘서 너무 고마워요. 우편물 제한은 여기서도 적용되고 있어요. 그래서 나는 8주에 한 번밖에는 편지를 쓸 수가 없어요. 그러나 누구든 나한테는 4주마다 한 번 편지를 보낼 수 있어요. 그러나 소포는 전혀 제한이 없고 지금까지처럼 곧바로 내게 전달되고 있어요. 그 안에 글로 적은 내용이 있어서는 안 되지만 매일매일 전달이 돼요. 나는 언제나 그런 소포들을 미리 인쇄된 카드를 통해서 확인할 거예요!
오늘은 할머니의 두번째 기일이었어요. 나는 건강해요. 그리고 당신과 가족들도 잘 지내기를 바랄게요. 진심 어린 인사와 키스를 보내며.

1944년 9월 14일
펠리체 슈라겐하임

그래서 릴리는 펠리체의 할머니인 훌다 카레브스키가 1942년 9월 14일에 돌아가셨다는 것을 알게 되었다. 그의 매일 릴리는 펠리체를 위해 생필품이 들어 있는 소포 두 개를 테레지엔슈타트로 보냈다.
10월 9일 릴리는 만삭의 롤라를 기차역까지 데려다주었다. 그녀는 산모조리원이 있는 좀머헬트로 가기도 결정했다. 롤라는 하루종일 몸이 좋지 않았고, 릴리는 계속 머물도록 설득했지만 소용이 없었다. 기차가 떠날 때 강력한 공습경보가 울렸다. 그리고 프랑크푸르트-오데르를 지난 지 얼마 안 되어서 진통이 시작되었다. 그리고 후에 "한 젊은 엄마가 기차에서 출산을 했다"는 기사를 읽었다.

롤라가 기차 안에서 아들 토마스를 출산한 그날 펠리체도 여행을 하고 있었다. 기차의 가축용 차량에서 그녀는 Ep-342 수송그룹과 함께 아우슈비츠로 향했다.

1944년 10월 11일 릴리와 그녀의 친구들이 알지 못하는 한 여자가 테레지엔슈타트로부터 'M. 치비어'라는 사람 앞으로 엽서를 썼다.

친애하는 M.

나는 잘 지내고 있어요. 당신도 그러기를 바랍니다. 펠리체 소식은 듣지 못했어요. 그녀가 건강하고 무사하기를 바랄 뿐이에요. 모두에게 안부를 전해주세요.

베아테 모르

이 엽서는 4주 후에야 릴리에게 전달되었다.

1944년 10월 16일

오늘이 벌써 그들이 너를 데려간 지 8주가 되는 날이다. 나의 사랑, 나의 영원한 사랑. 나는 말할 수 없이 불행하다. 나는 살고 있지만, 어떻게 살고 있는가! 아이들이 있다. 나는 시내로 간다. 나는 장을 본다. 나는 그레고르를 만난다. 나는 매일 이런 저런 일을 한다.

그러나 고통은 끊임없이 내게 밀려든다. 나의 영원한 동반자. 너도 나를 사랑한다고 말해주렴. 사랑해. 아마도 너는 내가 얼마나 너를 사랑하는지 결코 알지 못할 것이다.

— 릴리의 일기

1944년 10월 30일 루트비히가 전화를 걸었다. 릴리는 그를 수용소 근처에 있는 한 식당에서 만났다. 그는 릴리에게 펠리체가 보낸 엽서 한 장을 전해주었다.

1944년 10월 30일

나의 사랑하는 사람. 너 없이 10주가 지나갔다. 나는 울고 또 울고 있다. 몇 시간 동안 앞만 바라본 채 경직되어 있다. 고통, 사랑, 환한 기억, 그늘이 드리워진 미래에 대한 생각 때문에 내 몸은 점점 약해지고 있다. 나는 실신할 것처럼 한숨을 내쉰다. 예전에는 네가 나를 사랑했기 때문에 너를 사랑했다. 그러나 지금은 아무 이유 없이 너를 사랑한다. 내 일기장은 오직 너를 위한 연애편지가 될 것이다.

내가 지금 어디에 있는지 아니? 메클렌부르크 식당이다. 공습경보 후에 나는 다시 이곳으로 돌아왔다. 아직 계산을 하지 않았기 때문이다. 나는 여기서 세 명의 여성을 알게 되었다. 약 40에서 50세가 되어 보이는 사람들이다. 내가 추측했던 바로는 그랬다. 원래 나는 어떤 한 여자에게 관심이 갔다. '그러나 에이미!' 그때 네가 다정하게 부르는 소리를 들었다. 하지만 작고 검은 머리의 얌전해 보이는 여자가 강렬하게 나의 시선을 끌었다. '그러나 에이미!'

그들은 매우 지적인 사람들이고 대단히 현명하다. 그들과의 대화는 하나의 즐거움이다. 그들은 외국문학을 잘 알고 있다. 지난 수요일은 대단히 기분 좋은 저녁이었다. 그런데 오늘은 그들이 여기에 없다. 나의 사랑, 너 혹시 질투심을 느끼는 건 아니지?

마침내 루트비히의 전화를 아침에 받았다. 나는 그를 슐 거리의 수용소 건너편에 있는 한 식당에서 만났다. 내가 여기에 뭐라고 써야 할까? 나는 죽고 싶었다. 아, 나는 더 이상 살고 싶지 않았다.

— 릴리의 일기

11월 1일 나치 친위대의 제국총통인 하인리히 힘러는 아우슈비츠에서의 가스 살상을 중단하고 그 흔적을 없애라고 명령했다.

11월 8일 루트비히가 전화를 걸어 릴리에게 펠리체는 더 이상 테레지엔슈타트에 없으며 브레슬라우 근처의 수용소로 이송되었다고 했다.

11월 14일 릴리의 부모는 트라헨베르크의 소인이 찍힌 펠리체의 편지를 받았다.

사랑하는 부모님, 오랫동안 아무 소식도 전하지 못했습니다. 그러나 저는 충분히 변명의 여지가 있다고 생각합니다. 또한 저는 마음속으로 부모님께서는 저를 오래전에 잊어버리시고 두 분의 딸, 나의 에이미를 좋은 남자와 결혼시키기 위해 — 400마르크의 수당을 위해서 — 애쓰고 계실 거라는 추측을 하게 되었습니다. 네, 이해합니다. 그리고 아마도 저는 다시는 그 일에 대해 따지거나 흥분할 기회를 갖지 못할 것입니다.

어쨌든 신들은 저에게서 다른 것을 원하셨고, 가벼운 성홍열로 저를 병원 침대로 옮겨주셨습니다. 거기서 제가 12월 9일까지만이라도 머물 수 있기를 희망하고 있습니다. 그 외에도 신들은 제게 좋은 사람을 보내주셨습니다. 그 사람은 이곳의 관리인으로서 최대한 저를 도와주려고 합니다. 릴리의 소포도 그에게 보낼 것을 부탁했습니다. 저는 릴리에게 직접 편지를 쓰지 않았습니다. 혹시라도 아이들이 감염될까 걱정되기 때문입니다. (저는 피부가 벗겨지지도 않았고 열도 없습니다.) 그리고 릴리가 어디에 있는지 전혀 알지 못하기 때문입니다.

10월 9일에 테레지엔슈타트의 최고사령관이 릴리에 대해 말하면서 그녀가 왜 그런 행동을 했는지 알고 있느냐고 물었습니다. 그녀는 전혀 모르겠지만 이때부터 저는 릴리를 더 걱정하게 되었습니다. 두 분한테 부탁드리건대, 가능하다면 동봉된 편지를 전해주시고 제게 바로 무슨 일인지 편지를 쓰라고 말해주세요(보내는 사람 없이 그리고 평범한 인사말로).

저는 릴리와 아이들에 대해 걱정을 많이 하고 있습니다. 아버지, 얼굴을 찡그리지 마세요! 두 분 모두 건강하시기를 바랍니다. 릴리 외에는 아무에게도 저의 편지에 대해 달하지 말아주세요. 안녕히 계세요.

1944년 11월 3일

F.

나의 사랑하는 사람, 재규어와 헤어지자마자 당신은 그렇게 위험한 일을 해서 나쁜 사냥꾼들이 벌써 재규어에게 당신에 대해 물어보는 상황이 되었어요. 그리고 불쌍한 자규어는 하루도 잠을 잘 수가 없어요. 우아한 재규어는 이저 몸 상태가 좋지 않고 아름다움도 많이 사라졌어요. 당신이 재규어에게 할머니의 손목시계로 새로운 팔찌를 만들어주었으면 좋겠어요. 그리고 재규어가 올 때까지 잘 간직해요!

이제 누워서 재규어에게 긴 사랑의 편지를 써요. 보내는 사람 없이, 그리고 경우에 따라서는 당신이나 내가 아닌 누군가가 그 편지를 읽을 수도 있다는 점을 염두에 두어요. 요제프는 편지를 읽지 않아요. 좋은 사람이죠. 그러니까 아주, 아주 사랑스러운 편지를 쓰면 돼요. 그리고 내 연락을 받았다는 이야기는 아무에게도 하지 말아요.

당신은 아직도 쫑긋한 귀와 폐에 문제가 있는 나를 사랑하나요? 나는 당신에 대해 그런 걱정을 해요. 그것은 다른 무엇보다도 끔찍한 것이죠. 아주 자세하게 편지를 써줘요! 아이들에게 키스를. 당신을 포옹하고 수천 번, 수만 번의 키스를 보냅니다.

1944년 11월 3일
당신의 재규어로부터

추신 : 만약 당신이 그럴 수 없다면 내가 당신에게 더 자주 편지를 쓸 수 있었으면 좋겠어요. 내게 우표 몇 장을 보내줘요.

보내는 사람 : 트라헨베르크 시립병원, 요제프 골롬벡

릴리는 미소짓지 않을 수 없었다. 펠리체와 그녀의 귀가 떠올랐기 때문이다. 펠리체는 항상 크고 하얀 귀를 그다지 숱이 많지 않은 머리카락으로 덮곤 했다. 릴리가 금방 이 약점을 발견했다. 그녀가 펠리체의 머리를 귀 뒤로 넘기며 "할머니?"라고 묻듯이 말하기만 하면 여지없이 펠리체가 '방망이'를 들고 쫓아왔다. 연말이 되어가면서 크리스마스트리 솔잎들이 떨어지기 시작했을 때 릴리는 트리의 가지를 꺾었고 알브레히트가 재미있어하는 가운데 난로에서 그 가지들을 태웠다. 단지 뿌리 부분만은 작게 쪼개기에 너무 두꺼워서 난로 뒤에 크리스마스의 추억으로 그냥 놓아두었는데, 그것이 방망이가 되곤 했다.

"알브레히트, 가서 방망이 좀 가져오렴." 그들이 말다툼을 벌일 때 펠리체는 그렇게 외치곤 했다. 그러면 릴리는 소리를 지르면서 도망을 갔고 침실에 숨어서 바리커이드를 쳤다.

쉴레지엔에서 온 첫번째 편지를 받은 지 며칠 지나지 않아서 릴리는 또 다른 긴 편지들을 받았는데, 공책에서 뜯어낸 종이에 연필로 쓴 글이었다.

나의 에이미,

분명히 오늘은 당신의 긴 편지가 도착할 거예요. 요제프는 언제나 점심 때 우편물을 가져다주어요. 어제 소포가 왔어요. 나는 너무도 기뻤어요. 편지에 대해, 거기어 찍힌 소인에 대해, 그리고 물론 그 내용물에 대해서도요. 당신은 너무도 멋지게 구웠어요. 당신은 너무도 멋지게 바느질을 했어요. 당신은 그 모든 것을 너무도 잘 포장했어요. 그리고 푸른색 재킷에서 ─ 나 생각에 이것에 대해서는 다른 한 켤레의 긴 양말과 함께 롤라에게 감사를 해야 될 것 같지만 ─ 빨간 머리카락을 찾았어요! 나는 그것을 칫솔과 함께 내가 아직까지 간직하고 있는 유일한 물건인 갈색 빗에 돌돌 말아놓았어요. 그런데 중요한 것은 그것을 소매 안에 넣고 다니다가 잃어버렸다는 사실이에요. 우리처럼 가난해서 외투 주머니가 없는 사람들은 몇 안 되는 개인 소지품들을 소매 속에 숨겨가지고 다니거든요!

나의 사랑, 당신은 그 모든 것을 만들기 위해 밤마다 잠을 설친 것은 아닌가요? 이제 난 여기 작은 침대에서 너무도 좋은 향기가 나는 푸른색 재킷을 입고 있어요. 나는 보내준 물건 하나하나에 기뻐하고 있어요. 나는 그런 모든 이야기를 루트비히가 당신에게 전해줄 편지에 자세히 썼어요. 분명히 이 편지보다 먼저 받게 될 거에요. 그래서 이제 나는 당신의 우편물을 너무도 기다리고 있어요. 만약 편지가 도착하면 나중에 계속해서 더 쓸게요.

1944년 11월 7일
당신의 재규어가

어제는 아무것도 오지 않았어요. 오늘은 틀림없이. 나는 당신에게 너무도 많은 이야기를 쓰고 싶어요. 나의 이브 돌로로사. 당신은 이제 나 없이도 조금은 적응이 되었나요? 그러나 나는 어디서부터 이야기를 시작해야 할지 모르겠어요. 또한 며칠 전부터 체온이 38도 이상으로 높아지고 있어요. 그 때문에 머릿속이 아주 이상해요.

나는 언제나 당신 걱정으로 깊은 생각에 잠겨 있어요. 돈은 넉넉한가요? 공습경보가 울릴 때 당신에게는 아무 일도 일어나지 않았나요? 제대로 먹나요? 아이들은 건강한가요? 혹시 당신에게—다른 무엇보다도—안 좋은 일은 생기지 않았나요? 아마도 사람들이 당신에게 눈을 떼지 않을 테니까요.

나는 사람이 몇 개월 동안 낮이나 밤이나 똑같은 일을 생각할 수 있다는 사실을 전혀 몰랐어요. 모든 사소한 일을 겪을 때마다 그때가 생각나요. 그렇지 않은가요? 그때 처음으로 카푸트에 갔을 때 얼마나 좋았는지 아직 기억하나요? 우리가 얼마나 여유롭고 멋지게 행복했는지를! 그리고 병원에서 옆에 있던 환자가 깊이 잠든 사이 우리가 서로를 얼마나 많이 원했는지…… 그리고 아직도 나를 '나의 사랑스러운 보물'이라고 부르나요?

나는 감자 수프에 넣은 아주 못 생긴 풀들이 얼마나 먹고 싶은지 몰라요. 그리고 가끔 다시는 그런 일이 가능하지 않을 것이라는 생각이 들어요. 기회가 너무 적으니까요. 나는 잠이 오지 않을 때마다 나처럼 너무도 위태로운 존재와 당신이 연결되도록 허용한 것에 대해 자책하고 있어요. 내가 다시 돌아간다면 건강해진 폐를 가지고 가게 될 거예요.

나의 사랑, 제발, 제발, 착하고 당신과 결혼하는 것을 감당할 수 있는 누군가가 나타나면 그 남자를 잡아요. 그렇게 한다고 해서 우리의 사랑이 변하지는 않아요. 우리의 사랑은 여전히 남을 거예요. 당신에게는 네 명의 아이들이 있고, 가끔은 당신의 남편이 우리의 여행을 허락해 줄 수도 있을 거예요. 나의 에이미, 내가 이런 말을 쓴다고 해서 화내지 말아요. 나는 잠을 잘 수 없을 정도로 계속해서 깊은 생각을 해야만 해요. 지금은 당신이 나 때문에 슬퍼할 필요가 없어요. 나는 여기서 정말 잘 지내고 있어요.

언제부터인가 우리에게는 익숙하지 않게 된 친절을 여기 사람들에게서 받고 있어요. 그리고 우리는 12월 9일까지는 확실하게 이곳에서 머물게 될 거예요. 만약 체온이 내려가지 않는다면 더 오래 있을 수도 있어요.

요제프는 저녁에나 우편물을 가지고 올 것 같네요. 그리고 항상 내가 쓴 편지를 바로 가져가곤 해요. 그런데 내가 당신을 사랑한다고 말했던가요? 그래요, 나는 당신이 너무 그리워요. 당신이 나를 꼭 안아주고 나를 위로해 주면 모든 일이 다 잘 될 것 같아요. 나의 사랑, 나는 다시 당신을 부르고 싶어요.

알브레히트는 이제 세 살이 되었네요. 혹시 이제는 대소변을 가리게 되었나요? 당신이 내게 보낸 소포 중에는 베른트라는 이름으로 온 것도 있었어요. 나는 당신이 베른트를 다시 데리고 있으면서 거기다가 롤라의 아이까지 함께 사는 문제에 대해서는 잘 생각해야 한다고 여겼어요. 불쌍한 사람. 그러나 당신은 내게 모든 것을 편지로 쓸 거예요. 그레고르가 당신에게 신경을 써주나요? 너무 많이는 아니었으면 좋겠어요.

엘레나이는 어떻게 지내나요? 나는 모든 것을 알고 싶어요. 그러나 무엇보다도 당신이 어떻게 지내는지, 그것도 아주 솔직하게, 단지 내게 걱정을 시키지 않기 위해 미화시키지 말고 말이에요. 걱정은 어차피 하고 있어요. 나의 사랑. 더 이상 고통스러워하지 말아요! 나에 대해서는 누구에게도 말하지 않는 것이 좋을 거예요. 사람들은 모두 내가 더 이상 존재하지 않는다고 생각해야만 해요.

이제 나는 무슨 일이 있어도 오늘 저녁에 이 편지를 바로 건네주기로 결정했어요. 그리고 내일은 당신의 새로운 편지에 답장을 쓰겠어요. 당신을 포옹하며 수천 번 키스를 합니다.

1944년 11월 8일

당신의 소중하고, 품위 있고, 상처 입은

재규어로부터

추신 : 당신이 만약 내 다음 편지를 받으면 다시 내게 편지를 보내 줘요, 네? 당신과 아이들 모두의 사진을 넣어줘요. 8월 21일에 찍은 필름을 혹시 현상했나요? 오늘 당신의 편지가 오기를 기대하고 있어요.

편지가 오지 않았어요! 혹시 오늘? 나는 우선 당신의 답장을 받고 난 다음에 이 편지를 보내려고 해요. 오늘은 나의 몸 상태가 더 좋지 않네요. 아마도 그것이 내게 다시 닥칠 것 같아요. 베를린 이후로는 더 이상 나타나지 않았지만 모두에게 그런 현상이 있어요. 바로 감금현상이죠. 참, 보내준 브래지어는 정말 잘 맞아요. 단지 조금 클 뿐이에요.

나의 사랑, 오늘은 많이 쓰지 않겠어요. 당신의 편지를 받고 답장을 하고 싶어요! 그리고 당신은 내가 이곳 동료들에게 물건을 조금 나눠주어도 이해하겠죠, 그렇죠? 그래서 당신은 분명히 어떤 것은 이름 표시를 해놓고 어떤 것은 해놓지 않았던 거죠?

그녀는 아주 착하고 나보다 훨씬 더 상황이 어려워요. 그녀는 남편과 헤어졌고, 어디에 살고 있는지도 몰라요. 그녀는 더 이상 집도 없고 — 암스테르담 출신으로 — 남편 외에는 아는 사람이 없어요. 요제프는 아무것도 받지 않으려고 하다가 억지로 빵 세 개와 쿠키 두 개를 받아갔어요. 그러나 그는 끊임없이 우리를 위해 무엇인가를 가져왔어요. 그는 우리를 돕는 것이 자신의 의무이기 때문에 그 대가로 어떤 것도 받아서는 안 된다고 말했어요. 그래서 우리는 하루 종일 맛있게 먹었어요. 나는 그 불쌍한 네덜란드 여인이 당신의 솜씨를 칭찬할 때면 정말로 자랑스러웠어요. 너무 맛이 있었거든요.

1944년 11월 9일

재규어가

어제도 당신으로부터 우편물을 받지 못했어요. 그리고 오늘도 금방 날이 저물 것 같아요. 방금 우리는 두번째 검사결과를 받았어요. 네거티브. 이제 그들은 우리를 한 번 더 검사하고, 또 네거티브로 결과가 나오면 우리를 내보낼 거예요. 치료가 6주 동안이라는 말은 전혀 아무 뜻도 없는 것 같아요. 나는 수용소로 다시 돌아갈 일이 정말 두려워요. 마치 방금 머리를 얼음처럼 차가운 물에 넣은 누군가처럼 말이에요. 그리고 이제 그는 다시 아래로 끌려내려 가야 해요. 그러나 나는 오직 당신에게만 이야기하겠어요. 왜냐하면 용감한 재규어에게도 두려움이 있다는 것은 오직 당신만 알고 있어야 하기 때문이죠. 재규어를 위해 기도를…… 네?

1944년 11월 10일
용감한 재규어로부터

아, 어제도 편지가 없었어요! 이제 나는 무슨 일이 생긴 건지 불안해요. 당신의 부모님은 나의 편지를 받지 못했나요? 만약 받지 못했다면 내가 이 편지를 오늘 보낼 테니까 바로 내게 사진과 함께 긴, 긴 편지를 보내줘요(그리고 보내는 사람은 다시 A. 카르스텐으로 해요).

1944년 11월 11일
1069389056번의 키스를 보내며
재규어로부터

방금 당신의 편지가 왔어요!!!

이 편지들에 대한 릴리의 답장을 펠리체는 더 이상 받지 못했다. 편지들은 펠리체의 초록색 잉크로 쓰여 있었다. 편지지는 비스듬한 글씨체로 'F. S'라는 글자가 오른쪽 위에 표시되어 있는 펠리체의 갈색 편지지였다.

나의 재규어, 이 종이를 알아보겠니?

그래, 나는 너 없이 완전히 이브 돌로로사로 지내고 있다. 이브는 더 이상 단식을 하지 않지만, 돌로로사는 아직 단식을 하고 있다. 아, 내 사랑, 너 없이 하루하루를 지내고 있다니!

도대체 벌써 몇 주가 흘러갔지? 물론 나는 사랑 없이는 살 수 없어. 사랑은 내 삶의 전부니까. 다른 것은 내 머릿속에 전혀 들어 있지 않아. 나는 아침부터 저녁까지 오직 재회에 대한 희망만으로 살아가고 있단다. 그래서 신은 우리를 벌주실 수 없을 거야. 우리는 아직 제대로 살아보지도 못했고, 이제부터 그렇게 살아야만 하니까.

신이여, 나의 사람을 내게 보내주소서! 정말 참을 수가 없다. 네게 말하지만, 난 정말 살아남을 수가 없을 정도야. 나는 너 없이는 살 수 없어. 그건 불가능해. 그레고르는 아마도 다시 오지 않을 거야. 그리고 나는 ─ 이런 말을 하는 것이 나약하다는 것을 알지만 ─ 사는 내내 힘겨운 고통을 당하고 있어. 그래서 네게 부탁하건대, 제발 용기를 잃지 마. 네게 수백만 번 부탁하는데, 다시 만날 수 있다는 희망을 가져. 그것이 지금의 삶을 견딜 수 있게 해주는 유일한 힘이기 때문이야.

안타깝게도 난 내가 거의 불가능한 것을 지금 네게 요구하고 있다는 것을 너무 잘 알고 있어. 나 역시 몇 시간이고 소리를 지르고 싶고, 그 사람들을 고소하고 싶어. 그들이 네게 무슨 짓을 저지를지 의심스러워. 하지만 내 사랑, 제발 희망을 가져, 희망……

너를 위해 기도하고 있어, 우리 모두! 나는 숨을 쉴 때마다 기도를 해. 내 사랑, 내가 너의 편지를 읽고 얼마나 울었는지 몰라. 눈물 없이는 도저히 읽을 수가 없었어. 내가 너를 품안에 안을 수 있다면! 너를 쓰다듬고 키스할 수 있다면! 마음을 진정시켜 주는 너의 존재 없이는 견디기가 정말 힘들다.

롤라는 집으로 갔어. 너는 어떻게 생각하니? 그녀의 어머니가―
사실 그녀는 몸 상태가 계속 좋지 않았어―조산원에서 아기와 함
께 바로 집으로 데려가 버렸어. 갑자기. (……) 나는 방 하나를 더
세놓기로 결정했어. 그렇다고 해도 내가 버는 돈은 아주 적어. 그
러나 나는 굶을 수도 없고, 일을 하러 나갈 수도 없어. 지금 내 몸
이 별로 건강하지 않기 때문에 사람들은 내가 일하는 것을 싫어할
거야.

그래, 나의 사랑. 나는 육체적으로 대단히, 대단히 허약해졌어.
그리고 분명히 며칠 후에는 쓰러질지도 몰라. 그러나 네가 걱정할
필요는 없어. 아직 너처럼 그렇게 아프지는 않으니까 말이야. 그리
고 우리 두 사람이 살아남는다면 우리는 서로 건강을 돌봐야 하지
않을까? 그렇지? 그렇게 되면 다시 회복시켜야 될 것이 아주 많을
거야. 내 사랑, 우리 희망을 갖자!

너는 나의 파멸에 대해 네가 무책임했다고 여기고 있지. 이 어리
석은 소녀. 네가 없었다면 나는 결코 사랑이 무엇인지, 사랑이 어떤
위력을 가졌는지 전혀 알지 못했을 거야. 우리가 얼마나 행복했는
데! 내가 너를 향해 달려가던 모습을 기억하고 있니? 아무리 내가
너의 팔을 베고 자도 너는 한 번도 팔이 저리다고 말하지 않았던
것을 기억하고 있니? 내가 너의 입술을 손가락 따라 그렸던 것을
기억하고 있니? 언제 그리고 어디서 내가 처음으로 노란색 수건을
머리에 썼는지 알고 있어? 내가 밤마다 역으로 너를 마중 나갔을
때 함성을 지르면서 달려가 너의 품에 안기던 것을 아직 기억하고
있지?

신이여, 그 모든 것들이 제발 끝이 아니도록 해주세요. 결코 그

럴 수는 없어요!

우리가 일요일 아침마다 얼마나 게으름을 피웠는지 기억나니? 아, 난 너를 사랑할 수밖에 없어, 영원히. 그게 나의 운명이야, 나의 행복한 운명이야. 그리고 너는? 단지 나만을? 너도 나를? 나는 그때 병원에서 네가 문을 열고 들어올 때 그런 것을 느꼈어.

재킷과 양말은 롤라의 것이 아니라 엘레나이 것이란다. 혹시 내가 보낸 엽서는 하나도 받지 못한 거니? 롤라는 아들을 낳았어! 이제는 훨씬 더 건강해졌을 텐데 왜 아직도 거기 머물고 있는지 모르겠어. 지금은 엘레나이가 내게 큰 위로가 되어주고 있어. 나는 그녀에게 많이 의지하고 있어. 넌 분명히 놀라고 있겠지. 그러나 요즘 나에게 관심을 가져주는 유일한 사람이야. 그녀는 멋진 친구이고 내 고통에 대해 내가 생각했던 것보다 훨씬 더 많이 공감을 해주고 있어. 잉에는 뤼벤에 있는 공장에 가 있는데 여전히 기분 나쁜 아이야. 엘레나이는 명석한 머리를 가지고 있어. 그것이 나에게는 어느 때보다도 필요해.

나의 부모님이 네게 안부를 전하셨어. 너는 그분들 말씀은 흘려들어야 할 거야. 그분들이 도대체 무엇을 알고 계시겠니? 그분들은 너와 네 동지들의 삶에 대해 아무것도 모르셔. 세상에, 어떻게 내가 나중에 이레네 앞에 설 수 있겠니? 그러나 나는 너 없이는 그런 일을 하지 않기로 굳게 마음먹었어.

K는 멋진 엽서를 보내왔는데, 유감스럽게도 나를 제대로 이해하지 못하고 있어. 그녀는 자신이 소망하는 '크리스마스의 가족 모습'에 대한 이야기를 썼어! 어제 그것을 읽고는 가슴이 찢어질 것 같았어. 우리의 착한 루트비히는 네가 그에게 쓴 편지를 가져오지 않았어. 네가 바로 찢어버리라고 부탁했다면서 말이야. 그는 착실

하게 내게 전화를 걸어주고 있어. 그러나 내 생각에 그는 모든 걸 내게 솔직하게 말해주는 것 같지가 않아. 그는 너와 관련해서 좋은 이야기들만 하니까 말이야.

지금 네가 처한 상황이 내 책임일까? 내 양심이 계속해서 나를 고통스럽게 하지만 결코 그렇다고는 믿을 수 없어. 그리고 네가 나를 필요로 한다고 믿지 않았다면 나는 벌써 끝을 냈을 거야. 네가 모든 사람들에게 물어봐도 좋아. 난 죽을 것처럼 피곤했어. 그러나 네가 나를 필요로 했고 너를 위해 나는 마지막까지 여기 이렇게 남아 있을 거야. 우리 희망을 갖자, 그리고 기도하자. 용기를 잃지 마. 나는 네가 있는 한 용기를 잃지 않을 거야. 우리는 항상 우리 스스로 힘든 역경을 헤쳐나온 사람들에 속한다고 말해 왔잖아. 우리 계속 그렇게 생각하자.

나의 사랑, 루트비히의 충고로 네게 소포 하나를 또 보냈어. 그도 그렇게 할 거야. 요제프도 화내지 않고 이해해 주겠지. 나를 위해서라도 보내준 음식은 바로 다 먹어야 해. 네가 내일도 아직 그곳에 있게 될지 전혀 알 수 없는 일이니까. 조금이라도 네 뱃속에 음식이 남아 있도록 말이야. 잘 나누어서 주변 사람들과 함께 먹어도 좋아. 요제프는 비록 남자지만 내가 포용해 주고 싶을 정도야. 나는 전적으로 그와 같은 의견이야, 그렇게 하는 것이 그의 의무일 거야.

이번에는 안에 아무것도 넣지 않고 케이크를 구웠어. 그러나 버터는 아주 많이 넣었단다. 맛있게 먹어! 그리고 소시지와 버터는 가능한 한 빨리 먹는 것이 좋을 거야. 남겨두지 말고. 그리고 내가 소포를 한 번 더 보내도 좋은지 요제프에게 물어봐줘. 제발 그럴 수 있기를! 네게 아무것도 없다고 생각하면 나는 이곳에서 그 어떤 것도 맛있게 먹을 수가 없어. 그런데 소포를 보낼 수 있어서 정말 다행이야! 너는 그 안에 무엇이 들었는지 곧 알게 될 거야.

나는 초록색 스웨터를 여러 부분으로 잘랐어. 이 스웨터는 아주 따뜻해서 아랫부분으로는 토시를 만들고, 팔 부분으로는 장갑을 만들었어. 내 솜씨가 대단하지 않니? 나는 토시와 장갑을 아주 많이 구겨서 사람들이 그것이 얼마나 예뻤는지 알지 못하도록 했어. 너는 그것을 뜯어낼 수도 있어. 그러면 네게 짜깁기용 실이 생기겠지. 이 물건을 자세히 보는 사람은 그것이 하나의 온전한 스웨터라는 것을 알게 될 거야. 그러나 나는 그들이 짜깁기하지 않은 물건은 네게서 빼앗아갈까봐 두려웠어. 그러니까 마음 놓고 산책을 해, 더 따뜻한 옷이 생겼으니까. 또 필요한 것이 있으면 언제든지 편지에 쓰렴. 그리고 바라건대 네가 다행히도, 다행히도 그곳에 오래 머물 수 있으면 좋겠다. 나의 사랑, 내가 도울 수 있다면 얼마나 좋을까!

제발 가능한 한 많이 답장을 해줘. 그리고 나도 한 번 더 편지를 써도 될까? 아, 내 생일날 나는 땅 속으로 들어가고 싶어. 그럴 수밖에 없어! 차라리 생각을 말아야지. 모든 생각들이 미치도록 고통스럽다.

그런데 네가 사진을 보관할 수 있는 거니? 그러면 어떤 사진을 보내는 게 좋을까? 필름들은 중요한 서류처럼 내가 항상 지니고 있어. 그것은 네가 가장 아름다웠던 시절의 모습이니까. 필름들을 현상하지는 않았어. 맡겨놓은 상태에서 폭격을 맞을까봐 두려웠어. 그 필름들은 너무도 소중한 것들이니까. 그냥 가지고 있으면 필름이 망가질까?

나는 너의 편지를 읽으면서 겨우 살아가고 있어. 네가 할 수 있다면 빨리 답장을 써주고 나를 사랑한다고 말해 줘. 너는 나를 안

아주고 나는 널 안아주고, 난 너의 사랑스러운 사람으로 남을 거야.

너의 사랑으로부터

에이미

사랑하는 부모님,

친절하게 제 편지를 전해주신 점 감사드립니다. 릴리의 편지로
제가 모든 것을 아주 정확하게 알게 되고, 또한 두 분에 대한 소식
도 듣게 되기를 희망합니다. 저는 아주 잘 지내고 있습니다. 열도
더 이상 나지 않고 단지 손가락 피부만 조금 벗겨졌을 뿐입니다.
음식도 맛있습니다. 제게는 모든 일이 너무도 느리게 움직이는 것
같습니다. 그러나 성급하게 생각해서는 안 되겠지요. 저는 11월 24
일에는 다시 그곳에 돌아갈 것이라고 확신했었습니다. 그런데 이제
는 그렇게 될 수 없을 것입니다. 정말 너무도 슬픈 일입니다. 그렇
죠? 항상 건강하시고 여러 번의 인사와 키스를 보냅니다.

1944년 11월 12일

트라헨베르크 병원

F.

나의 에이미,

어제 당신의 편지가 도착했어요. 그 편지는 검열로 개봉되어 있
었어요! 그러나 검열관은 아마도 대단히 깊은 사랑을 하는 멋진 남
자라고 생각했던 것 같아요. 당신, 당신의 편지는 너무 아름다우니
까요. 그러나 제발, 제발 나의 모든 질문에 빨리 대답을 해줘요. 조
심하는 것은 좋지만, 너무 신중하지 않아도 돼요. 아니, 난 당신이
누구에게 방을 세놓았는지, 어떤 방인지, 당신이 하루 종일 무엇을

하는지, 그레고르가 자주 오는지, 그 외에도 당신이 누구와 무슨 이야기를 나누는지, 쿰머 부인은 무슨 이야기를 썼는지, 아이들은 무엇을 하며 지내는지, 당신의 부모님은 어떻게 지내시는지, 롤라가 딸을 낳았는지, 당신이 젤바흐 부인과 모피코트에 대해서는 어떻게 일을 처리했는지, 모든 것을, 그 모든 것을 알고 싶어요. 난 모든 것을 알고 싶다고요! 듣고 있나요?

당신에게 꼭 필요하지 않다면 잉에의 파란색 면직물 옷을 보내줘요. 60페니히짜리 편지로도 그 정도는 보낼 수 있을 거예요. 그리고 이제부터는 최근에 보낸 소포처럼 보내는 사람 이름을 써도 괜찮아요. 그리고 제발, 제발 사진 몇 장과 모든 질문에 대답을 해줘요.

참, 요제프가 수간호사에게 물어보았는데 우리가 아직 6주 동안, 그러니까 12월 9일까지는 여기에 머물 것이라고 말했어요. 짧은 유예기간인 셈이죠. 그래서 나는 자주 편지를 쓸 수 있어요. 나는 지금 피부가 벗겨지고 있기 때문에 당신에게 직접 보내지는 않을게요. 지난번에도 성공했잖아요.

나의 사랑, 잘 지내요. 당신과 아이들에게 긴 사랑의 키스를 보냅니다.

1944년 11월 12일
당신의 재규어로부터

추신 : 너무 어렵지 않다면 그리고 당신이 할 수 있다면 약간의 소시지와 치즈를 보내줄 수 있나요? 내가 너무 뻔뻔하죠, 그렇죠?

1944년 11월 14일 혹은 15일에 펠리체는 갑작스럽게 이송되었다. 그녀는 급하게 쪽지에 겨우 몇 글자를 적을 수 있었다.

나의 사랑,

방금 간호사가 와서 말하기를 우리가 여기를 떠나게 된대요. 기
도해 주고 행운을 빌어줘요!

언제나 당신의 F.

1944년 11월 17일

그럴 수는 없다. 네가 벌써 다시 수용소로 가다니. 불쌍한 나의
사랑. 너의 몸은 아직 회복되지 않았을 텐데. 너의 두번째 긴 편지
를 받고 난 하루 종일 울었다. 거대한 깊은 두려움이 마치 돌덩어
리처럼 내 마음을 누른다. 너는 결코 용기를 잃어서는 안 된다. 나
의 사랑, 너는 희망을 가져야 해, 난 너를 위해 밤낮으로 기도하고
있어. (……) 이것이 그저 꿈이라면 좋을 텐데. 넌 지금 어디 있니?
그들이 다시 네게 무슨 짓을 하고 있는 거니? 그리고 언제 내가 다
시 너로부터 소식을 들을 수 있겠니? 네가 나의 두번째 소포를 받
지 못한다는 것이 얼마나 절망적인가. 너를 한번이라도 충분히 볼
수 있기를 희망했는데…… 신이 그런 기회를 주실까?

— 릴리의 일기

릴리가 11월 14일과 18일에 요제프에게 보낸 두 통의 편지는 여
러 소인들이 찍힌 채 베를린으로 되돌아왔다. '수신 거부'라는 글
자가 두 개의 편지 봉투에 파란색 크레용으로 적혀 있었다. 릴리가
자신의 이름이나 주소를 적어놓지 않았기 때문에 이 편지들은 한

참 동안 베를린 여기저기를 돌아다니다가 마침내 12월 중순에 베를린-빌메르스도르프에 도착했다. 그리고 그 편지에는 "받는 사람이 알 수 없는 곳으로 이사 갔음"이라는 메모가 있었다.

펠리체는 그로스-로젠 강제수용소로 이송되었다. 그로스-로젠은 거대한 노동수용소 복합체로 니더쉴레지엔, 주데텐란트와 후에 동독의 동부 지역 까지 이어져 있었다. 같은 수용소에 속하는 니더쉴레지엔의 로고츠니카라는 마을은 브레슬라우로부터 60킬로미터나 떨어져 있었다.

유태인 노동력 착취를 위한 나치 친위대의 정책 재조정에 따라 플라스초브와 아우슈비츠-비르케나우 강제수용소로의 이송 작업이 본격화되었다. 1943년 말에 5만 7,000명의 유태인이 그로스-로젠으로 오게 되었고 그 중 2만 6,000명이 여성이었다. 이들은 특히 외부 파견대로 분산되어 배치되었다.

1944년 3월과 1945년 1월 사이에 폴란드와 헝가리, 그리고 벨기에, 프랑스, 그리스, 유고슬라비아, 슬로바키아, 이탈리아 등으로부터 유태인 수감자 행렬이 끊임없이 이어졌다. 1945년 1월에는 그로스-로젠 강제수용소 체제 안에 약 8만 명의 수감자들이 있었고, 그 중 3분의 1이 여성이었다. 라벤스브릭과 슈튜트호프에 이어서 그로스-로젠은 세번째로 큰 여성 수용소였다. 오로지 유태인 여성들만 있었는데, 주로 폴란드와 헝가리 여성들이었다. 많은 여성 수용소들이 섬유 산업의 작업장으로 이용되었고, 또 다른 수용소들은 니더쉴레지엔 지역의 동쪽 국경에 짓고 있는 방어시설 건축에 참가했던 유태인 여성들을 수용하는 데 이용되었다.

1월 말 강제 이송에서는 여성 수감자들이 맨발로 걸어서 제국의 내부로, 베르겐-벨젠, 부헨발트, 다하우, 플로센뷔르크, 마우트하우젠과 미텔바우 등을 향해 떠났다. 그러나 이 죽음의 행진에 보내졌던 3만 6,000명의 운명은 밝혀지지 않았다. 부속 수용소 수감자들의 절반은 그대로 남아 있었고, 3월 8일과 9일에 붉은 군대(구 소련군의 공식 명칭 — 옮긴이)에 의해 해방되었다. 총 13개의 부속 수용소에 있던 9,000명의 여성들이 살아남았다.

그로스-로젠에 대해서는 관련된 문헌이 거의 없으며 여자 수용소에 관해서도 남겨진 정보가 별로 없다. "그로스-로젠에 있던 여성들의 운명, 그것이 아주 중요한 문제입니다. 여기에 대한 어떤 책도 문서도 없습니다." 당시에 수감자로서 그로스-로젠에 대한 책을 쓴 미치스라브 몰다바는 바르샤바에서 보낸 편지에 그렇게 썼다.

펠리체는 1944년 10월 9일에 테레지엔슈타트에서 아우슈비츠로 이송되었다. 이때는 군수산업에서 긴급하게 유태인들의 일손이 필요한 시기였기 때문에 유태인 몰살작업도 막바지에 이르렀다. 10월 7일 아우슈비츠에서 한 절망한 특수 사령관이 폭약과 수류탄 세 개, 철망을 자르는 집게로 무장을 하고 반란을 일으켰다. 화장터가 불탔고, 수용소 수감자 450명과 나치 친위대 세 명이 목숨을 잃었다. 우니온 공장에서 일했던 여성 네 명이 이 특수 사령관에게 폭약을 제공했다. 이들은 공개 처형되었다.

아우슈비츠에서 여성들은 입고 온 옷을 벗고 새로 지급된 옷을 입어야 했다. 펠리체가 테레지엔슈타트에서 알게 된 베아테 모르도 잠옷을 배급받았다. 그런데 이 옷이 날마다 점점 짧아졌다. 화장실 휴지로 사용하기 위해서 한 조각씩 찢어서 써야 했기 때문이다. 여성들은 모두 머리가 잘렸고 이름 대신에 번호를 주고 부르게 했다.

일주일 후에 펠리체와 베아테는 노동 능력이 있는 젊은 여성으로서 그로스-로젠으로 향하는 일주일간의 행군에 끌려가게 되었다. 거기서부터 - 수많은 다른 여성들과 함께 - 브레슬라우에서 25킬로미터 떨어져 있는 여성 수용소인 쿠르츠바흐로 갔다. 그곳에서 여성 수감자들은 프랑스와 헝가리의 외국 노동자들과 함께 나무 둥지들을 끌어모으고 탱크 덫을 팠다. 겨울에는 기온이 영하 18도까지 내려갔고 바닥은 단단하게 얼어붙었다. 삽으로는 그저 바닥을 긁어내는 것밖에 할 수 없었다. 여자들은 볏짚으로 된 침상에서 잠을 잤는데 지붕용 타르지로 만든 자루와 이불 하나씩만을 받았다. 낮에 이불을 몸에 둘러 감으면 밤에는 그것이 축축해지곤 했다.

그들의 유일한 식량은 매일 배급받는 큼직한 빵 한 조각이 전부였다. 헝가리 농사꾼 부인 두 명이 적은 양의 빵을 합리적으로 먹는 방법을 가르쳐주었다. 그 중 한 명은 심지어 칼을 가지고 있었다. 그녀는 빵을 얇게 잘라서 아주 천천히 씹어 먹었다. 빵을 허겁지겁 삼키는 사람은 이런 생활에서 살아남을 가능성이 훨씬 적었다. 때때로 그들은 먹고 병이 날 수도 있는 생고기를 배급받기도 했다. 가끔은 잼을 주기도 했다.

빈의 유태인 루트 클뤼거는 자신의 저서인 『계속 살아가기』에서 그로스-로젠의 크리스티안슈타트 수용소 시절에 대해 묘사했다. 이곳은 독일 동부 도시인 구벤 근처에 있으며 디나미트 AG 노벨 회사에게 노동노예를 제공했던 곳이다. 아우슈비츠에서의 선별작업에서 열두 살인데도 열다섯 살로 나이를 속였기 때문에 이곳에 오게 된 그녀에게는 이 노동 수용소가 죽음과 생존 가능성 사이의 과도기를 의미했다. 때때로 어떤 수감자는 머리를 삭발당하기도 했다. 그러나 전반적으로 수용소의 여성 직원들은 나치 친위대의 남자들보다는 훨씬 덜 거칠었다고 루트 크뤼거는 쓰고 있다.

1944~45년 겨울은 대단히 추웠다. 아침에 루트는 다른 여성들과 함께 사이렌 소리를 듣고 일어나서 어둠 속에서 점호를 해야만 했다. 그들은 마치 커피처럼 보이는 검은 죽 한 그릇과 공장으로 가져가기 위한 빵 1인분을 배급받았다. 그리고 세 줄로 서서 일터로 행군을 했다. 옆에서는 감독관들이 같은 속도로 걷도록 호루라기를 불었다. 모든 여성들이 영양실조 상태여서 아무도 생리를 하는 사람이 없을 정도였다. 펠리체도 이런 이야기를 편지에 쓴 적이 있었다.

크리스티안슈타트의 여성들은 숲에서 개간 작업을 했다. 쓰러진 나무들의 뿌리를 파서 끄집어내고 나무를 쪼개고 궤도차를 끌어야 했다. 때때로 그들은 시민들에게 임대되기도 했다. 그런 경우에 이들이 하는 일은 위험한 지붕 위에 앉아서 양파를 줄에 꿰는 것이었다. 마을 주민들은 그들을 마치 야생동물들이라도 되는 것처럼 뚫어져라 쳐다보았다.

루트는 몇 번인가 그로스-로젠의 슈타인부르흐로 가야만 했다. 그곳의 추위는 굉장해서 루트가 입은 옷으로는 견디기 힘들었다. 그녀는 발 주위에 신문을 비틀어 끼워넣었는데, 그렇게 하면 약간은 도움이 되었지만 발에 난 상처들은 곪아갔다. 나중에 수감자들은 겨울용으로 더 따뜻한 옷들을 배급받았는데, 한 무더기의 화려한 옷이었다. 아마도 아우슈비츠에서 온 것으로 보였다. 그들은 모든 상의의 등 부분에서 한 조각을 오려내고 그 대신에 노란색 별을 꿰매 넣어야 했다.

1월에 소련 군대가 가까이 진군해 오자 여성들은 독일군이 수용소를 그저 적에게 넘겨주기를 원했다. 그러나 그들은 그렇게 하지 않았고 수감자들을 맨발로 이동시켰다. 전쟁 말기에 수용소의 수감자들을 다른 곳으로 옮기는 이런 작업은 흔히 죽음의 행군으로 의도된 것은 아니었고 단지 독일 조직의 의지가 실패한 것이라고 루트 크뤼거는 쓰고 있다.

루트와 그녀의 어머니도 강제 이송 대열에 끼게 되었다. 완전히 지친 낮 행군 후에 나치 친위대는 창고에 그들을 밀어넣었다. 여자들은 비좁은 창고 안에서 밤을 보내야 했다. 이튿날 저녁에 루트와 어머니는 도주에 성공했다.

릴리는 펠리체도 유사한 방법으로 구출되기를 희망했다.

8 재회를 기다리며

1944년 12월 8일 릴리는 게슈타포의 섬뜩한 둥근 도장이 찍힌 소환장을 받았다. 12월 13일 수요일 12시에 유태인협의회에 출석하라는 소환장이었다. 그녀는 베른트를 튀링엔에서 집으로 데려오기로 결정했다. 아이들이 서로 떨어져 있으면 안 된다고 생각했기 때문이다. 어쩌면 그녀는 심문을 받은 후 그곳에서 나오지 못할 수도 있었다. 토요일에 릴리는 모이젤비츠로 여행을 떠났다. 그녀는 아침 5시에 그곳에 도착했고, 거기서부터 다시 45분을 걸어서 치프센도르프까지 갔다.

베른트 부스트의 증언___ 어머니는 나를 데리러 오셨을 때, 두 동생들은 이미 집에 있고 소련 군대가 점점 가까이 다가오고 있기 때문에 우리가 함께 있어야 한다고 말씀하셨어요. 그리고는 바로 펠리체

이야기를 시작하셨죠. 우리가 마을을 지나 모이젤비츠 역까지 걸어 갔던 반시간 혹은 한 시간 동안 오직 그 이야기만 하셨어요. 그때 우리는 다행히도 별로 사람들과 마주치지 않았습니다. 그곳이 작은 마을이었기 때문이죠. 그런데 나는 어머니가 얼마나 큰 목소리로 펠리체에 대해 설명했는지 기억하고 있습니다. 그래서 난 갑자기 말했어요. "앗, 어떡하지, 저기 누가 와요!" 그러자 어머니가 대답하셨어요. "아휴, 바보같이!" 그때 어머니는 내게 유태인에 대해 설명하고 계셨고, 펠리체가 왜 잡혀갔는지 말씀하고 계셨습니다.

우리가 집에 도착한 후에도 어머니는 며칠에 걸쳐 하고 싶은 말들을 모두 하셨어요. "사실, 기독교인들은 별로 도움이 되지 않아. 나치들을 보면 알 수 있지." 어머니는 우리가 유태인이어야 한다는 생각에 빠져 있었어요.

나에게는 모든 일이 너무 빨리 일어났습니다. 그리고 사실 나는 큰 충격을 받았습니다. 튀링엔에는 150퍼센트 나치인 선생님들이 있었어요. 우리는 ― 학급 전체가 ― 체육 시간에 독일 군가를 부르면서 행군을 했습니다. 그런 모습이 어리석게 보이긴 했지만 마치 군인 놀이를 하는 느낌도 조금 들었어요.

그러나 나는 그 안에 어떤 다른 의미들이 숨어 있다는 것을 깨닫게 되었습니다. 지도자는 승리하고 우리에게는 폭탄이 떨어진다는 것이었죠. 소련군이 점점 다가오고 있다는 것은 열 살짜리인 내게 기본적으로 이해할 수 없는 하나의 충격이었습니다. 그것은 아마추어들을 상대로 이기기 위한 지도자의 지략이고, 어차피 지도자가 승리를 할 것이라고 믿었습니다.

사람들이 '무인 로켓 병기', 그 믿을 수 없을 만큼 진기한 물건에 대해 말해주었습니다. 그러나 그후에 가까운 곳에 적군의 폭탄이 떨어졌습니다. 우리는 들판으로 나갔어요. 도대체 독일군들은 어디에 있을까? 우리의 놀라운 기적의 무기들은 어디에 있는 걸까? 우리는 궁금했습니다. 하늘 전체가 이쪽 수평선에서 저쪽 수평선까지 모두 미국의 비행기들로 가득 메워져 있었습니다. 그 사이 약간의 틈새가 있었는데, 거기서 독일 비행기 한 대가 아래로 내려왔습니다. 우리는 당연히 환호성을 질렀죠. 그러나 어쩐지…….

그리고 농부들이나 이웃들이 모여 있을 때 지도자에 대해 열정적인 찬양을 하는 것을 들으면 열 살짜리 아이도 어른들의 대답이 정직하지 않다는 것과 그 이면에 다른 뜻이 숨어 있다는 것쯤은 눈치 챌 수 있었습니다. 아마 나도 그런 것을 감지했던 것 같습니다. 그래서 나는 어머니가 모든 이야기를 해주셨을 때…… 물론 많이 놀랐지만 긴장이 되기도 했어요. 나는 그런 이야기들이 위험하다는 것을 알고 있었기 때문입니다. 그것은 내게 일종의 게임이기도 했어요.

릴리의 친구들은 릴리가 테레지엔슈타트에서 벌인 일 때문에 게슈타포 소환장이 발부됐고, 어쩌면 펠리체가 이송된 것도 이 때문일 것이라고 추측했다. 릴리의 부모는 아이들을 맡을 마음의 준비를 했다. 모두가 아주 흥분해 있었다. 단지 릴리만 그렇지 않았다. "나도 어떻게 내가 이 위기의 순간에 이렇게 냉정을 유지할 수 있는지 잘 모르겠다." 그녀는 일기장에 이렇게 썼다. "나 역시 튼튼한 신경을 가지고 있다. 펠리체만 그런 것이 아니었다."

수요일에 릴리는 펠리체가 그녀를 위해서 케테 헤르만의 아버지에게 주문했던 파란색 옷을 입었다. 그리고 기워붙인 주머니가 달

린 펠리체의 푸른색 직물 코트를 입고 유태인협의회가 있는 게슈
타포 건물로 갔다. 바로 옆에 있는 베렌 거리는 도이치뱅크에서 일
하는 그녀의 아버지가 날마다 오가는 길이었다.

릴리는 이곳에 오기 전에 펠리체의 서류들이 들어 있는 서류철
과 자신의 일기장을 엘레나이에게 건네주었다. 최근에 엘레나이는
릴리도 놀랄 만큼 그 누구보다도 그녀 옆을 지켜준 친구였다. 엘레
나이는 건너편에 있는 술집에서 그녀를 기다리겠다고 했다. 릴리
가 나오지 않으면, 그녀는 그 서류들을 뤼벤에 있는 잉에에게로 가
져가기로 했다. 그러나 공습경보가 울리는 바람에 엘레나이는 술
집에 더 있을 수가 없었다. 그녀는 자신의 아파트에서 초조한 마음
으로 릴리가 집으로 돌아왔다는 전화를 기다리고 있었다. 집에는
책임감 있는 베른트가 동생들과 함께 있었다. 창백해진 얼굴로 베
른트는 어린이용 갈퀴를 들고 릴리가 집으로 돌아오기를 기다렸
다. 지친 모습으로, 그러나 또한 자랑스러운 모습으로.

1944년 12월 18일

그들은 나를 4시간 동안 질문으로 괴롭혔고 고문했다. 그 사이
30분 동안은 공습경보 때문에 대피를 해야만 했다. 이 비인간적인
사람들은 내 아이들이 집에서 아파하고 있다는 것을 알면서도 공습
경보 중에 나를 돌려보내 주지 않았다! 나는 얼마나 두려웠는지 모
른다! 그들은 여러 번 내게 조소하듯 말했다. "네, 이것이 당신이
얻은 대가군요." 아, 내 사랑, 네가 무엇을 잘못했다는 말이니? 처
음에 그들은 나의 전체적인 이력에 대해 물어보았고, 그 다음에는
우리의 모든 이야기를 처음부터 끝까지 자세히 캐물었다.

질문, 질문 외에는 아무것도 없었다. 끈질기고, 뻔뻔하고, 악의적이고 ― 때로는 친절하고 선의적기도 했지만 ― 그러나 대부분이 무시하는 듯한 질문, 질문, 위협, 위협, 그리고 약속이 이어졌다. 나는 네가, 너의 에이미가 보인 모습에 만족할 것이라고 생각한다. 그녀는 시험을 잘 견뎌냈다.

― 릴리의 일기

릴리가 소환장을 받고 공포에 질린 채로 붉은색 게슈타포 건물의 좁은 대리석 층계를 올라갔을 때 2층에 있는 사무실에서 나무의자를 끌고 나오는 유태인 직원과 마주쳤다. 그는 슐 거리에서 본 적이 있는 사람이었다. 그는 아무 말도 하지 않고 얼굴이 창백해지더니 놀랍다는 표정을 지었다. 게슈타포의 유태인협의회는 1943년 3월부터 고풍스러운 5층짜리 건물의 2층에 자리잡고 있었다. 지하 세계로 숨어든 유태인이나 유태인들의 범죄를 비호한 민족 동지들에 대한 서류 작성을 담당하는 곳이었다.

약 30평 크기의 심문실에는 담당관이 앉아 있었다. 그가 ― 나중에 말해준 바에 따르면 ― 그녀를 체포하라는 지시를 받은 사람이었다. 릴리가 반쯤 열린 문을 통해 본 옆방에서는 나치 친위대 제복을 입은 사람들이 꽤 큰 모임을 가지고 있었다. 심문에는 다섯 명의 남자들이 참가했고, 거칠어 보이는 인상의 여자 기록자가 타자기 앞에 앉아 있었다. 발그레한 뺨을 가진 이 금발 여자가 입은 조끼는 의미심장하게도 쇠로 된 십자 모양으로 여며져 있었다.

가끔씩 그녀는 마치 화가 나서 참을 수가 없다는 듯 책상에서 일어났다. "세상에, 당신의 불쌍하고 가련한 아이들!" 그녀는 부자연스러운 모습으로 흐느꼈다.

릴리는 펠리체와의 우정에 대해서 설명해야만 했다. 1942년 12월 초에 그녀는 펠리체를 한 카페에서 처음 알게 되었다고 사실대로 말하고 잉에에 대해서는 말하지 않았다. 그후에 그들은 자주 만났고 함께 외출을 했다고 설명했다. 나중에 펠리체는 릴리의 집에 왔지만 릴리는 펠리체의 아파트에는 한 번도 가본 적이 없다고 했다. 그녀가 한 지인의 집에서 살고 있다는 것만 알았을 뿐 자세한 것은 몰랐다고 말했다. 그녀가 아는 한 집 주인은 유태인이 아니었다고 대답했다. 또 펠리체가 바벨스베르크에서 일하고 있는 것으로 생각했다고 변명했다.

그런 다음 펠리체가 그녀의 집으로 이사를 왔는데, 처음에는 며칠 동안만 있을 줄 알았지만 4월 2일부터 완전히 함께 살게 되었다고 설명했다. 릴리는 게으른 탓에 그녀의 입주를 신고하지 않았고, 아는 사람일 경우에는 별로 필요하지 않을 것이라고 생각했다고 둘러댔다. 그녀는 하숙생이 아니라 자신의 친구였기 때문이라고 말했다. 신고 문제를 가지고 그들은 릴리를 30분 동안이나 괴롭혔다.

"당신은 슈라겐하임이 유태인이라는 것을 알고 있었어요. 당신은 분명히 알고 있었다고요. 어서 사실대로 말하세요!" 그들은 으르렁거렸지만 릴리는 끝까지 몰랐다고 잡아뗐다.

릴리는 이런 상황에 대범한 자신을 보고 대단히 놀랐다. 그녀는 전혀 무섭지 않았다. 단지 모든 감각이 극도로 긴장되었을 뿐이다. 그녀는 계속해서 그들이 만들어놓은 함정을 피해가기 위해 주의력을 잃지 않고 정신을 바짝 차려야만 했다. 한 번의 신중하지 못한 대답이 그녀와 펠리체, 그리고 그녀의 친구들을 순식간에 그들 손에 넘어가게 할 수도 있었다.

"나는 그 친구를 인간으로서 처음 알게 되었고 그녀를 통해 사랑을 배웠어요. 8월 21일에야 비로서 나는 그녀가 누구인지 알게 되었어요." 릴리는 테레지엔슈타트에서 이미 했던 말을 반복했다.

펠리체는 직장에 불규칙하게 나갔지만 집에 있은 적은 드물었다고 말했다. 펠리체가 릴리에게 때때로 버터 배급표를 주곤 했지만 정기적으로 준 것은 아니라고 했다. 펠리체가 어디서 그런 표를 구했는지 그녀도 알고 싶었다고 했다. "그러나 구역 관리자로부터 얻은 것은 아니었다."고 릴리는 대답했으며 별로 중요하지 않은 어떤 사람일 것으로 생각한다고 했다.

펠리체는 여행권을 가지고 있었고 돈도 있었다고 했다. 그녀가 그런 것을 어디서 구했는지 전혀 아는 바가 없다고 했다. 그녀는 임대료를 내지는 않았지만 릴리의 배급표를 가지고 물건을 가지러 갈 때는 자주 아이들에게 장난감을 가져다주곤 했다고 이야기했다. 그녀에게 친구가 있었는지? 유태인 친구들? "여보세요, 지금은 전쟁 중이에요. 나는 네 명의 아이들을 돌보느라 할 일이 너무 많아서 다른 사람들 일에 관심을 가질 여유가 없다고요."

그때 조끼에 십자 모양의 여밈 장치를 단 그 여성이 치던 타자기를 멈추고 일어나더니 부르카르트 혹은 그와 비슷한 이름의 주심문관 쪽으로 걸어갔다. 부르카르트가 자신은 상관없다는 듯 자기 앞에 놓인 서류를 정리하고 있는 동안 그 여자가 릴리에게 와서 몸을 숙이며 말했다. "그 유태인 여자와 성관계를 가진 적은 없죠?" 그녀가 확신을 강요하는 낮은 목소리로 물었다. 릴리는 이해할 수 없는 미소를 지으면서 "아니에요."라고 말했다. "우리 사이에 결코 동성애적인 사랑은 없었어요." 이 대답은 기록에 남겨졌다.

그런 다음 릴리는 8월 21일의 상황을 묘사해야만 했다.

"당신은 어떻게 슈라겐하임이 — 그렇게 계속 친구라고 말하지 말아요, 듣기가 거북합니다 — 슐 거리에 있다는 것을 알게 되었죠?"

"아는 사람을 통해서요."

"분명히 유태인이겠군요."

"그런 것을 어떻게 알겠어요?"

그들은 펠리체의 소재를 알려준 사람에 대해 말하라고 위협했다. 릴리는 티체라는 사람에 대해 언급했고, 펠리체에게 몇 벌의 옷과 생필품을 가져다주기 위해 슐 거리를 다섯 번 방문했다고 말했다. 그러나 그들은 릴리가 얼마나 자주 펠리체를 방문했는지 정확하게 알고 있는 것 같았다.

"그러면서 당신은 무슨 생각을 했습니까? 이제 당신은 그녀가 유태인이라는 것을 알게 되었습니다. 이제는 알고 있지 않습니까?"

"슈라겐하임이 테레지엔슈타트로 갔다는 것을 누가 이야기해 주었습니까?"

경비병들이 이야기하는 도중에 펠리체가 그곳으로 갔을지도 모른다는 말을 들었다고 릴리는 대답했다. 그녀는 지금 펠리체가 어디 있는지 아느냐고 물었을 때 아니요, 네, 그런 다음에 다시, 네, 라고 대답했다. 그녀는 9월 28일에 테레지엔슈타트로 떠났다고 말했다.

"그런 일은 지금껏 한 번도 없었던 일입니다. 아무 생각도 없이 한 유태인을 따라서 테레지엔슈타트로 가다니요. 더구나 여행 금지가 내려진 시기에 말입니다. 거기서 도대체 무슨 일을 했습니까? 어서 설명해 보세요." 그곳에 있던 체코 군인은 아마도 릴리가 사령관과 개인적으로 이야기를 나누고 싶어한다고 추측해 모든 초소에서 그녀를 통과시켰을 것이라고 설명했다.

"그래서, 그래서요?"

"그래서 5분 동안 대화를 나눈 뒤에 다시 나왔어요."

"그럴 줄 알았어요."

심문 중에 사이렌이 울렸다. 고두가 지하로 몰려갔다. 릴리는 방을 나가서 경보가 해제될 때까지 밖에 있는 의자에 앉아 있어야 했다.

그녀는 함께 여행했던 사람에 대해서도 질문을 받았다. 릴리는 사람들이 브린에서 롤라에 대해 수사를 했는지 알 수 없었다. 그녀는 몇 가지 생필품과 옷가지를 테레지언슈타트에 있는 친구에게 가져가려고 했을 뿐이라고 설명했다.

"말해 보세요, 당신은 도대체 어디서 그렇게 많은 성필품이 생긴 거죠?"

그들은 릴리가 날마다 펠리체에게 보낸 소포에 대해서도 자세히 알고 있었다. 릴리는 펠리체에게 쓴 편지가 대략 다섯 번쯤이라고 말했다. 그녀는 남자가 가지고 있는 두꺼운 서류철에 자신이 쓴 엽서가 들어 있는 것을 보았다. 그녀가 쓴 초록색 잉크는 잘 알아볼 수 없었다. 결국 펠리체는 그녀가 쓴 엽서를 한 번도 받지 못했던 것이다. 그후에 릴리는 펠리체에 대해 더 이상 소식을 듣지 못했다고 했다.

그들은 릴리에게 물었다. "이런 자신의 잘못에 대해 할 말은 없는지?"

"나에게는 대단히 충격이었어요, 나의 가장 친한 친구를……."

"그렇게 부르지 말라고 했잖아요!"

"이런 방식으로 잃게 되는 것 말이에요. 아이들도 그녀를 좋아했어요."

그 다음에는 릴리의 이혼에 대해, 그리고 전선에 있는 불쌍한 남편에 대한 이야기가 나왔다.

"우리가 당신 말을 믿는다고 생각하지는 않겠죠? 슈라겐하임은 우리에게 전혀 다르게 말했어요. 그녀는 더 이상 당신을 보호해야 할 필요가 없으니까요."

릴리는 참았다. 마지막에 부르카르트는 나치 친위대 제복을 입은 사람들과 상의하기 위해 저쪽으로 건너갔다. 얼마 후에 그가 돌아왔고 릴리는 서류에 서명을 해야만 했다. 그녀는 유태인에게 우호적인 행동을 했기 때문에 강제수용소로 보내져야 하지만 그녀의 어린 아이들 때문에…… 그녀가 아주 사소한 일에서도 또다시 그런 행위를 하면 더 이상의 배려는 없을 것이라고 했다. 릴리는 그들이 강제수용소로 위협할 때마저도 침착함을 잃지 않은 점에 나치들이 분노하고 있다고 느꼈다. 그런 다음 그녀는 집으로 돌아갈 수 있었다.

"오로지 그녀의 불쌍한 죄 없는 아이들을 생각해서"라고 그들은 말했다. "당신은 국가사회주의라는 말을 한 번도 들어본 적이 없는 사람입니다." 그들 중 한 명이 헤어질 때 뒤에서 말했다.

릴리의 부모도 릴리가 아이들에게 너무 무책임하다고 질책했다. 카플러 부부는 릴리에게 친구들과의 교지를 금지시켰고, 릴리와 부모 사이에는 점점 더 갈등이 깊어졌다.

릴리는 경찰의 감시를 받게 되었다. "그래, 나로서는 영광스러운 일이다." 그녀는 자신의 일기에 적었다. 그녀는 이틀에 한 번씩 슈마르겐도르프 시청의 경찰 관할 구역에 가서 신고를 해야만 했다.

"당신이 이렇게 신고를 해야만 하는 이유가 뭐죠?" 그녀가 12월 14일 처음 그곳을 방문했을 때 경비를 서고 있던 경찰관이 물었다.

"그 이유를 모르고 있나요?" 릴리는 담담하게 대답하고 설명을 거부했다. 궁금하면 그가 직접 알아보면 될 일이었다. 배가 불룩하게 나온 이 남자에 대해서 그녀는 아무런 두려움도 없었다. 더구나 그는 이웃에 사는 페인트공이었다.

다섯번째로 경찰서에 갔을 때 그녀는 자신의 신고 날짜와 시간을 정확하게 확인해야겠다는 생각이 들었다. 혹시 어디에라도 유용하게 쓰일지 누가 알겠는가.

"그것은 금지된 일입니다." 뚱뚱한 남자는 확인을 거부했다.

"게슈타포가 나에게 그렇게 하라고 지시했어요." 릴리는 거짓말을 했다.

릴리는 언제나 베른트를 데리고 경찰서에 갔다. 아이는 이제 그녀를 보호할 수 있을 만큼 충분히 자라 있었다.

"하이 히틀러!" 베른트는 이렇게 말하면서 학교에서 배운 대로 부동자세로 서 있었다.

"그냥 '안녕하세요'라고 말하렴, 너희 집에서도 '안녕하세요'라고 인사하지 않니?" 책상 뒤의 남자는 미심쩍은 듯 중얼거렸다.

릴리가 집에서 전화 수화기를 들면 전화선에서 '딸깍'하는 소리가 들렸다. 그녀는 친구들에게 당분간 방문을 자제하라고 충고했다.

1945년 1월 5일 베를린에서 여성과 남성 각각 일곱 명이 아우슈비츠로 이송되었다. 이날 릴리는 마침내 펠리체의 편지를 받았다. 1945년 1월 3일 날짜가 찍힌 둥근 도장과 '라비치 ― 오래된 독일의 동부 도시 ― 바르테가우로 가는 관문'이라는 글이 적힌 봉투에는 주소가 릴리의 부모 집으로 되어 있었고 편지 두 장이 들어 있었다.

나의 사랑,

당신의 부모님에게 그리고 아이들에게 수천 번 사랑이 담긴 크리스마스 인사를 보냅니다. 나는 그 사이 추운 다락에서 지내면서도 다시 건강해졌어요. 단지 아주 무기력할 뿐이에요. 그러나 다시 힘을 내고 일을 해야겠죠. 유감스럽게도 당신의 긴 편지는 더 이상 받지 못했어요. 안타깝게도 말이에요. 그러나 내일은 테레지엔슈타트로 구제작업(이 잡기)을 하러 나가요(하지만 나에겐 한 마리도 없어요). 그래서 가는 길에 이 편지를 가져갈 수 있기를 바라고 있

어요. 항상 나를 생각해 주고, 둔감하고 그리움에 가득 찬 나를 위
해 기도해 줘요.

1944년 12월 18일
재규어로부터

나의 사랑,

나는 — 이가 없지만 — 두번째 구제작업을 하러 나가요. 18일에
당신의 크리스마스 소포를 잘 받았다는 것을 말해주기 위해서죠.
소포가 너무 오랫동안 이리저리 옮겨져서 음식이 모두 상했어요.
그러나 초록색 장갑과 양말은 정말 멋져요. 마스크와 스카프도 마
찬가지로 너무 좋아요. 모든 것이 최고어요! 그러니까 나도 크리스
마스 선물로 무엇인가를 받은 셈이네요. 그러지 않았다면 나는 크
리스마스인지 전혀 알지 못했을 거예요. 너무 고마워요. 난 언제나
당신만을 생각하고 있어요. 이 물건들은 요긴하게 사용할 수 있을
거예요. 나는 항상 밖에 있으니까요. 그리고 이곳은 영하 15도의
추위가 오고 있어요. 우리도 이 추위를 믿을 수가 없을 정도예요.
더구나 외투나 긴 바지도 없이 말이에요. 당신을 사랑해요. 당신에
게, 부모님에게, 그리고 아이들에게 안부를 전합니다.

키스, 키스, 키스…….

1944년 12월 26일
재규어로부터

그리고 새해 인사도 보냅니다.

릴리는 눈물을 흘리며 편지를 읽다가 구제작업에 대한 이야기
부분에서 옛 장면이 떠올랐다.

"이유는 나도 잘 모르겠지만 너무 가려워서 죽을 것 같아요."
언젠가 펠리체는 그렇게 불평한 적이 있었다. 그리고 놀랍게도 살
아 있는 이가 스멀스멀 기어가고 있었다! 펠리체의 해석에 따르면,
그녀가 아는 사람 중 누군가 그녀의 바지를 재단해 주었는데, 그
때 반갑지 않은 손님을 얻게 되었다고 했다. 릴리는 펠리체의 털
을 깎아야만 했다. 그때 펠리체가 얼마나 창피해 했는지는 민망할
정도였다.

1945년 1월 5일

너의 편지, 가련하게도 감금되어 있는 너. 이제 나는 다시 살 수
있다. 다음 편지가 올 때까지 살 수 있다. 너는 다시 올 것이다. 나
는 그렇게 믿어야 한다. 그러지 않으면 나는 이성을 잃을 것이다.
너에 대한 나의 그리움이 피를 더 빨리 동맥 속으로 흐르도록 만들
것이다. 나는 거의 몸으로도 네가 느껴지는 것 같다. 펠리체, 너를
사랑해. 너는? 나의 아름답고 현명한 소녀.

안타깝게도 전쟁은 상황이 다시 안 좋게 돌아가고 있다. 전쟁은
끝이 나지 않고, 돈을 구하는 일 역시 끝이 나지 않고 있다. 나는 그
1,000마르크에는 손을 대고 싶지 않다. 네가 갑자기 돈이 필요할지
도 모르기 때문이다. 시간이 흐르면 좋은 방법이 생기겠지.

나는 이 일기장을 이제 그만 쓰고 뤼벤에 있는 잉에에게 가져갈
것이다. 나는 이 일기장이 안전하게 보관된다는 확신이 필요하다.
잉에가 역으로 마중을 나오겠지. 그녀는 공장에서 하루 종일 기계
앞에 서서 일을 한다고 했다. 처음에는 그녀도 말할 수 없이 불행
했다. 엘레나이는 함께 가지 않으려고 한다. 그녀는 최근에 잉에에

게 대단히 불친절한 태도를 보이고 있다.

— 릴리의 일기

그러나 릴리는 자신의 일기를 덮지 않았다. 동부에 있는 수용소들의 해방 소식이 들려오고 있었다. 릴리는 두근거리는 마음으로 점점 다가오는 전선의 움직임을 유럽 지도에 표시했다.

1월 25일 14시 45분에 그녀는 마지막으로 경찰서에 가서 신고를 했다.

1945년 1월 25일

네가 이미 안전한 곳에 있을지도 모른다는 생각을 한다. 세상에, 이런 희망이 생기다니. 언제 너의 소식을 다시 들을 수 있을까? 지난주에 너에게 작은 소포를 보냈다. 어쩌면 받을 수 없을지도 모르지만. 따뜻한 양말, 따뜻한 속옷, 그리고 털장갑. 보낼 것은 보내야 했다. 나는 이렇게 소포를 보내는 일에 익숙해졌다. 네가 눈과 추위 속에서 얼마나 떨고 있을지 감히 생각할 수가 없다.

나치에게는 시간이 별로 남지 않았을 것이다. 그들은 성급함 때문에 자기네 동족까지 제대로 돌보지 못했다. 요즘 우리는 너무도 끔찍한 이야기들을 날마다 듣는다. 어제는 뤼벤에서 얼어죽은 사람 서른두 명을 사람들이 내려놓았다고 했다. 그리고 아이들도 아주 많았다고 했다. 지도자의 아이들. 조금 큰 도시에서는 어디에서나 이런 하역작업이 일상적인 일처럼 되었다고 한다.

프랑크푸르트-오덴으로 향하는 모든 거리가 피난 가는 사람들로 북새통을 이루었다. 사람, 말, 마차 등이 길을 메웠다. 강제 이송과 관련해서는 어떤 말들이 돌고 있는지 알고 있니? "이제 유태인들이 온다."고 말하고 있어. 그들이 화물칸에서 덮개도 없는 기차를 타고 올 거라고 말이야.

소련이 독일의 방어선을 돌파하는 데는 일주일이 걸렸다. 베를린에는 공포 분위기가 지배하고 있다. 가스도 완전히 중단되었다. 우리는 공동으로 사용하는 난로에서 요리를 해야만 한다. 하지만 무엇으로 난로를 떼지? 그렇게 적은 석탄 배급량으로 말이다. 나는 이미 오래 전부터 배급표의 양만큼 석탄을 얻지 못하고 있다. 그리고 아무런 예고도 없이 전기가 끊어지곤 한다. 편지도 보낼 수가 없고, 간신히 엽서만 쓸 수 있는 정도다.

모든 여행이 중지되었다. 사람들은 기껏해야 75킬로미터까지만 갈 수 있다. 다행히도 뤼벤까지의 거리에 해당된다. 독일 철도청의 기차도, 개인회사의 기차도 더 이상 없다. 나는 뤼벤에 있는 물건들을 어떻게 가지고 와야 할지 생각해 보아야 할 것 같다. 소련인들이 내 물건에 욕심을 낸다면 그들은 물건만이 아니라 나도 함께 가져가야 할 것이다. 전차와 지하철의 운행 횟수는 최소한으로 축소되었다.

이제는 슈마르겐도르프 역에서의 기다림이 정말 즐거워졌다. 나의 사랑. 10시와 14시 사이에는 거의 아무것도 다니지 않는다. 매일 신문만이 새로운 기쁨을 선사해 준다. 네가 이미 안전한 곳에 있고, 마침내 다시 인간적인 대접을 받을 수 있다면 좋으련만.

1945년 2월 4일

어제 대규모 공습 때문에 일기를 쓰다가 중단했었다. 지하실. 시내는 폐허가 되어가고 있다. 다른 곳으로 향하는 모든 길이 통제되었다. 폐허더미 외에는 남은 것이 없다. 나의 부모님, 노라 그리고 엘레나이는 무사하다. 다른 사람들에 대해서는 그 어떤 희망조차도 없다. 전화도 침묵하고 있다. 사람들은 서로 연락을 할 수가 없다. 그레고르도 일주일 전부터 소식이 없다. 그리고 아직 나만이 너를 위해 여기 남아 있다. 나의 사랑.

오늘 아침에 무선방송이 알려준 바에 따르면 동부 지역으로부터 민족 동지들이 귀환하고 있고, 이 지역의 손실로 인해 앞으로 식량 배급이 지연될 것으로 예상된다고 했다. 그 말은 우리가 8주의 식량으로 9주를 버텨야 한다는 뜻이다. 내일부터는 말린 감자가 제공된다. 벌써 라디오에서는 절약 방법에 대해 홍보하고 있다!

베를린은 신경이 날카로워진 개미 무리와 같다. 신문과 라디오는 굽히지 않는 저항의지에 대해 그리고 사랑하는 지도자를 따르는 민족에 대해 선전하고 있다. 괴벨스는 어제 베를린을 향해 연설을 했다. 침착함이 시민의 첫번째 의무이며 그 어떤 절대적인 위험도 없다는 것 등등. 매일 다른 고위 관리가 당의 대변자가 된다. 모든 것이 흔들리고 비틀거리고 있다. 실제로 우리의 상황은 심각하다. 나는 비축해 둔 식량을 — 지금은 네가 여기 없으니까 — 아주 위급한 경우에만 사용하려고 한다. 그 식량들은 지하실에 있다. 그곳은 아직 기온이 차갑다. 그러나 마침내, 마침내 우리에게 평화가 가까이 오는 것 같다.

— 릴리의 일기

"나는 대단히 충격을 받았다." 릴리는 2월 9일 일기에 썼다. 10월 말 이후로 그녀는 저녁마다 집에 혼자 있기가 힘들 때면 메클렌부르크 식당에 갔고, 그곳에서 비밀에 싸인 교양 있는 세 명의 여자들을 정기적으로 만났다. 이들은 마치 예전에 펠리체가 카페에서 그랬던 것처럼 그녀를 매혹시켰다. 가장 나이가 많은 여자만이 원피스를 입고 있었고, 다른 두 여자는 영국산 모직으로 된 우아한 의상을 입었다. 그 중에서도 말이 적고 제일 나이가 어린 여자가 릴리의 마음에 들었다. 그녀의 인상은 강해 보이면서도 섬세한 부드러움을 발산하는 여자였다. 그 여자와 서로 알고 지내면 좋겠다는 생각이 들었다.

1944년 10월 어느 날 릴리는 메클렌부르크 식당에서 함께 야채 수프를 먹으면서 시간을 보내고 있던 그레고르에게 그런 생각을 이야기했다. 그리고 그녀는 장갑을 잊어버렸다는 핑계로 그레고르와 함께 식당으로 되돌아갔고 릴리가 먼저 페텔에게 말을 걸었다.

그렇게 해서 저녁마다 그들은 세계 문학에 대해 이야기를 나누었다. 그리고 사이렌이 울리면 식당 지하실로 내려갔다. 그들이 2월 7일에 함께 지하 참호에서 웅크리고 있었을 때 릴리가 세 명의 여자들을 집으로 초대했다. 그런데 이상하게도 그들은 예민한 반응을 보였다. 릴리는 처음에 그 이유를 나이가 많은 여자와 젊은 여자들 사이의 문제로 생각했다.

다음날 세 명 중에서 나이가 중간인 두꺼운 안경을 쓴 카트야가 릴리에게 전화를 걸어서 헤이덴 거리에 있는 카페에서 만나자고 했다. 두 사람은 이런저런 이야기를 나누다가 마침내 카트야가 단도직입적으로 질문을 했다.

"말해 보세요, 당신은 정말 스파이가 아닌가요?"

 1943년, 베를린, 러브스토리

릴리는 하늘이 무너져 내리는 것 같았다. 그녀는 며칠 전에 그 여자들과 많은 이야기를 나누었다. 이야기의 시작은 릴리가 크리스티네의 어머니와 전화상으로 벌인 말다툼이었다. 크리스티네의 어머니는 자신이 보관하고 있던 펠리체의 식탁보나 침대 시트 등을 릴리가 요구했기 때문에 그녀가 유태인들의 재산으로 부를 쌓으려 한다고 비난했고, 유태인의 재산을 소유하는 것은 금지되어 있다고 말했던 것이다. 릴리는 화가 치밀어올랐다. "그들은 아마도 벌써부터 내 친구가 유태인이었다는 것을 알고 있었을 거예요."

그때 세 여자들은 서로 의미 있는 시선을 교환했다. 그리고 가장 나이가 많은 루시가 부드럽게 말했다. "당신이 사람들을 아직 잘 모르거나, 아니면 아직 그런 뻔뻔함을 이해하기에는 너무 젊은지도 몰라요."

이 일을 통해 릴리는 그녀의 머리 색깔 때문에 생긴 의심을 해소시키는 데 성공한 것이었다. 세 여자들은 릴리가 그 유명한 스텔라라고 여겼던 것이다. 바로 그 유태인 밀고자 말이다. 그리고 마침내 릴리는 카트야, 루시, 그리고 페텔이 어떤 사람들인지 알게 되었다. 카트야 라스터슈타인 박사, 45세. 페텔 폰 페투루스라고 불리는 로제 올렌도르프 박사, 40세. 그리고 루시 프리드라엔더, 51세.

1945년 2월 9일

불쌍한 사람들. 그들도 너와 별반 다르지 않게 지내고 있다. 그들은 너보다 더 오랫동안 그런 생활을 하고 있었다. 세상에, 이제 나는 다시 도움을 줄 수 있을 것이다. 너도 이제 내가 최고의 사람들과 만나고 있다는 것을 알게 되겠지. 그런 일은 나에게만 일어날 수 있는 일이다. 바로 나에게만 말이다! 더구나 베를린은 아주 넓고 사람들로 넘치는 곳이다. 그러나 나는 이들과 만날 수밖에 없는 운명이었던 것 같다.

맙소사, 이 여자들이 어떻게 살고 있는지! 네가 겪고 있는 고생은 그들에 비하면 천국에 있는 것과 마찬가지일 거야. 그들은 빈 창고 같은 곳에서 살면서 단지 날이 어두워져야 나올 수 있다고 한다. 그들은 식당 화장실에서 씻고 속옷은 앉아 있는 의자에서 몰래 말린다. 하지만 이제는 그런 일들을 그만둘 것이다. 그들은 시간을 보내기 위해 더 이상 역이나 카페, 식당 등을 전전하지 않게 될 것이다. 그리고 차가운 주차장 의자에 앉아 있을 필요도 없을 것이다.

잘 될 것이다. 이제 다행히도 전쟁이 거의 끝에 와 있다. 살인자들은 자신들의 안전에 대해 생각해야만 할 것이다. 그렇게 될 것이다. 나는 그들이 아주 많은 자유를 한 번에 나에게 줄 것이라고는 생각하지 않는다. 나는 폭격을 맞아 프랑크푸르트에서 온 사촌들을 집안 가득 데리고 있는데 유감스럽게도 이제 그들을 어딘가로 보내야만 할 것이다. 잘 될 것이다.

— 릴리의 일기

릴리의 아파트에 새로운 손님들이 온 것을 이웃들은 알아채지 못했다. 어차피 그들은 릴리의 불분명한 관계에 익숙해져 있었다. 그 밖에도 그들은 다른 걱정이 많았다. 최후의 전투가 준비 중이었다. 고향에 남아 있는 모든 남자들은 의사에게 가서 징병검사를 받아야만 했다. 도시 전체가 피난민들도 북적거렸다. 아무도 터놓고

자기의 의견을 말하지 않았고 경찰도 개입하지 않았다. 그런데도 카트야, 페텔 그리고 루시는 여전히 대피소를 기피했고, 언제나 비스바데너 거리에 있는 그들의 작은 창고 안에서 밤을 보냈다.

1945년 2월 24일

우리는 매일 저녁 두 번 공습경보를 듣는다. 그리고 언제나 많은 일들이 벌어지고 있다. 폭격도 잦아졌다. 너를 정말 사랑해, 펠리체. 이제 내 주위에는 사랑의 손길이 필요한 새로운 사람들이 있지만 그래도 난 너무 외롭다. 그들과 함께 있으면서도 나는 너를 더 사랑한다. 나는 그들 덕분에 할 일이 많아졌다. 친구들은 내가 집에 별로 없다면서 불평을 하는데 맞는 말이다. 그래도 나는 외롭다. 하염없이 네가 그립다. 내가 얼마나 고통스러워하는지 그들이 가장 잘 알고 있다. 그들도 우리만큼 그렇게 고통스럽기 때문이다. 너는 이해하겠지. 그들은 서로를 사랑한다. 그리고 나는 고통스러울 만큼 너를 그리워하고 있다. 나의 유일한 사랑.

1945년 2월 28일

그레고르는 그들을 마녀라고 부른다. 정말 그들은 사랑스러운 마녀들이다. 우리의 생활은 점점 더 어려워지고 있다. 모든 편안함이 사라졌다. 낮에 세 번 전기가 중단되고, 심지어 밤에까지도 그렇다. 그리고 불이 들어오지 않은 상태에서 공습경보가 울리는 일도 빈번해지고 있다. 우리는 어둠 속에서 지하실로 달려가야 했다. 주민들은 남모르게 지쳐가고 있다. 아이히만 부인의 딸인 모리라는 여자도 이렇게 말했다. "아, 용기가 없는 것이 아니라 의욕이 없다." 너도 이미 그렇게 느끼고 있니?

모아놓은 식료품도 바닥을 드러내고 있다. 마녀들이 있으니까. 말린 감자는 벌써 다 떨어졌다. 빵은 절대적으로 부족하다. 이제 여덟 명이서 다섯 개의 배급표로 살아가고 있다. 나는 몇 주 후에는 과연 상황이 어떻게 될지, 무엇을 먹어야 할지 모르겠다. 금지된 사항이지만 나는 계속 가스로 요리를 한다. 베른트와 손님들은 어쨌든 무엇인가를 먹고 싶어한다. 석탄은 지시사항과는 달리 공동 난로를 위해서가 아니라 우리 집 난로를 위해 사용할 것이다. 나는 아이들과 함께 4월의 추위 속에서 떨고 싶은 생각이 없다.

1945년 3월 9일

저녁 8시 45분 공습경보가 울렸다. 나의 세 마녀들은 또다시 숨어야 했다. 그들은 언제나 특별히 서둘러야 했는데, 아파트 주민과 마주치지 않기 위해서였다. 그들은 사이렌이 울리면 가까이에 있는 공공지하실로 갔다. 대피소 안에서는 신분증명서를 내보여야 했기 때문에 대부분 나는 그들과 함께 갔다. 그러나 때때로 남아 있는 친척들을 보호하기 위해서 증명서를 가지고 집에 남아 있어야 했다. 아무도 친척이라는 말을 믿지 않았다. 매일 저녁 그리고 가끔은 한밤중에도 공습경보가 울렸고, 오늘은 벌써 열일곱번째 사이렌이 울렸다. 막 우리는 커피를 마시려던 참이었다. 나는 너의 생일을 맞이하여 푸딩 케이크와 맛있는 감자 샐러드를 만들었다. 몰래 이 밤중에. 가스가 그때에만 들어오기 때문이다. 나의 마녀들이 우아하고 야성적인 재규어를 대신해 내 곁에 있어 주었다. 그들은 내게 너무 친절하고, 그들의 소망도 우리와 같다.

깜짝이야, 방금 아주 가까운 곳에서 융단폭격이 있었다. 커다란 소리가 들렸다! 세상에, 세상에. 주변에 있는 사람들의 얼굴이 모두 창백해졌다. 말해 보렴, 그 소리가 혹시 네가 보낸 인사였던 거니? 조금 심하게 요란했는걸. 바닥이 흔들리고 요동쳤다.

그저께 쿰머 부인에게 엽서가 왔는데 여느 때처럼 멋진 글이었다. 그녀는 이렇게 썼다. 신은 살아 있고, 우리를 도와줄 것이라고. 신은 과연 그럴까? 아, 너는 어떻게 생각하니? 베를린의 전망은 그다지 장밋빛이 아니다. 만약 베를린이 전쟁터가 된다면 우리는 끔찍한 일을 겪게 될 것이다.

— 릴리의 일기

1945년 3월 15일 이레네 칸은 여동생 펠리체가 여전히 테레지엔슈타트에 있을 것이라고 생각했다. "나의 시부모인 파울과 에바 칸도 펠리체와 같은 곳에, 그러니까 정확히 테레지엔슈타트의 반호프 거리 25번지에 살고 있다는 이야기를 내가 했는지 모르겠네요." 그녀는 쿰머 부인에게 그렇게 썼다. "펠리체가 그들과 만났을까요? 그리고 그곳에 살고 있던 나의 할머니는 펠리체를 만날 수 있었을까요?"

1945년 3월 18일

어디? 당연히 지하실. 20시 30분이 막 지났다. 오늘 우리는 무시무시한 대낮 공격을 받았다. 3,000개의 폭탄이 베를린 위로 떨어졌다. 지금까지 공습 중에서 최고로 규모가 큰 대낮 공습이었다. 다행히도 우리 집은 피해를 입지 않았다. 우리는 아파트 마당에 서 있었고, 그 폭탄들이 날아가는 것을 보았다. 하나의 멋진 장관이었다! 날아가는 은색 물고기들. 폭탄이 우리에게 너무 가까이 온다고 느꼈을 때 우리는 지하실로 뛰어들어 갔다. 그러나 실제로는 항상 저

멀리에 떨어졌다.

유감스럽게도 나는 적군 두 명이 사살되는 것을 보았다. 라우헤 부부와 벤트 씨는 낙하산을 타고 내려오는 적군들을 직접 죽이려고 했다. 신이여, 그 불쌍한 사람들에게 은혜를 베푸소서. 독일군도 영국에서 저런 마중을 받았을까? 여기 사람들은 그런 것은 전혀 생각하지 않는다. 그곳에도 진정한 의미의 인간들이 있기를 바란다.

나는 가벼운 감기로 침대에 누워 있다. 하도 많이 울어서 얼굴이 퉁퉁 부었다. 때때로 아무도 보는 사람이 없을 때면 눈물이 난다. 너무도 먹기 싫은 알약 때문에 전쟁을 벌였던 펠리체도 없다. 우리가 헤어진 때가 30주 전의 오늘이 분명하다. 곧 3월 29일이 된다. 2년 전 그날 나는 너무 흥분해서 너에게 이런 글을 썼었다. "우리의 결혼식은 언제일까?" 그리고 곧 4월 2일이 된다. 그때까지 베를린이 제발 다른 모습을 찾게 되기를 희망한다. 소련이 갑자기 왜 베를린을 정복하기 위해서 그렇게 많은 시간을 투자하고 있는지 하늘은 알까?

전쟁은 여전히 계속되고 있다. 천 년 역사를 가진 제국의 몰락을 알리는 표시들이 쌓여가고 있다. 배급량은 현저히 줄어들었다. 이제는 버터 대신에 가끔 다른 기름이 나온다. 끊임없는 공습에도 불구하고 이제는 특별 배급조차 없다. 매일 저녁 라디오에 각기 다른 인사가 나와서 연설을 한다. 베를린의 모든 다리에 차단목이 세워졌고, 대부분의 거리에도 적들의 침입을 막기 위해 바리케이드를 쳤다. 연합군은 독일 동부와 서부 공격을 시작한 이후로 체계적으로 독일의 모든 도로와 산업체 내지는 창고들을 파괴했다.

우박처럼 쏟아지는 폭탄들이 이미 끔찍하게 폐허가 된 도시와 시골에 계속해서 떨어졌다. 이제 전선은 아주 가까이 다가왔다. 그러나 우리가 평화를 얻기까지 전쟁은 너무 오래, 지나치게 너무 오래 계속되고 있었다. 베를린에서는 모든 남자들이 소위 민족을 위해 소집되었다. 그들은 대전차의 로켓포를 들고 지난 일요일에 지도자를 위해 맹세했다. 이제는 오후 5시가 되면 빵도 살 수가 없다. 많은 사람들이 빵을 사기 위해 줄을 선다. 케이크는 아주 드물거나 양이 조금 밖에 없다.

1945년 4월 4일

세상에, 이제는 더 이상 오래 갈 수 없을 것이다. 언제라도 끝이 날 수 있다. 얼마 전에는 저녁에 갑자기 라디오가 꺼져서 우리는 평화가 찾아왔다고 생각했다. 우리의 조급함과 초조함은 이제 견딜 수 없는 상태까지 와 있다.

내 사랑, 지난 며칠 동안 너는 내 머릿속에서 떠나려고 하지 않았다. 너도 그런 것을 알고 있니? 2년 전에 나는 보호가 필요했다. 그리고 너는 어떻게 했지? 불쌍하고 아프고 너무도 허약한 에이미는 거의 쉴 수가 없었지. 이런 밤이면 우리는 정말 조금밖에 잠을 자지 못했다. 추억을 떠올리면 나의 심장은 빠르게 뛰기 시작한다.

아, 펠리체, 너는 자신이 얼마나 많이 변했는지 모르고 있다. 자의식은 강하지만 내적으로 많이 오로웠던 한 소녀가 마침내 자신이 어디에 속하는지 알고 집과 가족을 가진 한 사람이 되었다. 우리 둘 다 많이 성장했다. 마치 자석처럼 서로를 끌어당겨 주었다. 우리 두 사람이 1943년 4월 2일에 영원히 함께 있겠다고 약속했을 때에도 이런 운명으로부터 도망갈 수 없다는 것은 알지 못했다. 우리 두 사람은 사랑에 빠져 있었고, 나는 부끄러웠고, 낯선 사람에 대한 두려움으로 가득 차 있었다. 그때 너는 자신의 행복에 대해 믿

으려고 하지 않았다. 아, 나의 사랑하는 갈색 머리카락에 귀가 큰
소녀야!

— 릴리의 일기

4월 10일 이레네 칸은 펠리체를 스위스로 오게 하기 위해 애써
준 쿰머 부인에게 감사함을 전했다. 그렇게 되면 케테 슈라겐하임
이 펠리체를 팔레스타인으로 데리고 갈 수 있을 것이라고 여겼다.
그리고 릴리는 쿰머 부인에게 보내는 편지에서 젤바흐 부인에게서
펠리체 할머니의 모피코트를 되찾는 문제와 관련해 이레네에게 어
려움을 알렸던 것이 분명했다. 이레네는 이렇게 썼다. "모피코트
문제는 내게 하나의 수수께끼입니다. 그러나 그것은 중요한 일이
아니에요. 지금 그것을 가지고 있는 사람이 보관을 해야겠죠."

1945년 4월 10일

어제부터 새로운 배급표 체계가 실시되었다. 버터는 거의 없고,
기름이라고 불리는 것이 배급되었으며, 빵은 일주일에 500그램, 고
기 250그램, 곡물 225그램, 치즈 65.2그램, 잼 800그램 혹은 설탕
335그램을 받았다. 특히 배급자가 공정하게 분배를 해야 한다는 점
이 강조되었다. 그래서 할당된 배급량을 항상 다 받을 수는 없을
것이라고 예상했다.

이제 사람들은 무엇으로도 잼을 만들 수 있다. 어머니도 빨간 무
로 잼을 만들어보라고 권유하셨다. 끔찍한 것은 빵의 배급량이 일
주일에 500그램밖에 되지 않는다는 사실이다. 이것은 여섯 살짜리
에게도 부족한 양이다. 도대체 이 일을 어떻게 한단 말인가.

나는 또한 세 친구들에 대해서도 생각해야만 한다. 저장해 놓은 감자도 이미 현저히 줄어들었고, 식량은 완전히 바닥이 났다. 단지 밀가루 2파운드와 생크림 세 통만 남아 있을 뿐이다.

나는 초기에 나의 마녀들과 너무 많은 양의 식량을 소비했다. 그 뒷감당을 지금 하고 있는 것이다. 물론 단 한 순간도 후회한 적은 없다. 하지만 앞날을 생각하면 조금은 후회가 되기도 한다. 만약 우리에게 더 이상 먹을 것이 없게 된다면 어떻게 내가 이 한 무더기의 사람들을 축복받는 평화의 세계까지 데리고 갈 수 있단 말인가.

이제 아이들은 자주 내게 말한다. "엄마, 배고파요." 이놈의 전쟁. 이런 모든 고통 속에서도 전쟁은 아직 완전히 끝나지 않았다. 전쟁이 끝나면 우리가 이런 세상에서 빠져나갈 수 있을까. 사람들은 우리 같은 사람과 나치 당원들을 구별해서 생각해 줄까? 아, 우리는 얼마나 그 모든 것을 진부하게만 생각했던가. 그리고 우리 자신도 여기에 있는 사람들은 결코 바뀌지 않을 것이라고 생각한다. 영웅적 투쟁과 인종차별주의. 역겹다. 나는 이런 독일과 더 이상 엮이고 싶지 않다. 이런 나라는 정말 싫다.

— 릴리의 일기

4월 9일 모든 대중교통 수단이 끊겼다. 4월 11일 부헨발트 강제 수용소가 미군에게 넘어갔다. 4월 13일 붉은 군대가 빈을 정복했다.

1945년 4월 13일

서방 열강국은 마그데부르크 앞에 주둔해 있다. 그들이 언제 베를린으로 들어올지는 아무도 모른다. 베를린은 이제 마지막 돌 하나, 마지막 한 사람까지 사수될 것이다. 소련군은 퀴르스틴과 프랑크푸르트-오덴에 머물고 있다. 어제 보도에 따르면 미군은 라이프치히 직전까지 와 있으며 체코 국경에서 60킬로미터 떨어진 곳에 있다고 한다. 아, 세상에, 엄청난 속도다!

이제 나는 우편물에 대한 희망을 포기해야만 한다. 우리는 실제로 외부와 단절되었고 적들에게 포위되었다. 나는 너무도 불안하다. 그저 더 빨리 모든 일이 지나가고 끝이 났으면 좋겠다. 만약 네가 온다면 거의 굶주린 우리를 폐허와 잿더미 속에서 찾아내야 할 것이다.

아, 내 사랑, 어서 와서 우리를 데려가 주렴. 나는 너무도 조급하고, 나의 마녀들 역시 그렇다. 알브레히트는 내가 울 때면 늘 이렇게 말한다. "엄마, 펠리체 이모는 다시 올 거야." 드디어 알브레히트도 펠리체라는 말을 배웠다. 너는 아직도 나와 내 아이들의 마음속에 살아 있다. 나의 사랑스러운 소녀, 내 앞에 놓여 있는 너의 사진. 나는 너를 기다리고 있다. 나는 너 없이 결코 살 수 없다.

1945년 4월 15일

네가 혹시 이 일기를 한 번이라도 읽게 될까? 우리에게 무슨 일이 일어날지 누가 알겠니? 우리는 최후의 순간에 서 있다. 동쪽에서는 소련군이 다가오고 있다. 엘베 강 서쪽으로는 미군이 오고 있다. 양쪽 모두 베를린과 거의 동일한 거리만큼 떨어져 있다. 베를린이 전쟁터가 될까?

미군은 튀링엔을 통과했다. 내가 베른트를 그곳에서 데려온 것은 정말 잘한 일이었다. 미군은 드레스덴으로 향하고 있다. 이제 독일은 두 개로 나뉘었다. 함부르크와 브레멘은 며칠 후면 정복될 것이다. 첼레에서도 미군이 베를린을 향해 오고 있다. 우리는 꼼짝할 수 없이 덫 안에 갇혔다. 더 이상 오래 걸리지 않을 것이다. 극악한 나치들조차도 두려워하고 있다. 그들은 그래야 할 것이다. 나는 기쁜 마음으로 그들을 본다. 책임자들 중 어느 누구도 처벌을 피할 수 없을 것이다. 만약 정의라는 것이 있다면 말이다.

오늘 12시간 동안 전기가 끊겼다. 우리는 지금도 지하실에 있다. 다음날 자유를 얻을 때까지 마치 생쥐처럼 지하실에서 살고 있다. 나는 우리 집에 딸린 개인 지하실에 자리를 마련했다. 베른트의 야전침대에서 나와 베른트가 자고, 세 마녀들은 어린이용 침대에서, 그리고 아이들은 소파에서 잤다. 루시는 안 됐지만 지하실 문 앞에서 자야 했다. 아무리 해도 더 이상 자리가 없었다. 모든 가방과 쿠션들을 쌓아놓았다.

한번 울린 경보는 오랫동안 지속되었고 우리는 더 이상 집에서 달려나와 가방을 이리저리 끌고 다닐 필요가 없어서 좋았다. 물론 우리가 이 작은 지하실에서 피할 수 있는 것은 폭탄 파편들뿐이다. 그러나 그것은 별로 중요하지 않았다 우리는 적어도 공공 지하실에서 아파트 주민들의 멍청한 이야기를 듣지 않아도 된다. 또한 행복하게도 여기서는 간절하게 자유를 기다리고 있는 우리 여덟 명에게 신경쓰는 사람도 없다. 펠리체, 너는 빨리 와야만 한다. 네가 우리를 찾고 싶다면 말이다.

어제 그들은 지금까지 기적적으로 남아 있던 아름다운 포츠담 광장을 완전히 파괴했다. 방금 나는 코리 부인과 아이히만 씨가 속삭이는 말을 들었다. "나는 그렇게 되리라고는 생각하지 않았어요. 그런 일이 일어나다니 정말 큰일이에요. 얼마나 무서운지 몰라요." 그들은 걱정스러운 얼굴로 소련군과 앞으로 있을 대대적인 베를린 공습에 대해 이야기했다. 나는 이 사람들을 보고 얼마나 고소했는지 모른다. 그들은 말을 가리지 않고 무슨 일이 생길 때마다 떠벌려댔다. "모든 것이 유태인 탓이에요."

그들은 상황을 알고 있으면서도 지도자를 단단히 믿고 있었다. 훌륭한 지도자, 자신의 미친 계획을 위해 독일 전체를 폐허로 만든 그런 지도자를 말이다. 그와 그의 당원들은 너무 거대하고 너무 아름답게 꿈을 꾸고 있다. 당장 동족들이 죽을 수도 있고, 아니 죽어가고 있는데도 말이다.

— 릴리의 일기

4월 16일에 붉은 군대는 베를린에 대대적인 공격을 감행했다. 슐 거리에 있는 유태인 수용소에서는 책임자인 발터 도브베르케가 두 명의 게슈타포들과 거칠게 싸웠다. 게슈타포들은 아직 유태인 병원에 남아 있는 환자들을 ― 약 800명 ― 사살하라는 본부의 명령을 받은 상태였다.

1945년 4월 20일

나의 사랑, 이제 곧 우리가 재회할 시간이 올까? 오늘 아침 이후로 지옥이 시작되었다. 향토방위대와 군인들은 슈판다우에서 신고를 해야만 한다. 내일부터는 모든 교통이 중단된다. 출퇴근 교통은 2주 전부터 5시 30분부터 9시까지, 그리고 16시부터 18시까지만 허용되고 있다.

모든 자전거가 압수되었는데, 물론 우리 것은 제외되었다. 내가 집에 없었기 때문이다. 나는 15분 동안 문 뒤에서 벌벌 떨고 있었다. 너의 사랑스러운 자전거…… 그것을 위해서 우리가 1944년 8월 23일 슐 거리에서 있었던 심문에서 그렇게 싸웠는데, 그런 소중한 자전거를 내주고 싶지 않았다.

차라리 나는 그들에게 내 자전거를 대신 던져줄 것이다. 그러나 그것도 반쯤 부순 다음에 내줄 것이다.

1945년 4월 25일

나의 사랑, 지금 우리는 쓰레기더미 한가운데에 앉아 있다. 지난 며칠 동안 많은 일이 일어났다. 너를 위한 이 일기장에는 그 이야기들을 모두 쓸 수가 없다. 지난 금요일에 나는 마침내 일이 시작되었다고 썼다. 그러나 소련군만 베를린으로 들어왔다. 미군은 어디에 있단 말인가?

일요일에 비상용 휴대식량 배급이 있었다. 모든 가게마다 약 6시간 정도 기다려야 했다. 빵과 기름을 제외하고는 모든 식료품을 받았다. 그리고 가게 앞에 서 있으면서 들은 이야기들! 선동적인 거친 말들과 소련군만 베를린을 점령했다는 이야기. 연합군은 어디에 머물고 있단 말인가.

나는 월요일부터 아이들을 내 곁에 데리고 있다. 참호는 폐쇄되었다. 간호사들은 흩어졌다. 케른트, 에버하르트와 함께 나는 버려진 대피소 안으로 들어가 그 멋진 히틀러의 초상화를 밟아서 찢어버렸다.

내가 이 글을 쓰는 동안에도 적들의 비행기들이 머리 위에서 윙윙거리고, 유탄들이 떨어지고, 고사포를 쏘아대고, 수많은 폭탄이 떨어진다. 나는 더 이상 예민하지도 않다. 거리에서는 사람들이 포병대들의 휘파람 신호에 건물 벽으로 붙거나 건물 안으로 사라진다. 사람들에게 숨을 곳을 찾는 것이 얼마나 빨리 일상적인 일이 되었는지 모른다.

나는 부엌에 앉아 있고 테이블을 발코니 문에 붙여놓았다. 그리고 난로에서 요리를 한다. 가스도 없고 전기도 없다. 전기를 사용하는 것은 중죄로 금지되어 있다. 단지 라디오만 들을 수 있는데, 그것도 높은 지위의 나치들, 곧 국가적 범죄자들이 전쟁을 독려하는 연설을 들려주기 위해서였다. 이제는 수평선에서 피어오르는 검은 연기구름 외에는 볼 수 없고 끊임없이 기관총 소리가 들린다.

달렌-도르프에서는 치열한 전투가 있었다. 그곳에서 소련군들이 도심을 향해 사격을 개시했다. 대전차 로켓포를 가진 향토방위대가 독일군과 섞여서 슈마르겐도르프를 지나갔고 우리는 그들을 보면서 화를 냈다. 그들이 마지막 돌멩이까지 지켜준다고? 우리는 시간마다 총소리, 폭탄 터지는 소리, 돌격의 함성을 듣는다. 우리는 아직 살아 있지만 조금씩 점령당하고 있다. 모든 거리가 통제되었다. 모든 건물 옥상마다, 발코니마다 기관총이 설치되었다. 우리의 수비군이 방어를 제대로 못하는 경우엔 언제라도 큰일을 당할 수 있다.

부모님에 대해서는 아는 것이 없다. 그분들이 있는 곳은 이미 오래 전에 소련 전선의 뒤편이 되었고 히틀러의 망상으로부터 해방되었다. 부디 그분들이 아무런 부상 없이 살아남았기를…….

나는 안전을 위해서 우리의 반지 두 개를 줄에 끼워서 목에 걸고 있다. 나의 사랑. 우리의 반지를 절대 잃고 싶지 않기 때문이다. 도처에서 사람들이 귀중품들을 땅에 묻는다. 점령자들이 귀중품들을 압수해 간다는 소문이 돌고 있기 때문이다. 맙소사! 혼란스럽다.

점점 더 전선이 가까이 오고 있다. 베른트가 창백한 얼굴로 흥분해서 막 들어왔다. "엄마, 그들이 슈마렌 거리로 들어오고 있어요."
우리와 아주 가까운 곳이다. 그런데 우리는 아직 여기에 편안하게
앉아 있다. 전차 정거장 옆에 가면 죽어 있는 자랑스러운 독일군의
모습을 관찰할 수 있다. 어쨌든 이 사람도 안 됐다는 생각이 든다.
그런데 너는 정거장 옆 벽에 이런 글이 붙어 있는 것을 알고 있었
니? "유태인에게는 의자에 앉는 것이 금지되어 있음." 우리가 함께
거기에 앉았을 때에도 나는 전혀 알지 못했다.

　모든 직장이 문을 닫았다. 기차도 더 이상 다니지 않는다. 통행
이 가능한 거리도 없다. 거의 모든 상점이 문을 닫았다. 정말 이 전
쟁은 끔찍하다. 하늘이 우리를 도와주시겠지. 2주 후에는 더 이상
먹을 것이 없을지도 모른다. 만약 기적이 일어나지 않는다면 말이
다. 우리가 소련의 점령과 지금의 기아를 견뎌낼 수 있을까? 이제
우리를 위해 기도해 주렴, 나의 유일한 사랑. 이 일기장은 오직 나
의 깊은 사랑에 대한 이야기이다. 위대한 신이여, 우리를 다시 만나
게 해주소서. 너를 사랑해, 펠리체 슈라겐하임, 죽을 때까지…….

— 릴리의 일기

9 마지막 희망

5월 2일 붉은 군대가 베를린에 들어왔다. 프리드리히샬러 거리 광장에 소련군 사령부가 들어섰다. 그들은 다발식 로켓포를 세우고, 중심부를 향해 일제히 사격을 시작했다. 이때 들린 소음은 말로 표현할 수 없을 정도였다.

릴리는 공격적으로 변해갔다. "어린 아이들을 데리고 도대체 어디로 가란 말인가요?" 그녀는 장교에게 대들었고 코트 깃을 높이 들어올렸다. 깃 밑으로 그녀가 펠리체의 노란색 별을 꿰매 놓은 것이 보였다. "우리는 나치가 아니에요. 우리는 유태인이에요. 전쟁은 끝났고, 당신들이 우리를 해방시켜 주었어요."

다른 장교가 비로소 그녀의 독일어를 이해했고, 릴리는 여덟 명이나 되는 식구들이 머무를 수 있는 숙소를 얻게 되었다. 바로 우체국 지하실이었다. 이틀 동안 릴리 일행은 약 100명의 여성들과 아이들이 있는 이곳에서 지냈다. 15분마다 소련군이 들어와서 여자들을 강간하기 위해 위층 우체국으로 데리고 올라갔다. 그곳에 장교들의 숙소가 있었다.

릴리는 잠자는 아이들 옆에 앉아 있었다. "당신, 이리 오시오!" 누군가 총구로 그녀의 옆구리를 찔렀다. 한 소련군이 그녀를 일으켜 세웠다. "애 엄마야." 다른 소련군이 외쳤다. 그러자 남자는 릴리를 총으로 아주 세게 밀었다. 그러나 언제나 아이들이 보호막이 되는 것은 아니었다. 많은 엄마들이 아이들이 보는 앞에서 강간을 당했다. 어떤 여성들은 살아남기 위해 더러운 농담을 던지고 겉으로는 태연한척 했다. "아우, 당신은 지금 내 바지를 찢겠어요." 어둠 속에서 그런 말이 들려오기도 했다. "그는 내게 아무 짓도 안 했어." 어떤 여자가 말했다. "아마도 어떻게 하는지를 몰랐던 모양이야."

많은 여성들이 두려움으로 경직되어 그들에게 어떤 요구도 받기 전에 마치 희생양처럼 마음의 준비를 했다. 한 젊은 부인이 알브레히트에게 울면서 초콜릿 한 조각을 주었는데, 그것은 어떤 소련군이 그녀에게 선물한 것이었다. "가지고 있어요. 비싼 건데요." 릴리가 거절했다.

"너도 무슨 이야기를 들었니? 무슨 일이 있었는지 알고 있어?" 릴리가 베른트에게 물었다. "아니요." 아이는 거짓말을 했다. 그리고 릴리도 우체국 지하실에서 벌어지고 있는 강간에 대해 설명을 하지 않았다.

"그들은 기뻐했을 것이다." 그레고르는 냉정하게 해석했다. "오랫동안 아무와도 잔 적이 없었을 테니까 말이다.”

대부분의 여성들이 어두침침한 구석에 웅크리고 앉아서 감히 밖으로 나가려고 하지 않았던 반면에 릴리는 밖으로 당당히 걸어 나갔다. 두려움에 떨던 루시가 그녀를 붙잡으려고 했지만 소용이 없었다.

“그들은 우리를 해방시킨 사람들이에요. 모르겠어요?”

릴리의 식구들이 거리를 돌아다니던 중에 한 지휘관과 알게 되었는데, 오로지 다시 수학자로 돌아갈 수 있기를 바라는 쿠스친스키라는 유태인 소위였다. 릴리가 자신을 유태인식 이름인 ‘이브레이’라고 소개하자 그는 가까운 라이헨할레 거리에 사는 소련 여자 집에 방 하나를 구해주었다.

“그러나 조심하세요. 여기서도 사람들은 우리를 좋아하지 않아요.” 쿠스친스키가 경고했다.

식구가 여덟 명인 그들에게 침대는 하나밖에 없었다. 릴리와 아이들이 침대에서 잤고, 카트야는 소파를 차지했다. 페텔과 육체적으로 허약해진 ‘연장자’인 루시는 긴 의자에서 잤다. 그런데 카트야가 긴 의자를 무조건 자기가 갖겠다고 고집을 부려 릴리가 심하게 화를 냈다.

“당신들은 친구가 아니던가요? 그런 행동을 하다니 창피한 줄 알아요!”

“릴리, 그냥 놔둬요.” 루시가 그녀를 진정시켰고 어둠 속에서 그녀의 손을 잡았다. 카트야는 함께 숨어 지내는 동안 처음에는 루시와 애인 사이였다가 페텔에게로 마음을 돌렸다. 이제 생명의 위협이 지나가자 전형적인 삼각관계가 다시 문제를 일으키기 시작한 것이다.

쿠스친스키는 여자들을 자신이 보호해 줄 것이며 문을 잠글 필요가 없다고 보장했다. 같은 아파트를 드나드는 소련 장교 중 한 명이 때때로 아이들과 놀아주었다. 어느 날 그가 릴리에게 소나무 네 개를 그려서 보여주었다.

"이해하겠어요?"

"네." 릴리가 대답했다.

그 다음에는 그가 소나무 하나를 더 그려넣었다.

"이해하겠어요?"

"아니요." 릴리가 대답했다.

그는 자신의 제안을 반복했다. 이번에는 사과를 이용했다. 릴리가 다시 그의 그림을 이해하지 않으려고 하자 대단히 화난 표정을 짓다가 이내 심하게 웃어대더니 슬며시 사라졌다. 릴리는 신중을 기하기 위해 이때부터 문을 잠그고 지냈다. 바로 얼마 후 릴리의 식구들은 거친 노크 소리에 깜짝 놀랐다. 그들은 숨을 죽이고 복도에서 군화 발자국 소리가 사라질 때까지 기다렸다. 릴리가 문을 열었을 때 하마터면 뚜껑이 열려 있는 세 통의 통조림고기를 밟을 뻔했다.

5일이 지난 후에야 비로소 릴리는 아이들의 옷을 가져오기 위해 집에 가보기로 했다. 일종의 보호막으로 에버하르트를 데리고 갔다. 그러나 계단에서부터 한 소련 장교가 그녀를 뒤따라왔다.

"아니에요, 당신이 생각하고 있는 것, 그건 아니에요." 릴리는 집게손가락을 흔들어보였다.

그러나 서로 다른 언어 때문에 의사소통이 제대로 이루어지지 않았다. 그는 소련어로 말했고, 그녀는 독일어로 말했다. 릴리가 그를 충계로 올라가라고 밀 때마다 그는 오히려 바싹 따라왔다. 결국 릴리가 포기 했다. 에버하르트는 그에게서 빵 한 조각과 기름에 절인 정어리 통조림 한 개를 얻었다.

일주일 후에 릴리 일행은 파손된 집으로 돌아갈 수 있었다. 두 대의 측음기, 자전거, 모든 레코드를 도둑맞았다. 식탁보와 침대 시트 일부와 은제품은 나중에 지하실에서 찾았다. 쿠스친스키는 베를린을 떠나면서 기념품으로 펠리체의 노란색 별을 달라고 부탁 했다. 그래서 릴리는 새로 만들었다. 그리고 문 앞 마룻바닥에는 악귀를 쫓아주는 부적으로 밤마다 초크로 거대한 별을 그렸다. 그리고 이웃의 눈에 띄지 않게 아침에 다시 지우곤 했다.

전쟁이 끝나고 열흘 뒤에 카트야와 페텔은 슈테그리츠에 있는 카트야의 집으로 돌아갔다. 그녀의 집은 1939년 그곳을 떠났을 때와 똑같은 모습으로 보존되어 있었다. 심지어 그림까지 그대로 벽에 걸려 있었다. 루시는 알고 토니 펠리체의 어머니와 학교를 같이 다닌 친구였고, 특별히 갈 곳이 없어서 릴리의 집으로 이사를 왔다. 육중하고 키가 큰 그녀는 끊임없이 음식에 대해 이야기했다.

1945년 6월 12일

안타깝게도 약속된 생필품 배급은 전혀 이루어지지 않았다. 나는 자주 아이들을 위해 몇 알의 보리만을 넣어 수프를 끓여야 했고, 때로는 약간의 풀을 넣기도 했다. 빵은 형편없었고 양도 적었다. 나는 하루 종일 말도 안 되는 재료들로 음식을 요리하기 위해 바빴다. 나는 뒤집어놓은 다리미 위에다 수프를 끓였다. 전기는 들어왔지만 가스는 아직 공급되지 않았기 때문이다. 그리고 난로를 피우기 위한 나무나 석탄도 없었다. 나는 이미 필요하지 않은 가구들을 땔감으로 쓰고 있다. 사람들은 폐허가 된 집들을 돌며 땔감을 구했고, 밤에는 나무 울타리까지 도둑질해 갔다. 모두가 따뜻한 식사를 하기 위해 도끼눈을 뜨고 나무를 찾아다녔다.

그리고 나의 사랑, 이제 나는 고통과 두려움에 떨면서 너를 기다리고 있다. 나의 사랑하는 가족들도 함께 너를 기다리고 있다. 무슨 소리가 날 때마다, 발자국 소리가 들릴 때마다 나는 몸을 떨면서 너를 기다리고 있다. 내 귀는 모든 소리에 민감하게 반응한다. 나는 더 이상 인내할 수가 없다. 내가 있는 모든 곳, 집에서나 거리에서 나는 지나친 기대 속에 너의 목소리를 들은 것 같았다. "에이미!"라고 부르는 소리를 말이다. 펠리체, 정말 나는 더 이상 견딜 수 없다. 너는 언제 다시 살아서 내 품으로 돌아올 수 있는 거니? 너의 에이미와 우리의 아이들, 우리의 집이 너를 기다리고 또 기다리고 있다. 어서 오렴. 이런 기다림은 정말 끔찍하다.

— *릴리의 일기*

전쟁의 포화가 도시를 휩쓸고 지나간 뒤 간절한 기다림처럼 라일락이 거리에 피었다. 릴리는 펠리체를 찾기 시작했다. 카플러 부인이나 루시가 아이들 곁에 있는 동안 그녀는 라일락이 핀 황폐한 거리를 이리저리 뛰어다녔다. 펠리체에 대한 소식을 수소문했고,

사람을 찾는 팻말을 써서 붙이고, 라디오에 펠리체를 찾는 방송을 의뢰하고, 그로스-로젠에 있었다는 사람들에게 편지를 보내기도 했다. 시청으로 가는 길에 있는 폭격 맞은 전차 역에서 시체 썩는 냄새가 진동했다.

릴리는 이라니셔 거리로 가는 도중에 줄무늬 죄수복을 입은 사람들과 마주쳤다. 그들은 웃으며 춤을 추고 있었다. 릴리가 그들에게 말을 걸었다. "어디서 오는 건가요? 그로스-로젠에 대해서 아는 것이 없나요?" 유태인 병원 건너편에는 공공건물이 있었는데, 수용소에서 돌아온 사람들이 그 건물에 머물고 있었다. 릴리는 펠리체를 찾기 위해 펠리체 사진이 붙은 팻말을 목에 걸고 건물 방마다 돌아다녔다. 그녀는 또한 트라헨베르크 병원에서 펠리체 옆에 입원했던 네덜란드 유태인도 함께 찾아다녔다.

1945년 8월 3일

절대로!
세월은 이상하리만큼 빠르게 흘러간다
시간은 차분히 돌아간다
아무런 의미도 없이 내게 그런 생각이 든다
기다림…… 너는 나를 떠났니?

희망은 우울한 날의 소득
밤이 되면 난 꿈을 증오해야만 한다
아무런 의미도 없이 내게 그런 생각이 든다

기다림…… 너는 나를 떠났니?

나는 의심으로 가득 차고
질투가 나를 사로잡는다
아무런 의미도 없이 내게 그런 생각이 든다
기다림…… 너는 나를 떠났니?

그리고 내 마음 속 깊이까지
최후의 순간에도 나는 차분하다
아무런 의미도 없이 내게 그런 생각이 든다
너는 절대로 살아서는 나를 떠나지 않을 것이다!

— 릴리의 일기

8월 12일에 릴리는 영국에 있는 이레네에게 편지를 보내는 데 성공했다. 전달자는 리하르트 칸, 바로 이레네의 아주버니로 콜린스에서도 자신의 이름을 바꾸지 않았고, 영국군으로 독일에 주둔하고 있었다.

친애하는 이레네,
우리가 마침내 서로 소식을 전할 수 있게 되어서 얼마나 기쁜지 모릅니다. 내가 펠리체에 대해 어떤 정확한 이야기도 해줄 수 없다는 사실이 당신에게는 매우 고통스럽겠지요. 내가 모두 알 수 있다면 얼마나 좋을까요.
나는 8월 21일 이후에 그렇게 오랫동안 혼자 지내면서 여러 번 당신과 펠리체의 사진을 보았어요. 그래서 당신과 펠리체는 적어도 사진상으로는 항상 내 곁에 있었죠. 당신과 펠리체의 모든 사진과 서류(출생증명서, 유서 등등)들은 내가 가지고 있어요. 나는 항상 이 서류들을 가지고 다녔고 — 수많은 폭탄에도 불구하고 — 철통같이 지켰어요. 가택수색에서 — 나 스스로도 이해하기 힘든 일이지만 — 이 서류들이 걸리지 않은 것이 얼마나 다행인지 모릅니다.

당신의 아주버님이 내가 당신과 펠리체의 사진을 벽에 걸어놓았다는 이야기를 하던가요? 어쩌면 당신이 조금은 이상하게 여길지도 모르지만 내게는 항상 펠리체의 언니로서 대단히 친숙한 존재라는 점을 생각해 주었으면 좋겠어요. 그리고 나는 당신이 동생에 대한 사랑의 아주 작은 일부분만이라도 내게 나눠주기를 간절히 부탁해요. 물론 내가 당신에게 느끼는 것보다 당신이 내게 느끼는 낯설음이 훨씬 더 크겠지요. 그러나 나는 우리가 되도록 빨리 모두 함께 만나게 되기를 바란답니다.

친애하는 이레네, 당신의 여동생은 내가 지금껏 만난 사람들 중에 가장 용감했어요. 그리고 나는 그녀가 불쌍한 사람들에게 천사였다고 확신합니다. 참, 이 지역에는 1월 말과 2월 초에 소련군대가 들어왔어요. 어쨌든 난 그녀가 분명히 살아 있을 것이라고 생각해요. 그녀는 어디에 있을까요? 지금까지는 강제 이송된 사람들 중에서 극히 일부만이 돌아왔어요.

내가 얼마나 간절히 그녀를 기다리고 있는지 그녀도 잘 알고 있을 거예요. 그녀는 꼭 돌아올 겁니다. 매일, 매시간, 나는 그녀를 기다리고 있어요. 기다림은 정말 끔찍하죠. 나는 벌써 그녀를 세 번이나 라디오 방송을 통해서 수소문했어요. 예전에 그녀가 있던 수용소에 그녀의 사진과 함께 팻말도 걸어놓았어요. 내가 할 수 있는 모든 일을 했습니다. 나는 매주 정보를 얻기 위해 모임에도 나가요.
어느 날엔가 행운이 찾아오겠죠.

릴리

1945년 8월 15일

나는 다가오는 8월 21일이 너무도 두렵다. 내가 더 좋은 소식을
이레네에게 보낼 수 있을까? 지난번에 그녀의 아주버니를 통해 보
냈던 소식보다 더 희망적인 소식이 생길까? 너의 이름이 부드럽게
들린다. 나의 용감한 펠리체.

베를린에 영국군이 주둔하게 된 이후로 배급 상황은 천천히 나
아졌다. 그러나 전체적인 양은 여전히 모자랐다. 그리고 우리는 —
누구나 일을 하고 싶었지만 — 아직 일을 하지 않기 때문에 가장 하
급의 배급표를 받았다. 루시도 마찬가지였다.

지난 며칠 동안 나는 그녀 걱정으로 가득 차 있었다. 그녀는 밤
에 잠을 자지 못했고, 정오가 되어서야 일어났다. 예전에는 그렇게
부지런했던 여자가 이제는 눈 뜨고 봐줄 수 없을 정도로 게을러졌
다. 그녀는 언제나 불평을 했다. 모든 것이 그녀에게 너무 벅차다.
그녀가 우리 집에 왔을 때 이미 건강이 안 좋은 상태였다. 한번은
내게 오래된 신경성 증상이 다시 나타나는 것 같다고 말했다. 나는
때때로 거칠어진다. 아, 나는 그녀가 아니더라도 충분히 많은 고민
거리가 있다. 아이들은 가련한 모습을 하고 있다. 아이들은 항상 굶
주림에 허덕이고 있다. 아이들은 비타민과 지방이 결핍되어 있다.
약간의 배급 외에는 먹을 것이 아무것도 없다.

— 릴리의 일기

8월 17일 릴리는 일제 플루그로부터 가슴 벅찬 엽서를 받았다.

　릴리,

　우리의 펠리체는 살아 있어요! 아르투어가 에버스발트로 가는 기차에서 한 남자를 만났는데, 이 사람이 4월에 펠리체와 함께 그로스－로젠에 있었다고 했어요. 그는 '자유'의 몸이 된 후에도 펠리체를 만난 적이 있다고 했고, 정확하게 그때를 기억하고 있었어요. 펠리체는 어딘가로 － 그 장소는 그도 잊어버렸어요 － 4~5주 동안 요양하러 간다고 했대요. 내가 내일이나 모레 시내에 나가게 되더라도 당신에게 들를 수 있을지 정확히 모르기 때문에 제일 먼저 당신에게 이 소식을 전합니다. 너무도 중요한 소식이라서 예전 같았다면 한밤중이라도 전화를 했을 거예요. 그러나 베를린에서의 내 시간은 제한되어 있어요. 아르투어가 아프고 침대에 누워 있기 때문이에요. 나는 이 엽서가 필요 없는 것이 되고 펠리체가 벌써 건강하게 당신 곁으로 돌아왔기를 바랍니다. 그것이 가장 멋진 일이겠죠!

일제

8월 17일 루시가 베로날을 먹고 자살을 시도했다.

　1945년 8월 17일, 밤 1시

　나는 밤 11시에 그녀를 손수레에 실어서 마르틴－루터 병원으로 데려갔다. 1시간 반 동안 나는 수송수단을 이리저리 알아보았다. 그러던 중에 소방대가 수레로 우리를 도와주었다. 사람들은 병원이

만원이라고 하면서 루시를 받아주려고 하지 않았다. 내가 큰소리를 지르기 전까지 말이다.

그녀는 전날 밤에 베로날을 먹은 것이 틀림없다. 나는 그녀가 잠을 자기 위해 무엇인가를 먹는다는 사실을 알고 있었기 때문에 — 그리고 그날은 대대적으로 빨래를 한 날이었고 — 그녀를 자도록 놔두었다. 오전에 나는 일제의 엽서를 받고 그녀의 방으로 갔다. 나는 울면서 루시에게 달려갔는데 그녀는 여전히 자고 있었다. 나는 그녀를 깨우고 싶지 않았다.

오후에 한 여자가 페텔이 루시를 위해 보낸 반 파운드의 보리를 가지고 왔다. 그러나 루시는 그때도 자고 있었다. 저녁놀이 질 무렵 방에 들어가 창문만 열어놓고 나왔다. 방 안은 덥고 어두웠다.

저녁 6시경에 나는 로젤과 약속이 있었다. 한 번 더 루시 방을 들여다보았을 때 그녀는 아까와 똑같은 모습으로 자고 있었다. 그녀는 목까지 이불을 덮고 있었다. 이마에 땀방울이 맺혀 있어서 땀을 닦아주었고 그때 그녀가 옷을 입은 채 자고 있다는 것을 알게 되었다. 페텔을 통해서 그녀가 수면제를 모으고 있다는 것을 알았고, 그녀가 얼마나 삶에 지쳐 있었는지도 알고 있었다.

내가 수면제를 먹은 사람이 어떻게 잠을 자는지 조금이라도 알았다면 오후에 벌써 그녀를 병원에 데려갈 수 있었을 것이다. 그때나는 조금 이상하다는 예감이 들었지만 확신이 서지 않았다. 그래서 로젤을 만나러 갔다가 8시 반에 집으로 돌아왔는데, 루시가 여전히 같은 자세로 누워 있는 것을 본 후에야 온 건물 안을 돌아다녔다. 그러나 아무도 나를 도와주는 사람이 없었다. 마침내 베른트가 소아과 의사인 카인 박사를 데리고 왔다. 그는 루시에게 주사를 놓았지만 내게 별로 희망을 주지 못했다.

루시는 무의식적으로 계속해서 일어나려고 시도했다. 내가 한 시간 넘게 차편을 구하느라고 동분서주하는 동안 베른트가 불쌍한 그녀를 계속해서 다시 눕혀야 했다. 내 커다란 목소리에도 그녀는 반응을 보이지 않았다.

우리는 통행금지 시간이 지난 후에 힘들게 구한 손수레를 밀면서 병원을 향해 뛰어갔다. 세 번 정도 영국 군인에 의해 제지를 당했다. 야간 의사가 루시에게 주사를 한 대 놔주었고 루시를 계속 큰 소리로 부르라고 시켰다. 나는 그녀를 계속해서 흔들었고, 그녀의 이름을 반복해서 불렀다. 그녀는 불분명했지만 분명히 반응을 보였다. 나는 그녀를 깨우기 위해 애썼지만, 그러나 그녀는 스스로를 포기 한 것 같았다. 그녀는 점점 더 불안정해졌다. 의사는 포기했고 나를 집으로 보냈다. 불쌍한 루시.

— 릴리의 일기

릴리의 증언 __ 루시는 갑작스런 자유를 견뎌내지 못했습니다. 나는 그녀와 모든 것을 이야기했어요. 그녀는 핍박받았던 독일로부터 벗어난 첫번째 사람일 것입니다. 정말 그랬을 거예요. 그녀의 여동생은 루시를 즉시 호주로 데려가기 위해 조치를 취했어요. 루시의 또 다른 여동생은 수술을 받은 채 요하임슈탈러 거리에 있는 병원에서 아우슈비츠로 이송된 적이 있었습니다. 나는 그녀의 생사에 대해서도 수소문해 보았어요. 그녀는 이송 도중에 사망한 것으로 되어 있었습니다.

루시에게는 페텔이 떠난 것이 큰 비극이었습니다. 확실히 그럴 만한 일이었죠. 페텔은 전보다 더 자주 루시를 돌봐야 했어요. 나는 그 시기에 완전히 망신창이가 된 인간이었어요. 제정신이 아니었

죠. 초인종이 울릴 때마다, 그리고 발자국 소리가 들릴 때마다 끊임
없이 펠리체가 돌아온 것이라고 생각했습니다. 그리고 그런 나의
상황을 루시는 잘 알고 있었어요. 그 누구도 그녀만큼 나를 잘 이
해해 주지 않았어요. 나는 죽음에 대해서도 이야기했습니다. 정말
살고 싶지 않았으니까요. 그때 그녀가 말했어요. "그런데 릴리, 알
고 있어요? 죽는 게 그렇게 쉬운 게 아니에요." 그녀는 이 말 뜻을
오래 전에 이미 깨닫고 있었던 겁니다.

　한번은 내가 방에 들어가자 그녀가 불평을 했어요. 그때 나는 그
녀의 머리를 쓰다듬어 주고 그녀를 안아주었죠. 그녀는 너무도 굶
주렸던 사람처럼 나를 꼭 안았습니다. 그 모습을 절대 잊어버릴 수
가 없어요. 내가 그런 포옹을 더 자주 해주지 못한 것이 평생 후회
로 남아요. 그러나 나는 계속해서 아이들을 돌보고 음식을 준비하
느라 정신이 없었습니다. 그런데 루시는 점점 더 삶에 무감각해져
갔고 잘 먹지도 못했어요.

8월 18일 릴리가 유태인 병원에 걸어놓은 팻말에 반응이 왔다.
노인이 쓴 것처럼 글씨가 흔들려 있었다.

　슈라겐하임은 양은 내 딸과 같은 길을 갔습니다. 그래서 그녀도
역시 베르겐-벨젠에 있을 것입니다. 더 자세한 것은 만나서 말씀드
리겠습니다.

1945년 8월 15일

이라니셔 거리 70호

그린베르거 박사로부터

다음날 릴리는 이라니셔 거리로 달려갔다. 약 40세 정도 되어 보이는 그린베르거 박사는 막 아우슈비츠에서 돌아온 상태였다. 그는 나지막한 목소리로 말했다. 그의 딸인 한네 로레도 그로스-로젠에 있었다고 했다. 그 수용소는 1945년 1월 말에 해산되었고 수감자들은 베르겐-벨젠으로 갔다고 했다. 그는 딸에게 펠리체에 대해 물어보고 가능한 한 빨리 릴리를 방문하겠다고 약속했다.

그 다음 릴리는 노이쾰른으로 가서 그녀의 팻말을 보고 연락을 해온 또 다른 여성을 만났다. 그녀는 펠리체와 함께 테레지엔슈타트에 있었다. 게슈타포는 젊은 사람들은 죽이고 자기 같은 노인들은 살려두었다고 울면서 말했다. 펠리체는 테레지엔슈타트에서 한 마디로 표현할 수 없을 만큼 착한 천사로 통했다고 했다. 그녀는 대단히 침착했고 확신에 차 있었으며 항상 한 여자와 함께 다녔다고 설명했다.

1945년 8월 21일

6시 30분. 너 없이 1년이 지났다. 내 마음은 납덩이처럼 무겁다. 지금 나는 서둘러 집안을 정리하고 나를 단장한다. 너를 위해서, 펠리체. 어쩌면 기억 속의 이 끔찍한 날이 우리에게 뭔가 더 나은 것을 가져다줄지도 모른다. 아, 내 사랑. 나는 고통으로 떨고 있다. 어제는 릴로가 왔었다. 모두가 나에게 희망을 가지라며 위로했다. 일요일에 만난 링케 부인도 그렇게 말했다.

펠리체, 테레지엔슈타트에서 항상 너와 함께 다녔던 여자가 누구니? 슈테른베르크였니? 나는 질투심에 불타올랐고, 유감스럽게도 링케 부인이 그것을 알아차리고는 미소를 지었다. 우습게도 나는 잘못된 상상에 빠졌다. 1년 동안 몸을 떨면서 너를 기다리고 있는 이 에이미를 벌써 잊어버렸단 말이니? 나는 너를 너무도 사랑하는데. 나는 너의 아주 작은 부분까지도 포기할 수 없다.

밤, 12시경

오늘 나는 혼자 있고 싶었다. 단지 너만을 기다리고 싶었다. 그러나 로젤이 가고 난 후에 바로 그레고르가 왔다. 나는 그와 함께 루시가 있는 병원으로 갔다. 그녀는 몸이 묶인 채 누워 있었다. 그녀는 생사를 넘나들다가 그저께 침대에서 떨어졌고 머리를 다쳤다. 나는 한없는 슬픔에 잠겨 침대 옆에 서서 그녀의 머리카락을 쓰다듬었다. 내가 그녀를 위해 무엇을 더 할 수 있을까? 혹시 그녀가 죽는다면 그것이 그녀를 위한 최선의 일일 것이다.

집으로 돌아오자 케테 헤르만이 나를 놀라게 했다. 그것도 하필이면 오늘! 이 선한 여자는 정말 아무 생각이 없어 보였다. 그녀의 말이나 행동을 참을 수가 없었다. 그녀는 도대체 네가 유태인이라는 것을, 그리고 그레고르, 일제, 릴로, 그 외에 많은 사람들이 유태인이라는 것을 몰랐던 것일까? 한 시간 뒤에 그린베르거 박사가 나타났다. 케테는 정중하게 그에게 손을 내밀었다. 그녀가 유태인에게 손을 내밀다니! 사람들은 속으로 그렇게 생각했다. 나는 불쾌해서 비명을 지를 뻔했다. 나는 그 정도로 히스테리적이었다. 기본적으로 나는 그녀를 좋아한다. 여러 가지 일에도 불구하고 그녀는 좋은 사람이다.

펠리체, 너를 생각해서 그 착한 그린베르거 박사가 빵 한 개, 간소시지 한 통, 분유 반 파운드, 마가린 4분의 1파운드와 설탕 10조각을 가져오셨다. 얼마나 기쁘고 고마웠는지 모른다. 사실 나는 그에게 완전히 낯선 사람인데도 말이다. 그는 브레슬라우의 변호사였다. 그리고 고향의 친한 지인들에게 맡겨놓은 물건들을 다시 돌려받을 수 있을 거라고 믿을 정도로 낙관주의자였다.

그를 역까지 바래다주는 동안 페텔이 집에 왔다. 그녀는 막 마르틴-루터 병원에 다녀오는 길이었는데, 의사 말에 따르면 루시가 오늘밤을 넘기기 힘들 것이라고 한다. 우리가 루시의 살아 있는 모습을 다시는 볼 수 없다는 사실이 너무 이상했다. 페텔은 슬퍼했고 우울해 했다. 내가 그녀에게 무슨 말을 할 수 있을까. 아무도 누구를 탓할 수는 없을 것이다. 그러나 나는 루시를 병원으로 데려갔을 때 그녀의 서류를 찾기 위해 손가방을 뒤지다가 발견한 작은 쪽지가 생각났다. 비록 학교 때 배운 프랑스어라 거의 잊어버리다시피 했지만 몇몇 불어 단어들이 그녀가 페텔에게 보내는 유일한 구조요청의 비명이었다는 것을 알 수 있었다. 페텔이 루시를 조금만 더 돌봐 주었다면 좋았을 것이다.

그리고 나는 슬펐다. 루시를 위해 많은 노력을 했는데도 그녀는 결국 그런 선택을 했다. 이제 난 더 많이 외로운 혼자가 되었다. 어쩌면 루시에게는 지금이 더 나을지도 모른다. 그녀는 단지 정신적으로만 망가진 것이 아니었다. 건강상태가 심각했다. 식량배급표 5번이 또 하나의 역할을 했다. 살아남은 유태인이 극악한 나치들과 똑같이 5번 표를 받은 것은 일종의 스캔들이었다. 그런 일은 이제 바뀌어야 한다. 그동안 루시는 굶주렸다. 나는 평생 이 점에 대해서 연합국들에게 책임을 물을 것이다.

나는 네가 외국으로 간 것이 아닐까 하는 두려움에 떨고 있다. 이런 가능성에 대해 아는 바가 있기 때문이다. 그런 거니? 내가 목숨을 걸고 기다리고 있다는 것을 알고 있는 거니? 어서 돌아와, 어디에서 오건 상관없이, 그리고 나를 안아줘. 우리 이제 세상과 그곳의 이상한 일들은 모두 잊자.

신이여, 나의 소녀를 내게 돌려보내주세요.

나는 지난 1년을 혼자서, 내내 과거의 기억만으로, 그리고 너를 다시 만날 것이라는 고통스러운 희망으로 살았다.

신이여, 이제 난 더 이상 기도를 할 수 없습니다.

— 릴리의 일기

1945년 8월 21일 밤에 루시가 마르틴-루터 병원에서 세상을 떠났다. 8월 26일 그녀는 바이센제에 있는 유태인 묘지에 묻혔다. 그것은 종전 후 이 묘지에서 있었던 두번째 장례식이었다. 페텔과 릴리가 유일한 조문객이었다. "우리는 그때 마치 수백만의 사람들이 뒤를 따라오고 있는 듯한 느낌이 들었다."고 릴리는 일기에 썼다.

9월에 릴리는 8월 12일에 이레네에게 보냈던 긴 편지에 대한 답장을 받았다.

릴리에게,

나는 지난주에 리하르트로부터 당신과의 만남에 대해 처음 소식을 들은 후에 바로 쿰머 부인에게 편지를 썼습니다. 물론 그녀도 펠리체에 대해 더 이상 아무것도 들은 이야기가 없었어요. 그러나 나는 펠리체가 곧 당신 곁으로 돌아가기를 간절히 바라고 있어요. 그녀에게는 결코 아무 일도 일어나지 않을 거예요, 그렇죠? 오늘 어머니 친구와 이야기를 나누었는데, 그녀는 펠리체가 모든 언어를 5분 만에 배우고 어느 나라에서든지 잘 적응할 것이라고 말했어요. 나도 그렇게 믿어요. 그러나 나는 우선 그녀가 어디 있는지 알고

싶어요. (······) 펠리체가 정말 성홍열 후유증으로 폐에 어떤 문제가
생겼을까요? 쿰머 부인이 그런 이야기를 썼어요. 그녀는 펠리체를
많이 걱정하고 있어요. 그렇지만 펠리체가 스위스에 가지 못한 것은
분명히 쿰머 부인 탓이 아니에요. 그것이 오히려 잘 된 일인지 누가
알겠어요.

이레네 칸

1945년 10월 26일

기억

내가 내쉬는 모든 호흡은
너의 대한 기억,
나는 그 속으로 정신없이 빠져들고
때때로 처절하게 운다

그리고 나는 과거의 시간 속에서 살아간다
오늘은 어제 앞에서 가라앉는다
나는 너의 향기로운 머리카락을 만지고
네가 때로는 비웃고 험담하던 소리를 듣는다

너의 품에 꼭 안긴 채
너의 웃음에 저항하지 못하고,
너의 매력에 푹 빠져 마법에 걸린 듯한데
그 다음 난 끔찍하게도 다시 깨어나고 만다

1945년 12월 9일

나는 네가 분명히 살아 있을 것이라고 생각한다. 그리고 어느 날, 어쩌면 생각보다 빨리 우리 집 문 앞에 서서 "에이미"라고 부를 것이라고 믿는다. 그러면 나는 너의 품으로 달려들어서 아직 남아 있는 마지막 눈물을 흘릴 것이다. 나는 네가 겪은 지난 고통을 모두 잊게 만들어줄 것이고, 죽는 날까지 내가 가진 최고의 것을 줄 것이며, 너를 위해 내 생명까지 바칠 것이다.

펠리체, 나의 사랑, 나의 품으로 돌아오렴. 나는 네게 키스하고 싶고, 너의 부드러운 입술의 감촉을 느끼고 싶다. 그때 나는 온 세상이 빙빙 돌고 내 몸 안의 피가 거꾸로 흐르는 것처럼 느꼈다. 내가 너의 키스를 무기력하게 받아들이던 때를 아직 기억하고 있니?

난 더 이상 내 감각들의 주인이 아니었다. 모든 의식이 내 심장의 불꽃 속에서 꺼져갔다. 나는 네 곁에서 내 자신을 잊고 감정의 향취에 취해 한없이 긴 키스를 했었다. 나는 그런 거친 키스를 즐겼고 그럴 때 너와 난 하나가 되었다. 우리의 몸은 서로 밀착되었고, 공동의 의지로부터 막강한 힘이 발휘되었다. 너의 손이 나의 몸을 미끄러져 내려가고, 나의 가슴 위로, 나의 몸 위로, 그런 다음 넌 나를 소유했다. 그리고 나도 너를 소유했다.

나는 평생 처음으로 받기만 한 것이 아니라 요구하고 원했다. 내가 너의 몸을 얼마나 뜨겁게 사랑했는데, 얼마나 뜨겁게. 나는 너의 아름다운 몸을 만졌다. 처음에는 긴장되고 경직되어 있던 너의 몸이 천천히 풀어지더니 곧 자유로워졌다. 그러면 나는 재빠르게 너에게 키스를 하고 지상의 모든 이성을 빼앗았다. 요란한 소용돌이의 순간에 모든 것이 우리 안에서 그리고 우리 주변에서 휘몰아쳤다. 그 순간 나는 너를 살해할 수도 있을 것 같았다. 나는 소리를 질렸고 거의 제정신이 아니었다. 아무 생각도 나지 않을 만큼 지치기 전까지 우리는 쉬지 않았다. 우리는 하나였고, 그것이 우리 사랑의 완성이었다.

우리는 그렇게 사랑했었다. 맙소사, 난 이미 사랑했었다고 과거형으로 말하고 있다.

— 릴리의 일기

릴리는 그후 얼마 뒤에 1946년 새해인사를 위해 이레네에게 편지를 썼다. 다른 중요한 편지들처럼 이 편지도 봉투에 넣기 전에 따로 베껴놓았다.

사랑하는 이레네,

새해를 맞이해서 당신과 데렉에게 행운이 깃들길 바랍니다. 데렉을 찾은 것은 당신을 위해 정말 잘 된 일이에요. 자신에게 사랑하는 사람이 있다는 것을 알게 되었으니까요. 그리고 내가 누군가에게 진심으로 행운을 빈다면, 그것은 바로 당신이에요. 나의 사랑 펠리체의 언니로서요! 우리가 어떤 사이였는지는 서로에게 보낸 편지들을 보면 알 수 있을 거예요. 언젠가 말이죠.

1944년 8월 21일에 펠리체가 떠난 이후로 그런 이야기를 당신에게 한번은 해야 한다는 것을 알면서도 두려웠어요. 혼자서 당신 앞에 선다는 것이 말이에요. 그리고 지금 나는 1월 2일에 그로스-로젠에 있던 700명의 여성들이 베르겐-벨젠으로 이송되었고 벨젠에서 거의 모두가 발진티푸스로 사망했다는 사실을 알게 된 이후로 희망을 잃었어요. 오늘까지도 그녀가 거기에 있었는지는 100퍼센트 확실하지가 않아요.

나는 한네 로레에게 편지를 썼어요. 그녀는 그로스-로젠에서 펠리체와 함께 있었고, 거기서 베르겐-벨젠으로 갔다고 했어요. 그러나 안타깝게도 그녀는 아직 내게 답장을 하지 않았어요. 요즘 우편 상황은 최악이에요.

친애하는 이레네, 나는 어제 벨젠으로의 이송에 대해 알게 되었어요. 그 이야기가 모든 희망을 빼앗아갔어요. 어제 이후로 나는 그 누구보다도 불쌍한 사람이 되었고, 나는 반복해서 자문하고 있어요. 왜? 도대체 왜 신은 이 멋지고 재능 많은 소녀를 나로부터 데려가신 걸까요? 그리고 왜 신은 내가 이 끔찍한 전쟁을 이겨낼 수 있게 하신 걸까요?

독일에서 너무도 끔찍한 일들을 겪어야 했던 우리는 단 한 가지 생각밖에는 없어요. 이 나라에서 나갈 수 있기를, 이 사람들로부터 벗어날 수 있기를 소망하고 있죠. 그런 끔찍한 일들이 가능한 나라에서 더 이상 살 수 없어요. 그러나 여기서 나가는 것이 내게는 쉽지 않아요. 네 명의 아이들이 있으니까요. 좋은 사람들이 나를 도와줄 것이라고 생각해요. 나는 다른 곳에서 새로운 삶을 시작하고 싶어요. 맨 처음부터 다시. 그러나 결코 쉽지 않을 거예요. 난 결코 잊을 수 없기 때문에 여기서 벗어나야만 해요.

릴리

1945년 1월 25일 쿠르츠바흐 수용소가 이전되었다. 여성들은 매서운 추위 속에서 5열로 줄을 맞추어 8일 동안 그로스-로젠까지 행군을 했다. 200명의 여성들이 도중에 사망했다. 그들은 그로스-로젠 수용소에서 2주 동안 머물렀는데, 네 명이 간이침대 하나에서 잠을 잤고 하루에 두 번 수프를 배급받았다. 그 다음에는 지붕 없는 가축용 화물칸에 실려 베르겐-벨젠으로 갔다. 원래 목적지는 부헨발트였지만 그곳 수용소는 더 이상 수감자를 받기에는 인원이 초과된 상태였다. 그러다가 바이다르 근처에서 영국군 폭격기에 폭격을 맞았고, 앞쪽과 뒤쪽 화물칸에서 사망자들이 발생했다.

베르겐-벨젠에 도착해서 그들은 낡은 누더기 옷을 태급받았다. 베르겐-벨젠에서 그들은 발진티푸스, 기아, 그리고 설사병으로 사망했다. 베아테 모르의 언니도 여기서 이질과 성홍열로 세상을 떠났다. 그리고 베아테 모르는 석방된 후에 어머니에게 편지를 썼다.

"너무 슬퍼하지 마세요. 다른 많은 사람들도 세상을 떠났어요. 로테 트리어, 케테 파그너, 안네 마르쿠스, 펠리체 슈라겐하임, 루트 셴필트……."

10 눈물의 책

1945∼46년 추운 겨울에 릴리는 난로를 뗄 석탄이 없어서 부모님 댁으로 이사를 갔다. 그곳에서 릴리는 대부분의 시간을 그녀의 '눈물의 책'을 쓰면서 보냈다. 눈물 속에서 그녀는 재규어와 에이미가 서로에게 보냈던 편지들을 옮겨 적었다.

50컬레나 되는 펠리체의 실크스타킹은 빵과 교환해 먹었다. 나이가 든 아이들은 배불리 먹고 따뜻하게 지내기 위해 올덴부르크로 갔다. 어린 알브레히트만이 그녀 곁에 남아 있었다. "엄마, 펠리체 이모는 꼭 다시 올 거야." 아이는 엄마를 위로하려고 했다. 그러나 릴리에게는 그 어떤 위로도 소용이 없었다.

전쟁이 끝난 뒤 몇 년 동안 킬리의 아이들은 눈물을 흘리는 엄마의 모습만을 보았다. 그녀는 또 펠리체가 돌아왔을 때 자신이 미국으로 이민을 가고 없다면 어떻게 하냐고 괴로워했다. 릴리는 기계적으로 살림만 할 뿐이었고 깊고 깊은 우울증에 빠져 있었다. 그녀는 몇 시간 동안 거실에서 책을 읽거나 일기를 썼다. 가끔 아이들의 방해를 받곤 했지만 글을 쓰면서 위로를 찾았다.

1946년 1월 26일 루이스 그린베르거 박사가 릴리에게 편지를 보냈다. 그리고 그의 딸인 한네 로레가 아직도 답장을 하지 않았다고 했다. 그는 릴리에게 희망을 잃지 말라며 용기를 북돋워줬다. "젊은 사람들에 대해서는 우리가 아직 희망을 가질 수 있습니다. 강제수용소에 있던 브레슬라우의 두 여성도 6주 내지 2주 전에 여기 도착했습니다. 한 명은 아시아에 있었고, 다른 한 명은 카우카수스에 있었다고 했습니다."

6월 5일에 드디어 한네 로레가 소식을 알려왔다.

"……나는 다시 한 번 당신의 친구를 만난 적이 없다는 말을 하게 된 것을 유감스럽게 생각합니다. 다른 수용소에 있던 친구들에게도 알아보았는데 소용이 없었습니다. 그녀는 아마 수백만 명의 수용소 동료들이 겪은 운명을 함께 한 것이 아닐까 생각됩니다."

그러나 릴리는 희망을 버리지 않았고, 계속해서 수소문을 했다. 1946년, 1947년까지도 그녀의 노력은 계속되었다. 1948년 2월 14일 펠리체는 베를린-샤로텐부르크의 법원에 의해 사망자로 기록되었다. 그녀의 사망 시점은 1944년 12월 31일로 확정되었다. 당시 친구들이 릴리에게 알아내서 추정한 날짜였다. 그녀가 기대했던 증빙 자료의 확인은 이루어지지 않았다.

펠리체를 기다리는 동안 릴리는 이혼 판결의 무효화 신청 기간을 놓쳤다. 그럼으로써 귄터 부스트와 공동 책임으로 이혼이 확정되었고, 전쟁미망인 연금을 받을 수 있는 자격을 잃어버렸다. 오스트레일리아로 이민을 가려는 그녀의 계획은 실패로 돌아갔다. 펠리체의 유산과 관련해서 점점 더 날카로워져 갔던 이레네와의 서신 왕래도 아무 성과 없이 흐지부지 끝나고 말았다.

1947년 3월 릴리는 쿰머 부인으로부터 펠리체에게 보내는 이레네의 편지 원본 중 일부를 얻었다. 아마도 첫번째 우편은 분실된 것으로 보인다. 이 편지의 봉투어는 일종의 경고가 적혀 있었다.

편지 도둑에게 : 이 봉투 안에는 강제수용소에서 세상을 떠난 한 젊은 여성의 언니가 보내는 편지가 들어 있습니다. 이 편지들은 내가 나치시대에 극히 부분적으로 전달할 수 있었던 것들입니다. 이런 편지들은 당신에게도 성스러운 것이 아닐까요?

그것이 엠미-루이제 쿰머의 삶이 남긴 마지막 표시였다.

1949년 봄 릴리는 모아두었던 알약을 한꺼번에 삼켰다. 1년 전부터 아기와 함께 프리드리히샬러 거리에 살면서 릴리와 사랑에 빠진 헬레네가 마지막 순간에 그녀를 구했다.

그러나 가련한 헬레네는 빌리 바임링에게 릴리의 옆자리를 내주기 위해 이사를 가야만 했다. 그는 게슈타포가 릴리의 집에 왔을 때 펠리체를 소파 뒤로 숨겨주었던 바임링 부인의 아들이었다. 빌리 바임링은 불룩한 배를 내밀며 차양이 넓은 모자를 쓰고 다녔고, 집 앞 모퉁이에서 전기상을 운영했다. 릴리는 이제 하루 종일 이 가게에서 일해야만 했고, 저녁에는 가족을 위해 요리를 해야 했다. 점심 때는 아이들이 학교에서 곧장 가게로 왔다. 그러면 릴리는 아이들과 함께 집으로 올라가서 급하게 점심식사 준비를 했다.

1949년 5월 6일

나는 과거에 에이미였고, 또한 릴리였다. 지금 나는 엘리자베스 부스트이며 그것이 별로 기쁘지 않다. 이제 나는 그를 위해 모든 일을 해야 하고, 다른 어떤 것을 위한 시간이나 여유가 없다. 그는 단지 자신과 자신의 가게에 대해서만 생각한다. 이기주의자. 그는 결혼이나 사랑 고백 같은 일은 절대 하지 않을 것이다. 그는 예전에 자기 부인을 완전히 손에 쥐고 살았고, 나 또한 그렇게 할 것이라는 것을 나는 알고 있다. 그러나 아이들이 있다. 아이들은 아버지의 사랑이 필요하다. 아, 나는 모든 의욕을 상실했다.

나는 가능한 한 조신하게 생활하려고 애쓰고 있다. 너도 알다시피 나는 단 몇 사람을 위해 살아가기로 결심했고, 그들을 위해 나의 모든 지인들을 버렸다. 그런데 그런 대가를 치르고 나는 지금 무엇을 하고 있는 것인가? 나는 고통스럽고 강요적이며 예속된 틀에 끼워져 있다. 그를 믿었던 내가 우스울 뿐이다.

1월부터 나는 가게에서 일하고 있다. 그것이 무슨 뜻인지, 네가 직접 보아야만 할 것이다. 나는 한마디로 더 이상 평범한 사람이 아니다. 빈털터리. 나는 어리석은 바보다. 지난번 그와 싸울 때 나는 최소한 50마르크의 용돈을 요구했다. 나는 아침 8시 반부터 저녁 6시까지 점심 휴식도 없이 일하고 있다. 그리고 집으로 와서 요리를 하고, 빨래를 하고, 아이들을 의한 의무와 더불어 그를 위해 밤에도 시중을 든다. 그것이 말할 수 없는 수치라는 것을 나도 알고 있다. 그가 최소한 한 번이라도 내 노고를 인정하는 따뜻한 말이라도 해준다면 좋겠지만, 그런 일은 한마디로 그의 스타일이 아니다.

아, 사랑스런 나의 소녀. 만약 혼자된다는 것에 두려움이 없었다면 이 모든 것을 견딜 수 없었을 것이다. 예전에 나와 절친했고 나를 사랑해 주었던 사람들 없이 지내는 것이 무서웠다. 그리고 이성적으로 생각한다면 빌리가 매우 친절한 것일 수도 있다. 내가 그 누구에게도 보이지 않았던 눈물은 그가 보상해 줄 수 있는 것이 아니다. 나는 너를 위해서 울었다. 한없이, 수치심도 없이.

나는 왜 이렇게 평생 고통을 겪어야만 할까? 이런 상태로 더 이상 살 수는 없다. 나는 얼마나 자주 내 자신에게 괜찮아질 것이라고 말해왔는지 모른다. 결국 이런 삶은 계속될 것이다. 나는 아직 남은 인생을 홀로 지낼 수 없기 때문에…… 그리고 나는 내일도 다시 가게에 나갈 것이고, 대단히 분노할 것이고, 이성을 잃을 것이다.

나는 내 자신보다 더 사랑하는 너를 생각할 만한 충분한 휴식조차 가질 수 없다. 너와 함께 삶의 모든 가치들이 사라졌다. 신은 왜 나를 이렇게 무너뜨리고 너에 대한 나의 지독한 사랑을 빼앗아간 걸까? 그러나 나는 너를 향해 크게 소리를 지른다.

오, 신이여, 너는 내 목소리를 들어야만 한다. 나는 8월 21일 이후로 항상 소리를 지르고 있다.

— 릴리의 일기

1950년 4월 3일 릴리와 빌리 바임링은 결혼했다. 처음에 그녀는 빌리에 의해 완전히 감금된 생활을 했다. 릴리는 예전처럼 손님을 초대하거나 외출할 수 없었다. 빌리는 집에 낯선 사람들이 오는 것을 참지 못했고 친구도 없었다. 그의 삶 전체가 가게 위주로 돌아갔고, 오직 가게를 성공시키는 것이 그의 목표였다. 릴리가 그와 결혼한 이유는 약간의 사랑에 대한 동경과 경제적인 안정 때문이었다. 빌리도 나중에 그것을 깨달았다. "당신은 전혀 남자가 필요 없는 사람이야."

1953년 봄 릴리는 다시 한 번 자살을 시도했다. 아내가 심한 독감에 걸렸는데도 가게에 나와서 일하기를 바라는 빌리와 싸운 후에 릴리는 동맥을 끊었다. 빌리는 끔찍한 장면을 목격했다. 릴리가 피를 흘리면서 복도를 걸어가자 그녀를 붙들기 위해 그녀의 다른 한 손을 문에 끼워 넣었다. 베른트가 경찰을 불렀다.

1953년 8월

줄여서 말하자면, 그와의 결혼은 짧았고 진부했고 즐겁지 않았다. 1950년 4월 빌리와 결혼했고, 1951년 2월에 아무 이유 없이 이혼했다. 그리고 1952년 빌리는 다시 내 집으로 들어왔다. 새로운 결혼 생활을 위한 줄다리기. 진부한 일상의 되풀이. 모든 이성에 맞서기. 가게, 살림, 빌리와 아이들. 1953년 초 그가 네번째로 약속을 어긴 후에 나는 최종적으로 더 이상 견딜 수 없다는 것을 분명히 했다. 나의 요구를 무시하고 그는 시간을 끈다. 나에게는 인내심이 필요하다.

— 릴리의 일기

12월에 빌리가 마침내 이사를 나갔다. "나는 그로부터 벗어났다. 드디어 내 인생에서 우연히 만났던 한 대단한 무뢰한으로부터 벗어났다."고 릴리는 일기에 썼다.

그후에 릴리는 계속해서 자신의 세계르만 숨어들었다. 그녀의 가족들은 경제의 기적이라고 불리는 시기를 열악한 상태로 보냈다. 집 안에 돈이란 거의 없었다. 릴리 친구들이 하나둘 자신들의 일을 찾아가고 있는 동안 그녀는 아이들에게 배당되는 편모연금으로 근근이 살아가고 있었다. 가끔 그녀는 청소를 해주기도 했고, 크리스마스 때면 종이 상점에서 일을 돕기도 했다. 그녀는 이런 일들이 마음에 들었다. 그러나 그녀가 어떤 결정을 내리기에는 삶에 대한 용기가 부족했다. 그녀가 종이 상점에서 계속 일할 생각이 있느냐는 제안을 받고서도 너무 오래 고민을 하다가 시기를 놓치고 말았다.

이런 어려운 상황 속에서도 그녀는 베른트, 에버하르트, 라인하르트에게 대학 공부를 시켰다. 그녀가 경제적 지원을 신청하기 위해 관청에 갔을 때 관청 직원은 아이들이 왜 대학 공부를 해야 하느냐고 물었다.

"그러면 내가 아이들을 우리의 수준 이하로 키워야 한다는 말인가요?" 관청 직원이 신청을 받아주지 않자, 릴리는 아이들을 데려와서 문 앞에 세워놓을 것이라고 위협했다.

"아니면 당신이 내게 아이들의 아빠를 돌려줄 수 있나요?"

1961년 에버하르트는 이스라엘로 떠났다. 1963년에 — 릴리의 나이는 50세가 되었고 — 그녀는 마침내 보험이 되는 직장을 얻었다.

첼렌도르프 섬유 공장에서 청소부와 인사부 도우미 일을 하게 되었다. 그녀는 새벽 5시에 출근해서 몸이 녹초가 되어서야 침대에 누울 수 있었다. 영혼과 즐거움을 위한 시간은 없었다. 주말은 부모님의 집에서 보냈다.

1970년대 중반 ― 아들 넷은 모두 독립했고 ― 릴리는 치솟는 임대료 때문에 이사를 했다. 하지만 늙은 부모님 곁에 있기 위한 이유도 있었다. 추억이 있는 프리드리히샬러 거리의 아파트를 떠나 부모님 집 근처 방 한 칸짜리로 이사했다. 10월 1일 어머니가 돌아가셨고, 이어 몇 년 뒤에 아버지가 돌아가셨다.

1974년 가을 귄터 부스트는 공식적으로 사망 처리 되었다. 루마니아의 야시(Jassy)에서 전사한 지 30년이 지난 후의 일이었다.

1981년 9월 21일에 릴리는 아들 베른트의 신청으로 독일 연방 공로훈장을 받았다.

릴리의 증언__ 사람들이 내게 훈장을 수여하겠다고 했을 때 처음에 거절해야겠다는 생각을 했습니다. 그렇다고 해서 펠리체가 다시 살아 돌아오는 것도 아니었기 때문이죠. 그러나 어쩌면 그것이 펠리체의 뜻일지도 모른다는 생각을 했습니다.

나는 훈장 수여에 대한 이야기를 회사에 알리지 않고, 그냥 말없이 결근했습니다. 다른 사람들의 주목을 받는 것이 싫었습니다. 그러나 신문에 기사가 실리고 말았죠. 대중매체들은 나를 가만 놔두지 않았습니다. 나는 모든 인터뷰를 거절했습니다. 화제의 주인공이 되고 싶지 않았거든요. 그러나 사람들이 내게 보인 반응은 정말 이상했습니다. 회사의 경영진들은 나를 좋게 대해주셨어요. 여기

장미가 가득 꽂혀 있는 이 꽃병도 그들이 선물한 것이죠.

　그러나 나와 친하게 지냈던 사람들은 전혀 예상하지 못했던 반응을 보였습니다. 그들 대부분이 내면적으로 나에게서 마음을 돌렸어요. 또한 내가 살고 있는 동네에서도 마찬가지였습니다. 물론 그들이 내게 인사를 하지 않거나 얼굴을 돌리지는 않았어요. 그러나 무엇인가 달라진 것을 느낄 수 있었습니다. 나의 본모습이 완전히 드러나버린 것 같았어요. 나는 더 이상 그런 시선으로부터 벗어날 수가 없었습니다. 그렇게 나는 죽어가고 있었습니다. 그것이 바로 내가 의기소침해지고 은둔생활을 하게 된 이유였습니다.

　나는 그 누구도 믿지 않았어요. 그 어느 누구도. 지금도 역시 믿을 사람이 아무도 없습니다! 사람들은 변하지 않았어요. 되르테와 전화 통화를 자주하면서 우리는 항상 확인하게 되었죠. 이 넓은 바다에서 완전히 혼자라는 것을 말입니다. 사람들이 추적해 낸 지난 내 과거가 혐오스러운 일로 인식되었고, 그런 일이 나를 힘들게 했어요. 나는 지나치게 민감했어요. 심지어 내가 도움을 주었던 사람들까지 나를 궁지로 몰아넣었습니다. 사람들은 내게 많은 약속을 하고는 그것을 지키지 않았어요. 오히려 그 반대였죠.

　루시의 언니가 어느 날 내게 편지를 보내왔는데, 그 내용을 보면 그녀가 이곳에 대해 얼마나 아는 것이 없는지 알 수 있었어요. "당신은 루시의 자살을 막을 수는 없었나요?"라는 말에 나는 정말 상처받았습니다. 나는 끝까지 루시를 지켜주고 묻어 준 사람입니다. 그런 내게 어떻게 그런 말을 할 수 있나요. 실제로 나치시대에 많은 유태인들을 숨겨주었던 말찬 백작부인도 언젠가 한 방송사와의 인터뷰에서 인상 깊은 말을 했습니다. 그녀가 목숨까지 걸고 도와 준 사람들이 나중에 그녀에게 고마워했느냐는 질문을 받고 그녀는 이렇게 대답했어요. "나는 별로 그 질문에 대해서는 말하고 싶지 않습니다. 그러나 그런 사람은 아주 소수였습니다."

그들은 지난 과거에 더 이상 관련되기를 꺼려했습니다. 모든 것을 버리고 지난 과거를 완전히 잊고 싶었던 것입니다. 나는 펠리체 삼촌이 있는 미국으로 가려고도 했습니다. 독일에 있고 싶지 않았어요. 그리고 스웨덴으로 갈 수도 있었습니다. 그러나 사람들은 아이들 때문에 힘들 것이라고 말했어요. 내겐 언제나 아이들이란 약점이 있었죠. 나는 여전히 독일을 증오합니다.

내게 반복적으로 어떤 장면이 떠오르곤 합니다. 저 위쪽에 내가 직장에 갈 때 탔던 두 대의 버스, 85번과 96번이 가고 있습니다. 여기는 지금 직업학교 앞입니다. 나는 정거장에 서 있습니다. 옆에 있는 아이들이 떠들고 소란을 피웁니다. 그러자 갑자기 한 여자가 다른 여자에게 말합니다. "여기가 꼭 유태인 학교 같잖아!" 때때로 나는 관심권에서 금방 벗어난 것이 기쁩니다. 진정으로.

훈장 수여에 대한 기사가 보도된 지 2주 후에 릴리는 아파트를 나가려고 하다가 하마터면 커다란 돌멩이에 걸려 넘어질 뻔했다. 누군가 층계에 돌을 갖다놓았던 것이다. 그녀의 아파트 현관문은 욕설로 도배되어 있었다.

1983년에 릴리는 비로소 일을 그만두고 연금 생활을 시작했다. 하지만 그녀는 사회보험에 든 직장에서 일한 지가 20년밖에 되지 않았기 때문에 연금이 그다지 많지 않았다. 그녀가 이런 빈곤을 견딘 것은 거의 기적이었다.

"나는 내 자신이 자랑스러워요. 나는 결코 구걸을 하러 간 적은 없었으니까요."

릴리는 혼자 책을 읽으며 지냈고, 하루 종일 집 안에서 생활했다. 그녀는 미용실에도 가지 않았고 생필품 외에는 아무것도 사지 않았다. 연금에 의지해서 살다 보면 몇 년 동안은 견딜 수 있지만 그후에는 굶게 될 수도 있다고 그녀는 말했다.

또한 릴리는 병원에 자주 갔다. 그녀는 최소한 1년에 두 번은 병원에 가야 했다. 심장, 혈액순환, 소화장애 등의 문제가 있었다. 그녀가 에버하르트를 만나러 이스라엘에 갔을 때만 삶의 의욕이 되살아났다. 이스라엘에서 그녀는 평온함을 찾았고, 자신과 똑같은 사람들과 있다는 느낌을 받았다. 베를린에 와서도 그녀는 유태교식으로 기도를 했고 아들인 유태인 에버하르트를, 그리고 역시 유태인인 펠리체 슈라겐하임을 생각했다.

그녀는 언제나 펠리체 생각을 하고 있었다. 8월 21일이 다가올 때마다 언제나 새로운 슬픔이 밀려들었다. 하벨 강에서 에이미와 재규어가 찍은 사진들을 릴리는 하얀 천가방 안에 보관했는데, 그 안에는 그녀가 이스라엘의 '통곡의 벽'에 가서 썼던 손수건도 함께 들어 있었다.

릴리는 자신의 일기장과 펠리체의 서류, 사진, 그리고 에이미와 재규어가 서로를 갈망하며 주고받은 모든 편지와 시 등을 두 개의 가방에 넣고 언제든 쉽게 꺼낼 수 있는 장 속에 보관해 놓았다. 그들의 결혼기념일인 4월 2일마다 에이기는 '눈물의 책'을 꺼내어 읽으면서 과거로 돌아가곤 했다.

그녀에게 무슨 일이 생길 경우에 이 서류들은 이스라엘에 있는 에버하르트에게 전달될 것이다. 가방을 사용하자는 것은 에버하르트의 생각이었다. "그렇게 하면 경찰이 절대로 열지 못할 거예요." 가방 열쇠는 릴리가 항상 목에 걸고 다녔다. 그녀의 새끼손가락과 가운뎃손가락에는 'F. S'와 '43. 4. 2'라고 새겨진 결혼반지와 그녀가 펠리체에게 선물했다가 체포되던 날 다시 돌려받은 반지가 끼워져 있다.

1985년, 릴리가 훈장을 받은 지 4년 뒤에 미국의 저널리스트가 연락을 해왔다. 베를린 지방정부가 엘리자베스 부스트라는 이름을 거론했고, 저널리스트는 『좋은 독일 사람들(Good Germans)』에 대한 책을 계획하고 있다고 말했다. 그는 릴리에게 그동안의 비밀들을 알려달라고 부탁했다. 처음으로 릴리는 에이미와 재규어에 대한 진실을 털어놓았다. 유태인 슈라겐하임은 단지 그녀의 친구였을 뿐 아니라 그녀의 삶 자체였다는 것을 말이다.

"때때로 나는 슬퍼집니다."

릴리가 말했다.

"이제 그것은 더 이상 나만의 이야기가 아니니까요."

이후……

이 책의 주인공인 엘리자베스 '릴리' 부스트는 1913년 11월 1일에 베를린에서 태어나서 2006년 3월 31일에 같은 곳에서 세상을 떠났다.

그녀는 자신의 사랑 이야기를 영화화한 「Aimée & Jaguar」라는 영화로 세상에 알려지게 되었다. 네 아들의 어머니로 국가사회주의자들과 함께 살아온 그녀는 1942년 유태인 펠리체 슈라겐하임을 보는 순간 사랑에 빠졌다. 둘은 1944년 8월 21일 펠리체가 게슈타포에 체포되기 전까지 1년 조금 넘는 시간을 함께 보냈다. 모든 것이 나치의 손에 좌지우지 되는 시대에 유태인을 숨겨주는 것은 큰 범죄이며, 더구나 유태인 여성과의 사랑은 있을 수 없는 일이었다. 그러나 릴리는 어머니 공로십자훈장 덕분에 간신히 처벌을 면할 수 있었다.

펠리체를 향한 릴리의 진실한 사랑은 그녀가 수십 년 동안 간직해온 편지로 알 수 있다. 핍박과 억압 속에 굴하지 않고 서로의 사랑을 끊임없이 애타게 갈구했던 심정을 릴리는 편지와 자신의 일기에 고스란히 간직해 왔다.

릴리는 전쟁이 끝나고 오랫동안 펠리체를 수소문해봤지만 펠리체는 그로스 - 로젠 강제수용소에서 베르겐 - 벨젠으로 가는 도중 사망한 것으로 추측된다. 1948년 2월 14일에 펠리체 슈라겐하임은 베를린 시로부터 사망자로 정식 기록되었다.

1981년 9월에 릴리는 펠리체를 비롯해 유태인 여성 세 명을 숨겨준 공로를 인정받아 독일 정부로부터 연방공로십자훈장을 수여받았다.

나이 여든이 다 되어 릴리는 작가인 에리카 피셔를 만나 그동안 가슴 깊이 묻어둔 자신의 이야기를 끄집어냈다. 깊고 심도 있는 대화와 그동안 간직해온 편지와 시, 일기 등을 통해 1994년에 『Aimée & Jaguar』라는 책이 출간되었고, 1998년에 같은 제목으로 영화화되었다. 그리고 연극, 다큐멘터리, 사진 전시회, 시 낭송회 등과 세계 16개국의 언어로 번역 출간되었다.

책이 출간되자 펠리체와 릴리의 친구였던 엘레나이가 연락을 해왔다. 엘레나이는 이 책의 출간을 보고 상당히 놀랐다. 엘레나이는 릴리가 펠리체를 직접 게슈타포에 밀고 했다고 믿고 있었다. 릴리만이 가지고 있었던 펠리체의 사진을 게슈타포가 체포할 때 들고 왔기 때문이다. 그러나 이러한 비난은 아직까지 사실로 확인되지 않았고, 반박되지도 않은 채로 남아 있다.

금기의 시대, 금지된 사랑

1943년의 독일은 길게 지속되었던 전쟁에서 패전의 분위기에 휩싸이고 있었다. 소련과의 전투에서 패배하고 여름에 감행했던 대공격의 실패로 히틀러는 더 이상 전세를 회복할 가능성을 찾지 못했다. 히틀러의 망상을 위해 수많은 사람들이 희생되는 가운데 독일의 시민들 역시 전쟁의 혼란 속에서 고통당하고 있었다. 물질적으로나 정신적으로 그들도 힘겨운 시기를 보냈다. 과연 그들이 모두 히틀러를 지지했고, 철저한 나치주의자였고, 유태인 차별주의자였을까?

우리는 우선 이 책을 통해 나치시대를 겪었던 독일의 평범한 사람들의 모습을 볼 수 있다. 릴리와 그의 가족들, 그리고 그녀의 남편 귄터를 통해서 말이다. 귄터는 나치 당원이기를 원하면서 후에 전쟁에 나가 돌아오지 못하는 운명이 되었지만 그가 유태인 차별주의자이거나 혹은 열정적인 히틀러 지지자라는 증거는 찾을 수 없다. 단지 그가 속해 있었던 시대와 사회가 그 사람을 그렇게 만들었던 것으로 보인다.

한편 이 시기에 국가 비밀경찰인 게슈타포는 소위 사회적으로 문란한 사항들을 단속하기도 했다. 농장주의 딸과 관계를 맺은 폴란드인 노동자가 처형되고, 프랑스 포로와 관계를 맺은 여성들이 징역을 선고받거나 강제수용소로 보내졌다. 기록에 따르면 이들이 소위 금지된 관계로 규정해서 처벌한 건수가 수천 건에 이르렀다고 한다.

이 책의 주인공인 릴리 역시 게슈타포의 눈으로 보자면 확실히 금지된 사랑을 한 셈이었다. 여자와 여자의 사랑, 그것도 나치의 부인과 유태인 여자와의 사랑.

남편이 전쟁터에 나가 있어서 혼자 살림과 아이들을 돌보아야 했던 릴리. 아니 남편이 같이 있었을 때도 알 수 없는 공허감을 느끼며 살았던 릴리와 유태인으로서 나치시대를 아슬아슬하게 살아가면서 안전한 보호막과 정신적인 온기를 필요로 했던 펠리체의 사랑. 그것은 단순한 동성애가 가질 수 없는 또 하나의 운명적 배경을 가지고 있다. 그래서 이들의 사랑이 더 애절하고 더 긴 여운을 남기는 듯하다.

책의 출간과 함께 영화로도 상영되면서 많은 사람들에게 릴리와 펠리체의 이야기가 알려지게 되었고 다양한 반응이 있었다고 한다. 릴리의 간절하고도 한결 같은 사랑에 찬사를 보내는 사람도 있었고, 이들처럼 동성과의 사랑을 선택한 사람에게는 공감어린 지지를 받기도 했다. 그러나 당시에 릴리와 펠리체의 주변 인물들 중에는 책과 영화를 보고 릴리의 이중성을 비난한 사람들도 있었다. 그들 중 일부는 릴리가 펠리체를 밀고한 것으로 믿고 있었던 사람들도 있었다. 그러나 펠리체는 전쟁이 끝나고도 돌아오지 않았고, 과거의 그늘 밑에서 평생을 그리움 속에서 살았던 릴리 역시 몇 해 전에 세상을 떠났다.

그들이 없는 지금 진실의 공방은 무의미할 것이다. 그러나 그들이 보여준 사랑의 의미는 결코 무의미하지 않다. 가장 힘든 시기를 서로에 대한 믿음으로 견뎌낸 두 사람의 짧았던 사랑과 긴 기다림의 이야기는 참혹하고 비참했던 1943년 베를린에서 시간과 공간을 뛰어넘어 현재 우리의 가슴을 울리고 있다.

2007년 여름
신혜원